Levenslucht

Van Andrew Miller verscheen eerder bij uitgeverij Anthos:

Heelmeester Pijn
Casanova verliefd

Andrew Miller

LEVENSLUCHT

Vertaald door Inge de Heer en Johannes Jonkers

Anthos | Amsterdam

Het citaat uit de tiende elegie van Rilkes *Elegieën van Duino* komt uit
de vertaling van W. Bronzwaer. (Ambo, Baarn 1996)

ISBN 90 414 0598 4
© 2001 Andrew Miller
© 2001 Nederlandse vertaling Ambo|Anthos *uitgevers*, Amsterdam,
Inge de Heer en Johannes Jonkers
Oorspronkelijke titel: *Oxygen*
Oorspronkelijke uitgever: Sceptre (Hodder & Stoughton)
Omslagontwerp: Marry van Baar
Omslagillustratie: Rob Kearney, Photonica/Image Store
Foto auteur: Jerry Bauer

Verspreiding voor België:
Verkoopmaatschappij Bosch & Keuning, Antwerpen

Dit boek is opgedragen aan de nagedachtenis
van mijn oude leermeesters,
Malcolm Bradbury en Lorna Sage.

De dromenvanger, een artefact dat gemaakt wordt in indianenreserva-
ten en in de souvenirwinkels aldaar voor weinig geld wordt verkocht,
bestond uit een cirkel ter grootte van een mannenhandpalm, gevormd
van een buigzame houtsoort en omwikkeld met een leren riempje. De
cirkel was bespannen met een weefsel van plastic draad, een soort
spinnenweb met in het midden, als de spin zelf, één groene kraal. Larry Valentine had er een voor zijn dochter Ella gekocht in een zaak met
de naam 'Het indiaanse berenvleeshol' terwijl hij in North Carolina
filmopnamen aan het maken was voor wat een van zijn laatste optre-
dens in *Sun Valley General* bleek te zijn. Het ding hing nu in het raam
van haar slaapkamer, waar het volgens de bijsluiter de boze dromen in
zijn web zou verstrikken, terwijl de mooie dromen, die van wolkeloze
morgens, van dagen aan het strand van Muir, van vriendelijke dokters
en liefhebbende vaders, het bed waar zij sliep zouden bereiken.

Hij staarde op haar neer, zich kolossaal voelend in deze kamer van
kleine dingen. Ze lag onder één katoenen laken, haar armen en benen
gespreid tegen de warmte, haar mond halfopen, de zomernachtlucht
met een sisgeluid over haar tong trekkend. Slierten haar waren als af-
geknipte lokken rond haar gezicht verspreid en haar ogen waren stijf
dicht alsof slaap iets was waar je je op moest concentreren, zoals kleuren zonder buiten de zwarte lijnen te gaan, of de sommen die ze met
een onhandelbaar potlood in haar schoolboek maakte.

Hij begon het speurwerk zonder veel hoop op succes, hoewel hij
nog steeds op meer vondsten kon bogen dan Kirsty, een feit dat haar
op subtiele wijze stak, alsof het op de een of andere manier impliceer-
de dat hij hun dochter beter kende dan zij, dat hij inzichten had die zij
niet deelde. Hij begon met de spijkerbroek die ze die middag had ge-

dragen, keerde de zakken binnenstebuiten maar vond alleen snippers tissuepapier, een zilverkleurige stuiver en een wijngumbeertje. Toen wrikte hij voorzichtig het hoofd los van een mollige pop, zo een die, wanneer je erin kneep, klaagde dat ze nat was, zeurde dat ze honger had, of 'Ik hou van jou' zei. Ella had daar ooit een ouderwetse zilveren ketting in verstopt, een ketting die Kirsty van oma Friebergs had geërfd, maar vannacht bevatte het hoofd alleen lucht en een vleugje van iets flauw giftigs, een of ander vochtig residu van de fabricage dat aan de averechtse gelaatstrekken van de schedel zat gekleefd. Vervolgens onderzocht hij haar schelpenverzameling, waarbij hij de schelpen een voor een oppakte en ze heen en weer schudde in de hoop dat er een zou rammelen. Dat was niet het geval. De muziekdoos, die hij in Londen voor haar had gekocht, was nog zo'n oude geheime bergplaats, des te listiger omdat hij niet kon worden doorzocht zonder vanzelf alarm te slaan. Hij klapte het deksel open en schudde de doos uit, een zestal speldachtige tonen van 'Oranges and Lemons' morsend, maar er viel niets in zijn wachtende hand. Hij schoof de laden van de ladekast open en onderzocht de keurig geordende onderbroeken en hemdjes, de in bolletjes gevouwen sokken en maillots, lichtte toen de voormuur van het poppenhuis en gebruikte zijn sleutelringlampje om onder bedden ter grootte van een creditcard te kijken en de tere spinachtige eettafel te controleren waaronder hij ooit een paar van zijn manchetknopen had aangetroffen, maar waaraan nu alleen een houten gezin in vilten kleren, mama, papa en twee stijve kinderen, als betoverd om een porseleinen ham zat.

Hij ging terug naar het raam, wreef over de stijfheid in zijn nek en staarde door het weefsel van de dromenvanger naar waar de lichten van de baai waren opgehoopt tegen de nacht. Ze werd er ongetwijfeld beter in. In het begin had ze geen kaas gegeten van de listen en anticipaties die nodig waren om iets goed te verstoppen, maar ze had bijgeleerd. Haar geheime bergplaatsen waren steeds geraffineerder geworden, hadden zelfs een zekere pesterige kwaliteit gekregen die een bevestiging waren van professor Hoffmanns theorie dat het altijd de bedoeling was dat 'geleende' voorwerpen werden gevonden. Dit was geen gappen, geen simpel geval van kinderkleptomanie. Hoffmann had er nog geen naam voor gekozen. Hij was nog bewijs aan het verzamelen.

Hij hoorde dat ze zich omdraaide onder het laken, en fluisterde: 'Ben je wakker, El?'

Hij liep op zijn tenen naar het bed en bestudeerde haar, alsof de vorm van haar lichaam een soort aanwijzing was: een warme, schimmige hiëroglief. Ze lag nu op haar linkerzij en haar rechterarm bungelde over de rand van het bed, waar Rosa, het onmogelijk goedgehumeurde dienstmeisje uit Chihuahua, de schoenen van het kind op een eigenaardige manier, naar seizoen, had gerangschikt. Hij bleef staan, keek van het meisje naar de schoenen en knielde toen neer, waarbij zijn knieën blokkeerden als gevolg van oude kraakbeenproblemen die hij had opgedaan na jaren van zwoegen en forceren op de tennisbanen. Hij negeerde de zomersandalen en begon bij haar sportschoenen, ging verder met haar schoolschoenen en haar glimmende rode laarsjes die hij regenlaarzen noemde en Kirsty galoches. Ten slotte kwam hij bij de met lamswol gevoerde winterlaarsjes die Alice, met de Engelse winters in haar hoofd, voor Ella's zesde verjaardag had gestuurd, maar die Ella tegen de herfst ontgroeid zou zijn. Hij zette ze op hun kop, schudde ze uit en boorde toen zijn vingers in de wol. In de puntige neus van het linkerlaarsje voelde hij iets glads, ongeveer ter grootte van een Deroxat-capsule, en zijn vingertoppen als pincet gebruikend ontwarde hij het uit de vacht, hield het omhoog en bekeek het met samengeknepen ogen tegen de oranje gloed van het raam, hoewel hij al wist dat het de ontbrekende oorbel was, een van het paar dat Kirsty een uur lang onbewaakt op de rand van de wastafel in de badkamer had laten liggen.

Het betekende natuurlijk dat er weer een gesprek gevoerd zou moeten worden, een van die licht verwijtende vraaggesprekken waarvan er al zoveel waren gevoerd sinds achttien maanden geleden de eerste ring zoek was geraakt; Ella hoog op een stoel, haar voeten boven het tapijt bungelend, een heel flauw zweempje brutaliteit in haar ogen, alsof het onvermogen van haar ouders om het geheime doel van het spel te begrijpen in haar een kinderlijke minachting wekte. Hoffmann, honderdvijftig dollar per uur, had Larry en Kirsty gemaand om deze discussies op geen enkele manier traumatisch te maken. 'Het is een delicate aangelegenheid,' had hij hen gewaarschuwd, glimlachend vanaf het andere eind van een onafzienbaar gepolitoerd bureau, 'zoals bonsaiboompjes snoeien', en hij had gebaard naar zijn verzameling piepkleine gemuteerde wilgen die duidelijk gedijen in de verduisterde en gefilterde lucht van zijn kantoor.

Op de klok naast het bed ging de witgehandschoende hand van

Mickey Mouse met een schokje naar het uur. Twee uur 's ochtends. Tien uur 's ochtends in Engeland. Maar ondanks zijn belofte was hij te moe om Alec nu te bellen, te uitgeput om opgewassen te zijn tegen wat hij te horen zou kunnen krijgen. Hij zou morgen wel bellen, misschien vanuit L.A. Morgen was vroeg genoeg. Hij raapte Ella's inhalator op en schudde hem heen en weer om de voorraad Salbutamol in de vulling te controleren. Er scheen een nieuwe en betere inhalator op de markt te zijn, een apparaat genaamd SmartMist met een microprocessor om de ingenomen hoeveelheid medicijn te meten en nog een andere noviteit die je in staat stelde na te gaan wanneer de luchtstroom maximaal was. De onderzoekers aan de universiteit hadden hem goedgekeurd. Kirsty wilde dat Ella er een kreeg. Een paar schoolvriendinnetjes van Ella hadden hem al.

Voordat hij wegging om de rest van de nacht in de logeerkamer door te brengen, wierp hij nog een laatste blik op haar. De uitdrukking op haar gezicht had zich verzacht. Als ze zich daarnet al – hoe vaag ook – bewust was geweest van zijn aanwezigheid, nu was ze vertrokken, weggevoerd in het labyrint van de slaap, haar geest losgeknoopt, haar gezicht verbazend roerloos en volmaakt, zodat hij even de paniekerige drang had om haar te wekken, haar terug te brengen in de wereld van vaste dingen. Hij boog zich voorover, raakte haar bijna aan, en als een tedere reus uit het soort sprookje dat kinderen niet meer mochten lezen, inhaleerde hij zachtjes haar adem.

NACHTWACHT

'U hebt er geen idee van hoe droef het me te moede is…'

Hamlet (Vijfde bedrijf, tweede toneel)

1

In het huis sloegen de klokken van zijn vader het uur. Zwakjes drong het geluid van de klokslagen door tot waar hij in de tuin stond, een magere jongeman in een zomersweater en een vormeloze blauwe broek, zijn brillenglazen poetsend met de punt van een verkreukelde zakdoek. Hij had het afgelopen uur de bloembedden besproeid met de tuinslang en de grond rond de jongere bomen goed doordrenkt, zoals hem was opgedragen. Nu liep hij, nadat hij de tuinslang zorgvuldig had opgerold, terug naar het huis, geschaduwd door een kat die zich een weg baande tussen de stengels van ridderspoor, pioenen en oosterse papavers. Boven in het huis scheen het licht in de kamer van Alice flauw tussen halfopen gordijnen door.

Het was de schemering van de derde dag dat hij terug was in Brooklands, het huis in West Country – met zijn muren van grijze steen, zijn bruine dakpannen en het rottende tuinhuis – waar hij de eerste achttien jaar van zijn leven had doorgebracht. Zijn eigen flatje in Londen was afgesloten en zijn buurman, meneer Bequa, wiens kleren hun eigen sfeer uitwasemden van zwarte tabak en gemankeerde kookkunst, had toegezegd de post door te sturen, hoewel er niet veel zou zijn. Bequa was zelfs naar beneden gekomen, de straat op, om hem uit te zwaaien, en omdat hij wist waar hij naartoe ging en waarom, had hij dat gedaan met gebaren van extravagante melancholie: 'Tot ziens Alec, vriend! Hou je taai! Tot ziens!'

Wandsworth Bridge, Parsons Green, Hammersmith. Dan westwaarts over de M4 langs voorstedelijke supermarkten en velden met koolzaad. Een reis die hij al zo vaak had gemaakt sinds Alice voor het eerst was gediagnosticeerd, dat hij de hele tocht dikwijls voltooide in een waas van onoplettendheid, geschrokken constaterend dat hij al de laatste hoek omsloeg bij de pluimveeboerderij, terwijl de lucht vóór hem in lichtende lakens neerviel in de richting van de riviermonding en Wales. Maar dit keer had het onherstelbaar geleken toen elk vertrouwd oriëntatiepunt in de achteruitkijkspiegel was gekrompen en vervolgens uit het zicht was verdwenen, en terwijl hij zijn koffer de hal van Brooklands had binnengedragen, had hij met absolute zekerheid geweten dat het zijn laatste echte thuiskomst was, en dat één helft van zijn leven op het punt stond weg te zakken als tonnen aarde bij een aardverschuiving. Een kwartier lang had hij daar gestaan, omringd door het zachte gewicht van jassen en hoeden, oude laarzen en oude tennisschoenen, starend naar het al te levendige kiekje aan de muur bij de deur die toegang gaf tot het huis – hijzelf, Larry en Alice; Stephen moest hem hebben genomen – arm in arm in de besneeuwde boomgaard, twintig jaar geleden. En hij had zijn hoofd gebogen, terwijl hij boven zich het gekwebbel van zijn moeders radio en het gerasp van haar hoest hoorde, en zich afgevraagd wat hem ooit zou kunnen troosten. Waar ter wereld hij naar troost of verlichting zou kunnen zoeken.

Wanneer je uit de tuin komt, ga je het huis binnen door een klein mossig trapje van het gazon naar het terras af te dalen en de glazen deuren te openen die toegang geven tot de keuken. Hier, bij de versleten mat, schopte hij zijn schoenen uit en hij liep het huis door naar de trap, in de hoop dat Alice al in slaap zou zijn gevallen en hem niet nodig zou hebben. Ze had niet gewild dat er een kamer op de benedenverdieping voor haar werd ingericht, ondanks het feit dat iedereen – dokter Brando, de verpleegster aan huis, Una O'Connell, en zelfs mevrouw Samson, de vrouw die zolang Alec zich kon herinneren één ochtend per week het huis kwam schoonmaken – zei dat het veel beter zou zijn, dat ze op goede dagen veel gemakkelijker in de tuin kon komen. Was er beneden niet een bijzonder geschikte kamer, jarenlang door niets anders verstoord dan de dagelijkse veeg zonlicht over de spiegel? Maar Alice had naar hen allen geglimlacht als een kind dat als gevolg van een ziekte anders was en ontzien werd, en zei dat ze zo gewend was aan het uitzicht, aan het aardappelveld, de kerk, de contouren van de heuvels in de verte (als een jongen, zei ze eens, die op zijn buik in het gras ligt). En haar slaapkamer was trouwens altijd boven geweest. Het was te laat om 'het hele huis opnieuw te gaan indelen'. Daarmee was het onderwerp afgedaan, hoewel Alec haar op een boos moment had willen vertellen hoe het was om haar gade te slaan, die twintig minuten durende beproeving, wanneer ze zichzelf tree voor tree naar de overloop hees en haar vingers de leuning vastgrepen als klauwen.

Met enkele maatregelen had ze ingestemd. In plaats van in bad te gaan douchte ze zittend; ze had een verhoogde plastic zitting op het toilet, en bij Alecs laatste bezoek had hij een bel gemonteerd, waarbij hij de draad vanuit de slaapkamer langs de trap naar beneden had geleid en het belhuis aan een balk bij de keukendeur had geschroefd. Er was zelfs even gelachen toen ze hem testten en Alice de witte knop bij haar bed indrukte (klagend dat hij klonk als de duikclaxon op een onderzeeboot), terwijl Alec door het huis liep om het bereik van de bel te controleren, en vervolgens de tuin inging en zijn duim opstak naar Una die driest uit het slaapkamerraam leunde. Maar tegen de avond had Alice besloten dat de bel 'een onding' was en 'totaal overbodig', en ze had Alec aangekeken alsof de installatie ervan tactloos was geweest, het zoveelste onderdeel van de parafernalia van haar ziekte. Een onontkoombaar bewijs te meer van haar onontkoombare toestand.

Ze sliep niet toen hij naar binnen ging. Ze lag in haar nachtjapon en gewatteerde kamerjas tegen de kussens geleund een boek te lezen. Het was heel warm in de kamer: de warmte van de zon zat in de dakspanten en de radiator stond volop aan, zodat alles zijn specifieke geur uitzweette, een half intieme, half medische bedomptheid die in de lucht hing als een bezinksel. Vazen met snijbloemen, sommige uit de tuin, sommige van vrienden, voegden er iets van de zoetheid van broeikassen aan toe, en er was een parfum dat ze in het rond spoot als een soort luxueuze luchtverfrisser, een parfum dat heel weinig maskeerde, maar dat Alec altijd, nadat hij de kamer had verlaten, nog een uur in zijn mond kon proeven.

Properheid – zelfs de illusie ervan – was nu een obsessie voor haar, alsof de ziekte iets was als een verval van hygiëne dat verborgen kon worden achter sluiers van geur. Elke ochtend en avond waste ze zich een uur lang met katachtige aandacht in de badkamer en suite, het enige echt lichamelijke werk dat ze nog deed. Maar geen zeep of nachtcrème of lavendeldouchegel kon geheel en al verbergen wat er uitlekte van de rampen binnen in haar, hoewel niets ooit zo verontrustend zou zijn als die eerste chemokuur in de winter van twee jaar geleden, toen ze gewikkeld in picknickdekens op de sofa in de woonkamer had gezeten, vreemd en ellendig, en ruikend naar de scheikundedoos van een kind. Toen haar haar weer was gaan groeien, was het schitterend wit ontsproten, en nu was het een massa rijpkleurige lokken die tot halverwege haar rug kwam. Dit, zei ze – het enige wat haar restte waar ze nog trots op kon zijn – was de reden dat ze verdere behandeling had geweigerd toen er een einde kwam aan de periode van remissie, en van alle mensen die haar nu verzorgden was het haar kapster van oudsher, Toni Cuskic, die haar het beste kon kalmeren. Ze hadden een nieuwe regeling: het was uitgesloten dat Alice de tocht van twintig minuten naar Nailsea maakte, dus kwam Toni eens per week met de auto vanaf haar salon om haar zware borstel door het haar van Alice te trekken, terwijl Alice met gesloten ogen haar gezicht ophief naar het licht en glimlachend luisterde naar de roddel uit de zaak. Soms bracht Toni haar poedel mee, juffrouw Sissy, een tentoonstellingsteef met dichte zwarte krullen, en Alice aaide dan de smalle schedel van het dier en liet het haar polsen likken totdat het genoeg van haar kreeg en afdwaalde om aan een vlek of geurig relikwie aan de randen van het bed te ruiken.

'Alles in orde, mam?' Hij stond maar net binnen de kamer, handen in zijn zakken, lichtjes wippend op de ballen van zijn voeten.
     'Ja hoor, lieverd.'
     'Nog iets nodig?'
     Ze schudde haar hoofd.
     'Zeker weten?'
     'Dank je, lieverd.'
     'Kop thee?'
     'Nee, dank je.'
     'Ik heb de tuin gedaan.'
     'Mooi.'
     'Wat dacht je van warme melk?'
     'Nee, dank je.'
     'Heb je je Zopiclone niet vergeten?'
     'Nee, lieverd. Probeer me nu niet te betuttelen.'
     Ze keek hem fronsend aan, opnieuw het schoolhoofd van weleer, geïrriteerd door een zeverende leerling. Een wegwezen-blik.
     'Ik zal je rustig laten lezen,' zei hij. 'Ik kom straks nog even kijken.'
     Ze knikte, een beweging die een hoestbui teweegbracht, maar toen

hij naar haar toe liep (wat was hij van plan te dóén?) wuifde ze hem weg, en hij ging de kamer uit, bleef op de overloop staan luisteren tot ze bedaard was en liep daarna langzaam de trap af, blozend van een emotie die hij niet helemaal kon thuisbrengen.

Aan de muur onder aan de trap, waar je er niet omheen kon, hing het in plexiglas ingelijste, twee pagina's beslaande profiel van Larry uit het Amerikaanse boulevardblad PLEASE!. Het artikel, dat voornamelijk uit foto's bestond, was getiteld: 'Amerika's favoriete Valentijn' (hartvormige punten op de ij), en toonde op de eerste pagina een oude Press Association-foto van de negentienjarige Larry die zijn racket omhoogsteekt naar de tribunes nadat hij de nummer zeven van de wereld, Eric Moberg, heeft verslagen op de Open Franse Kampioenschappen in 1980. Daaronder prijkte een zwaardere, bruinere Larry, leunend tegen een zilveren Jaguar voor het Flatiron Building in Manhattan, met het soort kleren aan dat een succesvolle jonge obligatiehandelaar zou dragen naar de golfclub, een foto uit de tijd dat hij in New York voor Nathan Slaters reclamecircus werkte. Verder was er de onvermijdelijke filmfoto uit een aflevering van Sun Valley, waarin Larry, in witte jas en met wasbleek gezicht, defibrillatoren op de borst van een aantrekkelijke hartpatiënte neerliet. Maar de grootste foto – die bijna de hele rechterpagina innam – was een familieportret van Larry en Kirsty en de driejarige Ella, samen op een bank in hun 'prachtige huis in San Francisco's North Beachdistrict'. Larry heeft zijn arm om Kirsty geslagen, die er snoezig en opgewonden uitziet, het bofkontje dat Sun Valley's 'volmaakte gentleman' aan de haak heeft geslagen, terwijl Ella tussen hen in geklemd zit, maar met zo'n grimmig droevige blik dat het niet moeilijk was om de smeekbeden van de fotograaf (Bob Medici, volgens het bijschrift) te horen – 'Kan er bij de kleine dame ook een glimlachje af? Nou, wat denk je?' Maar zelfs op haar derde was Ella een kind geweest dat moeilijk was te overreden, en sinds de foto was opgehangen kon mevrouw Samson, terwijl ze de lijst recht hing of het plexiglas met haar gele stofdoek afveegde, het niet laten om 'Mijn hemel…' of 'Zonde…' te mompelen, en haar voorhoofd te fronsen, alsof het ongenoegen van het kind op de een of andere manier neerkwam op een oordeel over hen allen.

In de keuken haalde Alec uit zijn achterzak het opgevouwen stukje papier met kolommen in Una's handschrift die een nauwkeurige beschrijving gaven van de medicijnen die Alice moest innemen, vergezeld van de tijdstippen en de doseringen. Antidepressiva, anti-emetica, analgetica, laxeermiddelen, steroïden. Ze had een plastic doos naast haar bed staan, waarvan de binnenkant in segmenten was verdeeld – blauw voor 's ochtends, oranje voor 's middags en 's avonds – maar ziekte en vermoeidheid, misschien de pillen zelf, waren begonnen black-outs, leemtes in haar concentratie te veroorzaken, en op Alecs eerste dag thuis had Una, terwijl ze naast hem zat op de net-niet-vlakke bank bij het tuinhuisje, hem voorgesteld discreet toezicht te houden op het vullen en legen van de doos, en hij had daar onmiddellijk in toegestemd, verlangend naar een taak die hem niet het gevoel zou geven incompetent te zijn. Nu zette hij een vinkje op de lijst, pakte zijn leren schooltas van de keukentafel en ging het terras op.

Een bleke halvemaan hing in het blauw van de schemering, en in een bepaald deel van de hemel was de komeet Hale-Bop, dat onmetelijke evenement van ijs en stof, bezig terug te keren naar de hemelequator. Vroeg in het voorjaar had hij er vaak naar gekeken, tussen de tv-antennes op het dak van zijn flat, en had dan nauwelijks kunnen geloven dat de enorme ellips van de komeet niet tot een of andere gebeurtenis in de wereld zou leiden, of tot vele gebeurtenissen – ontelbare individuele lotsbestemmingen die in een astrale regen uit het kielzog van de komeet vielen – maar vooralsnog was de hemel in ieder geval normaal, de gebruikelijke volmaakte machine waarin niets buitengewoons of gevaarlijks plaatsvond.

Hij stak de stormlamp aan en hing het handvat van ijzerdraad aan een zwarte metalen haak naast de keukendeuren, want hoewel het over een uur pas helemaal donker zou zijn, hield hij van de penetrante geur van de lampolie en het gezellige gesis van de pit. Hij was van plan te gaan werken. Hij kon niet tegen alcohol en had nooit leren roken. Werken was zijn redmiddel, en gezeten in een van de oude canvasstoelen trok hij manuscript, woordenboeken en markeerstiften uit de schooltas en begon te lezen, het manuscript vlak bij zijn bril houdend, aanvankelijk worstelend om zich te concentreren, zijn geest nog steeds verstrikt in de kamer boven zijn hoofd waar zijn moeder lag. Maar ten slotte trok het werk hem de ordelijke, dubbel geïnterlinieerde wereld van de tekst in, en binnensmonds liet hij de woorden weerklinken van een taal die hij half tot de zijne had gemaakt.

2

In de smalle keuken van zijn appartement op de vierde verdieping in de rue Delambre was László Lázár een diner van kalfsoesters 'en papillotes' aan het bereiden. Het was een recept dat zowel subtiliteit als goede timing vergde, dus hij was eerder geërgerd dan geschrokken toen een van zijn eters, Laurence Wylie, hem meedeelde dat haar man, de schilder Franklin Wylie, een pistool had meegebracht en ermee stond te zwaaien in de eetkamer. De kalfsoesters, teer roze, bijna doorzichtig, lagen klaar op de snijplank. Hij stond op het punt ze met een houten hamer te bewerken.

'Een pistool? Waar haalt hij in jezusnaam een pistool vandaan?'

'Van een politieagent met wie hij altijd zit te drinken in Le Robinet. László, zeg hem in godsnaam dat hij het moet wegleggen, voordat er een ongeluk gebeurt. Naar jou luistert hij wel.'

Ze stond in de deuropening van de keuken, haar ogen opengesperd, kaarsrecht als een danseres, haar haar met een zilveren speld uit haar gezicht getrokken. Ze rookte: een van die sigaretten die in witte of bijna witte pakjes aangeboden worden en die László volstrekt zinloos voorkwamen.

'Franklin luistert naar niemand,' zei hij.

'Maar stel dat het afgaat?'

'Dat zal niet gebeuren.' Hij begon op de eerste kalfsoester te meppen. 'Het is een nepding. Of een van die oude pistolen die ze onklaar maken en verkopen aan verzamelaars en gekken. Er is een winkel bij de Bourse die een etalage vol heeft.'

'Het ziet er echt uit,' zei ze. 'Het is zwart.'

'Zwart?' Hij glimlachte. 'Hij staat zich gewoon uit te sloven, Laurence. Probeert indruk te maken op Kurt. Wil je me hier in de keuken even helpen? De champignons moeten gesneden worden. En vier van die sjalotjes.'

Ze kwam schouderophalend en pruilend de keuken in, legde haar ringen op een rijtje op het werkblad, pakte een van de grote Sabatiermessen met zwarte handvaten, en verwijderde met twee rake houwen boven- en onderkant van de eerste sjalot.

'Hij is onmogelijk tegenwoordig,' zei ze, de gebruikelijke klaagzang aanheffend. 'Hij zit de hele dag in het atelier. Doet niets. Slikt pillen maar wil me niet laten zien welke. Liegt tegen me. Ik weet niet eens of hij wel van me houdt.'

'Natuurlijk houdt hij van je. Hij zou geen dag zonder je kunnen. En hoe bedoel je, hij is *tegenwoordig* onmogelijk? Hij was vroeger ook onmogelijk.'

Ze schudde haar hoofd; een traan maakte zich van haar huid los en spatte uiteen tussen de uienringen. 'Ik denk steeds maar dat er iets vreselijks gaat gebeuren. Iets heel vreselijks.'

László liet zijn werk rusten en omhelsde haar, de hamer nog steeds in zijn hand, het mes in de hare.

'Het is zo vermoeiend,' zei ze, haar lippen tegen zijn hals. 'Ik heb altijd gedacht dat het er gemakkelijker op zou worden wanneer we ouder werden. Duidelijker. Maar het wordt alleen maar verwarrender.'

'Moeder van Christus!' riep Franklin, de keuken binnenschuifelend zodat het vertrek plotseling vol was. 'Mijn vrouw wordt verleid door een Hongaarse miet. Loslaten, klootzak.'

László wierp een blik op de handen van de Amerikaan. 'Wat heb je ermee gedaan?' vroeg hij.

'Die blaffer? Heb ik aan die mooie jonge ariër van je gegeven. Loop ik enig gevaar een fatsoenlijke borrel te krijgen, vrek?'

'Aan een fatsoenlijke borrel zijn voorwaarden verbonden,' zei László, in een poging streng te klinken. 'Je weet dat Karol vanavond komt. Laten we er gewoon een prettige, rustige avond van maken.'

'Karol is dól op me,' zei Franklin. Hij maakte het vriesvak van de koelkast open en haalde er een fles Zytnia-wodka uit. In de warme atmosfeer van de keuken besloeg het glas snel. 'Russisch bocht!'

'Pools,' zei László. 'Russen drinken benzine. Dieselolie.'

'Niets verkeerds aan dieselolie,' zei Franklin terwijl hij de fles in een van zijn jaszakken propte. 'Je kunt verdergaan met mijn vrouw. Ik schiet je later wel neer.'

'Je zou missen,' zei László, zich opnieuw op de snijplank richtend. 'Je zou ongetwijfeld missen.'

László Lázár, van oudsher inwoner van het zesde arrondissement, auteur van *Ja zeggen, nee zeggen* (1962), van *Flikkering* (1966), van *Sisyfus Rex* (1969, zijn eerste toneelstuk in het Frans), en dertien andere producties die allemaal goed ontvangen waren, behalve door uiterst linkse of uiterst rechtse critici die zijn werk ergerlijk neutraal vonden; voormalig artistiek directeur van het Théâtre Artaud in San Francisco, nu deeltijddocent dramaturgie en Oost-Europese letterkunde aan de Sorbonne (maandag- en donderdagmiddag), László Lázár sloeg op het kalfsvlees en dacht terug aan zijn eerste ontmoeting met de Wylies. Op een avond in 1961 in een jazzkelder in de rue St. Benoît was de vrouw die nu aan zijn zijde groente sneed en hem over haar slapeloosheid en moeilijkheden met dokters vertelde, uit een wolk van tabaksrook te voorschijn gekomen, haar haar net zo kort geknipt als dat van Jean Seberg in *A Bout de Souffle*, naar hem glimlachend terwijl hij aan een tafel zat met een handvol andere emigranten, bleke jongemannen met slechte tanden die sigaretten van maïspapier rookten en langzaam dronken in een tot mislukking gedoemde poging geld uit te sparen. Haar glimlach had hem toen alles over haar verteld wat belangrijk was om te weten: dat ze vriendelijk was en dat hij nooit meer iemand zou tegenkomen met zo weinig duisterheid. István nodigde haar uit bij hen te komen zitten en vond een stoel voor haar, maar het was László met wie ze praatte, naar voren leunend onder het geschetter van de saxofoons om met hem te lachen en te luisteren naar zijn met zwaar accent gesproken Frans. Het lot natuurlijk, als je in dat soort dingen geloofde, kismet. En later die avond kwam er nog zo'n moment toen ze hem voorstelde aan een Amerikaan met stekeltjeshaar, een lang, lenig, atletisch type met de strakke blauwe blik van een boerenjongen uit Hollywood. Franklin Sherman Wylie — maar vijf jaar ouder dan László, en toch, zoals hij daar achter Laurence stond, zijn hand op het schouderbandje van haar jurk, zijn oude legeroverhemd overdekt met verfvlekken die hij droeg als medailles, leek hij begiftigd te zijn met hetzelfde glamoureuze en mannelijke zelfvertrouwen dat Péter had bezeten, en dat volgens László in zijn eigen leven zo jammerlijk ontbrak.

Toen ze buiten kwamen in de door sterren verlichte zuurstof van St.

Germain en afscheid namen in de smalle straat, ontbrandde László's licht ontvlambare hart; maar hoewel hij hen beiden begeerde, was het Franklin die hij kuste in zijn dromen, wat Franklin algauw in de gaten kreeg en zich vervolgens geamuseerd liet aanleunen.

De week daarop gingen ze samen kijken naar *Krapp's Last Tape* gezongen door Michael Dooley in het Sarah Bernardttheater, en bezegelden vervolgens de vriendschap, met z'n drieën altijd een delicate aangelegenheid, tijdens een heroïsche nachtwandeling naar de Sacré Coeur, die bij het krieken van de dag eindigde in een bar naast de Hallen, waar ze ontbeten met varkenspoten en bier uit de Elzas.

Zo zag het sjabloon eruit. Hij had geen idee hoeveel andere avonden er waren geweest. Honderd? Vijfhonderd? Maar van alle dingen die László in die jaren overkwamen – en er overkwam hem nog behoorlijk wat: geliefden van beiderlei kunne, reizen naar Italië, Spanje en Amerika, winters in ateliers die op gevaarlijke wijze verwarmd werden met petroleumkachels, waar hij aan de ene na de andere versie van een toneelstuk werkte – waren die zwerftochten met Franklin en Laurence, waarvan de stemming een mengeling was van uitgesproken ernst en uitgesproken dwaasheid, de reden dat de periode van 1961 tot 1969, van de Algerijnse crisis tot de maanlanding van de Apollo, nu hij erop terugkeek vanaf de hoogte van zijn zestigste zomer, voor hem een bijna onverdraaglijke nostalgische gloed bezat. De jaren daarvoor behoorden tot een volstrekt andere wereld. Koude schoollokalen. Jongerenparades. Toespraken op de radio. De verhalen van zijn grootouders over admiraal Horty op zijn witte paard. De gegroefde en vermoeide gezichten van zijn ouders, beiden dokter in het Peterffy Sandorziekenhuis. En de revolutie, natuurlijk. Dierbaar Boedapest.

Vervolgens werden de drie vrienden, alsof ze verder van de wal waren gezwommen dan ze hadden beseft, opgeslokt door de beslommeringen van succes. Franklins grote met verf bespoten doeken werden gekocht door imagobewuste banken en handelaren in New York als de familie Wildenstein, terwijl László's toneelstukken, met hun nadruk op de nutteloosheid van handelen, profetisch begonnen te lijken en een premièrepubliek van chique en beroemde figuren op de been brachten. Laurence werd een lieveling van de life-styletijdschriften aan beide kanten van de Atlantische Oceaan. ('THUIS BIJ MEVROUW FRANKLIN WYLIE', 'LA BELLE MUSE FRANÇAISE DE FRANKLIN WYLIE'), maar ze bereikte de veertigjarige leeftijd kinderloos en met veel zorgelijke lijntjes op haar gezicht. De charme die ervoor had gezorgd dat mannen van alle leeftijden met haar bevriend wilden zijn, maar ook een hand op haar dij wilden leggen, werd onbestendiger toen de slordig verborgen slippertjes van haar man stuk voor stuk hun sporen begonnen achter te laten. Franklin werd een specialist in woede. Op zijn veertigste verjaardag, geïnspireerd door demonen naar wier namen László alleen maar kon gissen, ramde hij op de rue des Écoles zijn auto in de flank van een touringcar vol geschrokken, maar als door een wonder ongedeerd gebleven, Amerikaanse bejaarden. Dat hij werd gespaard voor de gevolgen had hij slechts te danken aan de ambassadeur van de Verenigde Staten, die de politie ertoe overhaalde het voorval te beschouwen als iets wezenlijk artistieks in plaats van iets wezenlijk crimineels. Twee jaar later sloeg hij zonder aanwijsbare provocatie de eigenaar van een Libanees restaurant in Belleville in elkaar, met wie hij lange tijd op vriendschappelijke voet had verkeerd. Onlangs nog had hij een boete van vijfduizend franc gekregen omdat hij zijn stoel naar een ober in de Brasserie Lipp had gesmeten (een kerel met een snor als een huzaar). Maar voor László was niets in dit rijtje ontmoedigender, droeviger en verbijsterender dan de dag dat hij bij het appartement in de rue Daguerry langsging en Laurence aantrof die zorgvuldig schrapend de ateliermuur ontdeed van aangekoekt voedsel, terwijl de vloer glinsterde van verbrijzeld glas en porselein. Dat was het moment dat hij hen niet langer probeerde te begrijpen, want tenzij je van begin af aan naast iemand was opgegroeid en dezelfde lucht had ingeademd, was er te veel aan dat leven dat je nooit zou kunnen verklaren. Liefhebben, als je al liefhad, moest je als een geloofsdaad doen, onbegrijpend.

Hij bracht de kalfsoester met zout, peper en citroensap op smaak. De grote Crueset-braadpan stond op het gas. De boter, een romige *demi-sel* van de slager waar hij het vlees had gekocht, begon te pruttelen. Hij braadde de kalfsoesters lichtjes aan beide zijden, haalde ze uit de pan en legde ze op een schotel van dik wit porselein met fijne blauwe lijntjes die als adertjes onder het glazuur liepen. Hij nam de snijplank van Laurence over, waarbij hij vluchtig haar haar kuste, sauteerde de sjalotten en champignons en gooide er een handje fijngehakte peterselie bij. Ten slotte verpakte hij het kalfsvlees, de champignons, peterselie en uien samen met plakjes ham en dun gesneden Parmezaanse kaas in hartvormige stukjes vetvrij papier die hij zorgvuldig met zijn vingertoppen had beboterd. Toen hij de ovendeur opende brak de hitte in een zachte golf op zijn gezicht. Hij plaatste de pakketjes op het middelste rooster en sloot de deur, waarbij hij boterafdrukken op het stalen handvat achterliet.

'Twintig minuten,' zei hij.

'Het gaat wel weer,' zei Laurence, terwijl ze met de muis van haar hand een haarlok van haar voorhoofd duwde.

'Mooi,' zei László. 'We zijn te oud om ons ellendig te voelen.'

Op dat moment ging het pistool af.

3

Alice lag met haar hoofd op een berg kussens, haar ogen bettend met een balletje roze tissuepapier. Ze wist niet waarom ze huilde, waarom juist op dit moment, hoewel ze vaag van streek was geweest na haar gesprekje met Alec. Hij had zich natuurlijk weer bemoeizuchtig gedragen, staande aan het voeteneind van haar bed, turend door zijn bril, zijn 'fok', misschien voorgevend dat hij een of andere dokter was. Maar ze was grof tegen hem geweest en daar had ze nu spijt van. Tenzij het aan de medicijnen lag. Hoe kon ze dat nu weten? Hoe kon ze weten wat zij was, de oude Alice, en wat een of andere toxische bijwerking? Ben ik dit? dacht ze. Wat ben ik nu?

Ze stopte de tissue in de mouw van haar nachtjapon en probeerde op de tast haar boek te vinden op het dekbed, een oude editie uit de 'Klassieke Bibliotheek' van *De zwarte tulp*. Het was tegenwoordig moeilijk iets te vinden wat haar niet onmiddellijk uitputte of gewoon te frivool leek om er tijd aan te besteden. *Livre: quel qu'il soit, toujours trop long*. En men gaf haar voortdurend boeken, alsof kanker een soort saaie cruise was waarbij ze wat afleiding nodig had. Een tijdverdrijf. Ze koos de dunne boeken en de boeken die ze kende van jaren geleden, en ze hielpen een beetje, al was het maar omdat ze haar op een interessantere manier vermoeiden dan de meeste andere dingen.

Una had aangeboden om een paar van die gesproken boeken te halen. Derek Jacobi die *Great Expectations* voorlas, en dergelijke. Maar luisteren was niet hetzelfde als lezen. Niet zo intiem. En er was niets mis met haar ogen. Haar ógen behoorden tot de weinige haar overgebleven dingen die het nog uitstekend deden. Net als haar haar, dat maar bleef groeien alsof het geen flauw vermoeden had van wat er in de rest van haar lichaam gebeurde. Ze moest het met Una over de medicijnen hebben. De pijnstillers stilden niets meer, en het spul dat ze nu slikte veroorzaakte alleen maar obstipatie, iets wat ze verafschuwde. Ze wilde het volgende niveau. Nepenthe? Er was ook nog Oromorph, dat naar whisky smaakte, had men haar verteld. Dat zou ermee door kunnen. Maar misschien zou het verstandiger zijn om rechtstreeks met Brando te praten. Hij was het orakel, het hoogste gezag. En hij had beloofd voor het eind van de week even langs te komen. Dat betekende: op bed zitten kletsen. Dan een minuut of wat naar het plafond staren terwijl hij haar borst en nek aanraakte, en zei dat hij hoopte dat zijn handen niet koud waren, wat nooit het geval was. Geheim beraad met Una beneden. Milligrammen van dit, milliliters van dat. Bijstellen van de prognose. Vertrekken.

Hoe hadden ze het vroeger geklaard? In de tijd van Dumas? Een meid die met een po de deur uit sluipt. Reukballen om de stank te verhullen. De doktoren en apothekers die hun rommel brachten. Mensen verdoven was tegenwoordig een kunstvorm. Je had pijnspecialisten in pijnlaboratoria, en de mensen van de wereldgezondheidsorganisatie hadden een analgetische 'ladder' geschapen zodat je nooit zomaar pijn had. Ze moest het van Una vastleggen in een klein rood Silverstone-notitieboekje. Scherp. Een doffe pijn. Steken. Golven. Ze had zichzelf ooit een zeven toegekend. Tien stond voor het ergste wat je je kon voorstellen. Je moest de tien in reserve houden. Uiteindelijk hielpen ze je dan, als je geluk had, naar de andere wereld, net als nicht Rose in Bransgore, een tumor ter grootte van een voetbal in haar maag, die een siroop genaamd Bromptons cocktail innam en als een zeventienjarige junkie stierf, terwijl god mag weten wat haar vanuit het schemerduister aangrijnsde. Maar dat was jaren geleden. Het zou er nu veel netter aan toe gaan. Een of andere onschuldig ogende tablet die je met een slokje thee in kon nemen. Iets wat ze in een speciale houder bewaarden, als een monstrans, in een kast waar Brando de sleutel van had.

Dat, óf ze zouden haar dwingen door te gaan. Haar met geweld laten leven tot ze een volslagen vreemde voor zichzelf was. Ze wierp een blik op de pillendoos op haar nachtkastje, de segmenten ervan als de patroonkamers van een geweer. Stel dat ze de pillen voor een hele week in één keer zou innemen met, pakweg, een groot glas whisky, zou dat haar dan naar de andere wereld helpen? Kon ze daar zeker van zijn? De nachten waren natuurlijk het ergste. De dagen kon ze nog wel doorkomen, ondanks de af en toe oplaaiende humeurigheid, die momenten

waarop ze dacht: waar doe je het nog voor, waarom ga je door als doorgaan alleen maar meer van dít inhoudt. Ze wist nu wat het leven de rug
toekeren betekende, en het lokte haar aan, nee zeggen tegen het mieze-
rige restje leven, ja tegen de vergetelheid. Als het dat was. Vergetelheid.
Maar het was nog niet helemaal zover. Er waren nog steeds fijne
momenten. Kleine onverwachte genoegens. Een kaart van een oude
vriendin. De *groenheid* van gras. Iets onzinnigs op de radio waarvan ze
in de lach schoot. Zelfs het geluid van mevrouw Samson die in haar
eentje in de keuken aan het zingen was, een vijftigjarige vrouw die
zong als een meisje. Je kon het niet aan iemand uitleggen zonder de indruk te wekken kierewiet te zijn. Maar wanneer het licht begon af te
nemen werd ze zenuwachtig, hoe heerlijk de avond ook was, en begon
ze aan zichzelf te plukken. De gordijnen dichtdoen hielp niet. Daarachter verdichtte de avond zich, drukte als vloedwater tegen het glas.

Ze sloeg het boek open, zich afvragend of een bladzijde extra haar tot
slapen zou verleiden. (Ze had haar Zopiclone weliswaar ingenomen,
maar merkte er nog niets van.) Het was zo'n teer boekje, nauwelijks
groter dan haar hand. Donkerblauw bandje dat losliet bij de rug. Zeer
dun papier – papier uit de oorlog – dat scheurde als je de bladzijde te
snel omsloeg. Ze had het van haar vader gekregen. Desmond Wilcox.
Commandant. En omdat hij er geen opdracht in had geschreven, had
ze het zelf gedaan, in zwarte inkt, op de bladzijde tegenover een foto
van Rosa die Cornelius de kostbare tulp laat zien bij de deur van zijn
gevangenis.
   Voor Alice van papa. 29 april 1953.
   Hij had het tijdens een van zijn zakenreisjes gekocht. In Bath misschien, of Wells, of Salisbury. Er wáren ooit zaken. Grind. Irrigatie-
pompen. Zelfs een of ander project dat te maken had met het kweken
van champignons in een oude schuur in de buurt van Chard. Maar ze
begreep op jonge leeftijd al dat 'zaken' meestal een eufemisme was
voor ervandoor gaan op de motorfiets, een machine als het skelet van
een hazewind, vettig zwart, onmogelijk lawaaierig, rook uitstotend als
een vreugdevuur wanneer hij hem startte. Ze herinnerde zich hem –
hoewel ze zich in feite een foto herinnerde – zoals hij op de oprijlaan
schrijlings op de motorfiets zat, leren jack, oude parachutelaarzen,
stofbril die hem op Baron Von Richthofen deed lijken. Zei nooit wanneer hij terugkwam. Uren. Dagen. Alleen zij en haar moeder in huis,

luisterend. Op een stille dag kon je de motor helemaal vanaf West La-
vington horen.

Was hij ooit thuisgekomen zonder iets voor haar mee te brengen?
Een pakje dat in een van de zakken van zijn jack was gestopt, een glimp
van bruin pakpapier, de lus van een strik van wit lint? Dan gaf hij het
haar alsof het waardeloos was, iets wat hij onderweg had opgeraapt.
Wachtte nooit op een bedankje, wilde dat nooit. Haatte gedoe. Gaf
haar gewoon het cadeautje en ging naar buiten om onkruid te wieden,
of de zaaikistjes te repareren, of het hek met creosoot te behandelen, of
een van die andere talloze, eindeloze klusjes die jaar in jaar uit onver-
droten werden uitgevoerd, tot het op een dag plotseling afgelopen was.

*Welnu, op 20 augustus 1672, zoals we in het begin van dit hoofdstuk al
hebben vermeld, liep de hele stad uit naar het Buitenhof, om getuige te
zijn van het vertrek van Cornelius de Witte uit de gevangenis, toen hij in
ballingschap ging…*

Ze was vier toen hij de oorlog inging en zag hem tot het einde ervan
nog tweemaal. Een man in kakiuniform die haar Cadbury-chocolade-
repen gaf in wikkels van waspapier. Toen hij voorgoed terugkwam was
hij een held. Tunesië, Sicilië, Arnhem. Vooral Arnhem. Tweede bataljon van het parachuteregiment. Een van de zestien die ontsnapten. Be-
haalde daar zijn Distinguished Service Order door zijn sergeant te redden. Desmond Wilcox, Commandant. DSO. Degene die naar voren
trad wanneer de anderen te bang of te moe of te verward waren. Zou
dat niet voldoende zijn? Weten dat jij het was? Je dat herinneren? Maar
toen de straatfeesten voorbij waren en de vlaggen weer op zolder lagen, leek hij vrijwel nergens meer in te geloven. Niet in God of koning
George of de Welvaartsstaat. Er was iets verlorengegaan. In de Rijn
misschien. Al die fiere slachtpartijen. En echt, ze had geprobeerd het te
begrijpen, maar hoe kon ze ook, als klein meisje? Maar nu ze ouder
was, veel ouder dan hij ooit geweest was, meende ze er iets van te begrijpen. De leegte. De manier waarop de zin van de dingen zo volledig
uiteen kan vallen dat het nooit meer helemaal goed komt. Hoe noemde je het wanneer niets zin meer had? De enige keer dat ze hem naar de
oorlog vroeg trok hij een gezicht alsof hij iets onaangenaams op zijn
tong proefde, en zei: 'O, dat.' Hij had er de taal niet voor, zoals zij nu de
woorden niet had om de anderen te vertellen hoe het was, elke nacht
een stapsteen en je altijd afvragen of er wel nóg een zou komen, of dat
je met de volgende stap in het water zou belanden.

De laatste zomer van zijn leven zat hij uren achtereen op de oude sitsen schommelbank, de ene Woodbine na de andere rokend en toekijkend hoe de schaduwen het gazon overstroomden tot ze hem verzwolgen en alleen het puntje van zijn sigaret nog te zien was, een zwakke rode hartslag. Wat had ze ernaar verlangd hem binnen te halen, hém te redden zoals hij zijn sergeant had gered. Haar moeder was er niet toe in staat. Ze zat de hele dag in de keuken te luisteren naar Alma Cogan en Ronnie Hilton op de radio, tot bloedens toe op haar nagels bijtend. Dus was het Alice die ging, die in de schemering het gazon overstak en vóór hem bleef staan, wachtend op het moment dat de juiste woorden bij haar opkwamen, op een duif die haar de gave van de spraak zou brengen. Maar er kwam niets, en hij had starend naar haar opgekeken, door de rook van zijn sigaret heen, alsof hij zich aan de andere kant van een glasruit bevond. Misschien had hij medelijden met haar, omdat hij wist waarom ze naar buiten was gekomen, omdat hij wist dat het hopeloos was. Maar in plaats van te zeggen: ga naast me zitten Alice, ga zitten, dochter, dan zullen we samen de ondraaglijke waarheid proberen te begrijpen dat liefde niet altijd toereikend is, dat mensen niet altijd weer binnengehaald kunnen worden, had hij heel gemeenzaam gezegd, alsof hij refereerde aan een discussie die hij al weken in zijn hoofd met haar had gevoerd: 'Ze gebruikten vlammenwerpers, moet je weten.' En ze had geknikt: ja, papa, en hem verlaten, en was naar haar kamer gegaan, en had haar hoofd in het kussen geduwd en gebruld. Omdat het haar eigenlijk, *eigenlijk,* had moeten lukken, en ze had gefaald.

De zomer liep ten einde, de doktoren kwamen, de eerste vorstperiodes. Suez.

De dag dat hij overleed was ze met Samuel in de woonkamer en hoorde een geluid uit de slaapkamer boven haar, alsof er wat op de grond werd gegooid, een ornament, een vaasje of zoiets, en vervolgens hoorde ze haar moeder 'Desmond! Desmond! Desmond!' roepen. Aan één stuk door.

Toen het donker was geworden kwam juffrouw Bernard hem afleggen. BerNAAR, liefje. Niet BERnard. Zette haar paraplu in de olifantenpoot bij de deur. Had een mannelijke handdruk. Kamde papa's scheiding verkeerd. De oude mensen waren bang van haar omdat ze leek te weten waar men haar de volgende keer nodig zou hebben. Omdat ze er een instinct voor leek te hebben. Samuel betaalde haar – een gienje? –

en ze bleven de hele nacht op, luisterend naar het water dat uit de over-
lopende dakgoten stroomde omdat niemand de dode bladeren had
verwijderd. Wat was het een verwarrende toestand! Het geruis van de
regen. Haar vader in zijn verbijsterende roerloosheid. Samuels adem
als veren op haar wang.

Ting!

De mahoniehouten pendule in de woonkamer sloeg het halve uur;
altijd vijf minuten voor, zoals het staande horloge in de hal vijf minuten achterliep en met een zachte dubbele toon zou slaan, en de kleine
zilveren maan met het dromerige gezicht waar Stephen dagenlang aan
had gewerkt vijf centimeter hoger zou glijden op zijn rail. Tik-tok, tik-
tok, tik-tok. Als druppels water door de zeef van haar botten.

Het was lunchtijd in Amerika. Larry, Kirsty en Ella zouden aan tafel
zitten en een van Kirsty's eigenaardige 'gezondheids'-maaltijden eten,
hoewel ze geen van allen iets mankeerden, afgezien van Ella's astma,
en hoe minder drukte je daarover maakte, hoe beter. Was Kirsty tegenwoordig niet een soort boeddhiste? Voorheen was het veganisme,
Scientology, god mag het weten. Rusteloze mensen. Allemaal wilden
ze Peter Pan of Tinkelbel zijn. Dwaas om een land te stichten voor het
najagen van geluk. Mensen raken gewoon in paniek wanneer ze het
niet hebben. Maar goedhartige mensen. Gul. En Larry was er heel gelukkig geweest, hoewel ze was blijven hopen dat hij terug zou komen.
Ze had in de woonkamer alle afleveringen van Sun Valley General op
video. Toch begreep ze niet waarom er zo nodig een einde aan moest
komen. Artistieke meningsverschillen, zei hij. Maar wat betekende
dat? Het was geen bijzonder artistieke serie. En afgelopen Kerstmis,
toen ze in San Francisco was, had hij urenlang op de grote bank gehangen, tv-kijkend en drinkend ('Het is maar bier, mam. Maak je niet
druk!'), wat onmiddellijk afschuwelijke herinneringen aan Stephen
had opgeroepen.

Ze sloot het boek met een veer als boekenlegger en deed het lees-
lampje uit. Even verdween de kamer, om langzaam, met vertrouwde
grijze contouren, terug te keren. Het was zoals wanneer je als kind vóór
het donker naar bed was gestuurd, en je je daar lag af te vragen wat de
volwassenen aan het doen waren, enigszins verbaasd dat de wereld gewoon doorging zonder jou, dat jij uiteindelijk helemaal niet nodig
was.

Onder haar raam hoorde ze Alec een van de stoelen op het terras verschuiven. Ze wist dat hij het prettig vond daarbuiten te werken, zichzelf in het werk te verliezen alsof hij zijn oren met papier dichtstopte. Arme schat. En nu hij het toneelstuk had – een of andere sombere Rus die in het Frans schreef – had hij een voortreffelijk excuus. Ze had hem niet gevraagd om terug te komen! Dat hing hier maar rond als een verwijt. Ze werd er doodmoe van. Wat wilde hij van haar? En waarom had hij geen fatsoenlijke kleren? Hij kleedde zich op zijn vierendertigste nog als een student. Waarom kocht hij niet een paar móóie overhemden?

In haar borst, hoog aan de linkerkant, sloeg de pijn slaperig een klauw uit en ze sloot haar ogen. Rondom haar kraakten en fluisterden de planken van het huis, de oude balken en gebinten, die nu afkoelden. Het leek daardoor alsof de lucht praatziek was. Druk bevolkt. Vol verschijningen die niet echt aanwijsbaar waren.

4

In San Francisco reed het verkeer dat aan het einde van de ochtend op weg was naar het zuiden stapvoets richting Market Street. Larry Valentine trommelde met zijn vingers op het stuur van zijn donkergroene Thunderbird 'Town Landau', en keek door groengetinte ramen naar een kluitje bejaarde Chinezen die mahjong speelden in het park en daarbij een bank als tafel gebruikten. Morgenavond zou hij Ella naar Chinatown brengen voor haar pianoles bij meneer Yip. De lessen waren professor Hoffmanns idee geweest en hadden tot doel het meisje te helpen zich uit te drukken, haar uit haar schulp te laten kruipen. Hoffmann had Yip aanbevolen, die bijna net zo duur was als Hoffmann, maar na acht maanden les, waarin Ella de eerste vijftien maten van 'Clair de Lune' had geleerd en een stuk getiteld 'Meneer Xao's tovertuin', was ze hetzelfde hardnekkig introverte kind gebleven dat ze altijd was geweest. Het was geen aangename gedachte om met haar naar Engeland te moeten vliegen. Tien uur in die sigarenkoker en wie wist wat ze aan de andere kant zouden aantreffen.

In 4th Street werd het verkeer wat rustiger, en tegen de tijd dat hij op de snelweg zat reed hij onafgebroken negentig (een aardige snelheid voor een oude auto), terwijl aan zijn linkerzijde de zon op het water van de baai weerkaatste. Hij grabbelde naar een sigaret uit het pakje naast hem op de voorbank, stak hem aan en draaide de radio van het gepraat op KPFA naar KYCY, op zoek naar country-and-western, het soort muziek waar hij vroeger de spot mee had gedreven maar dat hij nu rustgevend en eerlijk vond. Hiervandaan was het nog twintig minuten rijden naar het vliegveld, lang genoeg om vooruit te blikken op de dag die hij voor de boeg had en er ernstig over te denken te keren en terug te gaan naar de stad. Ten zuiden van Broadway was een bar met een koel, houtachtig interieur, en buiten een handjevol tafels voor de rokers. Of Mario's, waar hij focaccia kon eten en zijn vage contact met Francis Coppola kon hervatten. Hij zou zelfs naar huis kunnen gaan.

Hij zou het huis tenslotte voor zichzelf hebben (twee sixpacks Red Tail in de ijskast), terwijl Kirsty op haar zendobijeenkomst was in Japantown, waar ze in kleermakerszit op een mat raadseltjes oploste en leerde ademen.

Op KYCY begon Charlie Rich 'The Most Beautiful Girl' te zingen. Larry zette de radio harder en zong luidkeels mee, een tikkeltje bezeten, zodat een vrouw die een blik opzij wierp terwijl ze hem inhaalde in haar staalgrijze coupé, naar hem fronste – naar deze potige man aan het stuur die blijkbaar woedend op zichzelf was – voordat ze hem in haar kielzog achterliet en hem ongetwijfeld afdeed als iemand uit die verschuivende bevolkingsgroep, die vijf, tien of vijftig procent, die op een bepaald moment, geestelijk gesproken, de eindjes niet meer aan elkaar kon knopen. Hij drukte zijn sigaret uit op de peuken in de asbak van het dashboard. Hij was zesendertig, en hoewel de jankerige flarden van de *slideguitar* ertoe leken uit te nodigen, wilde hij niet huilen. De hele ochtend, sinds hij in zijn eentje wakker was geworden, naar lucht happend alsof hij de afgelopen vijf uur onder een dikke ijslaag had gezwommen, had hij het gevoel gehad dat er weer een inzinking ophanden was, zo'n akelige slingering naar beneden waar hij sinds de laatste dagen van *Sun Valley* last van had gehad, en die zijn eigen rijke arsenaal aan symptomen met zich meebracht. Hij was zich bijvoorbeeld op een neurotische manier bewust geworden van zijn eigen hartslag, het gedempte tikken van zijn leven, en het orgaan zelf, een spier die ergens in zijn kluwen DNA het uur, de minuut, de seconde gecodeerd had staan waarop de pesterige pauze tussen twee opeenvolgende hartslagen zich tot in het oneindige zou uitstrekken. In Barnes & Noble had hij de medische zelfhulpboeken doorgebladerd (de drukste afdeling van de winkel) in de hoop de aandoening thuis te brengen, maar de boeken, met hun kleurenillustraties en stroomschema's – *Gaat het hoesten met bloeden gepaard? Is er verkleuring van de ontlasting?* – hadden hem er alleen toe uitgenodigd een nieuw scala aan ziekten bij zichzelf te constateren, tot het een mirakel leek dat hij nog zonder hulp de winkel uit kon lopen. Wat hij precies verkeerd had gedaan om dit allemaal te verdienen, behalve te lang drijven op zijn geluk, veronderstellen dat iets wat goed begon op dezelfde voet zou doorgaan zonder dat hij er speciaal moeite voor hoefde te doen, was hem niet duidelijk. Er was iets mis gegaan; het deed er nauwelijks meer toe waarom. Wat telde was volhouden, zijn tanden op elkaar zetten alsof hij twee sets achter stond en net gebroken was, en toen hij de laatste afslag voor het vliegveld nam, klemde hij licht voorovergebogen zijn handen steviger om het stuur, alsof hij toekeek hoe de man aan de andere kant van de baan de bal opgooide voor die knalharde eerste opslag.

Op het vliegveld ging hij bij de balie van British Airways langs om de tickets voor Londen op te halen. Twee tickets voor 3 juni; één, voor Kirsty, voor de tiende. De verjaardag van Alice was op de achttiende.

Het meisje achter de balie, honingblond, de huid van haar gezicht bedekt met een fijn perzikdons dat in het licht van de hal een gouden glans kreeg, vroeg of er nog speciale dieetwensen waren.

'Mijn vrouw,' zei Larry, 'is tegenwoordig boeddhiste, dus een of andere vezelrijke sushi zou geschikt zijn. Mijn dochter wil niets eten wat op voedsel lijkt. Ik eet alles wat je om twee uur 's ochtends kunt laten brengen.'

Ze glimlachte naar hem met wat haar hele wezen leek. Al het voedsel werd door een team van voedingsdeskundigen bereid. Er waren vegetarische maaltijden en speciale kindermaaltijden. In ieders behoefte werd voorzien. Larry glimlachte terug en zei dat hij het op prijs stelde. Hij vroeg zich af of ze hem had herkend; Amerikanen deinsden er gewoonlijk niet voor terug om te zeggen: 'Hé, bent u niet...?' Op tv komen betekende hier geïnjecteerd worden in de bloedbaan van de democratie, maar in de achttien maanden sinds hij 'afscheid had genomen' van de serie – hij, dol van woede en versneden cocaïne; L. Liverwitz jr., de nieuwe regisseur, hun veertiende, dol van woede en te veel exotische vitamines – was hij minder op dokter Barry gaan lijken, die beminnelijke en bekwame man die een tikje Engelse klasse in de hightechgangen van *Sun Valley* had gebracht, en meer op diens oom, een zwaardere man, eerder blozend dan gebruind.

'Hoe bevalt Californië?' vroeg ze.

'Ik woon hier,' zei hij.

'Dan zal het u dus wel bevallen.'

Ze overhandigde hem het mapje met de tickets. De professionele verrukking op haar gezicht verflauwde toen hun transactie ten einde kwam. Larry wenste haar een prettige dag en stopte de tickets in zijn zak. Hij had nog een kwartier voor het shuttlevliegtuig vertrok. Hij slikte een tablet roze Xanax, droog, en haastte zich langs gedisciplineerde rijen bejaarde toeristen (Taiwanese? Koreaanse?), zich afvragend hoe het meisje van British Airways zou hebben gereageerd als hij haar in een vlaag van vertrouwelijkheid de waarheid had verteld over zichzelf, over waar hij naartoe ging en waarom. Hij stelde zich voor dat ze op een geheime 'paniek'-knop onder haar balie zou drukken, waarna hij door de veiligheidsagenten van het vliegveld zou worden afgevoerd en onder luid misbaar in de boeien geslagen zou worden in een of ander achterafkantoortje met doorkijkspiegels. Misschien onderschatte hij haar wel. Wie wist hoe haar eigen privé-leven eruitzag, naar welke drama's zíj elke avond terugkeerde? Op haar leeftijd verraadde een gezicht zo weinig. Hoe kon je dat nu weten?

Het shuttlevliegtuig was op tijd: een drukke lunchtijdvlucht. Zakenmannen en zakenvrouwen namen achter elkaar hun plaats in en zetten hun mobiele telefoons uit. Sommigen begonnen voor de vuist weg met collega's te beraadslagen, wat in Larry's oren klonk als een soort bedrijfssuperkletskoek, een merkwaardige mengeling van cijfers en roddels en eufemismen van vaag militaristische aard. De jongeren zagen er uitzonderlijk fit uit, alsof ze allemaal lid waren van dure sportscholen, wat waarschijnlijk ook zo was. Sommigen hadden elegante brillen op; de meesten hadden laptops. Bovenal waren het mensen die strak op hun doel gericht waren, beleidsvormers, kopstukken, vergeleken met wie hij – voormalig sportman en gemankeerde soapster – een soort versiering was, een barokke krul.

De stoel naast hem, waarvan hij had gehoopt dat hij onbezet zou blijven, werd op het laatste moment ingenomen door een vrouw en haar dochtertje. De vrouw droeg een grote vormeloze zwarte jurk, opgesmukt met verscheidene etnische versierselen, en een soort vilten bonnet waar een paar dikke kastanjekleurige krullen onderuit kwamen die slordig over haar voorhoofd vielen. Toen hij haar met zijdelingse blikken opnam terwijl het vliegtuig naar zijn plaats in de wachtrij voor het opstijgen taxiede, besefte Larry dat ze veel jonger was dan hij aanvankelijk had gedacht – midden twintig misschien – hoewel ze gekleed was alsof ze zichzelf ouder en minder aantrekkelijk wilde maken, uitgedijd door mysterieuze zakken en opvulsels, die misschien tot doel hadden haar van te veel direct contact met de buitenwereld af te schermen. Het kind op haar schoot, drie of vier jaar oud, mager, lusteloos, nogal ziekelijk van uiterlijk, bezat de donkerste en droevigste ogen die hij ooit had gezien. Hij glimlachte kameraadschappelijk naar de moeder, die niet terugglimlachte, maar 'Ze is misselijk' zei, met zo'n sterk New Yorks-joods accent dat Larry eerst dacht dat het de naam van het kind moest zijn, en probeerde te bedenken naar welke pittige oudtestamentische heldin ze was genoemd, toen de vrouw het kotszakje uit het vakje achter de tijdschriften weggriste.

'Ik hoop dat ze niet over u heen kotst,' zei ze, met een stem die suggereerde dat het aan hem zou liggen als ze het wel zou doen. Het kind begon te draaien op haar schoot. 'Wil je spugen?' vroeg de moeder, en terwijl ze een ferme hand op het achterhoofd van het meisje plantte, duwde ze het gezichtje in de opening van de zak, waar het een paar minuten bleef hangen alvorens koddig bedroefd weer te verschijnen, haar wangen samengetrokken van afkeer, haar grote ogen Larry's bezorgde blik beantwoordend met een mengeling van vijandigheid, vermoeidheid en sluwe aantrekkingskracht. Hij voelde met haar mee, zich verbeeldend dat hij haar, de aard van haar onvrede met de wereld, begreep, en terwijl ze over de kale Californische woestijn vlogen, de kust aan hun rechterzijde afgezet met blauw en parelmoer, wijdde hij zich eraan het kind een glimlach te ontlokken, een spelletje dat hij vaak met Ella had gespeeld, die met dit bleke joodse meisje een zwaarmoedigheid, een elfachtige wijsheid deelde, welke hij verontrustend vond.

Op alle foto's van hem als kind, de meeste nog in Brooklands, stond hij in tuinen met Kodak-kleuren, of op het heldere groen van het sportveld, of schouder aan schouder met Alec op een strand in Bretagne of Ierland, met dezelfde karakteristieke grijns op zijn gezicht. Zelfs in zijn puberteit, toen hij af en toe met deuren had gesmeten en de huid rond zijn mond een jaar lang rauw was geweest, hadden zijn gelaatstrekken zonder mankeren het goedgehumeurde optimisme uitgestraald van een jongen die volstrekt op zijn gemak is in de wereld. Ongelukkige kinderen, zelfs kinderen die ongelukkig léken, riepen in zijn steeds suggestibeler geest het schrikbeeld op van een duisternis waar zelfs onschuld je niet immuun voor maakte, en waartegen hij koppig, zelfs een beetje wanhopig, bleef strijden.

Het kind observeerde hem met steelse blikken vanachter haar moeders in het zwart gehulde boezem, en staarde daarna openlijker toen haar moeder de stewardess lastigviel met het verzoek een zakje chips te zoeken op de trolley met de kleine к van koosjer. Larry rimpelde zijn neus, knipoogde, keek scheel, fronste zijn wenkbrauwen om haar eigen gelaatsuitdrukking na te bootsen, alles zonder enig effect. Ze werd zo mogelijk nog strenger, keurde hem en zijn fratsen nog vorstelijker af, en hij begon opnieuw, ditmaal discreet de truc van het aftrekken van de duim eraan toevoegend, een van Ella's favoriete kunstjes, maar pas toen ze schuin boven de kust ten noorden van L.A. vlogen en de daling inzetten boven massa's nette huizen, boven snelwegen en glinsterende draden van zonovergoten verkeer, verwaardigde ze zich geamuseerd te zijn, waarbij haar gezicht oplichtte met een glimlach die zo stralend was dat hij zich moest afwenden. Hij staarde neer op zijn handen (de trouwring aan de linker; zijn rechterhand, zijn voormalige rackethand, nog steeds bol van de spieren), en sprak zichzelf toe, sprak achter het gordijn van zijn gezicht, zichzelf met zachte dwang afhoudend van de angst dat hij in deze benauwde en openbare plek op het punt stond een of andere buitensporige ongepastheid te begaan. Lachen als een hyena, of zich in het gangpad nestelen, of een van de koosjere krullen op het voorhoofd van de moeder strelen – een daad die ongetwijfeld verrassend onaangename gevolgen zou hebben. Het hoorde natuurlijk bij die nieuwe intensiteit, die nieuwe onberekenbaarheid die hem ertoe dwong zichzelf te blijven controleren, zijn positie te bepalen ten opzichte van het normale. Maar wat hem nog het meest verontrustte was het gevoel dat iets in hem met dit alles samenspande, met deze onttakeling, een of andere impuls waarvan de ware aard nog voor hem verborgen was, maar waarvan hij vermoedde dat die, net als die van zijn vader, weleens louter destructief zou kunnen zijn.

Vanaf haar klapstoeltje bij de nooduitgang zat een van de stewardessen, haar gezicht strak van de make-up en de vermoeidheid, zonder veel sympathie naar hem te kijken, en leek op het punt te staan een of andere procedure in werking te stellen, maar nu waren ze steil aan het dalen, waarbij het vliegtuig plotseling op gelijke hoogte kwam met de daken van de gebouwen van het vliegveld, en was er geen tijd meer om wat dan ook te doen behalve het verminkte einde van een gebed te prevelen (Christus, laat ons hier niet neerstorten en sterven…).

De zakenlieden zaten kaarsrecht, zich schrap zettend, hun vingers op de schakelaartjes van hun telefoons, klaar om ze aan te zetten. Er viel iets in het gangpad; iemand lachte grimmig. Toen ze de grond raakten had het kind haar gezicht weer in de zak.

5

Boven bepaalde woorden en in de kantlijn maakte Alec aantekeningen met de fijne punt van zijn potlood. Bij het licht van de stormlamp (in deze allerminst stormachtige nacht) leerde hij langzaam de muziek van het nieuwe stuk en hoe hij, in een hoofd waarin ten slotte alle andere gedachten tot bedaren waren gebracht, het benaderende, nabootsende lied van de vertaling moest zingen.

Hij had László Lázár nooit ontmoet en kende hem alleen van een foto die hij had uitgeknipt uit *The Sunday Telegraph*, een foto waarop een fijngebouwde man stond met kortgeknipt grijs haar en grote ogen, de pupillen ongewoon uitpuilend en duister. Het was winter en Lázár was opgesteld naast de recreatievijver in de Jardin du Luxembourg, een plek die Alec vaak had bezocht op eenzame wandelingen tijdens zijn buitenlandse jaar aan de Cité Universitaire. Maar wat deze foto bijzonder maakte was het pakje dat Lázár droeg, tegen zijn grijze overjas gedrukt. Een boek misschien, of iets uit een plaatselijke patisserie, een cake voor de zondag, maar het gaf hem een enigszins samenzweerderig voorkomen, als een negentiende-eeuwse anarchist die op weg is een bom te leggen in de hal van het kantoor van een reactionaire krant. Dat, samen met het nogal domme onderschrift *Als jongeman wist Lázár hoe je met een tommygun moest omgaan*, had ertoe bijgedragen dat in Alecs hoofd het idee werd bevestigd van de toneelschrijver als een romantisch figuur met een mysterieus en gewelddadig verleden, eigenaar van het soort geschiedenis dat hijzelf nooit zou bezitten.

Er waren miljoenen mensen gestorven om de wereld voort te brengen waarin Alec was opgegroeid. Dat werd hem bij elke Remembrance Sunday verteld voordat de bugel klonk en er stilte viel over de gelederen van schooljongens aan wie niet gevraagd zou worden hun rol te spelen omdat anderen dat voor hen hadden gedaan, omdat anderen hun levens hadden afgelegd als evenzoveel gewaden van weefsel en zijde, zodat er in Engeland tenminste niet midden in de nacht auto's kwamen voorrijden om dissidenten naar ondergrondse folterkamers te brengen, en democratie, 'die lieve oude hond', verder kon sluimeren in zijn lange dutje na het eten. En dat was natuurlijk een groot succes, een triomf, omdat iedereen wist, of was verteld, dat oorlog de hel is. Hij had de serie *World at War* – waarin Laurence Olivier de verschrikkingen opsomt van het Russische front, Hiroshima, de kampen – twee keer gezien, een keer op televisie, een keer op video. Er was geen gebrek aan meer eigentijds bewijs. Iran en Irak. Afghanistan. Tsjetsjenië. Eindeloze oorlogen in Oost- en Centraal-Afrika. Oorlogen als Desert Storm, uitgevoerd met bruutheid uit het boekje, met pers-briefings en generaals uit een castingbureau. Oorlogen vol verbazingwekkende moordzuchtigheid van buren, zoals de oorlogen die ongemakkelijk waren geëindigd in Kroatië en Bosnië. Vechten was voor grote delen van de planeet nog steeds een allesoverheersende bezigheid. Maar Alec was in Engeland en was maar één keer getuige geweest, van veilige afstand, van het soort lukrake geweld rond sluitingstijd dat door alle Britse steden in het weekend werd opgehoest. Hij besefte dat hij daar dankbaar voor moest zijn. Verkeersslachtoffers maakten hem van streek. De aanblik van een visboer die een vis 'schoonmaakte' maakte hem onpasselijk. Hij was fijngevoelig, vatbaar voor verkoudheid. Zijn eigen frontlinie had bestaan uit vier jaar Frans geven aan een openbare school in Zuid-Londen, aan het einde waarvan (tijdens een meedogenloze dinsdagse lunchpauze na de kerstvakantie) hij gewoon de benen had genomen. Maar hij kon nog steeds niet helemaal loskomen van bepaalde naïeve en krachtige dagdromen waarin hij met een man als Lázár op de barricaden vocht, of met opa Wilcox onder een vurige hemel rende om een bloedende kameraad in veiligheid te brengen. Het was op een komische manier deprimerend, het besef dat er nooit een foto van hem zou zijn waarop hij ernstig in Tooting Common zou staan met het bijschrift: *Als jongeman wist Valentine hoe hij met een tommygun moest omgaan.* Dat was niet zijn soort leven.

Sinds hij was aangesteld als Lázárs vertaler waren er over en weer e-mails verstuurd tussen Parijs en Alecs flat in Londen: vragen opgeroepen door de tekst, en antwoorden – precies en zakelijk – niet door

Lázár ondertekend, maar door een zekere 'K. Engelbrecht', vermoedelijk Lázárs secretaresse (Katrina? Katya?). Alec had afgesproken dat hij
Lázár in september op een receptie in Londen zou ontmoeten, samen
met de directeur van het Royal Courttheater en diverse acteurs, ont-
werpers, technici en leidinggevenden, die aan de productie zouden
deelnemen. IJs en weder dienende zou eind januari de première zijn.

Voor Alec was dit zonder twijfel de belangrijkste klus die hij ooit
had opgeknapt. Marcie Stoltz, de literair manager van het Courttheater, had zijn nieuwe vertaling van *Le Médecin malgré lui* gezien in
het Rathaus in Hackney toen ze naar een vervanger zocht voor Chris
Eliard, Lázárs vaste vertaler, die onder mysterieuze omstandigheden
van zijn jacht was verdwenen terwijl hij in zijn eentje over de Golfo di
Genova zeilde. Stoltz had Alec opgebeld en hem uitgenodigd voor een
lunch bij Orso's in Coventgarden, een restaurant van het soort waar hij
in zijn leven nog nooit een voet had gezet, en na borden met asperges
en kreeftravioli had ze hem het contract aangeboden met de verklaring dat het nieuwe stuk enigszins afweek van het andere werk van
Lázár. Niet dat het vrolijk was, maar ook niet *somber*. 'Bepaalde han-
delingen van een natuurlijke gratie et cetera,' zei ze, vork in de ene
hand, een Marlboro Light in de andere, terwijl ze Alec met een geamuseerde en gevoelvolle blik opnam. Er was, zoals gewoonlijk, niet
veel geld mee te verdienen – 'zou je dolgraag tonnen meer willen geven' – maar genoeg, als je het zorgvuldig begrootte, om zijn verafschuwde 'technische' werk (het laatste was een document over remsys-
temen voor SNCF) te kunnen opgeven. Na twee grote glazen witte
huiswijn en na afscheid te hebben genomen van Stoltz, bijna voor haar
buigend toen ze zich in Wellington Street in een taxi wurmde, had hij
de rest van de middag rondgelopen door Regent's Park, glimlachend
naar hondenuitlaters en toeristen, zelfs naar politieagenten, die argwanend terugknikten, het verdacht vindend dat ze aardig werden gevonden. Eindelijk was hij een man met goede vooruitzichten! En hoewel
hij het al lang geleden had opgegeven met zijn broer te concurreren –
de zinloosheid daarvan was hem al op de lagere school gebleken – zou
hij nu, met Lázár aan zijn zijde, niet *volledig* overschaduwd worden.
Hij belde Alice op vanuit een telefooncel ergens in Marylebone, struikelend over zijn woorden, zich ervoor schamend hoe graag hij haar
goedkeuring wilde, hoe opgelucht hij was haar volmondige 'Goed
gedáán, Alec!' te horen. Maar terwijl hij huiswaarts liep, zijn voeten

pijn gingen doen, en zijn hoofd troebel werd van de drank, was er een nieuwe rusteloosheid en onvoldaanheid voor de euforie in de plaats gekomen, alsof iemand het gordijn opzij had getrokken en licht had binnengelaten in een kamer die alleen draaglijk was geweest in het duister.

Het toneelstuk was getiteld *Oxygène*: zevenenzestig pagina's in karton gebonden typoscript dat in een uitgebeende, elliptische taal het verhaal vertelde van een mijnramp ergens in Oost-Europa. Het zou worden opgevoerd op een draaitoneel met twee decors, 'bovengronds' en 'ondergronds', afwisselend zichtbaar. De handeling begint met een explosie die de mijnwerkers insluit aan het eind van een nauwe schacht. Bovengronds proberen een reddingsteam en een koor van verwanten zich een weg naar hen toe te banen. Hoop houdt stand tot aan het einde van het eerste bedrijf, maar in het begin van het volgende is het iedereen duidelijk dat het reddingswerk maar tot één resultaat kan leiden. Ondergronds worstelen de mijnwerkers om in het reine te komen met hun lot. Voor de een is het niets anders dan de wrede majesteit van de feiten – te veel steen, te weinig kracht. Een ander vindt vrede in een religieuze berusting en verenigt zich met de wil van zijn Schepper. Een derde gaat tekeer tegen de eigenaars van de mijn die hen hebben gedwongen door te gaan met boren ondanks waarschuwingen betreffende de veiligheid van de tunnel. In het midden van het bedrijf breekt er een gevecht uit tussen twee mannen die zo naar lucht snakken dat ze alleen nog maar met elkaar kunnen schuifelen als dronken geliefden. Wanhoop sijpelt naar binnen als een gas. Zelfs zij die zich bovengronds bevinden vallen eraan ten prooi, hijgend alsof ook zij blootgesteld zijn aan de dreiging van verstikking. Maar op het moment dat alle verdere moeite vergeefs lijkt, weet een van de ingesloten mannen, György, een veteraan van de mijnen, zich te vermannen en doet met zijn laatste restje kracht een nieuwe aanval op de rots, terwijl bovengronds bij het invallen van de duisternis een jonge vrouw, misschien in de war van verdriet, een van de achtergelaten pikhouwelen ter hand neemt en er onhandig mee op de aarde inhakt. Terwijl het licht in de zaal wordt gedoofd en het publiek in het donker zit, weerklinken de regelmatige slagen van het gereedschap, een geluid dat volgens de tekst 'triomfantelijk maar ook spottend' moet zijn.

De kracht van het stuk werd Alec al duidelijk bij de eerste vluchtige lezing in het uur nadat de motorkoerier – wiens aanwezigheid in de flat een grote indruk op meneer Bequa had gemaakt – het begin april had bezorgd. De volgende dag had hij het meegenomen naar Brooklands, waar Alice, wier ziekte officieel nog steeds in een periode van remissie was, hem had uitgenodigd om van het mooie weer te genieten, en hij had het een tweede en derde keer gelezen terwijl hij in de boomgaard zat onder een overhuiving van appel- en kersenbloesem.

Stoltz had gelijk. Het toneelstuk had niet de somberheid en het scepticisme van Lázárs vroegere werk, en dat was grotendeels te danken aan het personage György, een man die in zijn jeugd misschien model had gestaan voor een klassieke sovjetarbeider-held, en zichzelf in monumentaal koper gemodelleerd had zien worden voor een openbaar plein, maar die veertig jaar later, van zijn illusies beroofd, vrij van alle dogma's, louter fatsoenlijk is, met de soort ruggengraatmoed en ruggengraatmoraal die Camus onderschreef. Zouden ze, gezien de jonge vrouw bovengronds die er samen met hem in blijft geloven, uiteindelijk toch nog ontkomen? Het was natuurlijk onwaarschijnlijk, hoogstonwaarschijnlijk – maar er was niets in de tekst wat een dergelijke gedachte verbood.

Midden in haar lente-opleving was de tuin in Brooklands onverzorgd, uitgegroeid, bijna weelderig. Bijen waren aan het werk in de bloesem; de aarde tikte als een warme auto. Alice negeerde de laatste voorschriften van haar uitgebreide dieet en ze gingen naar de delicatessenzaak in Coverton om haar oude lievelingsspijzen te kopen – Parmaham, apfelstrudel, Vienetta-ijs, gemberwafeltjes – etenswaren uit een gouden eeuw vóór biopsies en periodieke controles.

Terwijl Alec aan het werk was, was hij zich ervan bewust dat zijn moeder naar hem opkeek van haar boek, en hij had genoten van dat kijken, had het gewicht en de warmte ervan gevoeld, die blik die nooit helemaal kritiekloos was maar van een kwaliteit en intensiteit waarvan hij heel zeker wist dat niemand anders die ooit voor hem zou hebben, of zou kunnen hebben. Drie dagen, drie warme dagen in april die in de terugblik een heel seizoen leken, en het verbaasde hem dat hij zich toen niet méér bewust was geweest van zijn geluk, dat het niet op de een of andere manier een *afdruk* in hem had achtergelaten als een merkteken, of hoe je het tegenovergestelde van een litteken ook moest noemen.

De volgende week belde ze hem 's ochtends vroeg toen hij nog in bed lag. Ze was moeilijk verstaanbaar geweest en had gedeprimeerd

geklonken, boos ook, en hij was vol duistere voorgevoelens afgereisd.
Zelfs aan het mooie weer was een einde gekomen, en op weg naar het
ziekenhuis voor de nieuwe controles reden ze door zompige lucht op
wegen die zilverig glansden van de regen. Hij wachtte op haar op de
parkeerplaats van het ziekenhuis, naar de radio luisterend en naar buiten kijkend naar een landschap van containertoiletten, smerige bomen en barakachtige gebouwen. Opgejaagde mensen haastten zich
met hun jassen boven hun hoofd naar buiten, of waren in gevecht met
hun paraplu's om ze in de wind te draaien. Er waren scans en bloed-
onderzoeken, gevolgd door een wachtperiode van tien dagen voordat
ze de resultaten kon ophalen bij haar specialist. Zelfs in zo korte tijd
was de verandering in Alice zichtbaar, meetbaar. De marineblauwe
jurk die ze had aangetrokken voor haar afspraak met Brando leek haar
twee maten te groot, en haar make-up, dikker aangebracht dan anders,
leek een onhandige poging om te verbergen wat er met haar gezicht
gebeurde, het leeglopen van haar gelaatstrekken, de kringen onder
haar ogen alsof ze door slapeloosheid was gekneusd. Hij parkeerde de
Renault zo dicht mogelijk bij de deuren van de oncologieafdeling,
maar toen hij snel naar haar kant van de auto was gegaan en haar arm
had gepakt, had ze hem afgeschud en was ze in haar eentje weggelo-
pen, waarbij ze er zelfs in slaagde een opgewekt 'Middag!' te roepen
naar een verpleegster die ze meende te herkennen. Ze bleef veertig minuten weg. Toen ze naar buiten kwam, stilhoudend bij het afstapje om
op adem te komen, om zich te vermannen, was het alsof ze ergens in de
krochten van dat lelijke gebouw uit elkaar was gehaald en daarna haastig, gebrekkig, weer in elkaar was gezet. Zelfs in de auto stappen was
plotseling een handeling vol moeilijkheden, een pantomime van ge-
brekkigheid. Hij zag dat haar ogen bloeddoorlopen waren, en een van
haar wangen was rood, alsof ze iets tegen haar gezicht had gedrukt.

Ze vertelde hem het nieuws onder het rijden, tegen de voorruit pratend met veel van de technische uitdrukkingen die ze de afgelopen jaren van de doktoren had geleerd. Toen ze uitgesproken was, voelde
Alec zich als een kind dat in een of andere bizarre angstdroom zijn vaders plaats achter het stuur heeft gekregen. Hoe moesten ze door de
volgende bocht komen? Hoe moesten ze *stoppen*? Als een bezetene had
hij geprobeerd te bedenken wat hij tegen haar zou kunnen zeggen (de
situatie was toch niet zo somber als zij het deed voorkomen?) maar op
het moment dat hij moest spreken, dat er niets meer van hem geëist

werd dan het soort ernst dat vijf avonden per week door de Amerikaanse soaps werd uitgevent, wilden de woorden niet komen. En hoewel hij visioenen had waarin hij op een parkeerplaats stopte om haar te omhelzen, iets van zijn *eigen* pijn te etaleren, deed hij niets, uit angst dat wat hij ook kon zeggen of tonen schromelijk tekort zou schieten. Uit angst ook, misschien, voor wat er zou kunnen gebeuren als hij er wel in slaagde uit te drukken wat hij voelde.

Op Brooklands had ze hem beleefd bedankt voor het brengen. De regen was voorbij, de wolken hadden zich verspreid en de avond was onverwacht sereen, blauw en mild. Hij ging het huis in om thee te zetten (hij trof de volgende dag de volle kopjes onaangeroerd aan), bespionneerde vervolgens Alice door een raam op de overloop, sloeg haar gade terwijl ze in de tuin van bloembed naar bloembed ging in wat hij – het sneed hem door de ziel – als een daad van afscheid zag.

Tegen achten lag ze in bed. Aan de keukentafel schreef hij Larry: een stijve, verwarde, woedende brief vol zelfmedelijden (*Herinner je je ons nog? We zijn je familie…*) die hij meteen verscheurde, waarna hij de snippers in een oude yoghurtbeker stopte en de beker diep in de vuilnisemmer in de keuken. Later sprak hij Larry aan de telefoon, en toen hij de schok in de stem van zijn broer hoorde, verdampte zijn woede en kwam er een verlangen voor in de plaats om zichzelf geheel en al aan de zorg van zijn broer toe te vertrouwen, om door hem te worden gedragen. Ze hadden een halfuur gepraat – Alec was het meest aan het woord – totdat Larry had gezegd, zo teder dat Alec niet durfde te antwoorden: 'Ik kom wel naar jullie toe, broertje. Kun je het nog even volhouden?'

De papieren op zijn schoot leggend zette Alec zijn bril af, sloot zijn ogen en masseerde zijn neusbrug. Hij werkte nu geheel bij het zwakke lamplicht en had zijn ogen overmatig ingespannen en zichzelf een lichte hoofdpijn bezorgd. Toen hij zijn ogen opende viel zijn blik op de wirwar van crèmekleurige en framboosrode roosjes die over de resten van een bakstenen muur hing die ooit het terras had gescheiden van de rest van de tuin, maar in zijn vaders tijd was gesloopt, waarbij alleen dit kleine gedeelte was gespaard voor de bloemen. Dit waren de rozen van Alice, en toen hij ernaar keek zag hij haar – een beeld, een eroverheen geschoven beeld dat zijn scherpte al begon te verliezen – terwijl ze de verkleurde, uitgebloeide bloemen verwijderde met snelle, behendige polsbewegingen. Insecten verscholen zich in de vochtige harten van de bloemen en vernietigden ze misschien. Soms kropen ze onder de manchetten van haar blouse en dan schudde zij ze eruit, er niet geheel onverschillig voor, maar niet iemand die toegaf aan bangigheid. Ze had geen geduld met het soort vrouwen dat gilde bij het zien van een spin of een muis. Meer dan eens had hij haar honden zien overbluffen, Dobermanachtige bastaardhonden die te voorschijn sprongen aan het eind van boerenerven of plotseling opdoken in de bocht van een stil pad. En het verhaal van hoe ze had afgerekend met een dronkelap die in een parkeergarage in Bath met een gebroken wijnfles voor haar gezicht had gezwaaid, maakte deel uit van de familiefolklore. Je kon natuurlijk niet anders verwachten van een dochter van de held van Arnhem, wiens fotografische beeltenis, die opmerkelijk veel weghad van een jaren-veertigversie van Larry, uit zijn zilveren lijst staarde tussen de voorouders op het notenhouten buffet in de eetkamer.

Tot nu toe had haar moed haar op de been gehouden. Van begin af aan had ze het gehad over 'ermee leven', wat betekende zich waardig gedragen, geen nodeloze drukte maken. Maar wie kon de aanval weerstaan van een ziekte die zijn eigen kwaadaardige intelligentie leek te bezitten? Die het leven haatte, maar zich er vraatzuchtig mee voedde? Er zou een dag komen, of een nacht, een nacht als deze, dat ze niet meer in staat was 'ermee te leven', en iemand anders de last op zich zou moeten nemen. Wat dan? Hij wierp een blik op het manuscript. *Hamerslagen, staal op steen, een triomfantelijk maar ook spottend geluid.*

6

László Lázár stond in het trapportaal buiten zijn appartement over de leuningen naar beneden te kijken naar zijn buurman, monsieur Garbarg, die buiten zíjn appartement naar boven stond te kijken. Garbarg hield een rood-wit geblokt servet in zijn hand, de kleine banier van zijn onderbroken maaltijd. Bij zijn schouder, in de deuropening, stond Garbarg senior, die blind was en wiens gezicht zoals gewoonlijk behoedzame verbazing uitdrukte.

'Iets in de oven, messieurs,' riep László vrolijk. 'Een kleine ontploffing.' Hij haalde zijn schouders op, in de hoop daarmee te suggereren dat zulke voorvallen een vermoeiend maar amusant onderdeel van het menselijk lot vormden. De jongere Garbarg knikte, maar zonder László's glimlach te beantwoorden. Ze waren vijftien jaar buren geweest, en hoewel ze bijna niets van de kale feiten van elkaars leven wisten – László had geen idee wat Garbarg junior voor de kost deed – hadden ze elkaar op de een of andere manier heel goed leren kennen, als door een proces van wederzijdse osmose. Zodra László het schot had gehoord, zo bizar hard en met niets anders te vergelijken dan met een pistoolschot, had hij geweten dat Garbarg zijn stoel achteruit zou schuiven en naar de deur zou benen om op een verklaring te wachten. László verdacht zijn buren ervan een duister wantrouwen te koesteren tegen émigrés, zelfs tegen degenen die al veertig jaar in het land woonden en het land kenden en liefhadden en de taal even vloeiend spraken als hun moedertaal, misschien zelfs vloeiender. Natuurlijk konden de Garbargs andere redenen hebben gehad om een hekel aan hem te hebben. Het viel moeilijk uit te maken hoeveel van zijn leven zichtbaar was voor hen.

'Het spijt me, messieurs, dat ik u heb gestoord in uw maaltijd. *Bon appétit!*'

De buren trokken zich terug in hun respectieve appartementen. László deed zijn deur discreet dicht, angstvallig vermijdend een geluid te maken dat zou klinken als een klap, een ontploffing of een schot, en liep toen snel door de gang met parketvloer, de ruggengraat van zijn appartement, naar de eetkamer aan het andere eind. Voordat hij naar buiten was gegaan om de Garbargs te kalmeren had hij vastgesteld dat er in de eetkamer niemand was gewond. Nu ging hij, niet zeker of hij geamuseerd of ontsteld moest zijn, de kamer in als de detective in een verhaal over een moord in een landhuis, het soort verhaal dat hij als jongen soms had gelezen in sjofele Hongaarse uitgaven.

Zijn secretaris, Kurt Engelbrecht, het korenblonde haar afgeschoren tot op zijn elegante schedel, was Franklins kraag aan het losmaken, terwijl Laurence aan de andere kant van de tafel stond, opnieuw in tranen en as morsend op het tapijt. Franklin, grauw en verbijsterd, lag languit op de divan maar begon er alweer zelfvoldaan uit te zien. Op het linnen lag naast een kom verse vijgen het pistool als een stuk kostbaar tafelgerei.

'Wat heb je geraakt?' vroeg László bars. Franklin wees met een trillende vinger naar de boekenkast aan het eind van de kamer, en László ging ernaartoe om de schade op te nemen. De kogel had zich in de rug van een dichtbundel geboord, op manshoogte in de boekenkast. Hij trok het boek eruit en liet het hun zien.

'Je hebt Rilke geraakt,' deelde hij mee. 'De daad van een fascist.'

'Ik wist niet dat dat rotding geladen was,' zei Franklin zwakjes. Kurt zat nu op zijn knieën de Amerikaan koelte toe te wuiven met het programmaboekje van *Madame Butterfly*.

'Een neppistool, maar niet heus!' zei Laurence.

László haalde zijn schouders op en vulde met zorg vier kleine glaasjes met de Zytnia-wodka. 'Idioot,' zei hij kalm, terwijl hij Franklin zijn glas gaf.

Zodra ze hadden gedronken en hun lippen met de rug van hun hand hadden afgeveegd – iets wat onvermijdelijk leek wanneer je wodka dronk – vroeg László: 'Weet iemand hoe je de kogels eruit moet halen?'

Maar niemand scheen het wapen nu te willen aanraken, alsof het alleen maar lag te rusten, op de tafel naast de vijgen genesteld, een ding met narigheid erin. Ten slotte liet László, in zichzelf mompelend en met het gevoel dat hij de enige volwassene was in een kamer vol lastige kinderen, er een servet overheen vallen, omwikkelde het pistool zorgvuldig en stak de gang over naar zijn studeerkamer, een kamer van twintig vierkante meter die uitkeek op het zuiden in de richting van de boulevard Edgar Quinet en het kerkhof waar Sartre en De Beauvoir en de illustere Beckett lagen. Er stonden twee bureaus in de kamer: het ene, dat dichter bij het raam stond, was bezaaid met papieren en bekrabbelde systeemkaartjes, en een stuk of tien zwarte Pentel-viltstiften waar László bij voorkeur mee schreef. Het andere, een groter bureau dat tweedehands was gekocht bij een faillissementsuitverkoop, was voorzien van een computer, een fax-telefoon en een lamp met een groene kap en een massief koperen voetstuk. Op dit bureau waren de papieren op nette stapeltjes gelegd, en op de hoek van het bureau stond een vaas met gele fresia's waar de hele kamer naar rook. Hier werkte Kurt – schreef hij brieven, hield hij de agenda bij, handelde hij de telefoontjes af – opdat de toneelschrijver zijn tijd kon besteden aan kunst in plaats van leven.

László knipte de lamp aan en ontblootte het pistool. Het was een kleine zwarte Beretta .32 met een korte, dikke loop, het soort pistool dat ontworpen is voor meer geheim gebruik, een pistool voor spionnen, geheim agenten en nerveuze huisvrouwen. Hij tilde het uit zijn nest in het witte damast. Het was lang geleden dat hij voor het laatst een pistool had vastgehouden – een leven lang – en de mysterieuze energie van het ding intrigeerde hem. Het kon niet meer hebben gewogen dan een ouderwetse zilveren sigarettenkoker of een van de wat omvangrijkere Livres de Poche – *Les Misérables* bijvoorbeeld – maar aan de zuiverheid van zijn doel kon niet worden getwijfeld, net zo min als aan de kracht die het hem schonk toen hij zijn vuist om de kruisarcering op het handvat sloot. Hij kon er nu mee naar beneden gaan en de Garbargs doodschieten, het nette tik-tik van de wijsvinger des doods op hun nek, zodat ze voorover met hun gezicht in hun soepborden vielen. Of als zijn etentje geen succes mocht blijken, als het kalfsvlees mislukt of de conversatie vervelend zou zijn, dan zou het hem maar een ogenblik kosten om zijn gasten wreed te vermoorden. Maar als de wereld hem krenkte zou het misschien eenvoudiger zijn om zichzelf dood te schieten, zoals enkele jaren geleden een vriend van zijn vader had gedaan, een collega-dokter, uit het raam leunend zodat zijn hersens niet op het tapijt zouden spatten, en zonder een briefje achter te laten, geen andere mededeling dan zijn eigen, over het raamkozijn gedrapeerde lijk. Kon iemand door het leven gaan zonder een uur of twee over de dikke blauwe lijn van zelfmoord te denken? *Se donner la mort.* Zichzelf de dood geven. En hoe groot was de afstand die je moest overbruggen tussen het idee en de daad? Misschien niet zo groot, helemaal niet groot als je een apparaat als de Beretta had en niets vermoeienders hoefde te doen dan de trekker overhalen. Als jongeman, toen om voor de hand liggende redenen het idee meer dan eens in hem was opgekomen, in zijn meest verleidelijke vermomming, als de oplossing van een uitputtend en onoplosbaar innerlijk conflict, had hij geweten dat hij het nooit zou kunnen doorzetten zolang zijn moeder nog leefde. Maar sinds 1989 was ze dood, begraven in Wenen waar ze haar laatste jaren had doorgebracht met oom Ernö, en hij herinnerde zich hoe het inderdaad bij hem op was gekomen toen hij met de trein voor de laatste keer naar Wenen reisde, die rudimentaire doodswens waaraan hij plotseling in alle vrijheid gehoor kon geven, want er was niemand anders dan zij die het niet zou overleven, die er niet overheen zou kunnen komen. Hij hief het pistool en streek met het satijnzachte stompe stuk metaal van de loop over zijn slaap, zich (met een zeker genot) een voorstelling makend van de conversaties na de begrafenis, wanneer vrienden elkaar aan zouden staren en hoofdschuddend zouden zeggen: 'Hij had zoveel om voor te leven! Weet jíj waarom hij het heeft gedaan?'

De telefoon ging twee keer over, hield toen op, piepte, en een randje papier begon uit de mond van de fax te glijden. László wikkelde de Beretta snel weer in het servet, alsof hij was betrapt op het aannemen van poses voor de spiegel. De vetgedrukte woorden **Servische Gerechtigheid** krulden in het zicht, en vervolgens – wazig maar duidelijk genoeg – plaatjes waar hij niet naar wilde kijken maar waarvan hij zijn blik ook niet meteen kon afwenden. Een menselijke rug, zwart en gezwollen van een afranseling. Een mannenlichaam met gespreide ledematen in een greppel. En het onvermijdelijke uitvloeisel: een vrouw met een hoofddoek, verbijsterd, ontzet, haar handen uitgestrekt in een ellendig smeken – een beeld dat emblematisch leek voor de hele eeuw. Het was niet voor het eerst dat hij zulk materiaal ontving. Sinds begin maart waren er kaarten, foto's, statistieken, verschrikkingen geweest. Hij wist min of meer waar ze vandaan kwamen en voelde opnieuw ergernis opkomen over het feit dat hij op deze manier werd lastiggevallen. Politieke junkmail! Kurt kon het morgenochtend afhandelen, het ergens opbergen. Als hij geweten had hoe, zou hij de fax hebben uitgezet, hem hebben belemmerd, misschien door aan de snoerkluwens te trekken die naar het stopcontact aan de muur leidden, maar hij was onwaarschijnlijk onwetend gebleven van wat hij nog steeds de 'nieuwe' technologie noemde, en hij wilde niet het risico lopen dat Kurt een halve dag chagrijnig zou zijn.

Op de boekenplank boven zijn bureau versprongen de cijfers van de wekkerradio van 20:59 naar 21:00. Karol kon elk moment verschijnen en er waren nog steeds de nodige klusjes in de keuken te doen voordat ze konden eten. Maar toen hij de studeerkamer verliet stelde hij zich voor dat de fax de hele avond zou doorgaan, het papier zich over het bureau, over de vloer zou verspreiden en vervolgens in ritselende lussen naar het plafond zou stijgen. Een onuitputtelijke klacht. Een orakel. Een aanhoudend: 'Te wapen!'

7

Met zijn jasje over zijn schouder geslagen kwam Larry uit de satelliet van het shuttlevliegtuig op het vliegveld van L.A. De jonge joodse moeder liep voor hem met het kind op haar heup totdat een gezelschap van joodse mannen met *streml* en keppeltjes hen tegemoetkwam. Een van hen, een prachtig gebouwde jongeman, zijn baard zacht en glanzend als het schaamhaar van een meisje, was blijkbaar de vader van het kind, en ze klom in zijn armen, alle misselijkheid vergeten, trots en giechelig, herenigd met haar held, gered.

Larry sloeg hen een tijdje stiekem gade, tussen het zakenvolk door dat zich onder de schermen met vluchtinformatie had verzameld. Wat zou het fijn zijn als hij op een of andere manier in dat kleine groepje opgenomen kon worden en hun geluk kon delen! Hij zag zichzelf voor zich in een fris wit overhemd, oom Reuben misschien, met het type voortreffelijke witte huid waar bepaalde soorten rechtschapenheid mee gepaard gaan. Hij zou een kruidenierswinkel bezitten in de binnenstad, of een koosjere delicatessenzaak zodat zijn vingers vaag naar tafelzuur roken. *Vi gay'st du*, Rueben? Kom erbij!

Hij liep verder, ging een van de bars in de aankomsthal binnen en bestelde een Budweiser, die hij meenam naar een kruk bij de houten indiaan. Het was pas het derde biertje van de dag – de eerste twee in de keuken thuis voor zijn vertrek – en dit beschouwde hij nog steeds als een aanvaardbaar consumptiepeil. Hij wist dat er onder zijn Californische kennissen enkelen waren die hem als een alcoholist beschouwden omdat hij er zijn hand niet voor omdraaide om onder het tafelen één à anderhalve fles Napa Valley-wijn te drinken, of zes blikjes bier tijdens een film op tv, maar zij hadden geen echte alcoholist aan het werk gezien, en hij wel en hij kende het verschil.

Zijn vader, Stephen Valentine, had de laatste zes maanden van zijn leven openlijk als een dronkaard geleefd, zonder nog de moeite te nemen zijn ochtendlijke bekerglas wodka bij te vullen met een paar centimeter sinaasappelsap, of om elf uur een lepelvol koffie bij zijn whisky te doen. Hij had het spul puur gedronken en met een zekere trieste bravoure, zodat de volle omvang en tirannie van zijn dorst ten slotte aan het licht kwamen. En het had een zekere zatte waardigheid gehad die het leven er gemakkelijker op maakte, het bevrijdde van die vermoeiende en beschamende schijn, de zielige fictie dat 'papa alleen maar een beetje moe is'. Hoewel het in zekere zin natuurlijk waar was geweest; hij wás moe geweest, tot gekwordens toe afgemat van de poging een leven te leven dat hij, met die geheime ingewijdenvisie die geen vrouw of therapeut ooit zou kunnen delen, als een onherroepelijke mislukking beschouwde.

Al vroeg hadden de broers geleerd hoe ze zijn woedeaanvallen moesten doorstaan, die avonden dat hij als een onweer door het huis ging, beschuldigingen tierend en op zoek naar de verloren oorzaak van alles, de verkeerde afslag die tot zijn ondergang had geleid. Moeilijker dan de woede waren de buien van grove sentimentaliteit wanneer hij in de speelkamer verscheen omdat hij bij zijn jongens wilde zijn en mee wilde doen en zich wilde gedragen als andere vaders. Maar hij stonk naar drank, en de broers hadden hem daar niet willen hebben – te luidruchtig, te geforceerd, te grimmig lollig. Wanneer Alice het uit de hand zag lopen keerde ze zich soms tegen hem – zuiver moederinstinct, een kracht die hen allen te boven ging, woest en puur – en Stephen sloot zich dan op in de werkkamer of in het oude tuinhuis, waar Larry hem op een middag zag zitten, zijn rug, zijn botloze schouders, tussen de jute en oude appels. Hij zat zich van een fles te bedienen alsof het *werk* was, en toen, gewaarschuwd door een verandering in de lichtval, draaide hij zich om naar het raam om zijn zoon te zien en een lange blik met hem uit te wisselen door het met spinnenwebben bedekte glas, een blik die Larry had geleerd – het soort lessen dat door het oog naar binnen gaat als een virus – dat het niet de giftigheid van de alcohol was die een dronkaard doodde, maar de niet af te schudden last van het zelfbewustzijn.

Alec had zich op Larry gericht. Larry had zich op Alice gericht. Maar wie had zíj om zich op te richten? Op wiens kracht of voorbeeld had zij een beroep gedaan in de nacht dat er een politieagent op de drempel had gestaan, zijn fluorescerende jack glinsterend van de regen, met de vraag of haar echtgenoot in een hemelsblauwe Rover had gereden? De jongens, gewekt door het belgeklingel, waren boven aan de trap bijeengekropen, turend door de open deur van de hal. Ze wisten dat er een ongeluk gebeurd moest zijn – waarom kwamen politieagenten anders midden in de nacht aan de deur? – maar de details, de kletsnatte weg, de snelheid, de onverlichte bocht, de auto die in de berm vloog, deze details kwamen maar langzaam naar boven, uit verscheidene bronnen, na maanden of zelfs jaren. Sommige dingen was Larry nooit te weten gekomen: de bijzonderheden van zijn vaders wonden, of hij in één klap dood was geweest of de botsing had overleefd en een tijdje met zijn gezicht tegen het stuur gedrukt had gelegen en het holle gekletter van de regen op het autodak had gehoord. Wat voor soort gedachten had een mens dan, voordat de neuronen in het wilde weg begonnen te vuren? Zou hij zich verlost hebben gevoeld toen de Dood ten slotte de natte grond overstak om hem te zoeken? Was er tijd geweest om zichzelf te vergeven? Om zich vergenoegd te voelen?

Hij moest zich even heroriënteren, keerde langzaam terug in het hier en nu door de mensenmenigte in de hal te bestuderen, en verwonderde zich erover hoe weinig mensen er eigenlijk tegen elkaar op liepen. Hij verlangde naar een sigaret, maar zoals het grootste deel van de staat Californië was de bar een rookvrije zone, en daar een sigaret opsteken zou net zoiets zijn als Kirsty die in haar bikini door de binnenstad van Teheran liep. Hij dronk zijn bier op en ging naar buiten naar de taxistandplaats waar de taxi-opzichter een grote rommelige Ford naar voren wuifde. Op de bumper zat een sticker met de tekst: 'Als ik je snijd, niet schieten!' In de auto rook het sterk naar exotisch voedsel dat kort geleden was genuttigd. Larry vroeg of het goed was als hij er een opstak.

'Mag niet!' zei de chauffeur, een gedrongen en onberispelijk gemanierde zwarte man die, zo bleek, afkomstig was uit Ogbomosho in Nigeria, en die, te oordelen naar de toon waarop hij sprak, duidelijk klem zat tussen sympathie voor Larry's behoefte en trots op de extravagante verbodsbepalingen van zijn tweede vaderland. Larry knikte en probeerde het zich gemakkelijk te maken op de opbollende, glanzende zitting, terwijl hij naar buiten keek naar een woestenij van motels, billboards, miniwinkelcentra en 'blote' wegrestaurants. Hij was al vele malen in deze stad geweest. Het grootste deel van *Sun Valley General* was opgenomen in de studio's van North Las Palmas, en toen dokter B een grote rol ging spelen in de intrige was Larry in een witte verlengde limousine bij de studio afgezet. Maar de plaats die hij nu binnenging toen ze de snelweg verlieten bij de afslag naar Santa Monica, deze megalopolis die purperrood kleurde onder haar overhuiving van smog, bleef voor hem grotendeels een gesloten boek. Te schel, te groot, te smerig, te anders, was Los Angeles misschien altijd het eindpunt van zijn Amerikaanse odyssee geweest, een laatste Amerika waar hij nooit helemaal in door kon dringen.

Tien jaar lang, vanaf het moment dat hij zijn eerste reclamespots deed in New York toen zijn tenniscarrière in het slop begon te raken en hij was afgezakt tot drie cijfers op de wereldranglijst, had zijn liefdesrelatie met dit land standgehouden. Zijn eerste indruk van New York, van Manhattan, had hij opgedaan door de ramen van Nathan Slaters Lincoln Town Car toen ze op een dag in oktober tijdens de schemering onderweg waren naar Slaters kantoren op de zeventiende verdieping, die over Madison Square uitkeken. Later die avond waren ze met twee of drie andere 'ontdekkingen' van Slater naar de Palm in de East Side gegaan om kreeft te eten. Larry was zesentwintig, verleid door Slaters attentheid, door de honkbalsamenvatting op de radio (het was de tijd van de World Series), door de geestverschijningen van damp die oprezen uit de barsten en roosters in de weg, en bovenal door het adembenemendste, de aan filigraan herinnerende schoonheid van de wolkenkrabbers, wier verlichte kronen hij in het voorbijgaan probeerde te ontwaren door zijn nek te verdraaien.

Voor Alice – misschien ook voor Alec – waren Cultuur en Schoonheid en Stijl Europese fenomenen of, om precies te zijn, Franse. Amerika was Hollywood, Vegas en *rednecks*. Het was schreeuwerige reclame en slecht voedsel. Het was reddeloos vulgair. Maar voor Larry en zijn vrienden was Amerika zoiets geweest als de laatste plek op de planeet waar de dingen werkelijk gebeurden, een land waar een mensenleven nog steeds een mythische meerwaarde kon hebben. Na schooltijd hingen ze rond in Wimpy-snackbars of Little Chefs, een zestal tienerjongens zat drie aan drie aan weerskanten van de plastic ketchup-tomaat een Craven As of Lucky Strike te paffen. Ze rookten een halve sigaret in één keer op, tikten dan voorzichtig de as af en bewaarden de laatste helft voor de volgende dag. Ze lazen Louis L'Amour, Jack Kerouac en Hemingway. Sommigen, Larry niet, studeerden af op Mailer, Updike en Roth. Op zaterdagavonden kwamen ze samen bij Gaumonts en Odeons met footballjackjes aan van Amerikaanse universiteiten uit tweedehands-importwinkels in Bristol, en ze logen over hun leeftijd om Clint Eastwood of Charles Bronson uit steeds snellere auto's te zien stappen om steeds grotere pistolen uit hun jassen te trekken. Op de stereo-installaties met chromen voorkant van hun ouders draaiden ze Dylan en Hendrix, Motown, Lou Reed, Tom Petty, Zappa, Patty Smith. Hun taal was doorspekt met Amerikaanse woorden: 'cool', 'peachy', 'neat', 'far out', het alomtegenwoordige 'man'. En ze waren het er onderling over eens dat ze er vroeg of laat naartoe zouden gaan, naar het Westen, en in een Mustang zouden rijden en 'easy over' zouden zeggen tegen het meisje in het wegrestaurant dat vroeg hoe ze hun eieren wilde hebben, hoewel voorzover Larry wist hij de enige was die er ook werkelijk terecht was gekomen, de eenzame overlevende van al die tienerhunkering.

Halverwege zijn eerste martini in de Palm – zijn eerste martini waar dan ook – had Engeland een ver en obscuur eiland geleken waar hij nooit naar terug hoefde te keren, behalve zo nu en dan voor een bezoek aan Brooklands. Vliegtuig in, vliegtuig uit. Hij was de toekomst binnengegaan, en was half duizelig van dankbaarheid en het stoutste optimisme. De volgende avond was er in Slaters appartement in Greenwich Village een feestje begonnen met lange vrouwen en cocaïne, een feestje dat doorging tijdens de hele reclamecampagne voor luxe auto's – Britse, zo leek het tenminste – en toen met hem het land was overgestoken naar Californië; een parelsnoer van late en latere nachten toen hij kleine rollen kreeg en zijn hoogtepunt bereikte als dokter Barry Catchpole, waardoor hij bijna beroemd en bijna rijk werd, hoewel vreemd genoeg steeds minder tevreden, alsof hij, op een fataal moment dat hij naderhand nooit meer zou kunnen terugroepen in zijn herinnering of zou kunnen aanwijzen, ten prooi was gevallen aan een of andere wet van omgekeerde opbrengst, zodat hij minder dronken werd naarmate hij meer dronk, en minder plezier had naarmate hij meer fuifde, totdat hij op een ochtend naar buiten was gewaggeld in een San Francisco-mist om erachter te komen wat hij was, een roekeloze man, getrouwd met een vrouw die in haar slaap huilde, en vader van een klein meisje dat al meer dokters had gezien dan de meeste geestelijk en lichamelijk gezonde mensen in een heel leven te zien krijgen.

Je werd er moe van om het allemaal uit te zoeken. Zijn leven weerstond zijn pogingen om het te begrijpen. Het leek wel of hij de taal niet had, of wat het ook was dat je nodig had – de boeken, de tijd, de medicijnen. Hij was de tel kwijtgeraakt van de mensen die hem therapie hadden aangeraden, die hem de namen van hun eigen therapeuten hadden gegeven met de woorden 'ongetwijfeld de beste Jungiaan in de stad' of 'deze man *garandeert* succesvolle afsluiting'. Hij dacht soms dat de oplossing zou zijn terug te keren bij de tv-serie, maar Catchpole was verdwenen (met akelige ironie had de serie hem naar Engeland 'gestuurd' om een ziekelijke ouder te verplegen), en de ruzie met Liverwitz was niet van het soort geweest waarbij je de volgende week terug kon gaan om in te binden. Het was een hevige en fatale ruzie geweest, en in werkelijkheid was hij blij om verlost te zijn van de verpletterende stupiditeit van het programma, de niet-aflatende jacht op het banale. Waarom, had hij tegen Liverwitz getierd, waarom waren de enige patiënten die in het ziekenhuis werden toegelaten altijd alleen maar vrienden en verwanten van de mensen die daar werkten? Was dat gebruikelijk? Maar hij had nu al acht maanden geen serieuze inkomsten meer gehad. Zijn laatste betaalde werk was een reclamespotje geweest voor Wonder Bread in november. Sindsdien waren er beloften gedaan, was er veel gepraat onder het genot van een muntcocktail of een kweekgrassap, maar waren substantiële aanbiedingen uitgebleven. Hij had iets meer dan tienenhalfduizend dollar op de Bank van Californië, en in Londen een paar duizend pond, vastgezet in effecten en aandelen. Hij had bovendien de auto's – Kirsty reed in een Cherokee '93 – en het huis, dat grotendeels was afbetaald. Kirsty droeg een bescheiden inkomen bij van haar parttime werk in een dagverblijf voor mensen met leermoeilijkheden, maar haar salaris dekte amper de telefoonrekening die, sinds de ziekte van Alice, was verdrievoudigd. Cocaïne werd er niet goedkoper op. Dat gold ook voor de kosten van Ella's astmabehandeling, waarvan een groot deel niet door de verzekering werd gedekt. Dan was er nog het schoolgeld en de pianolessen van meneer Yip. De vluchten naar Engeland. Escortmeisjes. De belasting. Drank. Hoffmann. Boodschappen. Er kwam geen eind aan.

Al een tijd geleden had hij berekend wat hij zou kunnen erven wanneer Alice stierf: kort nadat er in de winter van 1995 voor het eerst kleincellige longkanker bij haar werd geconstateerd was hij, in weerwil van zijn zelfverachting, alvast aan het rekenen geslagen. Het zou niet veel zijn. Het huis zou verkocht worden, maar een oud huis in slechte staat op een stuk zompige heide zou wel geen fortuin opbrengen, en de helft ervan zou uiteraard naar Alec gaan. Het goede meubilair, dat neerkwam op de eettafel met zilveren kandelaars, een paar aardige schilderijen, eveneens in de eetkamer, en een deel van Stephens verzameling antieke klokken, zou nog eens drie- of vierduizend opbrengen. Al met al had hij uitgerekend – doorrekenend ondanks een schaamte die bij hem het zweet deed uitbreken – dat het hem veertig- of vijftigduizend dollar zou kunnen opleveren. Maar wanneer? Hij was al gaan lenen (Kirsty wist daar niets van) van mannen met overvoede politiehonden, mensen die zeiden 'Wij begrijpen elkaar, nietwaar?' en 'U bent een aardige vent', maar die wanbetalers ongetwijfeld grondig en instinctief zouden aanpakken.

Larry en de man uit Ogbomosho reden Century City en de Avenue of the Stars in, een zone van hoogbouw en ondergrondse winkelcentra tussen de L.A. Country Club en Rancho Park. Enkele ogenblikken later reden ze de halvemaanvormige oprit van het Park Hotel op, waar een bediende, gekleed in het rood-gouden livrei van een soldaat der koninklijke garde, het portier van de taxi opende en Larry bestudeerde door een zonnebril met spiegelende glazen. Larry betaalde de chauffeur en gaf hem een flinke fooi. De man had maar één oor; het andere leek knullig te zijn verwijderd met iets bots – tanden misschien. Het was, besloot Larry, terwijl hij zich lostrok van het gelakte oppervlak van de achterbank, een man die door de duisternis was gegaan, en die, als Larry tot hem door had kunnen dringen, daar misschien iets verstandigs over had kunnen zeggen. Hulp kon overal vandaan komen, net als ellende. Hij vond het jammer dat hij zijn kans had gemist.

Uit de taxi gestapt stak hij de sigaret op die hij vanaf het vliegveld in zijn vuist had gehouden en knikte naar het uniform van de koninklijke lijfwacht. 'U bent ver van huis', zei hij.

'Pasadena', zei de koninklijke lijfwacht. 'Bent u een tandarts?'

'Nee', zei Larry, vaag beledigd.

'Er zijn er vijftigduizend in de stad. Congres.'

Larry floot zachtjes en probeerde voor zijn geestesoog het beeld op te roepen van al die duizenden mannen in witte jassen die als een leger tien aan tien door de brede boulevards en achterafwegen van Los Angeles marcheerden. Toen mompelde hij, zich een regel herinnerend van een gedicht dat hij als schooljongen had voorgedragen in een voordrachtskunstcompetitie en waarmee hij een eervolle vermelding had gekregen: 'Ik had niet gedacht dat de dood zovelen had vernietigd.'

'Pardon?' vroeg de portier fronsend.

Larry schudde zijn hoofd. 'Denkt u dat het nog warmer wordt?' vroeg hij.

'Reken maar,' zei de koninklijke lijfwacht. 'Bloedheet.'

Larry nam een laatste trekje van de sigaret. Hij was een van die mannen met grote longen die in vier, vijf grote trekken een sigaret konden oproken, waarbij het papier terugwijkt onder een lange, scherpe askegel. De koninklijke lijfwacht verloste hem van de peuk en liep ermee weg naar een of andere geheime bak. Larry keek op zijn horloge. Kwart over twee Pacific Time. Iets na tienen 's avonds in Engeland, in Brooklands. Thuis?

'Welterusten, mam,' zei hij, en hij ging naar binnen om onder de tandartsen te zijn.

8

In haar droom zag Alice haar oudste zoon theatraal opduiken vanonder de reusachtige treurwilg in de tuin van haar ouders en over het gazon naar haar toe komen, terwijl hij in het Frans tegen haar zei dat hij haar zou redden. *Je te sauverai, maman. Je te sauverai.* Maar zelfs terwijl ze sliep, door de ballast van haar pijnstillers net onder de oppervlakte van het bewustzijn gehouden, wist ze dat het beeld iets knulligs en onwaarschijnlijks had. Larry sprak geen Frans en had op zijn zestiende, ondanks haar bijlessen, een dikke onvoldoende op zijn eindlijst. Alec was de linguïst, maar het was niet Alec die tegen haar glimlachte op het gazon. De droom was bedrog en ze ontwaakte in de duisternis, verward en geërgerd, met het gevoel dat ze was beetgenomen.

Langzaam zette ze alles weer op een rijtje en maakte zichzelf toen aan het glimlachen bij de herinnering aan een klas achtjarigen die de antwoorden zongen op haar geduldige drillen van Franse werkwoorden.

'Je…?'

'SUIS!'

'Tu…?'

'ES!'

De tragere, meer dromerige leerlingen vormden met hun lippen willekeurige woorden die in hen opkwamen, maar werden meegesleept door de anderen. Ze had het niet leuk gevonden hen te dwingen. Bij sommige kinderen is dat gedeelte van het hoofd op hun achtste gewoon nog niet ingeschakeld. Het is geen luiheid of domheid. Echt domme kinderen waren een zeldzaamheid, en ze placht tegen haar jonge leraren te zeggen: 'Schrijf een kind nooit af. Ga er nooit van uit dat het probleem bij hen ligt in plaats van bij jullie.' Er was niets mysterieus aan. Alec bijvoorbeeld, voor in de klas zittend als een jonge uil, zijn ogen vergroot door zijn bril, zijn haar in plukjes overeind, had nooit de minste moeite gehad met het leren van Frans. Deels natuurlijk omdat zij in het begin zijn lerares was, en hij haar zo graag wilde behagen, een beurtelings bekoorlijke en irritante karaktertrek die hij nooit echt ontgroeid was. De toon die ze in zijn stem had gehoord toen hij haar over het nieuwe toneelstuk vertelde, was dezelfde als die hij vroeger had wanneer hij haar zijn huiswerk bracht, alsof hij elk moment kon worden verpletterd door een enorme duim. Goed gedaan, Alec. Brave jongen. Ga Larry maar zoeken. *Je suis, tu es, il est.* Larry's koninkrijk was het sportveld. Aanvoerder bij cricket. Aanvoerder bij football. En later, als senior, aanvoerder van het tennisteam. Zo'n mannelijk joch! En zij was er altijd geweest, zich schor schreeuwend aan de zijlijn of aan de kant van de baan bij tennistoernooien die steeds beduidender werden. Het hart klopte haar in de keel wanneer hij uithaalde bij de baseline en de jongen aan de andere kant zich uitstrekte naar de bal in de lucht. De dag dat hij de Zweed versloeg, wiens naam ze volslagen leek te zijn vergeten, was de glorierijkste dag van haar leven. Ze had het willen uitschreeuwen vanaf de tribune zodat de hele wereld het zou horen: 'Ik ben de moeder! Ik ben de moeder!' Het was natuurlijk moeilijk voor Alec. De onvermijdelijke vergelijkingen. Altijd voorgesteld worden als 'Larry's broer' alsof hij zelf geen naam had. Maar ze had haar liefde zo eerlijk mogelijk verdeeld. Er was geen duidelijke oogappel geweest.

Wat was in vredesnaam toch de naam van die Zweedse jongen? Ze zocht een minuut lang maar vond niets anders dan een streep duisternis als een veeg verse zwarte verf die een plek in haar hoofd bedekte waar de naam had moeten zijn. Weg. Zoals de naam van de oudste zoon van mevrouw Samson, over wie ze gisterochtend nog hadden gesproken terwijl mevrouw S. rond het bed aan het stofzuigen was en 'de dingen op orde bracht'. En de namen van een tiental bloemen, en… wat was het, wat was het ook alweer wat ze onlangs was vergeten? Iets anders, de titel van een opera waarvan ze hield, of de naam van de nieuwslezer op de radio die ze heel goed wist en jarenlang had geweten. Wat ze zich wel herinnerde leek vaak heel willekeurig, alsof haar leven een oude rommelkamer was waar het geheugen als een dronkelap met een lantaarn doorheen waggelde. Zo bleek ze een fotografische herinnering te hebben aan de vleesvitrine in Tesco's, of herinnerde ze

60

zich woord voor woord een gesprek met Toni over haar poedel. Ze wilde niet heengaan met dat in haar hoofd, een laatste beeld van Toni's poedel dat transcendentaal boven haar zweefde zoals de papegaai van Hoe-heet-ze in het verhaal van Flaubert.

Ding! Ding! Ding!

De kleine blauwwitte jaspisklok in de nis onder aan de trap. Tien uur pas! Wat een epische lengte hadden de nachten gekregen! En wat verlangde ze naar iemand die een hand op haar voorhoofd zou leggen, iemand die zou zeggen: 'Het komt allemaal goed, het komt allemaal goed…' Zelfs de arme Stephen zou nu welkom zijn, de jeugdige Stephen, zoals hij was op de lerarenopleiding in Bristol toen ze elkaar voor het eerst ontmoetten, een eind weg lurkend aan die stomme pijp van hem, grapjes makend, over politiek pratend met een Manchesterse neusklank in zijn stem, Stalybridge. Natuurlijk dronk hij ook toen al, maar dat deden ze allemaal, het hoorde bij het jong zijn, bij de tijd dat iedereen te veel praatte en zich ongans rookte. Het was nooit een probleem totdat Alec werd geboren. Toen nam hij de gewoonte aan om, in plaats van op vrijdag- en zaternachten aan de zwier te gaan, onderweg van school naar huis de kroeg aan te doen en het drinken thuis voort te zetten voor de televisie of in zijn werkkamer. Tobbend, drinkend, nieuwe vijanden voor zichzelf fantaserend, zijn eigen doorwrochte hel opbouwend. Sommige mensen zeiden dat het erger werd nadat hij de promotie tot hoofd van de vakgroep op het King Alfredcollege was misgelopen. Anderen zeiden dat het kwam omdat hij in het hoger onderwijs wilde zitten, niet op een middelbare school, dat hij niet echt van kinderen híéld, maar dat was het niet. Er was iets met Stephen mis gegaan nog voordat ze hem had ontmoet. God mocht weten wat. Over jezelf praten noemde hij 'psychobabbel' en ten slotte werd ze het zoeken moe. Waarschijnlijk wist hij het zelf ook niet omdat het niet altijd duidelijk was. Je kunt het niet altijd een naam geven. Zoals haar kanker. Wat was de oorzaak ervan? Stress, sigaretten, pech? Een of andere geheime zwakte. Een haarscheurtje dat op een dag het huis doet instorten. Niemand van ons, dacht ze, niemand van ons overleeft onze onvolkomenheden.

Hij had de gewoonte tegen haar te schreeuwen, wat haar aanvankelijk schokte omdat er nog nooit zo tegen haar was geschreeuwd, omdat ze nooit had gezien hoe vreselijk lelijk iemand kan zijn die zo schreeuwt. Maar hij had haar maar één keer geslagen, en dat was dan ook genoeg. Een duw in de rug na een of andere idiote ruzie over Callaghan of de unionisten. Het was in de keuken. Ze had iets tegen hem gezegd en wilde weglopen toen hij een uitval naar haar deed en haar zo'n harde duw gaf dat ze wankelde en steun moest zoeken tegen de muur om niet te vallen. Ze was even bang geweest. Een beetje duizelig, louter van het onaangename van de hele situatie. Toen had ze zich naar hem omgedraaid, langzaam en kalm, omdat ze inmiddels wist dat voor dronkaards dezelfde regel gold als voor gevaarlijke honden. Toon geen angst. En toen hun ogen elkaar weer ontmoetten, toen hij het lef had om haar aan te kijken, was er een afstand tussen hen die geen van beiden ooit zou kunnen overbruggen, en bijna onmiddellijk had ze een zekere nostalgie gevoeld, niet naar hem, maar naar een idee dat ze had gehad over haar eigen leven, een opvatting die ze plotseling was ontgroeid. Ten tijde van het ongeluk zat hij op een fles per dag. Voornamelijk wodka, maar alles voldeed. De politie zei dat ze flessen in de auto hadden gevonden. In scherven, stel je je zo voor.

Maanden later belde zijn moeder heel laat op de avond op en zei dat een betere vrouw hem zou hebben gered. Je hebt niet op de juiste manier van hem gehouden, zei ze. Je hield niet naar behoren van hem, echt niet, Alice. Het is een schande, zei ze. Je moest je schamen. Kreng. Wat? Kreng, zei ze. En ze hadden geruime tijd over de telefoon naar elkaar gehuild, toen gesnuft en afscheid genomen, en dat was dat, afgezien van de kaarten met een ingesloten briefje van vijf pond op de verjaardagen van de jongens.

Drie mannen in een heel leven. Het maakte haar bepaald niet tot een Messalina. Rupert Langley, die haar eerste vrijer was geweest, haar tennispartner en begeleider, de jongen aan wie ze haar maagdelijkheid verloor. Toen Samuel Pinedo. Toen Stephen. Nog een paar met wie ze voor haar huwelijk wat had geflikflooid op dansfeestjes, of die haar in de jaren na het ongeluk mee uit eten hadden genomen of naar het theater en haar bij het afscheid in hun auto hadden gezoend.

Ze speelde soms nog steeds het 'als'-spelletje, waarbij ze zich afvroeg hoe haar leven geweest zou zijn met Samuel. Als hij haar had gevraagd. Als zij ja had gezegd. Als. Ze was dertien toen ze aan iemand werd voorgesteld die 'papa had gekend in de oorlog'. Een man met zwart haar dat glansde van de brillantine, tegen het raamkozijn in de voorkamer leunend. Mager, bleek, een nogal geprononceerde adams-

appel. Niet een echt knappe man. Maar iets in zijn blik had haar ver-
ontrust. Ze wist niet wat het was, hoe ze het moest noemen, maar toen
ze er later over nadacht, kwam ze tot de slotsom dat hij de eerste man
was die naar haar had gekeken als naar een vrouw in plaats van een
kind, en dat daar een edelmoedigheid in zat, een ridderlijkheid, waar
ze zelfs na bijna vijftig jaar nog niet helemaal overheen was.

Zijn familie had in de diamanthandel gezeten in Amsterdam. Joden
uit Spanje. Sefardisch? Toen de nazi's kwamen stuurden ze zijn ouders,
ooms, neven en nichten en twee zusters naar de kampen in Polen. Samuel dook onder als het meisje Frank, hoewel hij natuurlijk meer geluk had. Hij ontkwam. Ging naar Engeland met een vissersboot. Zes
maanden later keerde hij terug. Hielp ontsnappingsroutes organiseren
voor vliegtuigbemanningen totdat ze hem pakten. Na de bevrijding
gaf koningin Wilhelmina hem een medaille die hij los in zijn colbert-
jas bewaarde bij zijn aansteker en sigaretten.

Ze was achttien toen ze elkaar weer ontmoetten. Negentien toen ze
geliefden werden. Hij werkte toen op de ambassade in Hyde Park Gate
in Londen en kwam in de weekends met de trein uit Paddington en zij
ging dan met haar vader mee om hem af te halen, doodsbang dat hij
met zijn jas over zijn arm en zijn koffertje op een heel ander station
was uitgestapt, en naar een ander meisje glimlachte. Haar vader noemde hem 'een jood van het beste soort'. Hij moet hebben vermoed wat er
gaande was maar zei er nooit iets van. Dat deden mensen niet in die
tijd.

Zou hij nog leven? Zo ja, dan moest hij bijna tachtig zijn, wat zij zich
niet kon voorstellen. Ze had zijn naam een keer in *The Times* gezien.
Maakte deel uit van een VN-delegatie ergens naartoe, dus hij moet enig
succes hebben gehad. Iemand geworden zijn.

Mijn hemel! Ze hadden het ooit in het tuinschuurtje gedaan, op de
werkbank. Gescheurde kousen, gekneusd achterste, de stank van pe-
troleum van de grasmaaimachine. Hij had littekens op zijn rug. Een
stuk of tien ribbels van paarse huid, en toen ze ernaar had gevraagd,
had hij met een knipoog gezegd dat het een meisje in Amsterdam was
geweest met lange nagels. Maar nagels maken niet zulke littekens. Ze
placht ze aan te raken, ze heel lichtjes te strelen, alsof zijn rug gekreukt
fluweel was dat ze met haar vingertoppen kon gladstrijken. Wat had hij
gedaan met zijn pijn? Was die later naar buiten gekomen? Was hij ook
gaan drinken? Of had iemand hem geholpen toen hij het nodig had?

63

De liefde bedrijven noemde hij dansen. Ze had vóór Samuel zo goed als niets over seks geweten, en na hem niet veel geleerd wat wetenswaardig leek.

In het jaar dat haar vader was gestorven, was hij weer overgeplaatst naar Holland. Hij had haar vóór zijn vertrek een ring gegeven – geen ring met diamant, maar een gouden ring die van zijn moeder was geweest, en waarin zijn moeders naam stond gegraveerd in krulletters. *Margot.* Hij was te klein geweest om te dragen en het zou ook niet juist zijn geweest. Het was een aandenken. Een overblijfsel. De ring van het jodinnetje. Het jodinnetje dat ze in as hadden veranderd.

Wat zou het mooi zijn als ze kon geloven dat ze hem weer zou zien 'aan gene zijde'; een of andere hemelse cocktailparty waar iedereen jong en interessant was en Nat King Cole 'When I Fall in Love' zong. Maar ze geloofde het niet, geloofde helemaal niet in gene zijde. Het laatste restje van haar geloof was weggesijpeld tijdens de chemotherapie. In een nacht toen ze op haar knieën naast het bed zat, kotsend in een emmer, en boven haar alleen maar kilometers leegte. Geen zachtmoedige Jezus. Geen heiligen of engelen. Religie was een nachtlampje voor kinderen – daar had Stephen gelijk in gehad. Larie. Osbourne was ongevaarlijk. Een van de ouderwetse soort. 'Zwarte toog een beetje stoffig, een beetje groen van heilig schimmel.' Ze kon hem plagen, en hij was altijd aardig tegen de jongens geweest. Viel ooit een beetje op haar, toen ze net weduwe was geworden. Kwam aanwippen om een glaasje sherry te drinken, bood aan om het gras te maaien, zette de zwarte vuilniszakken met Stephens spullen buiten voor de liefdadigheidswinkel. Was hij van plan haar op de valreep te strikken? De wei over te rennen met zijn trukendoos wanneer hij hoorde dat ze op sterven lag? Ze zou met hem moeten praten. Geen poppenkast, beste Dennis, wanneer ik te zwak ben om tegen je te zeggen dat je dood kunt vallen. Wanneer het voorbij was, mocht hij zeggen wat hij wilde. Alles wat het voor de anderen draaglijker zou maken.

Maar bleef er *niets* over? Was de 'zij' die dit allemaal dacht alleen maar een stel hersens dat zou sterven als het laatste beetje zuurstof was opgebruikt? Er moest toch wel iets vanbinnen zijn, een of andere inwendige schaduw, het deel dat van Mozart hield of van Samuel Pinedo. Ging dat niet op de een of andere manier verder? Of bestond het leven na de dood alleen in het feit dat anderen zich jou herinnerden, zodat je pas stierf, echt stierf, wanneer je echt was vergeten?

De kinderen op school zouden zich haar een jaar of twee herinneren. Ze hadden een beterschapskaart voor haar gemaakt, met een foto
van de school op de voorkant, en ze hadden binnenin allemaal heel
zorgvuldig hun naam geschreven, en sommigen hadden er een X bij
gezet bij wijze van kusje. 'LIEVE MEVROUW VALENTINE WE HOPEN DAT
U GAUW WEER BETER WORDT.' Rij na rij met schoongeschrobde gezichten die bij de ochtendsamenkomst naar haar opkeken. Meneer Price
die uitpakte aan de piano. *Dankt, dankt nu allen God. Dank u voor deze
nieuwe morgen.* Het opmerkelijke was dat Brando's zoon een van hen
was geweest. Ze moest toen klassenlerares zijn geweest, maar ze dacht
dat ze zich hem herinnerde, een knappe jongen van ongeveer Alecs
leeftijd. Een dokter nu, net als zijn vader. Al weer een dokter! Uiteinde-
delijk waren dat de enige mensen die je kende, maar Brando was tenminste menselijk. Daar kon ze voor instaan. En wat een opluchting
toen hij het overnam van Playfair, dat pedante mannetje dat uit de
hoogte tegen haar deed omdat ze een vrouw was. Vond zichzelf zo
slim, maar hij wist *niets.*

Tijdens de bezoeken aan Brando voordat ze zich weer ziek voelde,
bij de controles, praatten ze altijd meer over de kinderen, of over zichzelf, dan over de kanker. Zijn vader was een Italiaanse krijgsgevangene
geweest in een kamp ergens in Somerset, was getrouwd met een meisje uit de streek en had een klein restaurant in Bristol geopend dat nog
steeds in handen was van een of andere neef. Hij zei dat hij in dromen
soms de geur van zijn vaders eigengemaakte polentataart kon ruiken,
en zij had hem lachend verteld dat ze soms droomde over haar moeders chutneys, en over de dag van de chutneybereiding, wanneer de
keuken gevuld was met een enigszins zoete, kruidige stoom, die nog
dagenlang in huis bleef hangen.

Natuurlijk had ze gezien dat hij van streek was toen ze de uitslagen
van haar onderzoeken kwam ophalen. De manier waarop hij haar bij
de deur opwachtte en haar naar de stoel bij zijn bureau leidde, toen
zo'n beetje plaatsnam op de hoek ervan en zich naar haar toe boog. Ze
zei zoiets als: het is geen goed nieuws, hè, en hij zei: nee, hij was bang
van niet. De tumoren in haar borst waren teruggekomen, en er waren
uitzaaiingen, dochtergezwellen in de hersens. *De* hersens, niet de hare.
Niet *jouw* hersens, Alice. *De* hersens. Hij vroeg haar of ze de foto's wilde zien maar ze zei dat ze hem op zijn woord geloofde. Tenslotte was
het geen grote verrassing. Ze had heel goed geweten dat er iets mis was,

iets ernstigs. Hoofdpijn die twee of drie dagen duurde. Kronkelige lichtvlekken aan de rand van het gezichtsveld. En ze had de literatuur gelezen, ze kende die zowat van buiten. Kleincellige kanker was 'agressief'. Die rustte niet. Ze mocht nog van geluk spreken dat ze de afgelopen twee jaar had gehad.

Alle boeken raadden de patiënt aan een lijst met vragen op te stellen, op schrift, zodat je niet in de war raakte, maar zij had er geen, en het enige wat er bij haar opkwam om te vragen was wat iedereen vraagt. Hoe lang? Zo'n domme vraag omdat dokters geen waarzeggers zijn en kanker niet volgens een tijdschema verloopt, maar Brando had geknikt en gezwegen alsof hij berekeningen maakte in zijn hoofd, een soort van dodelijke algebra, en toen gezegd dat ze maar zoveel als ze kon van de zomer moest genieten. Ga naar buiten, de zon in, zei hij. Ik weet dat je een heerlijke tuin hebt. Het duurde even voor het tot haar doordrong wat hij zei, voor ze besefte dat hij bedoelde dat er geen herfst meer zou zijn, laat staan een winter. Een minuut lang was ze doof en had ze de eigenaardige gewaarwording dat het de woorden waren en niet de tumoren die haar zouden doden. Toen ze weer kon horen was hij aan het uitleggen welke behandeling ze kon ondergaan. Chirurgie behoorde niet tot de mogelijkheden, maar ze konden haar een nieuwe chemokuur geven in combinatie met bestraling, de verspreiding van de ziekte een beetje vertragen, de zwelling terugbrengen. Denk er maar eens over, zei hij. Je hoeft niet meteen te beslissen. Hij zei dat hij het heel naar vond en ze wist dat hij het meende. Ze vroeg naar zijn zoon en hij vroeg naar haar jongens. Hij wist alles over Larry en de tv-serie, en dat er artistieke meningsverschillen waren geweest. Ze zei dat Alec buiten op de parkeerplaats in de auto op haar zat te wachten, in zijn oude Renault, en of hij dat type kende met de versnellingspook op het dashboard, een groot haakachtig ding, en ze had geen idee waarom ze hem daar hadden terwijl elke andere auto een pook op de vloer had, wat de voor de hand liggende plaats was, en wat was het toch typisch Frans om altijd een beetje afwijkend te willen zijn. Ze was nog steeds aan het praten, aan het doorkletsen, toen de tranen kwamen. Ze was niet bij machte ze tegen te houden omdat niemand voorbereid kan zijn op zo'n moment en het ging gepaard met een geweld dat haar overrompelde. Wat heb je nog meer dan je leven? Waar anders kun je heen? En dan zit je daar in iemands spreekkamer terwijl de zon door de jaloezieën gluurt en alles theatraal normaal is en je die dag wel twintig dingen te doen hebt, en het is allemaal voorbij. Afgelopen. Vermorzeld. En dus had ze gehuild, zo mateloos gehuild dat ze het gevoel kreeg alsof de naden van haar gezicht open zouden breken, en Brando had haar vastgepakt en haar omhelsd. Van onbeholpenheid geen sprake. Hij had haar gezicht gewoon zachtjes tegen de stof van zijn pak gedrukt alsof hij een deel van haar verdriet in zich opnam. Playfair zou nog liever zijn stethoscoop hebben opgegeten. Hij zou fysiek niet in staat zijn geweest tot omhelzen. Heel veel mensen hadden dat en dat was het jammerlijke van de wereld. Larry kon het, Alec niet. Samuel kon het, maar Stephen niet.

Er stond een doos tissues op het bureau. Ze snoot haar neus en bette haar ogen, voorzichtig, zodat ze haar eyeliner niet zou uitsmeren. Tegen de tijd dat ze de parkeerplaats op liep had ze zichzelf weer aardig onder controle. Dat is dat, dacht ze. Ze vertelde het Alec op weg naar huis. Zei hem heel kalm waar het op stond, alsof ze het over iemand had die ze beiden vaag kenden, een buur. Het was haast komisch. Hij liet de motor drie keer afslaan bij de stoplichten aan het eind van Commercial Road, en even was ze bang dat hij weer een soort inzinking zou krijgen, een 'dip', zoals die keer dat de politie hem vond toen hij volkomen versuft over het strand in Brighton zwierf. Maar ze kwamen op de een of andere manier thuis, rond theetijd, zes uur misschien, en ze ging de tuin in om te ontdekken dat de eerste sering was uitgekomen, en ze had weer gehuild, op de bank bij het tuinhuisje zittend, kransen van kamperfoelie rond haar hoofd. Ze huilde van vreugde om zoveel schoonheid en ze wilde boven aardappelvelden zweven als de heldin in een van die Zuid-Amerikaanse romans, terwijl Alec vanuit een bovenraam naar haar wuifde met een witte zakdoek. Het had natuurlijk niet lang geduurd. Een week later zat ze zo in de put dat ze haar Paroxetine hadden voorgeschreven.

Het testament was tenminste klaar, hoewel ze zich onlangs had afgevraagd of ze niet iets aan Una moest nalaten. Aanvankelijk had ze zo haar twijfels gehad over Una O'Connell. Een dromerig, nogal onafhankelijk type. En het was moeilijk de jonge mensen niet te haten. Hun wrede gezondheid. Het gevoel dat er *neerbuigend* tegen haar werd gedaan. Maar het meisje had kwaliteiten. Ze was handig. Geen aanstellerij. Een lieve, nogal melancholieke glimlach. En op haar manier wist ze net zoveel over die vervloekte kanker als Brando. Alec zou de advocaten morgen kunnen opbellen (je moest voorzichtig zijn; ze kon de gedachte aan ruzies niet verdragen). Als Larry vervolgens kwam moest ze het met hen beiden over de begrafenis hebben, waar ze zich geen raad mee zouden weten. Die van Stephen had bijna tweeduizend pond gekost, en dat was twintig jaar geleden. Tegenwoordig had je ook kartonnen kisten, biologisch afbreekbaar. Ze had zelfs gelezen dat er compost van je gemaakt kon worden, wat misschien wel amusant zou zijn. Vier delen plantaardig afval op een deel menselijk. De jongens zouden over het huis beslissen. En wat zouden ze met haar kleren doen? Ze weggeven? Verbranden?

Op het laatst was er het afscheid (van talloze mensen, leek het, maar dat kon niet waar zijn). Afscheid van de levenden en afscheid van de doden – want de doden zouden ook gaan, degenen die ze in haar hoofd, in haar herinneringen, had gehuisvest. Wat het tot zo'n beproeving maakte was dat ze niet wist hoe ze van de ene op de andere dag zou zijn, dat ze niet op zichzelf kon vertrouwen, dit magere, verslagen ding tussen de lakens, dit lichaam dat Samuel Pinedo ooit aantrekkelijk had gevonden. Toch moest ze het op de een of andere manier zien te klaren, en terwijl ze weer in slaap gleed zag ze al die laatste gedachten en laatste daden voor zich als een rij tere zonmachientjes, die glazen bolletjes waarvan Alec er als kind een had gehad, gevuld met zeiltjes van lichtgevoelig papier aan een pin die onder het glas ronddraaiden wanneer de zon erop scheen.

Je te sauverai, zeiden ze. *Je te sauverai, maman.* En ze liet zich troosten.

9

Alec temperde het licht van de lamp en ging naar binnen om Amerika te bellen. Het muurtoestel in de keuken was het verst van de kamer van Alice vandaan – het minst in staat haar te storen – en het tiencijferige nummer dat hij moest hebben was op de gebarsten verf van de muur naast de telefoon geschreven. Zijn eigen nummer stond er vlak onder, en boven aan de lijst stonden het nummer van het ziekenhuis en het privé-nummer van Una. Een paar seconden ruiste de hoorn als een schelp, daarna ging de telefoon over. Hij liet hem vijftien keer overgaan en stond op het punt op te hangen toen hij Kirsty buiten adem 'Hallo?' hoorde zeggen.

'Hoi,' zei Alec.

'Larry?'

'Alec.'

'Alec! Is alles goed?'

'Prima.'

'Ik stond onder de douche,' zei ze. 'Ik ben net terug van het instituut. Wauw, wat een dag!'

'Zen?' vroeg Alec.

'Ja. Er is nu een *roshi* over uit Kyoto. Meneer Endo.' Ze lachte. 'Ik geloof dat ik verliefd ben.'

'Gefeliciteerd,' zei Alec, ook lachend, maar inwendig. Hij probeerde zich voor te stellen hoe ze eruitzag, met haar natte haar achter haar oren, de kleur ervan een beetje donkerder geworden door het water.

'Hij heeft ons onze *koans* gegeven,' zei ze.

'Koans?'

'De raadsels.'

'Ah,' zei Alec. 'Het geluid van één klappende hand.'

'Dat soort dingen.'

'Wat is de jouwe?'

'Goh,' zei ze. 'Ik geloof dat we dat niet mogen vertellen.'

'Wat gebeurt er wanneer je achter het antwoord komt?'

'Nou, dan krijg je een boeddhistische naam, en dat is zo'n beetje het eerste stadium.'

'Verlichting in termijnen.'

'Doe niet zo Brits, Alec. Ik weet dat je het als de Moonies beschouwt.'

'Niet waar,' zei hij. 'Ik benijd je.'

'Hoe gaat het met Alice?'

'Ze moet veel rusten.'

'Komt Brando nog steeds?'

'Hij wordt morgen verwacht,' zei Alec. Hij deelde het algemene enthousiasme voor Brando niet. Al die charme en autoriteit. Hij vermoedde dat Brando ook geen hoge dunk had van hém. De vertaler. De incapabele zoon.

'Larry maakt zich echt doodongerust,' zei Kirsty. 'En hij heeft ook al niet veel meer om zijn aandacht af te leiden.'

'Werkt hij niet?'

'Als hij nu gewoon maar terugkon naar de serie…'

'Dokter Barry.'

'Ik weet ook wel dat het geen Shakespeare was of zo.'

'Van mij hoor je geen kritiek. Is hij er?'

'Hij zit in L.A. Een of ander "zakenreisje".'

'Hij zei dat hij zou bellen,' zei Alec.

'Tja, dat is typisch Larry. Ik weet dat hij met je wil praten. Hij heeft het meer over jou dan over wie dan ook.'

'Echt?'

'Hij denkt volgens mij dat hij bij jullie hoort te zijn. Misschien. Ik weet het niet. Ik bedoel, waarom zou hij me vertellen wat hij denkt?' De telefoon piepte als sonar. Alec hoorde haar snuffen en zuchten. 'Arme Alice. Ik ben zo dol op haar.'

'Kom op,' zei hij, bang dat ze iets bij hem zou losmaken. 'Doe een paar Zen-ademhalingen. Hoe gaat dat in zijn werk?'

'Ella,' zei ze, 'ben jij aan het andere toestel, liefje?'

Er viel een stilte, gevolgd door een nietig, aarzelend: 'Ja.'

'Het is je oom Alec. Hij belt uit Engeland. Zeg eens dag, liefje.'

Alec wachtte. Ten slotte stak een zwakjes gelispeld hallo de negenduizend kilometer over die hen scheidde.

'Het is nacht hier,' zei hij, tegen het meisje pratend. 'Ik hoorde daarnet een uil roepen achter in de tuin. Misschien hoor jij het ook als je hier komt voor oma's verjaardag.'

'Dat zou ze geweldig vinden,' zei Kirsty. 'Nu moet je de hoorn neerleggen, kindje, en mij met oom Alec laten praten. Kom op, Ella, leg hem neer...' Er klonk een subtiele klik. 'Dat doet ze nu steeds. Ik wil dolgraag dat ze meer hulp krijgt maar het is zo vreselijk duur.'

'Leent ze nog steeds spullen?'

'Larry heeft gisteren een van mijn oorbellen in haar laars gevonden. Hij weet tenminste waar hij moet zoeken. Ze vindt jou aardig, Alec.'

'Ik heb haar al een jaar niet gezien.'

'Ze herinnert zich jou nog.'

'Heeft Larry de tickets opgehaald?'

'Ik denk het wel.'

'Waarom vliegen jullie niet samen?'

'Ik wil deze cursus afmaken. Ik weet dat het zelfzuchtig is, maar Endo mag je niet missen.'

'Je hebt gelijk,' zei Alec. 'Los je raadsel op. Kom daarna.'

'Heb je weleens hoofdhuidmassage geprobeerd?' vroeg ze. 'Je gebruikt je vingertoppen om de hoofdhuid over de schedel te bewegen, alsof je het haar wast.'

'Is dat iets zen-achtigs?'

'Niet alles is zen, Alec.' Ze zweeg even, in een poging zich te binnen te brengen wat men haar eerder die dag had geleerd. 'Nou ja, misschien ook wel. Hoe dan ook, je zou het voor Alice moeten doen. Dat zal ze lekker vinden.'

'Niet als ik het doe,' zei hij. Hij vond het een absurd idee, op het kluchtige af.

'Zo'n kluns ben je niet.'

'Dank je.'

'Hoe staat het met die Roemeen van je? Of was het een Albanees?'

'Een Hongaar.'

'O ja. Zei je niet dat hij een of andere vrijheidsstrijder was? Een soort Che Guevara?'

'Zoiets, ja.'

'Ik weet dat het een rottijd voor je is, Alec. Binnenkort is Larry er.'

'De cavalerie!'

'Ik hoop dat jullie geen ruzie gaan maken.'

'Waarom zouden we?'

'Nou ja, dat doen broers nu eenmaal. Kaïn en Abel, weet je nog? Maar misschien ben jij degene die hem kan helpen.'

'Lárry helpen?'

'Mensen veranderen, Alec.'

'O ja? Ik dacht dat ze juist meer op zichzelf gingen lijken.'

Ze lachte maar klonk niet erg geamuseerd. 'Misschien wel.'

'Is er iets aan de hand?'

'Hetzelfde als altijd. Knuffel Alice van me.'

'Doe ik. Geef Ella een kusje van mij.'

'Ga slapen,' zei ze, 'je klinkt moe.'

'Ik ben al onderweg,' zei hij.

'Pas op jezelf.'

'Jij ook.'

'Ik weet dat alles op de een of andere manier wel weer goed komt.'

'Ja.'

'Ik ben blij dat je hebt gebeld.'

'Tot ziens.'

'Tot ziens.'

Ze hing op en Alec legde langzaam de hoorn op de haak. Larry helpen? Dit was een nieuw idee. Een verontrustend idee! Waar had ze op gezinspeeld? Wat voor soort moeilijkheden? Hij probeerde een ogenblik (starend naar de muur alsof het een filmdoek was) te doen wat hij al heel, heel lang niet had gedaan: zich een beeld te vormen van het leven van zijn broer, een objectieve opname ervan te maken, maar hij besefte dat hij de informatie gewoon niet meer had – in ieder geval niet het soort privé-informatie dat een uitdrukking als 'hetzelfde als altijd' zou kunnen verklaren. Maar hoe kon kennis van iemands omstandigheden opwegen tegen kennis van zijn karakter? Een karakter dat Alec in het geval van Larry nog altijd beter meende te kennen dan Kirsty, al was het alleen maar omdat hij het als eerste had gekend en er zelf in geschreven stond. Hij wíst uit welk hout Larry gesneden was. Misschien had ze bedoeld 'Kirsty helpen'. Mensen riepen altijd op verwarrende manieren om hulp.

Hij kookte water, zette thee in een kopje, gooide het theezakje in de pedaalemmer en deed de koelkast open om de melk te pakken. Op de roosters stonden de lege plastic bakken die ooit de ingrediënten van het dieet van Alice hadden bevat, souvenirs uit de tijd dat ze had geprobeerd zichzelf te beschermen tegen de terugkeer van de kanker, zichzelf ongerept te maken door alleen de zuiverste en gezondste voedingsmiddelen te eten. De zoektocht naar deze voedingsmiddelen was duur en tijdverslindend geweest, en leek nu grotendeels zinloos; al die waakzaamheid en vezels, de tochtjes naar reformwinkels om kisten met misvormde groenten te halen die naar de auto werden gedragen door mensen die eruitzagen alsof ze dringend behoefte hadden aan bloedworst. Maar alles wat het beest zou kunnen prikkelen werd uit de keuken geweerd, en die inspanningen hadden haar misschien beloond met een paar extra maanden in betrekkelijk goede gezondheid, hoewel biologische broccoli en alfalfa uiteindelijk je leven niet zouden redden, en Alec gooide de ijskastdeur harder dicht dan hij van plan was geweest, zodat hij een gerinkel teweegbracht van de halflege potjes met Bachremedie en vitamine C, met haaienkraakbeen, geëmulgeerde lijnzaadcapsules, en een tiental andere dingen die zich ooit pesterig hadden aangediend als de noodzakelijke elixers.

Van zijn thee nippend liep hij de woonkamer door en ging via een korte gang met versleten en gescheurd linoleum de 'speelkamer' in. In de twintig jaar sinds hij en Larry de kamer als hun hol hadden gebruikt, was deze een soort opslagruimte geworden, een krakkemikkig museum van het gezinsverleden, de planken hoog opgetast met rommel. Hij had de kamer de vorige twee nachten op hetzelfde tijdstip bezocht, telkens onder het voorwendsel om te gaan bepalen welke dingen uit deze zee van prullaria bewaard konden blijven, hoewel de waarheid – die hij nu, terwijl hij in de deuropening stond, onder ogen zag – was dat de kamer voor hem nog steeds iets van een toevluchtsoord had. Hij werd erdoor gekalmeerd, en tussen de staties van de nacht waarvan hij zich steeds meer bewust werd, was het een rustpunt, een plek waar hij het zoete narcoticum van nostalgie kon inademen.

Sommige voorwerpen in het vertrek hadden het laatste stadium van verval bereikt, en bestonden alleen nog in een koppig voorgeborchte van stilte en onbruikbaarheid. Andere waren onmiddellijk veelzeggend. Een beige-paarse oliekachel met een merkwaardige vormgeving, die op de plek stond waar hij misschien vijftien jaar tevoren was neergezet, en onmiddellijk een tafereel opriep van winteravonden na schooltijd, een olielucht vermengd met de geur van worstjes of vissticks, en de doordringende rookwolken van Alice' sigaretten. En uit de doos die hij de vorige avond leeg had gemaakt, had hij, alsof hij iets kostbaars en uitzonderlijks uit het graf van de farao tilde, één geelbruine bokshandschoen te voorschijn gehaald, eenzaam memento van zijn bokspartijen met Larry, gevechten die, hoe gematigd ze ook begonnen, vaak ontaardden in woest gemaai en ermee eindigden dat Alec brullend van frustratie op de grond lag met Larry over zich heen gebogen, wiens woede al bekoelde tot wroeging terwijl hij zenuwachtig naar de deur keek of Alice er aankwam.

De doos van vannacht, die hij in het licht trok van het peertje aan het plafond, was een grote fruitdoos uit de supermarkt met SPAR in groene letters op de zijkant. Hierin ontdekte hij, met een euforie veroorzaakt door welke chemische stof het ook was die dit soort momenten van herkenning in het bloed vrijmaakten, de onderdelen van een ingewikkeld speeltje dat hij gekregen moest hebben toen hij ongeveer zeven was en Larry negen of tien: een maanlandschap gemaakt van gemodelleerd plastic, en een klein spinachtig landingsvaartuig van grote eenvoud en kwetsbaarheid, waar ooit een ballon aan vastgezeten had, en die naar het maanvel werd gedreven door kleine, op batterijen lopende ventilators. Het hoorde bij een periode die nu bizar ver weg leek, toen reizen door de ruimte voorpaginanieuws waren en kinderen er plakboeken met foto's van astronauten op na hielden. Geen enkel zichzelf respecterend kind zou nu nog zijn tijd verspillen aan zo'n speeltje. Er zat om te beginnen geen beeldscherm bij.

Onder de maan, maar wel uit hetzelfde tijdperk, lag een felgekleurd blik met op het deksel een plaatje van een man in een huisjasje die een toverstaf vasthield. In het blik zaten drie bekertjes, elk kleiner dan een eierdopje, en een zestal balletjes ter grootte van een erwt. In een met schetsmatige en ingewikkelde schema's geïllustreerd boekje werd uitgelegd hoe je het met vingervlugheid voor elkaar kon krijgen de balletjes vanonder het ene bekertje te laten verdwijnen en onder een andere opnieuw te voorschijn te laten komen. Om dit te doen moest je je de vaardigheid eigen maken een balletje onopvallend in de plooien van je handpalm geklemd te houden. Alec probeerde het een paar keer; het was verbazend moeilijk, maar het was, dacht hij, het soort truc dat elke goede oom zou moeten kunnen vertonen, en hij besloot hem grondig in te studeren en Ella ermee te vermaken wanneer ze overkwam.

Andere spullen: een schoolkrant van de King Alfredschool met een korrelige foto van jongens tijdens de sportdag – kleine, spookachtige figuurtjes, op een bizarre manier geconcentreerd, in een lange rij op een enorm grijs veld. De finishlijn, die de foto een context had kunnen geven, was buiten beeld, en in plaats van een zomeravond of jeugdig atletisch vermogen in herinnering te roepen, leken de jongens daar eerder te zijn opgesteld om een of andere theorie van menselijke futiliteit te illustreren. Op een andere gekopieerde foto wat verderop stond een groepje pubers met opgeplakte snorren en geklede jassen voor een opvoering van het schooltoneelstuk, *Het belang van Ernst*, waarin Alec Algy Moncrieff had gespeeld, 'op een prijzenswaardige manier' volgens de schoolkrant, hoewel hij zich er niet meer van kon herinneren dan de door premièrezenuwen teweeggebrachte venijnige paarse vlek op zijn keel, en de drang om de benen te nemen.

Een doos met Cluedo.

Een kaartspel genaamd Pit.

Een aardappelkanon uitgevoerd als een automatisch geweer, waarvan het veermechanisme nog steeds werkte.

Een langspeelplaat van Frank Zappa, kromgetrokken.

Een gebonden uitgave van *Piet de Smeerpoets*.

Helemaal onder in de doos ten slotte, lag een Amerikaans seksblad van juni 1977 verborgen, met op het omslag juffrouw Valley Forge in stars and stripes-bikini en met een Davy Crocketthoed op. In het blad – het thema van de maand was Amerikaanse revolutionaire vurigheid – waren andere modellen te zien die met getuite lippen naast een kanon stonden of achterovergeleund op een bank zaten terwijl ze niets anders dan een driekantige hoed droegen, of vanuit het schuim van een jacuzzi gehoorzaam naar je lonkten met een uitdagend gehanteerd vuursteengeweer. Alle seksuele belofte was uit de beelden uitgeloogd, alsof ze tijdgevoelig waren. De modellen, met hun enorme rooskleurige borsten, zagen eruit alsof ze tot een superras van zoogsters behoorden. Het enige wat ontbrak waren de baby's zelf, die je vluchtig op de achtergrond had moeten zien, blind over de keurslijfjes en boa's kruipend. Het was moeilijk te geloven dat deze vrouwen, die nu misschien met glamour omgeven omaverkiezingen in Amarillo of Grand Rapids wonnen, een rol hadden gespeeld in zijn puberfantasieën. Hun naaktheid wekte nu geen begeerte meer in hem op, maar ze herinnerden hem eraan – zoals bijna alles hem eraan herinnerde – dat hij al elf maanden geen seks had gehad, en dat de laatste keer, met Tatania Osgood, een meisje dat met bijna iedereen die ze kende het bed had gedeeld, zo beroerd was geweest dat het voorgoed verzwegen moest blijven, zo akelig dat er zelfs niet zo'n humoristisch, van zelfspot doordrenkt verhaaltje over seksuele afgang van gemaakt kon worden, dat men in sommige kringen vertederend en grappig zou hebben gevonden. Fragmenten van de avond, een serie tableaus, waren met een soort malicieuze helderheid in zijn geheugen blijven hangen. Tatania bij de buitendeur van zijn flat in Streatham met een supermarkttas waarin twee flessen wijn met de naam Tiger Milk. Tatania op de bank in zijn kleine, met boeken bezaaide zitkamer, bh-loos in een strakke zwarte jurk en een wulpsheid uitstralend die dieptriest was. Hijzelf die haar om twee uur 's nachts kuste en zijn vingers in het inzetstukje van haar panty verstrikte. Zij tweeën op bed, zij in tranen terwijl hij haar probeerde te troosten voor een reeks overspelige vriendjes. Toen de daad zelf, een vreugdeloos droog geworstel, terwijl meneer Bequa's tv in de aangrenzende kamer erop los kwebbelde. En toen ze door de zachte hamer van de drank eindelijk in slaap was geduizeld, had hij naast haar naar het gegons van haar adem liggen luisteren, terwijl hij bedacht dat de armzaligheid en het falen van de avond deel uitmaakten van een veel groter falen, en dat dit de tol was voor zijn bedeesdheid; dat hij zo'n nacht had verdiend en andere zou verdienen door nooit de moed te hebben iets beters te verlangen. Toen had hij de drang gehad – in zijn geest nog steeds verbonden met het getinkel van melkkarretjes – om een daad te begaan die de weg voorgoed achter hem zou afsluiten, een liefdesuitspatting, of iets gewelddadigs misschien, iets moorddadigs.

Hij nam het beker-en-balspel mee naar de woonkamer, liep daarna zachtjes de trap op en tuurde de kamer van zijn moeder in, waar ze in het licht van het bovenraampje lag als in een watervlakte waarvan de stroming haar ledematen bewoog en haar gezicht op de kussens langzaam van de ene kant naar de andere draaide. Haar inademingen waren als momenten van stomme verbazing, en bij elke ademhaling leek ze meer te verliezen dan te winnen. De ziekte was bezig haar van lucht te beroven, en al had ze nog zoveel goede dagen waarop ze in staat was met een plaid om in de tuin te zitten en Darjeeling-thee te drinken en met haar visite te praten, het proces, de dagelijkse bezigheid van het sterven, ging onverbiddelijk voort, een wreed, halfpubliekelijk gezwoeg. Wat had het voor zin, buiten de werking van een bepaalde brute biologie? Wat kon je opsteken van iemand zien sterven? Was het alleen maar om je harder op je eigen leven terug te werpen, je te doordringen van de noodzaak daarmee door te gaan? Een memento mori als de oude grafstenen met hun schedels en zandlopers en gladde waarschuwingen als 'Heden ik, morgen gij'?

Ooit, kort na Stephens ongeluk, had hij geprobeerd te geloven in God en de allesomvattende zin der dingen. Hij had elke dag tijd vrijgemaakt om te bidden: twintig minuten 's ochtends en twintig 's avonds, neerknielend op de aanbevolen manier met zijn handen gevouwen bij zijn lippen. Hij had er niemand iets over verteld, en het was aanvankelijk een goed gevoel geweest, een bron van troost en macht die niet afhankelijk was van anderen, onderwijzers of ouders, mensen die er plotseling weleens niet meer konden zijn. Daarna waren de twee sessies één geworden en de twintig minuten ingekrompen tot tien. Hij praatte tegen God maar God praatte niet terug. Er was alleen het geluid van zijn eigen stem, de kinderlijke litanie, het onaangename gevoel in zijn knieën, tot hij het ten slotte, met een gevoel alsof hij weer in de open lucht kwam, helemaal had opgegeven. Zijn vader had een speciale giftige term gereserveerd voor religieuzen: 'God-horzels'. Alec wist niet of Alice geloofde. Hij hoopte van wel, maar de laatste keer dat hij haar met Osbourne had gezien, had ze deze zitten plagen door te zeggen dat ze een zonaanbidster was geworden, 'een soort Azteek', iets wat de eerwaarde, die naast haar zat met een zonnebril met groene glazen op, volkomen verenigbaar leek te vinden met het moderne anglicisme. Het was echter een merkwaardig feit dat ze, bij een bepaalde lichtval, op bepaalde ogenblikken, haar gezicht gezwollen door de steroïden, haar blik verfijnd door de pijn, inderdaad meer weghad van een stamoudste van een of ander fijngevoelig, droevig volk in de uitgestrekte prairies of regenwouden dan van een Engelse vrouw uit de middenklasse, een gepensioneerd schoolhoofd, zijn moeder, Alice Valentine.

Ze deed plotseling haar ogen open, alsof ze helemaal niet had geslapen.

'Larry?' zei ze.

'Nee, mam, ik ben het.'

Een stilte, daarna: 'Ik heb van je gedroomd.'

10

Wat stijl betrof was de foyer van het Park Hotel een samenvoegsel van een Italiaanse bank en een Engelse herensociëteit, maar gezien zijn omvang, het feit dat hij de vorige middag gebouwd leek te zijn, en de niet geheel overtuigende efficiëntie van het een en ander, was het typisch een product van eigen bodem.

Larry begaf zich naar de bar in de lichtschacht van het vertrek en bestelde een grote Jim Beam-bourbon bij een barkeeper in een strak wit wambuis. De conferentie was in volle gang en tussen de fonteinen, het marmer, de royale banken en de heen en weer rennende piccolo's liepen een paar honderd mannen van veelal middelbare leeftijd nijver in het rond, terwijl ze naar elkaars naamplaatjes tuurden. Er waren veel overdreven begroetingen, en wanneer ze lachten maakten ze reclame voor hun vak met monden vol fonkelende en symmetrische tanden. Het waren over het algemeen mannen die er gezond uitzagen, en hoewel ook zij hun aandeel moesten hebben gehad in 's werelds problemen – kinderen die van het rechte pad waren geraakt, alimentatie, aanklachten wegens medische fouten – hadden ze overal dezelfde uitdrukking van intense jongensachtige vreugde op hun gezicht, zodat Larry geneigd was ze ervan te verdenken dat ze hun eigen medicijnkasten aanspraken. Doorsnee-Amerikanen. Belastingbetalers, baseballfans. Serieuze mensen met een zekere gepolijste plechtstatigheid. Sommigen van hen veteranen, van Korea of Vietnam. Patriotten. Maar hoe meer Larry naar ze keek, hoe meer hij zich afvroeg hoe lang zijn zelfopgelegde ballingschap tussen zulke mensen, die hem net zo exotisch waren gaan voorkomen als Berbers of hete as bewandelende Maleisiërs, nog kon blijven voortduren. Het was alsof het land hem aan het ontglippen was, alsof hij uiteindelijk begon in te zien dat het glad-

78

de harde oppervlak van de andersheid ervan, van zíjn andersheid, niet langer genegeerd kon worden. Vervelend om dit nú te moeten inzien! Om gedwongen te worden toe te geven dat het veel waardevoller was ergens thuis te horen dan er alleen maar te zijn. Maar waar kon hij anders heen? Terug naar Engeland? Wat moest hij daar doen? Er zou een ondergeschikt artikeltje aan hem worden gewijd in het avondblad – 'Plaatselijke tenniscrack komt thuis' – en vervolgens zou hij wegzinken zonder een spoor achter te laten, gedegradeerd, als hij geluk had, tot tv-reclame voor dubbele beglazing, of misschien een baantje als tennisleraar bij een plaatselijke sportclub, waar hij in zijn witte kleding aan de bar zou zitten, een zuiplap met een zonnebankbruine huid, die clandestiene afspraakjes maakte met ongelukkig getrouwde vrouwen. Bij de receptie vroeg hij of de heer Bone, de heer T. Bone, een kamer had in het hotel. Overal behalve in L.A. zou men hem de 'geinponem'-blik hebben toegeworpen, maar in een stad waar portiers gekleed waren als personages uit een operette van Gilbert en Sullivan, waren de inwoners niet geneigd ongelovigheid aan de dag te leggen. De receptioniste, Kimberly Ng, die pronkte met een Werknemer-van-de-Maand-badge op haar revers, raadpleegde haar beeldscherm en zei dat de heer Bone op dat moment inderdaad bij hen te gast was. Larry gaf zijn naam op en ze belde naar de kamer, waarna ze hem te kennen gaf dat hij werd verwacht, en dat hij de lift moest nemen naar de zevenentwintigste verdieping van de Toren.

'Kamer 2714, meneer. Ik wens u een prettige dag bij ons.'

Een brede en zachte gang verbond het hotel met de aangrenzende Toren. De muren deden dienst als galerie voor foto's van de sterren die het hotel in het verleden met een verblijf hadden vereerd. Reagans afbeelding was prominent aanwezig; een grote foto waarop hij ontspannen op een ruim balkon in de Californische zon staat, een zestal glimlachende makkers om hem heen. Vervolgens Reagan aan de telefoon om de een of andere historische boodschap te ontvangen. Reagan met Nancy, een liefhebbend stel, gebruind en onschuldig.

Verderop hingen foto's van de astronauten die naar de maan waren geschoten – Armstrong, Aldrin en Collins – en hoewel de tijd begon te dringen, bleef Larry staan om deze wat beter te bekijken. De astronauten waren geëerd op een receptie in het hotel, die 'Diner van de eeuw' genoemd werd. Het zag er inderdaad behoorlijk indrukwekkend uit. Op de voorgrond stonden geüniformeerde trompettisten, daarachter een duizendtal hoogwaardigheidsbekleders en ten slotte waren daar de astronauten zelf, die in hun donkere pakken een plechtige, vergenoegde en onmogelijk bescheiden indruk maakten. Het was in Engeland vlak voor vieren op een zomerochtend toen de Eagle in de Zee van de Stilte landde. Net als elk ander gezin in het land met een televisie hadden de Valentines in ademloze stilte toegekeken hoe de knetterende vlag van de geschiedenis zich voor hen ontvouwde: Larry op de grond tussen zijn vaders knieën; Alec en Alice tegen elkaar aan gekropen op de bank. Het opwindende elliptische taalgebruik. De vreemde laconieke spreektrant. 'Ontvangen en begrepen, je ziet er prima uit, je bent er klaar voor.' 'Hoe jullie, Houston?' Armstrong, die even onderkoeld als de eerste de beste gangster de module naar beneden leidde, terwijl de planners op Mission Control in hun witte overhemden gespannen achter rijen gonzende computers zaten. Wat merkwaardig dat hij uitgerekend vandaag het pad van deze mannen had gekruist, ikonen van het soort eerlijke heroïsme dat hij altijd was blijven bewonderen. Het was alsof hun foto hier was opgehangen als een waarschuwing, of een geheugenprikkel, of om op de een of andere manier de spot met hem te drijven. Hij vroeg zich af hoeveel mensen nog wisten dat een Russisch ruimtevaartuig, Luna 15, zich tegelijkertijd met de Apollo in een lage baan om de maan bevond, en dat het zijn vlucht had beëindigd door met vijfhonderd kilometer per uur neer te storten in de Zee van de Kentering. 'Hoe mij?' mompelde hij, 'hoe mij?' terwijl hij de lift betrad en opsteeg naar de zevenentwintigste verdieping in het gezelschap van verscheidene Japanse zakenlieden, die bestudeerd de beperkte verte van de liftcabine in staarden.

De ontmoeting was de week tevoren telefonisch geregeld door een jonge acteur genaamd Ranch, die Larry voor het eerst had ontmoet op het feest van een man in de glamourindustrie met een prachtig huis in Sausalito. Ranch, die eruitzag als een Armani-cowboy, had met zijn demonstratie van karate kata indruk proberen te maken op een zeer lang zwart fotomodel, maar het meisje, lusteloos door een of andere vermageringsdrug, was halverwege de voorstelling weggedrenteld, een mate van geïnteresseerdheid tentoonspreidend die bij de meeste mannen misschien korstondige verontwaardiging zou hebben gewekt, maar Ranch had enkel zijn schouders opgehaald en met ridderlijke spijt naar haar wiegende achterste gegrinnikt terwijl ze in de aangrenzende kamer verdween, en had zich vervolgens onmiddellijk aan Larry voorgesteld, hem complimenterend met het feit dat hij er zo 'godsgruwelijk goed' uitzag. Sindsdien waren er andere feesten geweest in andere mooie huizen, waar Larry iets had losgelaten over zijn benarde situatie, en Ranch had beloofd hem op de een of andere manier te helpen, een idee dat Larry geen moment serieus had genomen.

Maar het was Ranch die de deur opendeed van kamer 2714, gekleed in een donker pak en een paars poloshirt met een grote kraag, zijn bakkebaarden tot mespunten geschoren, zijn ogen van binnenuit verlicht door iets wat hij die ochtend had genuttigd, iets wat aanzienlijk krachtiger was dan koffie. Hij omhelsde Larry alsof hij het meende en leidde hem naar het televisiescherm waar iets nats en opdringerig bloedigs aan de gang was.

'Wat is dat?' vroeg Larry terugdeinzend.

Ranch lachte. 'Dat is de huiszender. De tandartsen hebben hun eigen tv-programma!' Hij lachte opnieuw. 'Gestoorde klootzakken,' zei hij, en voegde daar met zachtere stem aan toe: 'TB is op het balkon.'

Even hoopte Larry dat het hetzelfde balkon zou zijn als dat waarop Reagan was gefotografeerd, maar toen hij het felle licht in stapte zag hij dat het bescheidener was; een totaal ander niveau van weelde.

T. Bone lag in een ligstoel die in een schaduwhoek was gezet. Hij stond niet op toen Larry naar buiten kwam, maar glimlachte, en stak hem een kleine zachte hand toe als een mollenpoot.

'Fraai uitzicht hiervandaan,' zei hij, met een lichte hoofdbeweging naar waar de middagzon en de dagelijkse uitstoot van CO_2 hadden verneveld tot een fijn waas waarin de gebouwen uit rook gehouwen leken. 'Vroeger speelde Shirley Temple hier beneden. En ooit was het de ranch van Tom Mix. We komen hier graag wanneer we nieuwe vrienden ontmoeten. Het creëert een bepaalde "sfeer". Ga zitten, meneer. Ranch, schenk meneer Larry maar iets koels en gevaarlijks in.'

'Komt eraan,' zei Ranch. Hij verdween door de gordijnen de slaapkamer in.

'Hij is klasse,' zei T. Bone, vertrouwelijk naar voren leunend. 'Gevonden in een reistas in het damestoilet op Union Station. Zijn hele leven van het ene tehuis naar het andere gezworven. Is ervan overtuigd dat hij zijn moeder "aan gene zijde" zal ontmoeten, het arme schaap. Vertel eens, Larry. Hebben kinderen in Engeland nog steeds van die Barnardo-busjes om geld op te halen voor de wezen?'

'Dat weet ik niet precies,' zei Larry, die zich vaag herinnerde dat hij en Alec ooit zo'n busje hadden gehad. Een geel plattelandshuisje met een gleuf in het dak.

'Laten we hopen van wel,' zei T. Bone, terwijl hij het zich opnieuw gemakkelijk maakte en hem vanuit de schaduw toelachte. 'Het stimuleert hen aan degenen te denken die minder goed bedeeld zijn. Dat zie je tegenwoordig niet veel meer. *N'est-ce pas?*'

'De laatste dagen van het Britse Rijk,' zei Larry luchtig.

'O, nee, nog niet,' zei T. Bone. 'Nee. Ik denk dat we nog wel wat langer hebben.'

Deze man, dacht Larry, terwijl hij de geamuseerde blik van de ander beantwoordde, herbergde zo'n onafzienbare valsheid dat je hem nooit zou kunnen doorgronden. Wat uiterlijk betrof was hij een vriendelijke, enigszins excentrieke figuur van in de zestig die een griezelige gelijkenis vertoonde met de oudere John Betjeman. Hij droeg een Hawaïaans overhemd, een kaki korte broek en, aan zijn spierwitte benen, een soort steunsokken die uitmondden in een paar glanzend gepoetste brogues. Hij sprak het soort gekunstelde upperclass-Engels dat sinds de dood van Noël Coward zelden meer werd gehoord, maar daaronder, als het vage patroon van oud behang onder witsel, bespeurde Larry een andere stem, iets grimmig stedelijks, provinciaals en liederlijks, zodat je hem zo voor je zag, ergens in de jaren vijftig, een crimineel gladjakkertje in een platgebombardeerde en door regen geteisterde stad als Plymouth of Slough, het type dat een aangepunte stalen kam in zijn zak had zitten.

Ranch' koele en gevaarlijke drankje arriveerde, blauw, droog als gin en verrukkelijk. Ranch en Larry zetten een zonnebril op, een gebeurtenis die werd gevolgd door tien minuten beleefd gebabbel over de hitte, de verdiensten van Mexicaans eten, de baan van de komeet. Ten slotte, na een langdurige pauze waarin het ijs kraakte en tinkelde in hun glazen, zei T. Bone: 'We vonden je allemaal geweldig als dokter Barry.'

'Jezus, ja,' zei Ranch.

'Dank je,' zei Larry.

'Ze hadden meer van je moeten maken,' zei T. Bone, 'maar televisie wordt gerund door imbecielen. Vind je ook niet?'

'Imbecielen,' croonde Ranch, alsof hij op een bijeenkomst was van de revivalbeweging.

'Ik ben blij dat ik er weg ben,' zei Larry, terwijl hij vanuit zijn ooghoek zag hoe Ranch pinda's in de lucht gooide en bedreven opving in zijn mond.

'We hebben een projectje,' zei T. Bone, 'dat volgens ons uiterst geschikt is voor jou. Niets extreems. Het soort kijkvoer waar duizenden gezonde Amerikanen dagelijks van genieten.'

'Alleen,' zei Ranch, terwijl hij een hand op Larry's schouder legde, 'het zal niet door Amerikanen bekeken worden.'

'Precies,' zei T. Bone. 'Je zou nagesynchroniseerd worden in het Portugees en Spaans voor onze Zuid-Amerikaanse markt. *Sun Valley* wordt nu al maandenlang in Brazilië en Argentinië uitgezonden. Je bent een grote favoriet daar. Vooral, kan men zich zo voorstellen, bij de donkere huisvrouwtjes.'

'Je hebt fans op plekken waar je zelfs nog nooit van hebt gehoord,' zei Ranch. 'Bacabal, Xique-Xique...'

'We maken onze kleine producties op een heel eenvoudige manier,' zei T. Bone, die er nu uitzag als Sir Ralph Richardson die een paus van het Borgiageslacht speelde. 'We blijven echte filmregisseurs. We zijn een bedrijfstak van liefhebbers.'

'Hoe lang zouden de opnames duren?' vroeg Larry.

'Een week,' zei Ranch. 'Maximaal twee.'

'Waarvoor we je een honorarium van twintigduizend dollar kunnen bieden,' voegde T. Bone daaraan toe. 'Natuurlijk zouden we willen dat het meer was, maar tegenwoordig moeten we concurreren met het Web. We kunnen de betaling echter wel zo regelen dat je je geen zorgen hoeft te maken over de heren van de belasting.'

'En ik hoef niets te doen waarvoor ik gearresteerd zou kunnen worden?'

'Het is allemaal koosjer,' zei Ranch.

'Geen Lolita's of dieren?'

'Ik ben vader,' zei T. Bone, 'en natuurliefhebber.'

'Nog één ding,' zei Larry. 'Vanaf volgende week ben ik in Engeland. Ik weet niet voor hoe lang. Niet lang, denk ik.'

'Daar zal ik rekening mee houden,' zei Ranch, opnieuw een pinda de lucht in schietend.

Zevenentwintig verdiepingen lager, waar Shirley Temple ooit had gespeeld, sleurde een eenzame zwemmer zich het groene oog van een zwembad over. Heen en weer, heen en weer, als een waterkever. Het was een uitstekende dag om te zwemmen, maar iets in de voortgang van de gedaante, of het gebrek daaraan, was storend. Hij was waarschijnlijk zijn dagelijkse hoeveelheid baantjes aan het afwerken, om zichzelf in vorm te krijgen, maar het zag er onrendabel, hopeloos uit, zoals die Griek in de hel die de hele dag een rotsblok de heuvel op duwde om het alleen maar weer naar beneden te zien rollen.

'Oké,' zei Larry. 'Waarom niet? Ik doe mee.'

'Een belangrijke dag voor ons, Larry,' zei Ranch, in zijn handen klappend.

'Zeer content,' zei T. Bone. 'Blij et cetera.'

'Wat nu?' vroeg Larry, van Ranch naar T. Bone kijkend, zich ervan bewust dat er nog iets meer van hem werd verwacht.

'Ranch zal zich verder met je bezighouden,' zei T. Bone, terwijl hij een nummer van de *Hollywood Reporter* onder zijn stoel vandaan trok. 'Dan een hapje eten, *chez moi*.'

Larry liep achter Ranch aan de badkamer in en vroeg zich af hoeveel mensen er volgens de statistieken vermoord werden in hotelkamers in L.A. In de badkamer was op een plank boven de glanzende wasbak een kaartje neergezet met daarop de mededeling dat 'Milagros' – de naam was met een onzekere hand neergekalkt – het kamermeisje was en dat haar werk haar trots was.

'We hebben alleen je gezicht maar gezien,' zei Ranch, terwijl hij het zich gemakkelijk maakte op de toiletdeksel onder de zee van licht die uit de paneelzoldering stroomde.

'Ah,' zei Larry. 'Dit is de auditie?'

'Rustig maar,' zei Ranch. 'Ik val op meisjes.'

'Geen probleem,' zei Larry. Hij begon zich uit te kleden.

11

Karol kwam vlak na negenen bij het appartement aan met een klein maar prachtig boeket rode klaprozen. Hij bracht ook iets met zich mee van de sfeer van de straten waar hij doorheen had gelopen, de lichtelijk koortsachtige atmosfeer van Parijs tijdens het uitgaansuur wanneer de langdurige schemering plaatsmaakt voor de avond en de lampen van de grote cafés helderder beginnen te schijnen; een romantisch uur waarin het onmogelijk was je niet enigszins opgewonden te voelen, niet enige hoop te hebben op een avontuur. László hing Karols jas aan een haak bij de deur, waarbij hij uit de vochtige stof de onberispelijke geur van een regenbui opsnoof, en ging toen met Karol naar de eetkamer waar hij tot zijn opluchting constateerde dat de melodramatische stemming opgetrokken was. Vooralsnog gedroeg iedereen zich tenminste heel normaal.

Kurt maakte een fles champagne open, terwijl Karol, ook een Oost-Europese balling – hoewel sinds 1968 in plaats van 1956 – een verhaal vertelde over een zwerver in de Métro die een chic geklede jonge vrouw had benaderd en haar had gesmeekt zijn vriendin te worden, en hoe zij met een charme en tact die door de hele wagon werden bewonderd, hem met spijt had afgewezen. De anderen begonnen hun eigen Métroverhalen te vertellen terwijl László in de keuken in de weer was. Ondanks de 'schietpartij' was het eten niet verpest; vooral het kalfsvlees, opgediend in de kleine pakketjes van vetvrij papier, was sappig in zijn saus van zoete gesmolten Parmezaanse kaas en malse sjalotten. Het toetje bestond uit een *tarte tatin* en *crème anglaise*, gevolgd door kopjes pittige zwarte koffie en glaasjes calvados. Met de borden nog op tafel bleven ze op hun gemak zitten in de gloed van een lamp en drie kaarsen. Kurt en Laurence rookten sigaretten. László en Franklin rookten sigaartjes. De rook draaide in lome cirkels in het kaarsduister boven hun hoofden rond. Karol, een schrijver die jarenlang niet in zijn eigen taal had kunnen schrijven en bijgevolg een soort obsessie had gekregen voor vertalen, vroeg László naar de Engelstalige versie van *Oxygène*, en László vertelde hem over de jonge Engelse vertaler, Alexander...

'Hoe heet die man ook alweer, Kurt?'

'Valentine.'

'O, ja. Een veelbelovende naam. Hij klinkt als de held uit een roman van Stendhal.'

'En die andere?' vroeg Laurence. 'Die op de boot?'

'Dat weet niemand,' zei Kurt. 'Die is in rook opgegaan.'

'Arme man,' zei Laurence. Ze sloeg een kruis.

'Wordt het niet eens tijd, László,' vroeg Karol schertsend, 'dat je iets schrijft met een goede afloop?'

'Dat zou ik best willen,' antwoordde László, 'maar dan zou het een sprookje moeten zijn. Iets voor kinderen.'

'László heeft te weinig lef voor een goede afloop,' zei Franklin, terwijl hij zich nog eens van de calvados bediende. 'Het is veel veiliger om iedereen in de stront te laten eindigen.'

Laurence begon haar man uit te schelden; László stak zijn hand op. 'Nee, liefje. Misschien heeft hij wel gelijk. Maar op mijn leeftijd is het moeilijk om je kijk op de wereld te veranderen. Als we jong zijn nemen we een bepaald standpunt in en de rest van ons leven zijn we bezig met het verzamelen van het bewijs.'

'Telefoon,' zei Kurt.

'Laat maar gaan,' zei László.

'Vertel eens,' zei Karol, terwijl hij zijn grote hand op László's knokige schouder legde, 'wat je gelukkigste herinnering is.'

'Zodat jij hem kunt stelen om hem in je volgende boek te gebruiken?'

'Nou, ik zal jullie de mijne vertellen,' zei Franklin lijzig, zwaar op de tafel leunend. 'Korea, 24 december 1950. Ik zit met een stelletje andere soldaten rond een kampvuur op het strand in Hungnam op het landingsschip te wachten dat ons komt afhalen. De marine had luidsprekers neergezet die *White Christmas* speelden en we zaten blikjes tomatensoep op te warmen. Het was een week geleden dat we voor het laatst in bad waren geweest, ons geschoren hadden of andere kleren hadden

86

aangetrokken. Ollie Warrand uit Mission Viejo. Dutch Biebal uit Baltimore. Sergeant Stauffer, Walt Bateman. Drie of vier anderen van de derde infanterie. We hadden een fiks aantal van onze vrienden in dat godvergeten land verloren, maar we hadden sigaretten bij de vleet en gingen naar huis. Ik kan me herinneren dat ik gewoon maar wat in het vuur staarde en de soep rook – de machtigste geur ter wereld als je honger hebt. Ik hoorde Crosby over het strand croonen, en alle jon- *neuriend* gens traag praten over wat ze gingen doen wanneer ze weer in de Sta- *zingen* tes waren. De meisjes en de drank en de honkbalwedstrijden. Het was zo'n koude, roerloze dag. Kerstavond duizend jaar geleden. Ik was negentien. Négentien jaar oud, verdomme. Pas toen ik terug was in Sioux City en het leger had verlaten, iets van een bestaan probeerde op te bouwen, drong het tot me door hoe gelukkig ik was geweest toen ik daar op dat strand zat. Zo gelukkig dat ik jaren daarna maar een blik Campells hoefde open te maken of ik kreeg een kick. Ik zweer je dat ik telkens wanneer ik het niet meer zag zitten dat spul ging kopen. Ik was een soepjunkie, denk ik.'

'En heb je het ooit geschilderd?' vroeg Kurt. 'Die mannen op het strand?'

'Als ik het had geschilderd, zou ik het veranderd hebben, dus ben ik er afgebleven. Trouwens,' zei hij grijnzend, 'Warhol heeft het geschilderd.'

'Wie volgt?' vroeg Laurence.

Karol liet een mes op tafel ronddraaien. Het wees naar Kurt.

'Ik mag graag denken,' zei Kurt, met een ernstige en beheerste uitdrukking op zijn gezicht, een uitdrukking die László aanbad, 'dat ik mijn gelukkigste herinnering nog niet heb gehad. Ik bedoel dat mijn gelukkigste ogenblik nog moet komen...'

'Hét kenmerk van een optimist,' zei Karol.

'Maar ik herinner me wel één bepaalde dag met mijn vader aan de Alte Donau buiten Wenen. Papa werkte vroeger in de Semperit-autobandenfabriek. Hij was geen ontwikkeld man. Hij werkte met zijn handen, zijn rug. En hij werkte hard. Maar in de zomer maakte hij me op zondagochtend vaak voor zonsopgang wakker, en dan reden we naar de rivier met onze hengels en netten. Ik was geen goede visser. Had er geen aanleg voor. Maar op die dag wierp ik mijn lijn uit en ving ik de prachtigste forel van heel Oostenrijk. Ik zweer jullie dat hij bijna zo lang was als mijn arm, en toen ik hem inhaalde had het water van de rivier de kleur van zonsopgang, zodat het leek alsof ik de vis uit een meer van gesmolten vuur trok! Toen we naar huis gingen presenteerde ik hem aan mijn moeder. Je weet hoe jongens zijn. Ik gaf hem haar alsof hij de kop van een draak was die ik in een tweegevecht had gedood. Ze kuste me, en om mij volkomen duistere redenen moest ze huilen. Huilen en glimlachen. Ik denk dat ze trots op me was.' Hij haalde zijn schouders op. 'Ik weet niet waarom die dag me is bijgebleven terwijl ik andere, even goede dagen moet hebben vergeten. Misschien was het de laatste volstrekt onschuldige dag van mijn leven...'

'Nee!' protesteerde Laurence, die elke gedachte aan een onomkeerbaar verlies verafschuwde. 'Je bent nog steeds dezelfde jongen. Nietwaar, László?'

'Vergeleken met gevaarlijke oude mensen als wij,' zei László, 'is hij zo onschuldig als een koorknaap. Een Weense koorknaap!'

'Nu jij, Laurence,' zei Karol.

Ze glimlachte vermoeid en draaide langzaam een van haar ringen in het rond. Drie kleine saffieren.

'Ik vrees dat mijn gelukkigste dag mijn eerste afspraakje met Franklin was.'

'O, hemel!' zei Franklin.

'Ik was tweeëntwintig en droeg een crèmekleurige satijnen jurk met een rozendessin. Franklin droeg een pak dat hij had geleend van...'

'Ed Sullivan, die nu dood is.'

'Laat haar het verhaal vertellen,' zei László.

'We gingen naar La Coupole. Franklin was ervan overtuigd dat het vol beroemde schrijvers en kunstenaars zou zitten, maar zelfs in die tijd waren het voornamelijk gewoon Amerikaanse toeristen. We dronken martini's met olijven op cocktailprikkers, net als in de film. Ik bedacht hoe boos mijn vader zou zijn als hij het wist. Hij vond dat vrouwen niets sterkers mochten drinken dan wijn. En dan vertelt Franklin me godbetert dat hij helemaal geen geld heeft, geen sou, en dat we de benen moeten nemen wanneer de ober niet kijkt. Daarom hadden we een tafeltje bij de deur! Ik wist niet wat ik ervan moest denken. Was het Amerikaanse humor? Moest ik er soms om lachen? Ik ging tenslotte nog steeds elke zondag naar de mis in de St. Antoine. Maar toen pakte hij mijn hand en renden we als Bonnie en Clyde de hele boulevard Montparnasse af. Ik was zo bang dat ik nauwelijks kon ademen. Ik was ervan overtuigd dat de obers ons achterna zouden komen – je weet hoe fel ze zijn in La Coupole – maar tegen de tijd dat we Port Royal bereikten...' Haar stem stierf weg. 'Was ik al een beetje verliefd.'

'Wat romantisch,' verzuchtte Kurt.

'Ik weet nog dat ze een rode onderbroek droeg,' zei Franklin. 'Iets tussen karmijnrood en kastanje in, om precies te zijn. Het was moeilijk te zeggen in dat licht.'

'Franklin!' riep Laurence uit. 'Die kun je alleen maar hebben gezien omdat je me dwong samen met jou het Luxembourg in te klimmen.'

'Ze was toen erg mooi,' zei Franklin.

'Ze is nog steeds mooi,' zei Karol.

Franklin knikte. 'László weet het nog.'

'Nu doe je oversentimenteel,' zei Karol. 'Je moet je tot de wijn beperken.'

'László?' zei Laurence. 'Ik vraag me af of ik jouw gelukkigste ogenblik kan raden.'

'Vast en zeker,' zei László, 'want ik heb het je ongetwijfeld meer dan eens verteld. Een dag in november 1953 toen Hongarije tegen Engeland voetbalde in Londen. Wembley Stadion. Niemand had de Engelsen ooit thuis verslagen. Wat maakte een land als Hongarije nou voor kans? De regering wilde natuurlijk een overwinning ter rechtvaardiging van het systeem. Echte Hongaren wilden gewoon dolgraag opvallen in de wereld, zodat men zou zien dat Stalin en Rákosi ons niet helemaal hadden begraven. Maar in Wembley winnen, onmogelijk! Toch waren we er zo op gebrand dat we dachten dat we het met geestkracht konden afdwingen. Misschien hebben we dat ook wel gedaan. Die middag gebeurde er in ieder geval een soort wonder. Hongarije won met 6-3!'

'Hoera!' zong Karol, die beter dan de anderen begreep wat de overwinning had betekend.

'Iedereen zat naar de radio te luisteren, van die grote Oriens, en telkens wanneer we scoorden hoorde je uit alle appartementen en ook van de straat het gejuich opstijgen. Het was, naar mijn bescheiden mening, het belangrijkste ogenblik in de geschiedenis van de Hongaarse sport. Ik was vijftien. Iedereen was zo gelukkig dat het midzomerdag had kunnen zijn. Ferenc Puskás was de held van ons team. Ik heb de naam van de Engelse aanvoerder ooit geweten. Hight... Bight...'

'Het merendeel van het team vertrok na 1956,' zei Karol.

'Ja. Czibor en Kocsis speelden bij Barcelona. Puskás ging naar Real

Madrid maar keerde in 1981 terug naar Hongarije.'

'Bijna een goede afloop dus,' zei Franklin. 'Op een paar revolutietjes na.'

'*Egeszsegedre!*' riep Kurt, die een handjevol Hongaarse woorden had geleerd. Ze hieven het glas.

Karol was de oudste. Hij zei dat elke fase van een leven zijn eigen soort geluk kende. Van zijn jeugd herinnerde hij zich het slapen bij zijn moeder op schoot in de keuken – de pure dierlijke troost van de warmte van het fornuis en van de vrouw die meer van je zal houden dan alle andere vrouwen. Daarna, tijdens de Praagse Lente, was er de opwinding van het verzet, het erotische vuur van de opstand, de sensatie van echt bang zijn. De kans om moed te tonen! Later was er het sobere geluk van het werk, van boeken schrijven en ze bewonderd en gerespecteerd te zien. Luciditeit. De bevrediging een diepgewortelde ambitie vervuld te hebben. De opluchting niet mislukt te zijn.

'En ten slotte,' zei hij, zijn dikke grijze wenkbrauwen samentrekkend, 'is er het geluk dat waarlijk zwevend is, en erg moeilijk te benoemen, want het waait als een toverpoeder de wereld rond. Het is me nog maar een paar weken geleden overkomen, moet je weten. Ik had een lezing gegeven in Düsseldorf. Ik kwam er een paar oude vrienden tegen – je kent Krüger, László – en had een paar glazen wijn op, meer niet. Toen kwam de auto me halen om me naar het station te brengen en we reden door een deel van de stad dat ik niet herkende. Het was een bewolkte lenteavond, erg koel en winderig. Ik zat aan de doodgewoonste dingen te denken. Wat ik in de trein zou lezen. Of ik nog tijd zou hebben om mijn dochter op te bellen. Ik keek door het zijraampje van de auto naar buiten. We reden over een brug, een heel gewone stenen brug, totaal niet mooi of opmerkelijk. En plotseling ervoer ik een gevoel van welbehagen dat me overweldigde zoals bepaalde melodieën dat kunnen doen wanneer je ze precies op het juiste moment hoort. Het duurde niet meer dan een paar minuten. Het gaf me een gevoel alsof ik door het heden was vastgegrepen en door elkaar geschud, of een glimp had opgevangen van – vergeef me – mijn eigen onsterfelijke ziel, iets waarin ik normaal gesproken nauwelijks kan geloven. En al die tijd baande mijn chauffeur zich een weg door het verkeer zonder zich bewust te zijn van deze kleine epifanie die achter zijn nek plaatsvond.'

László keek omhoog naar de boekenplank waar de beschoten bundel van Rilke in schaduw was gehuld.

'En wij,' begon hij, 'die denken aan *stijgend* / geluk, voelden de ontroering, / die ons bijna verbijstert, / als iets dat geluk is *valt*.'

Karol ging vlak na middernacht weg, na hen allemaal omhelsd te hebben. Franklin en Laurence volgden een paar minuten later, allen in een teder melancholische stemming bij de herinnering aan vreugden die tot zo'n ver verleden behoorden. Kurt en László stapelden de vaat op in de keuken en daarna trok Kurt zich terug in de slaapkamer, waar hij voor het slapengaan bepaalde ingewikkelde yoga-oefeningen placht te doen. László ging terug naar de eetkamer, deed de lamp uit en doofde met bevochtigde vingertoppen twee van de kaarsen. Hij was niet moe. Hij ging bij het licht van de resterende kaars zitten. De calvados had hem enigszins het zuur gegeven en naar aanleiding van de discussie over geluk was hij in een boog van denken geraakt waarvan hij het eind moest bereiken voor hij kon rusten. Het was waar, de verhalen op zich waren enigszins banaal – een vis, een blik soep, een café uit rennen, een voetbalwedstrijd – maar geluk was een onderwerp dat net zo ongrijpbaar was als liefde en een vergelijkbare subtiliteit van vocabulaire en categorie vereiste. Om te beginnen kon het verdeeld worden in twee algemene typen: het geluk wanneer je weet dat je gelukkig bent, en het geluk dat alleen *naderhand* duidelijk wordt, het soort dat Franklin had beschreven in het verhaal over de jonge soldaten op het strand. Verder was er publiek geluk, zoals op de dag van de voetbalwedstrijd; vreugde die op de gezichten van iedereen die hij zag weerspiegeld werd. En geheim geluk, zoals toen hij verliefd was op Péter, bijna een last, alsof hij de loterij had gewonnen maar niemand deelgenoot kon maken van het nieuws. Zuiver geluk was zeldzaam, in de meeste gevallen voorbehouden aan kinderen, junkies en religieuze extatici. Algemener, maar net zo verwarrend, was de staat die Karol had aangevoerd – geluk dat met zijn tegendeel verweven is; die paradox van oorlogen en revoluties wanneer het hart zo ontvlamd is dat het volstrekt nieuwe gevoelens in het leven roept. Angst-genot. Verdrietlust. Tedere, sentimentele haatgevoelens. Dat jaar, het jaar dat de Russen terugkwamen, verloren wel drieduizend mensen in Hongarije het leven en duizenden anderen hun vrijheid. Maar degenen die erbij waren geweest – de meesten van hen – waren daar blij om, trots op hun inspanningen en hun opofferingen. Ze hadden hun rol gespeeld: de geschiedenis had hén niet overvallen. En terwijl niets het verlies van hun land en hun vrienden kon vergoeden, was de herinnering aan die oktober- en novemberdagen een geloofsartikel.

Maar bij László was dit helemaal niet het geval. Hoe kon hij terugkijken wanneer er alleen schaamte was om op terug te kijken? Wat voor trots kon hij scheppen in uitgesproken falen? Nee. Hij wilde het zich niet herinneren. Hij wilde vergeten. Voorgoed vergeten. Maar ieder jaar was de poging daartoe plotseling ontoereikend, en werd hij overweldigd door het verleden, hoewel zelden zo hevig als tijdens de afgelopen winter toen hij, met veel tegenzin, in Parijs deelnam aan de viering van het veertigjarige jubileum. Hij had deze bijeenkomsten altijd weten te vermijden door ervoor te zorgen de stad uit te zijn en iedereen die de moeite nam ernaar te vragen wijs te maken dat hij allergisch was voor nostalgie. Maar bij deze gelegenheid had hij te veel dringende uitnodigingen ontvangen om weg te kunnen blijven zonder aanstoot te geven, dus was hij met Kurt in de Citroën naar de begraafplaats Père Lachaise gegaan om bij het lege 'graf' van Imry Nagy te staan en zich vervolgens naar het hotel bij de Gare de l'Est te begeven waar de veteranen tussen de trouwrecepties door de eetzaal mochten gebruiken.

László werd omringd door mannen en vrouwen in de vitale derde fase van hun leven, velen van hen met de manieren en het voorkomen van professionals, allen hoogst respectabel. Deze mensen, grijzend, een beetje te dik, gekleed in kostuums en jurken uit Franse warenhuizen, waren de vrijheidsstrijders die molotovcocktails in de grilles van T-34's hadden geslingerd; die een geregelde veldslag hadden geleverd in de Corvin Passage, in Szena Square en Csepel, en hadden gezien hoe vrienden, collega's, buren, bij granaatontploffingen om het leven kwamen of in een voedselrij door een langsrijdende pantserwagen werden neergemaaid. De verhalen die ze vertelden, dezelfde verhalen die ze elkaar waarschijnlijk al tientallen jaren vertelden, vertelden ze opnieuw, alsof het de eerste keer was, en met de ernst van mensen die de hele waarheid met één geladen anekdote uit de doeken moeten doen, willen ze niet het risico lopen hun doden een tweede maal te verliezen, en hen niet in de aarde, maar in stilte te begraven.

'Jancsi was in Villanyi Ut toen de tanks kwamen. Hij heeft nog een uur geleefd. We hadden niet eens een doodskist voor hem...'

'We vonden Éva bij de Szabadsagbrug. Ze was zestien. Ze had het geweer nog in haar hand. Iemand had haar gezicht met een jas bedekt...'

'Ádám zat bij mij op school. We begonnen op dezelfde dag bij het elektriciteitsbedrijf Egyesült Izzó te werken. Ze hebben hem in december in het huis van zijn oom gearresteerd. We hebben hem nooit meer gezien...'

László, die van plan was geweest een halfuur te blijven, een paar handen te schudden en de benen te nemen voor iemand poëzie begon voor te dragen, was die middag op verscheidene momenten ondanks zichzelf vreemden aan het omhelzen die nu helemaal geen vreemden meer waren. Een advocaat die al dertig jaar praktijk hield aan de boulevard Beaumarchais. Een vrouw die uit Lille was gekomen en een Hermès-sjaal droeg die het litteken op haar hals niet geheel kon verhullen. Een kleine zilverharige, mank lopende man die als monteur werkte in het elfde arrondissement (hij gaf László een visitekaartje), en hen aan het lachen maakte met zijn verhaal over de Weense vrouw die hem twee sinaasappels had gegeven in het vluchtelingenkamp, en hoe hij er één zorgvuldig had verstopt, omdat hij niet kon geloven dat zo'n rijkdom hem nogmaals ten deel zou vallen. Velen zoals zij, totdat László, onder de zwaarte van zo veel herinneringen, zoveel Palika-brandewijn, uiteindelijk zijn eigen verhaal had verteld, het verhaal van Péter Kosáry. Tijdens het spreken had hij zijn gezicht gedroogd met de mouw van zijn jasje, terwijl de kleine monteur die naar hem luisterde – hem de biecht afnam – ook had gehuild, zo groot was de edelmoedigheid van geest daar in die poppenkasterij van de eetzaal, en hij had László (die overmand dreigde te worden door een of andere aanval, door hysterie), gesust met de woorden: 'Nee, nee, mijn vriend, je had hem niet kunnen redden. Je had hem niet kunnen redden, anders had je het wel gedaan.'

Maar de logica van het antwoord was László niet tot troost, en tijdens de daaropvolgende weken, terwijl de straten hun snoeren met kerstlampjes verwierven, en Kurt het appartement met dennengroen versierde en kerstkaarten schreef, was László aan het dolen geraakt over de onmetelijke grijze vlakten van de depressie. Hij sliep veertien, vijftien uur achter elkaar. Hij had zweet- en paniekaanvallen, een bijzonder akelige in de Métro op Odéon, zodat hij door een vriendelijke toerist het station uit geholpen moest worden. Ten slotte regelde Kurt een afspraak met dokter Ourahm, een specialist in het Salpêtrière, en László stond de goede man toe zijn bloeddruk te meten, met een lampje in al zijn openingen te schijnen, en hem uiteindelijk een rekening van tweehonderdvijftig franc en een recept voor Prozac te presenteren. László voldeed de rekening maar gooide het recept in de eerste de beste vuilnisbak die hij op de boulevard de l'Hôpital tegenkwam. Hij geloofde niet dat pillen ooit een remedie konden zijn tegen die momenten waarop het leven je *binnendrong* met een verlies waar je je nooit mee kunt verzoenen. Maar ter wille van Kurt had hij zichzelf gedwongen 's ochtends op te staan en een paar uur achter zijn bureau te zitten, en door zich als een normaal iemand te gedragen, iemand die niet overdreven opgewekt maar evenmin gevaarlijk ongelukkig was, had hij een zekere gemoedsrust gevonden en zelfs een zeker optimisme dat hem had geprikkeld met de gedachte dat het nog niet allemaal voorbij was, dat zijn leven hem zelfs nu – misschien vooral nu – zou kunnen verrassen en de poort zou kunnen tonen naar een tuin die hij nog nooit had betreden, en waar, zoals bij de ontknoping van een werkelijk bevredigend verhaal, alles plotseling vergeven zou zijn. Het was absurd natuurlijk, maar toch…

Hij hoorde dat de wc doorgetrokken werd en wierp een blik op zijn horloge. Halftwee. Het was tijd om zelf aanstalten te maken om naar bed te gaan, maar de resterende kaars, het beetje dat ervan over was, de vlam wankelend op de pit, leek hem te biologeren, zodat hij niet hoorde hoe Kurt met lichte tred de gang door liep, zich de kamer in boog en even zo bleef staan, terwijl hij teder en bezorgd de rug van zijn geliefde gadesloeg en hem de lucht hoorde ondervragen met een naam die hij al maanden prevelde in zijn slaap.

12

TB woonde in een bescheiden gebouw met een gevel van namaakpleisterwerk tegenover een Domino-pizzawinkel in het hart van de San Fernando Valley. Op de veranda werd Larry begroet door een mollige, klassiek geklede Amerikaanse matrone. Ze had onlangs haar haar laten doen en de punten ervan glansden met het vreemde blauw van een voedselkleurstof.

'Mijn god!' riep ze. 'Mijn god! Het is dokter Barry!'

'Aangenaam,' zei Larry, in de beknopte anglicismen van de dokter vervallend, een accent dat net zo onecht was als dat van T. Bone. Hij schudde haar de hand. Was dit mevrouw Bone? Hij besloot Ranch' voorbeeld te volgen en haar Betty te noemen.

'Het is alsof ik dokter Barry over de vloer heb!' gilde ze, terwijl ze hem de in haciëndastijl uitgevoerde salon in leidde en een mimische uitbeelding van ongeloof gaf, waarbij armbanden en dikke bruine armen te pas kwamen. Ranch ging naar de bar en pakte een zestal flessen drank en een stalen cocktailshaker, terwijl Betty kommetjes met noten en pretzels neerzette. Aan de gewitte muren van het vertrek hingen goedkope reproducties van achttiende-eeuwse Engelse schilderijen – Constable, Gainsborough, Reynolds – en een grote ingelijste onderscheiding van het Instituut voor Volwassenenamusement, het Blauwe Lintje, voor een afzet van 25.000 stuks van een werk getiteld *Schootaanval!*

Larry wurmde zich in een kleine met chintz beklede leunstoel, zich onderwijl afvragend waar het joodse kind dat hij in het vliegtuig had ontmoet zou zijn. Hij hoopte dat ze gelukkig was in de armen van haar vader en later op geen van de mensen met wie hij nu in de kamer was, hijzelf incluis, zou gaan lijken. Van een plek buiten het zicht kwamen

95

de geluiden van een middagsoap, een vrouwenstem die klaagde: 'Je hebt het me beloofd! Je hebt het beloofd!'

'Zou ik gebruik kunnen maken van de telefoon?' vroeg hij. 'Ik moet echt even een belletje plegen. Moeder is wat ziekjes.'

'Gut, wat alleraardigst,' zei Betty. 'Je bent een goede zoon, Larry. Wij hebben ook zonen, moet je weten. Harold en John. Ze zitten in zaken in Miami.' Ze wees naar een rij weelderig ingelijste foto's boven op een glanzende zwarte Japanse piano. Grijnzende jongens met stekeltjeshaar. Tieners met kroeshaar die tegen een oude Chevrolet leunden. Een trouwfoto van een van de jongens, Harold of John, naast een te opzichtig geklede, volstrekt anonieme jonge vrouw. De foto's stonden in de schaduw van een hoge vaas met exotische witte bloemen. Het geheel deed denken aan een altaar voor de doden.

'De *Sunshine State*,' zei ze, en ze liep naar de foto's en bracht onwaarneembare veranderingen aan in de stand van de lijsten. Ranch legde een arm om haar schouders en gaf haar een klapzoen op haar wang.

'Betty is een bovenste beste.'

Larry knikte. Het laatste gevaarlijke drankje begon effect te sorteren en leek bepaalde zenuwuiteinden in zijn ruggengraat te verdoven. Als de Thunderbird buiten had gestaan zou hij zich hebben verontschuldigd en zijn weggereden voordat dit gezelschap, dit kleine narrenschip, nog verder het groteske in zou zeilen. Maar de auto stond daar niet en als hij niet aan twintigduizend dollar kwam zou er geen auto meer zijn ook, en in de niet al te verre toekomst misschien geen familie meer om naar terug te rijden.

Ranch tikte hem op de schouder. 'Wat dacht je van een snelle rondleiding door de studio voor we aan tafel gaan? Heb je daar zin in?'

'Nou en of,' bulderde Larry, met de gezaghebbende stem van de dokter. Betty gaf een gilletje van genot, terwijl T. Bone, languit op een ligstoel, de demiurg op zijn leren wolk, gelukzalig glimlachte en een soort vermoeide handbewegingen maakte, alsof hij hen zegende.

Larry volgde Ranch over de oprijlaan naar de garage. De luchttemperatuur was tot rond de 30° C gestegen en het licht, omringd door schaduwen van ondoordringbaar blauw, trilde op de hoeken van de ramen, op wieldoppen, zelfs op de witte bloemen van de jasmijn die zich hoog om de regenpijp op de hoek van het huis had geslingerd. In de badkamer van 2714 had Ranch een gunstige indruk gekregen van Larry's nog altijd atletische lichaam. Hij was natuurlijk zachter dan vroeger, begon ronder te worden, zodat hij er over een paar jaar, dacht hij, bijna vrouwelijk zou gaan uitzien, maar zijn lichaam was ondanks zijn steeds slopender levenswijze verbijsterend loyaal gebleven. Hij had er zo lang op vertrouwd, op die excellente fysieke basis van hemzelf, dat het moeilijk voor te stellen was hoe hij moest doorgaan als die hem in de steek zou laten. Soms droomde hij van een catastrofale instorting, een of andere ramp als de amputatie van een been, gezichtskanker of elefantiasis. Volgens hem was hij niet iemand die met zo'n gebeurtenis kon 'omgaan', niet het type dat ooit door lijden gelouterd zou worden. Op zijn zesendertigste (was dit niet een van de kenmerkende neurosen van die leeftijd?) was hij bang geworden voor de ouderdom en kon hij niet meegaan in Kirsty's beeld van minzame bejaarden die de jongeren in hun wijsheid laten delen en een beetje rondkeutelen, schitterend verweerd, zoals Fonda en Hepburn. Hij dacht dat hij een diepongelukkige oude man zou worden. Maar hij vroeg zich ook af of hij op zijn vijfenvijftigste of zestigste niet een volstrekt ander iemand zou kunnen zijn, en dat wat nu zo ingewikkeld leek, de grote Rubikskubus van morele dilemma's, vanaf de bovenste verdieping van zijn leven misschien niets dan de vrucht van een tijdelijke verwarring zou lijken, en dat hij zijn beste jaren had doorgebracht als zo'n circusclown die op handen en voeten twee worstelende dwergen kan uitbeelden.

Ranch deed het hangslot aan een stalen zijdeur naar de garage open. De lucht binnen was verrassend fris. Er waren geen ramen. Hij deed het licht aan. 'We houden het graag eenvoudig,' zei hij.

De ruimte die zich voor Larry uitstrekte, nu door zes zacht zoemende tl-buizen verlicht, zag eruit alsof hij gebruikt werd om de geredde overblijfselen van een huisbrand op te slaan, voorwerpen die alleen bewaard werden omdat niemand zich ertoe kon zetten ze weg te doen. Een tiental blote en onwaarschijnlijke kostuums hing aan een verrijdbare garderoberail naast twee matrassen waarop het soort plastic lakens lag dat je aantreft op de bedden van incontinente kinderen. Andere rekwisieten waren onder andere een vierkant stuk moerbeikleurig tapijt, een kantoorbureau en -stoel, een bijna twee meter hoge, plastic palm en een hoedenkapstok waaraan, opgehangen aan een van zijn oogkassen, een rubberen gorillakop bungelde. Je kon je nauwelijks een ruimte voorstellen die minder bevorderlijk was voor het doen van een seksnummer, en de huid van Larry's ballen trok samen bij de gedachte eraan.

'Achterin hebben we lampen en multitrackgeluid. Kopiëren en naproductie doen we ter plekke. Al is onze man achter de camera. Je mag hem vast wel. Nadine verzorgt het geluid. Haar zus is de opgeilster. Daar zit TB.' Hij gebaarde naar de obligate opvouwbare regisseursstoel. 'Fellini is zijn grote voorbeeld.'

'En het jouwe?' vroeg Larry, terwijl hij met zijn vingers over de binnenkant van de gorillakop streek, die plakkerig aanvoelde, alsof er onlangs in was gezweet.

'Marky Mark. Schwarzenegger. Sir Olivier natuurlijk. Door TB ben ik een hoop Engelse dingen gaan bewonderen. Muffins en Shakespeare en al die rotzooi meer. Cricket kan ik alleen nog niet bevatten.' Hij lachte.

'Cricket is moeilijk te bevatten,' zei Larry. 'Ben je weleens in Engeland geweest?'

'Wel in Mexico,' zei Ranch. '*Hablas español, amigo?*'

'*Un poco,*' zei Larry. Daarna vroeg hij in een opwelling: 'Hoe heet T. Bone in werkelijkheid?'

Ranch bestudeerde hem met een quasi-verbaasde uitdrukking op zijn gezicht. 'Dit is L.A., Larry. Het zal iedereen een rotzorg zijn hoe hij werkelijk heet. Kom op. Ik zal je mijn huis laten zien. Je onderbrengen.'

Ranch' huis was een bijgebouw van één verdieping aan de achterkant van de hoofdwoning. Een sproeier er vlak naast deed het gras glanzen. Op het stoepje van het bijgebouw zaten twee meisjes in de schaduw van een bougainville een blikje Cherry Coke en een joint te delen.

'Yo!' zei Ranch.

De meisjes stonden op.

'Gaaf pak,' zei de ene met de ring door haar wenkbrauw.

'Dit is Rosinne,' zei Ranch. 'En dit is Jo-babe. Zeg Larry eens gedag, meiden. Hij was ooit vaker op de tv dan het weerbericht.'

De meisjes lieten hun blik van Ranch naar Larry dwalen, schaamteloos de orde van grootte van zijn beroemdheid inschattend. Hij wist al dat er geen herhaling te verwachten viel van Betty's vervoering.

'Ik herken je geloof ik wel,' zei Rosinne. 'Volgens mij keek mijn moeder altijd naar je, of zo. Ga je hier een film maken?'

'Daar ziet het wel naar uit,' zei hij.

'Hé! Je bent Engels,' riep Jo-babe goedkeurend. 'Vet!' Ze bood hem de joiñt aan. Hij grinnikte naar haar, naar de prachtige violette leegheid van haar ogen. 'Dank je,' zei hij, 'Jo-babe.' 'Niets te danken,' antwoordde ze, met de stem van een tekenfilmfiguurtje dat hij niet kende. De anderen lachten. Daarna gingen ze met zijn allen Ranch' huis in.

Het bijgebouw, ooit de stek van Harold en John voor ze waren vertrokken om in de Sunshine State hun geluk te beproeven, bestond uit één grote slaapkamer en een aangrenzende badkamer. De slaapkamer bevatte drie televisies van verschillende afmetingen, een poster van Burt Reynolds, een snaarloze Fender-gitaar, en een grote boeddha van speksteen wiens schoot als asbak dienstdeed. De grond was bezaaid met cd-hoesjes en tijdschriften, een mengeling van strips, porno en mode. Jo-babe richtte de afstandsbediening op de muziekinstallatie in de hoek. Er viel een stilte, waarna de kamer zich vulde met Nirvana, en ze begon te dansen, in vrije stijl, pezige armen, pezige benen, soms lichtvoetig over Rosinne heen huppend, die op de grond was neergeploft om het laatste nummer van PLEASE! door te bladeren.

Ranch zat in kleermakerszit op het doorwoelde bed, een spiegel op zijn schoot met een afbeelding van Bogart erop en het onderschrift 'Here's looking at you kid!'

'Zeg dit maar niet tegen T. Bone,' zei hij, terwijl hij een hoopje poeder in vier lijntjes verdeelde, zich over zijn spiegelbeeld heen boog en energiek begon te snuiven door een deel van een milkshakerietje van McDonald's.

'Geen woord,' beloofde Larry, waarna hij gretig zijn lijntje van Bogarts hoed af snoof en de spiegel doorgaf aan Rosinne, die hem zo onverschillig bedankte dat het was alsof hij haar een glas melk had gegeven.

'Doen deze meisjes mee aan de film?' vroeg Larry.

'Deze meisjes? Die zijn véél te mager,' zei Ranch. 'We werken alleen met professionals. Cindy X. Selina D'Amour. Sasha Martinez voor ze naar een afkickcentrum ging. Een Chinese die Patty Wang heet. Misschien is ze wel Filippijnse. Verder heb je Scarletta Scarr, die zo'n beetje mijn peetmoeder is. Haar gebruiken we als er SM-dingen zijn.'

Larry dacht even aan zijn eigen peetmoeder, een vrouw die Penny heette en in de jaren zestig samen met Alice op de lerarenopleiding had gezeten. Hij vroeg: 'Was je zenuwachtig toen je het voor het eerst voor de camera's deed?'

'Totaal niet,' zei Ranch. De spiegel was teruggekomen en hij was onmiddellijk vier nieuwe lijntjes gaan vormen, waarbij hij de drug met de hoek van een scheermesje uit een plastic envelop schepte. 'Ik ben voor dit soort werk geboren.'

'Is het je nooit overkomen dat je het niet kon? Niet kon presteren?'

'Je moet het gewoon professioneel benaderen,' zei Ranch. 'Zorgen dat je geconcentreerd blijft.'

'Geconcentreerd,' herhaalde Larry knikkend.

'Denk aan het geld,' zei Ranch.

'Je geilt op geld?'

'Stomme vraag,' antwoordde Ranch grijnzend. 'Hé, heeft dokter Barry niet met iedereen in Sun Valley geneukt?'

'Niet voor de camera,' zei Larry.

'Je doet het vast geweldig,' zei Ranch. Ze zwegen om de coke te nemen. Toen Larry de spiegel aan Rosinne had gegeven, legde Ranch een vinger op zijn lippen, knipoogde, en zei zachtjes: 'Kom mee, ik zal je wat laten zien. Om je gerust te stellen.'

Voor de tweede keer die dag liep Larry achter Ranch aan een badkamer in. Déze had gloeilampjes rond de spiegel. Er glinsterde nietdoorgetrokken pis in de toiletpot en het rook er naar patchoelie-olie en rook. Ranch draaide zich naar het medicijnkastje dat aan de muur achter de deur was bevestigd, deed het open en pakte uit het arsenaal vitamines en pijnstillers een bewerkt houten doosje van het soort dat je in iedere Chinese winkel kon kopen.

'Mijn trukendoosje,' zei hij, terwijl hij het haakje losmaakte om twee compartimenten te laten zien die kleine gekleurde capsules bevatten, een stuk of twaalf aan de ene kant, misschien de helft daarvan aan de andere.

'Seks en dood,' voegde hij er opgewekt aan toe. Maar terwijl hij in het doosje staarde was zijn gezicht niet langer jongensachtig. Er lag een waas van vermoeidheid over, als een bezinksel dat in zijn huid zweefde, en dat bij Larry voor het eerst het vermoeden deed rijzen wat het Ranch kostte om Ranch te blijven.

'Wauw,' zei Larry, terwijl hij naar de capsules keek. 'Wat is wat? Ze zien er hetzelfde uit.'

'Dat zou ál te gek zijn,' zei Ranch. 'Deze, die van onderen rood en van boven blauw zijn, geven je een stijve waar je een piano aan kunt hangen. En deze beestjes die van onderen blauw zijn doen het licht uit. Voorgoed, bedoel ik. Kaput. *Hasta nunca.* Laat geen sporen achter in het lichaam. Niet iets wat iemand zou kunnen vinden.'

'Je meent het,' zei Larry. 'Dat is flauwekul.' Hij moest onwillekeurig lachen, een beetje dronkemansachtig.

Ranch schudde zijn hoofd. 'Er zijn meer dingen tussen hemel en aarde, Larry, dan je goddomme ooit voor mogelijk hebt gehouden. Ik heb ze van een dokter in Vegas die wat wilde voodoo-en met een meisje met wie ik ging. Je weet hoe dokters zijn.'

'Heb je er al eens een uitgeprobeerd?' vroeg Larry. 'Ik bedoel een van die sekspillen.'

'Nooit behoefte aan gehad,' zei Ranch. 'Het is gewoon prettig om te weten dat ze er zijn. Een verzekering.'

'Het zou van alles en nog wat kunnen zijn,' zei Larry. Hij wilde ze aanraken.

'Zou kunnen.' Ranch sloot het doosje en zette het terug in het kastje. 'Misschien moet ik ze weggooien voordat een of andere griet ze inneemt tegen menstruatiepijn. Het punt is dat ik het een lekker idee vind ze te hebben. Weet je wat ik bedoel?'

Larry knikte. Hij wist het.

'Hé, je doet het vast geweldig,' zei Ranch, terwijl hij een arm om Larry's schouders sloeg en hem zachtjes terugleidde naar de slaapkamer. 'Je doet het vast heel mooi.'

13

Toen László een jongen was, was naar bed gaan een kwestie geweest van zijn mond spoelen, zich uitkleden op hemd en onderbroek na en dan zo snel als hij kon tussen de lakens springen naast zijn broer János. De slaap kwam dan tot hen met de muziek van de dakgoten van de bovenverdiepingen en het geratel van de trams op Szechenyi Rakpart. Tegenwoordig was zijn bewerkelijke *couche* een zich almaar uitbreidend corvee dat minstens vijftig minuten lichte lichamelijke arbeid in de badkamer vergde, en dat begon met wat de dokters graag 'stoelgang hebben' noemden. Een kwartier lang zat hij dan op de houten O verkreukelde nummers van het tijdschrift *Voici* te lezen of te fronsen naar de rokende Marcello Mastroianni op de oude filmposter voor *La dolce vita* op de muur tegenover hem, en inspecteerde vervolgens het smerige resultaat (zich soms afvragend of er niet miljoenen mannen op datzelfde moment bezorgd of zelfs met trots naar hun eigen stront tuurden) op onheilspellende tekenen van inwendige bloeding. Zijn vader was gestorven aan darmkanker.

Tevreden dat zijn ingewanden naar behoren functioneerden begaf hij zich dan naar de wastafel en de grote afgekante spiegel om aan zijn tanden te gaan werken. Pas toen hij in de veertig was, was hij begonnen zijn scheve, door tabak aangetaste tanden te laten reguleren en was hij in een bui van ijdelheid of zelfbewustheid de pijnlijke en veel te dure wereld binnengegaan van kronen, laminaatvernissen, extracties, wortelkanaalbehandeling en novocaïne. Tussen 1978 en 1981 had hij hele middagen doorgebracht in de straaljagerstoel van monsieur Charass, wiens gemaskerde en onheilspellend opdoemende gezicht een van de vaste rekwisieten van László's droomwereld was geworden. Toen László de behandelkamer voor de laatste keer had verlaten, was hij in het bezit geweest van een stel tanden – sommige zijn eigen, vele niet – dat leek te zijn gestolen van een veel jonger iemand, en dat hij in gedachten heimelijk met 'Amerikaans gebit' aanduidde, nog steeds behept met de ouderwetse ideeën uit zijn jongensjaren over Amerikaanse vitaliteit en dollarschoonheid. Zijn gezicht stelde hem voor een hardnekkiger probleem. Er was geen Charass die de plooien en zonnebarsten uit zijn gezicht zou wegnemen, maar Kurt (die fantastische jongen!) had hem ingevoerd in de wereld van antiverouderingscrèmes, en László was meteen een liefhebber geworden, zelfs enigszins een verslaafde. Deze dure potjes die werden verkocht door elegante dames in de Gallerie Lafayette, dames die zo te zien monsters van alle cosmetica die ze verkochten op hun gezicht moesten smeren, bevatten droomachtig onwaarschijnlijke ingrediënten als jojoba-olie, pro-fosfor, geconcentreerd rimpelverwijderingsserum. Zijn laatste aanschaf – hij was naar de toonbank getrokken door een beeldschoon meisje met een teint van vochtig albast, en een poster die hem, in zijn ogen enigszins dronken, aanspoorde om 'de tijd te vergeten' – beloofde pure zuurstofmoleculen direct in de cellen van zijn huid over te brengen via het Asymmetrische Systeem voor Zuurstofoverdracht.

In zijn eerste enthousiasme hadden deze crèmes László een van de verleidelijkste verworvenheden van de westerse wereld geleken. In een niet geheel en al spottend essay voor *Le Monde* had hij zelfs beweerd dat het juist een dergelijk product was, vrucht van een speelse wetenschap, dat het communisme onhoudbaar had gemaakt en had bijgedragen aan de ineenstorting van haar imperium. Wie kon er warmlopen voor collectieve landbouw, presidiums, ruimtelabs of vijfjarenplannen wanneer het gezicht van iedereen boven de dertig er zo verwelkt en verwaarloosd uitzag, terwijl de mensen aan de andere kant van het gordijn hun huid konden rehydrateren en voeden met luxueuze crèmes? Was het niet dát wat ons beangstigde aan de tijd, aan de dood: zijn aanval op onze ijdelheid, de vermorzeling van welke vorm van fysieke schoonheid we ook maar hadden bezeten? Het was zoveel effectiever geweest, dit creatieve narcisme van het westen, dan alle Minutemen-raketten of de corruptie en stupiditeit van de partijmarionetten. Toegegeven, de lotions, in zijn huid gemasseerd met zachte ronddraaiende bewegingen van de vingertoppen, hadden hem er niet jonger doen uitzien, maar hij was ervan overtuigd dat ze het proces van verval hadden vertraagd door hem een beetje te beschermen tegen de zwaartekracht en de giftige lucht, tegen de gevolgen van te veel glimlachen en fronsen, misschien zelfs tegen die gesel van alle gezichten: schuld.

Tot slot, als de petitfour van dit banket van aandacht voor zichzelf, was er een likje Aqua di Parma, een parfum dat ooit door zowel Audrey Hepburn als Cary Grant werd gebruikt, voldoende reden voor alle mindere goden om zich eraan te buiten te gaan. Hij had de fles gekregen als afscheidscadeau van Guilleme Bernadi, producer in het Teatro Argentina in Rome, waar ze in de lente van 1995 *Flikkering* hadden opgevoerd; en de geur, met zijn tonen van honing en vruchtendrank, herinnerde László altijd weer aan de nachtelijke rondrit in Guillemes Spider-cabriolet, bandjes van de Beatles in de cassettespeler, warme Romeinse lucht, echt zuidelijke lucht, in hun gezicht terwijl ze straatjes inreden die zo smal en vol vrolijke nachtbrakers waren dat hij het gevoel had gehad dwars door een eindeloos uitgerekt openluchtrestaurant te rijden.

Hij hield de fles omhoog. Er was bijna vijftig millimeter parfum over. Genoeg om er, bij één likje per avond, mee toe te kunnen tot aan zijn kindsheid, wanneer Kurt, intussen op middelbare leeftijd, gezet en kalend, hem misschien door het appartement zou rijden in een rolstoel, en zijn hele verleden als de gebeurtenissen van één middag zou zijn geworden, waarin veel was gedaan, maar weinig, misschien helemaal niets, was *bereikt*. Hij onderschatte zijn werk niet, zijn met pijn en moeite verworven vakmanschap, de vreugde die het hem gaf, maar in toenemende mate had hij het gevoel dat het iets was wat hij deed om niet iets anders te hoeven doen, een veertig jaar lang volgehouden verdringingsactiviteit, en hij vroeg zich af, terwijl hij zich vooroverboog naar de spiegel om zichzelf te zien denken, wat de ware valuta van menselijk succes zou kunnen zijn. Het had in elk geval niets te maken met prijzen, recensies, zijn foto in een krant – het was opmerkelijk hoe weinig gewicht zulke dingen in de schaal legden. Evenmin was het een kwestie van getallen, zoals het aantal francs dat je bezat, of gelukkige dagen, of het aantal vrienden dat op je begrafenis kwam. En liefde?

Als je liefhad hoefde je niet aan totale eenzaamheid te sterven zoals 's nachts een hond in een veld. Maar ook liefde was willekeurig. Het was puur geluk. Een wolkbreuk. Talloze minderwaardige en nutteloze mensen waren ertoe in staat. Hitler had van zijn Eva gehouden. Ook

Stalin moet ooit van iemand hebben gehouden. Nee. We moesten zorgvuldiger worden gewogen. Dus wat was er beter dan die plotselinge testen van waardigheid en moed waarvoor geen andere voorbereiding bestond dan je hele voorafgaande leven? Die ogenblikken waarop je naar voren moet stappen uit een rij stille gezichten en jezelf uit moet spreken; ja moet zeggen wanneer de anderen nee zeggen; terug moet rennen, het brandende huis in, zonder de minste aarzeling. Of alleen maar een vraag stellen, zoals de kleine Sandor op school in Ulloi Ut, die opstond achter zijn lessenaar en aan de onderwijzer vroeg waarom het nodig was dat bepaalde bladzijden in het geschiedenisboek op elkaar waren geplakt. Op zulke ogenblikken kon je erger falen dan in je stoutste dromen. Of slagen, natuurlijk. Dat was ook mogelijk.

Hij bracht het kostbare druppeltje parfum aan op zijn hals, knoopte zijn kamerjas dicht en verliet de badkamer. Op zijn Marokkaanse slippers schuifelde hij door de gang naar de slaapkamer. Bij de gedachte aan de rolstoel grijnsde hij naargeestig in zichzelf. De schemering van een hartstochtelijke dilettant! Het was niet bepaald iets om naar uit te zien.

Eindelijk in bed, in het warme lamplicht, Kurts zachte slaapadem het vredigste geluid ter wereld, vleide László zich neer op de kussens, armen achter zijn hoofd, en probeerde zich weer de naam te binnen te brengen van de aanvoerder van het Engelse footballteam. Billy? Kon 'Billy' in Engeland een achternaam zijn? Meneer Billy? Hij was vier keer in Londen geweest, allemaal theaterbezoeken. Hij vond de stad enigszins verontrustend. Angstaanjagend en uitputtend. Ditmaal zou hij zijn gastheren vragen een kort uitstapje met hem te maken naar het platteland. Hij had onlangs bij Galignani's op een kaart gekeken en de opmerkelijkste plaatsnamen gezien. Leek! Sheepwash! Hij zou lukraak een naam kiezen en aandringen op een excursie. Misschien zou zijn jonge vertaler hem rijden. Ze zouden zo'n tochtje maken dat Edith Wharton 'autovlucht' placht te noemen, en om de honderdvijftig kilometer stoppen voor thee met cake.

De telefoon stond aan László's kant van het bed. Toen hij ging, schrok hij zo dat hij het glas water op het nachtkastje omstootte terwijl hij naar de hoorn greep.

'Monsieur Lázár?'

'Ja?'

'Het spijt me dat ik u zo laat bel. Ik heb u eerder proberen te bellen, maar tevergeefs.'

Een stem met een accent. Een stem die hem vaag bekend voorkwam.

'Met wie spreek ik?'

'We hebben elkaar eerder ontmoet, monsieur. Op de universiteit. We hebben gesproken over de situatie in de Balkan. Misschien herinnert u het zich?'

'Een ogenblikje,' zei László, 'ik zet het gesprek over naar het toestel in mijn studeerkamer.' Kurt was wakker geworden. László glimlachte naar hem. 'Het is niets,' zei hij. 'Ga maar slapen. Droom over vis.'

In de studeerkamer liep hij het onverlichte vertrek door, knipte de bureaulamp aan en nam de hoorn op van het extra toestel. Hij wist inmiddels wie het was: Emil Bexheti, leider van een groepje Albanese studenten aan de Sorbonne. Een jongeman die in de wieg was gelegd voor samenzweringen.

'Daar ben ik weer,' zei László.

'Stoor ik?'

'Ja.'

'Dan zal ik het kort houden, monsieur. Ik zou graag de gelegenheid krijgen nog eens met u te spreken. Ergens waar we onder vier ogen zijn. Niet in uw appartement, denk ik. Ook niet in het mijne, natuurlijk.'

'En dit moet om twee uur 's nachts worden afgesproken?'

'Hebt u de nieuwe faxen ontvangen, monsieur?'

'Nee. Misschien ook wel. Ik heb er niet naar gekeken. Wil je weer over de Balkan praten?'

'Ik zou me vereerd voelen als u erin zou toestemmen mij te ontmoeten.'

'Mag ik vragen waarom je mij moet hebben? Waarom juist mij?'

'We denken dat u een vriend van de gerechtigheid bent.'

'"We"?'

'U weet wat het is om een onderdrukker in je land te hebben. Geregeerd te worden door geweld. Door angst. U weet wat het is om te zien…'

'Genoeg hierover!'

'We respecteren u, monsieur.'

'Niet genoeg om ervan af te zien me midden in de nacht op te bellen. Zijn er geen professoren uit de Balkan die je uit hun bed kunt bellen? Dr. Kelmandi bijvoorbeeld?'

Op de achtergrond kon László een andere stem horen, een man, ouder, die met gedempte, rappe autoriteit sprak. Geen Frans. Vermoedelijk Albanees.

'Neem me niet kwalijk, monsieur. Maar als u naar de documenten kijkt die ik heb gestuurd zult u begrijpen hoe dringend onze situatie is.'

'Namens wie spreek je? Namens de studenten? Of namens iemand anders?'

'Kan ik erop rekenen u te zullen ontmoeten?'

'Je weet mijn kamers op de universiteit te vinden. Ik heb er geen bezwaar tegen je daar te ontmoeten.'

'Dank u, monsieur, maar niet op de universiteit. Over een paar dagen zal er weer contact met u worden opgenomen en dan hoort u de naam van een veilige plaats. Goedenacht, monsieur. Het spijt me. Goedenacht, monsieur.'

De verbinding werd verbroken. László legde de hoorn op de haak en bleef in het groene licht staan, denkend aan de kamer ergens in de stad waar Emil Bexheti en de anderen bijeen waren gekomen om hun plannen te smeden, hun nachtelijke telefoontjes te plegen ten behoeve van 'Wij'. Hij besloot dat hij absoluut niets met ze te maken wilde hebben. Ze waren zeer goed in staat onrust te stoken, precies het soort onrust waarvan de Garbargs hem waarschijnlijk al verdachten. Hij gaapte, rekte zich uit en stond op het punt de lamp uit te doen toen zijn aandacht werd getrokken door iets op de vloer tussen de twee bureaus, en hij bukte zich om het op te rapen. Het was het servet waarin hij het pistool uit de eetkamer had meegenomen. Hij keek een tijdje rond maar er was geen spoor van het vuurwapen en hij wist dat het was verdwenen. Voor een nacht aan het eind van mei leek de studeerkamer abnormaal koud.

14

Voor het vormen van lijntjes coke op Jo-babe's buik gebruikte Ranch een creditcard in plaats van een scheermesje. Ze lag roerloos op het bed, haar T-shirt opgetrokken onder haar kleine borsten, de lijntjes als lange witte littekens rond haar navel gerangschikt. Aan de andere kant van de kamer was Rosinne bezig een nieuwe cd in de muil van het muziekapparaat te stoppen.

'Geen Björk meer,' riep Ranch. 'Ze maakt ons nog net zo gek als ze zelf is.'

'Ik hou van gek,' zei Rosinne, maar het was geen Björk, het was de King in volle glorie met *America's Favorite Yuletide Melodies.*

'Briljante keuze,' zei Larry, die bij het raam stond en met zijn tong een stukje gehaktbrood probeerde los te peuteren dat tussen zijn voortanden zat. Een uur lang hadden ze geluncht in de zonovergoten kamer van de hoofdwoning, waar nog meer foto's van Harold en John, de verloren jongens, prijkten, en waar verscheidene stapels glanzende ongelabelde videocasettes lagen. Betty had met rinkelende bedeltjesarmbanden het gehaktbrood, de erwten en de aardappels binnengebracht; en daarna een eigenaardige benadering van een Engelse pudding, met bolletjes Ben & Jerry's-ijs, mokkasmaak. Uit beleefdheid jegens haar hadden de mannen aan tafel niet over zaken gesproken, maar toen ze de schalen afruimde en koffie ging zetten – door de zwaaideur naar de keuken kwamen vlagen van de zoveelste soap – *...ik ben bang dat ik slecht nieuws voor jullie heb, kinderen...* – had TB een opgevouwen enkelbladig gefotokopieerd contract uit de borstzak van zijn overhemd te voorschijn gehaald, en het over de tafel naar Larry geschoven.

'De akelige formaliteiten,' zei hij met een knipoog.

Larry las het contract vluchtig door. 'Wie zijn "Southern Enterprises"?'

'Ik,' zei T. Bone, 'ben Southern Enterprises.'

'Ik dacht effe aan de maffia.'

'Grappenmaker,' zei T. Bone.

'En ik krijg de eerste vijf bij ondertekening?'

'In een prachtige dikke envelop waar verder niemand iets van zal weten.'

'Hoe zit het met Cindy X en Selina D'Amour en de anderen. Zie ik hen vóór de opnames? Het zou namelijk wel leuk zijn om met ze te praten. Vooraf.'

'Beste Larry,' zei T. Bone, terwijl hij nog een driehoekje in zilverpapier verpakte kaas nam dat, zoals veel van de maaltijd, uit een of ander voedselmuseum afkomstig leek te zijn, 'alles sal reg kom. Waar het om gaat is dat je jezelf in topconditie houdt. We willen dat je er even glad en glanzend uitziet als een jonge zeehond. Onze producties moeten een gevoel van optimisme uitstralen. Geen wallen onder de ogen graag. Ranch kent alle trucjes.'

Larry had dus maar getekend, en na de koffie hadden hij en Ranch als kleine kinderen toestemming gekregen om weer in het bijgebouw te gaan spelen. De 'dikke' envelop werd te voorschijn gehaald en Larry nam afscheid, waarbij hij Betty's hand kuste en haar trakteerde op de doordringende, aan de diagnose voorafgaande blik van de dokter. Ze bloosde hevig.

'O, Larry,' verzuchtte ze.

'Adieu, Betty.'

Hij wist dat een van hen gek was.

Van dichtbij was Jo-babes zeventien jaar oude buik iets wonderbaarlijks, het strakke oppervlak lichtjes trillend van de dril en het stipt werkende mechaniek van haar ingewanden. Larry bukte zich en snoof een lijntje op door een van zijn nieuwe briefjes van honderd dollar; vervolgens likte hij met het uiterste puntje van zijn tong de verspreide poederkorreltjes van haar huid en snuffelde aan de kop van een getatoeëerde hagedis die boven de broeksband van haar spijkerbroek uit piepte. Hij vroeg zich af of hij seks met haar zou hebben, of dat inderdaad de bedoeling was, zodat Ranch, die op dat moment naar een mini-tv keek met een scherm ter grootte van een speelkaart, zijn techniek kon bestuderen, hem van advies kon dienen over hoek, stootbeheersing, die speciale grommerige manier van pornoneuken.

De King was bezig met een South Seas-steelguitarversie van 'In the bleak midwinter'. Larry stond op om met Rosinne te dansen, die er met haar opgezette ogen pruilerig uitzag, zich er misschien van bewust dat dit niet het leven was dat de kerstman haar als klein meisje had beloofd. Ze vleide haar hoofd tegen zijn borst en ze schuifelden samen rond, zijn handen tegen haar rug gedrukt, haar adem een stukje blauw katoen boven zijn hart bevochtigend.

'Snoo-ow o-on snooooww...' zong de King, inmiddels begeleid door een kinderkoor en een kopersectie uit Detroit, zijn stem rollend als een grote zee, golf na golf van trillende emotie, een onweerstaanbaar, hartverscheurend, onzinnig gekweel. Ze dansten met Rosinnes blote voeten op Larry's schoenen. Ze was zo licht dat hij dacht dat ze niet veel méér kon wegen dan Ella. Ze had haar armen om zijn nek geslagen. Hij hield haar heel dicht tegen zich aan en liet een van zijn handen omhoogglijden over haar rug waar haar huid glibberig was van de hitte alsof ze koorts had. Ooit had hij zo gedanst met Kirsty, op elkaar leunend als een paar uitgeputte vechtersbazen, in de tijd van hun verkering in haar vaders huis in Lemon Cove toen hij niet naar haar kon kijken zonder haar aan te willen raken, haar niet aan kon raken zonder de behoefte te hebben met haar te gaan liggen, en haar als een of andere lijzig pratende filmster 'baby', 'honey' en 'sweetheart' had genoemd. Zo nu en dan – hij had dit niet gedroomd – was alleen al het geluid van zijn stem genoeg geweest om haar te doen ineenkrimpen van genot, alsof hij het denim tussen haar dijen had gestreeld. Dus hoe had hij in vredesnaam van *daar* naar *hier* kunnen afglijden? Wat was dit voor verwarring tussen hen, wat was dit voor knoop van in de war geraakte emotie? Hij ervoer het als een meelijwekkende kwelling dat hij de liefde niet meer bedreef met zijn vrouw terwijl hij zich zo duidelijk de nachten kon herinneren dat hij haar plunderde, die blik van waanzinnige concentratie op haar gezicht, haar armen uitgestrekt tegen de spijlen aan het hoofdeinde van hun bed met ijzeren frame, uit alle macht tegen hem duwend alsof ze hem nooit diep genoeg in zich kon hebben. Hoe had hij van *dat* naar *dit* kunnen afglijden? Van zijn vrouw naar tienercokeverslaafden; van Kirsty naar Scarletta Scar?

'...iiin the bleeeek mid win'eer... la-A-ang agOOOOO!' zong de King. Rosinne snufte en draaide in zijn armen. Hij kuste haar boven op het hoofd en liet haar toen zachtjes los, onder haar voeten vandaan glijdend.

'Heb je hier een telefoon, Ranch?'

'Onder het bed,' zei Ranch wijzend, maar zonder zijn blik af te wenden van het kleine schermpje waarop mensen – nauwelijks groter dan horzels – dingen met elkaar aan het doen waren. Jo-babe lag nog steeds op de lakens, zichzelf verdraaiend in een tot mislukken gedoemde poging om bij het laatste lijntje van de drug op haar buik te komen. Larry zocht onder het bed. Een roman van Hemingway. Een exemplaar van L. Ron Hubbards *Dianetics*. Een strook pasfoto's van Ranch, tien jaar terug, grijnzend in een cabine ergens in America Profunda. Ook een paarse telefoon van een aërodynamisch ontwerp dat met vier meter grijs snoer met de contactdoos was verbonden. Hij nam de telefoon mee naar de badkamer, trok het snoer onder de deur door en deed de deur dicht om zich te onttrekken aan de King en diens pyjamabroek-en-schommelstoelcover van 'Stille Nacht'.

Hij had Alec verwacht, maar het was Alice die opnam.

'412…'

'Dit is de vluchtleiding,' zei Larry, maar Alice, haar stem nog in het zware fluweel van de slaap gewikkeld, ging door met het opzeggen van het nummer.

'Ik ben het, mam. Larry.'

'Hallo lieverd,' zei ze. '*Ça va?*'

'Heb ik je wakker gemaakt?'

'Het is nog donker,' zei ze.

'Het spijt me. Ik wilde met Alec praten.'

'O, Alec,' zei ze. 'Hij doet zijn best.'

'Weet ik,' zei Larry. Hij had de hoorn tussen zijn schouder en oor geklemd, het toestel in zijn linkerhand. Met zijn rechterhand deed hij het medicijnkastje open.

'Hoe voel je je?'

'Niet al te slecht, lieverd. Ik ben niet gek geworden of iets dergelijks.'

'Natuurlijk niet.' Hij maakte het kleine koperen haakje op het kistje los. Het deksel kwam omhoog. Hij kon heel duidelijk horen hoe zijn moeder moeizaam inademde.

'Er zijn zoveel dingen om aan te denken,' zei ze. 'Je weet haast niet waar je moet beginnen.'

'Ik zal gauw bij je zijn,' zei hij, een roodblauwe capsule tegen het licht houdend en zijn ogen tot spleetjes knijpend om de piepkleine chemische korreltjes erin te zien. 'En Ella ook.'

'Kirsty is een fijne meid, Larry.'
'Ja.'
'Is ze daar?'
'Ze is hiernaast.'
'Je komt gauw, hè, lieverd?'
'Ik wou dat ik er nu al was.'
'Dat weet ik, lieverd.'
'Ga maar weer slapen, mam.'
'Jij ook, lieverd.'
'Slaap lekker.'
Een zucht. De verbinding werd verbroken. Larry sloot het kistje, deed het medicijnkastje dicht en verpakte de pillen in een velletje fel-oranje toiletpapier alvorens ze in de envelop met zijn geld te stoppen.

'Wie wil er een staaltje van de dokter?' zei hij, door de deur terugke-rend in de grote kolk van muziek van de King, maar de anderen hadden hun ogen gefixeerd op een meer particuliere horizon, en niemand gaf hem antwoord.

15

Er was een kamer onder de trap die ze de werkplaats noemden, hoewel het jaren geleden was dat iemand er gewerkt had, zoals er in de speelkamer niemand meer speelde. Stephen had de ruimte gebruikt voor het repareren van zijn klokken, of, als zijn handen niet vast genoeg waren, om er te drinken. Een deel van het gereedschap lag er nog – de werkbank met formicabovenlaag en de Sherline-draaibank – en zelfs na zo lange tijd leek er in het vertrek nog een zweem van die speciale scherpe lucht van schoonmaakammoniak en soldeer te hangen, zodat Alec er nooit binnen kon gaan zonder een ogenblik de schaduw van zijn vaders rug te zien, de lucht als een laken waarop de afdruk van de slaper nog zichtbaar was, een broze omtrek die uiteindelijk zou worden gladgestreken door de tijd zodat de afwezigheid volmaakt zou zijn.

Aan een stalen haak boven de werkbank hing een losjes opgerold zwart snoer met gloeilampfittingen op een onderlinge afstand van vijfenveertig centimeter. Hij haalde het snoer van de haak en zocht in de kastjes naar de gekleurde peertjes, die hij inderdaad vond: blauw, rood, groen en geel, keurig weggeborgen in hun geribbelde doosjes. Dit waren de feestlampjes, en hoewel het nergens voor nodig was dat hij ze vanavond ging testen – Alice was pas over drie weken jarig – liet hij zich zonder meer leiden door de opwelling van het moment. Hij wist wanneer de peertjes voor het laatst waren gebruikt: bij het feestje ter ere van het pensioen van Alice, tien maanden geleden, en de dunne kalotjes van stof op de peertjes bevestigden dat ze sindsdien niet meer waren aangeraakt. Wat leek het toen goed met haar te gaan! Ze stond zichzelf een zekere mate van optimisme toe, een monterheid waar de familie zich maar al te graag bij aansloot. Er waren plannen om te reizen. Naar Frankrijk, natuurlijk, in het bijzonder haar geliefde Bretagne; maar ze had ook brochures besteld over het Verre Oosten en India, en in een korte geïmproviseerde toespraak in de boomgaard aan het begin van het feestje had ze haar voornemen aangekondigd om meer tijd, véél meer tijd, in Californië, bij Larry en Kirsty en haar kleindochter door te brengen. Bij de afscheidscadeaus van de school had een handige leren reistas gezeten, formaat vliegtuighandbagage, en van alle geschenken die ze die dag had gekregen, had dit haar het meest in verrukking gebracht. Hij was, dacht Alec, drie of vier keer gebruikt. Eén keer maar naar Amerika. Lang niet genoeg om zijn glans van nieuwheid te verliezen.

Hij ging in kleermakerszit op de betonnen vloer van de werkkamer zitten, liet het snoer door zijn handen glijden en draaide geduldig de lampjes in, erop lettend dat hij de kleuren in de juiste volgorde hield. Het feestje was een succes geweest. Bijna het voltallige personeel van de school had acte de présence gegeven, onder wie Alice' secretaresse, mevrouw Dzerzhinsky, die met haar dweepte. De buren, Judith en Christopher Joy, advocaten die graag in het wit gekleed gingen, waren aan komen kuieren vanaf hun villaatje waarvan het rieten dak, bekroond met een paar strooien eekhoorns, vanaf diverse plekken in de tuin van Brooklands te zien was. En Osbourne was er ook, papieren bord op borsthoogte in zijn handen geklemd, zich in al zijn omvang onder de gasten begevend als een loopvogel – minzaam, bijziend, licht komisch.

In een natte maand mochten ze van geluk spreken dat ze een milde avond hadden gehad; echt zuidelijke lucht waarvan de mensen opgewonden zeiden dat die hen aan Toscane of de Côte d'Azur deed denken. De vrouwen in zomerjurken pronkten met hun gebruinde armen; de mannen hingen hun jasjes aan de takken van de bomen. Alice, aangeschoten van de wijn, een tikkeltje hees van het vele praten, hield audiëntie aan het eind van een van de schragentafels. Iedereen wist wat ze het jaar tevoren had doorgemaakt, gebeurtenissen waarop werd gezinspeeld met 'kantjeboordgeval', 'die akelige toestand', of zelfs 'toen ze weg was', en ze waren vastbesloten om hun medelijden en hun genegenheid te tonen. Mozart, Rodriguez en oude jazz klonken uit een gettoblaster, en er was een barbecue, een soort bakstenen altaar, waarover Larry de scepter zwaaide. Hij draaide steaks om en schroeide tonijn, soms met

Ella op zijn schouders, totdat Kirsty, bang dat de rook tot een astma-aanval zou leiden, haar handen had uitgestoken om haar te redden.

De eerste gasten vertrokken rond middernacht; een laatste kistje witte wijn werd uit het huis gehaald. De late blijvers maakten het zich gemakkelijk op het ongemaaide gras. Iemand viel in slaap onder een boom en snurkte tevreden. Toen werd alles ondergedompeld in een warme regen – de lampjes sputterden, er sprong een zekering, en onder veel gelach schuilden de mensen waar ze maar konden. Alec kwam onder de takken van een oude kersenboom te staan, samen met Alice, alleen zij tweeën, en ze luisterden naar het gekletter van de regen op de bladeren.

'Wil je me iets beloven?' zei ze, de stilte tussen hen verbrekend. 'Als ik weer ziek word, laat je me dan niet kierewiet sterven?'

'Maar je wordt niet weer ziek,' zei hij. 'Waar heb je het over?'

Ze wendde zich naar hem toe om hem aan te kijken, maar voor beiden was het gezicht van de ander niet meer dan een schaduw, de duistere locus van een fluisterende stem. 'Natuurlijk niet,' zei ze. 'Hoe dan ook, ik heb met Larry gepraat.'

'Larry? Wat heb je tegen hem gezegd?' Hij was woedend op haar, maar toen stopte de regen even plotseling als hij was begonnen, net als in Toscane of de Côte d'Azur, en iemand riep: 'Waar houdt Alice zich schuil? Kom te voorschijn, kom te voorschijn, waar je ook bent!'

'Maak je geen zorgen,' zei ze, zijn arm aanrakend, en ze liet hem achter. 'Ik ben hier!' zong ze. 'Ik ben hie-hier!'

Larry repareerde de zekering. Iedereen juichte toen de lampjes weer aangingen. Het feestje kende een opleving. Meneer Bajrami, wiskundeleraar, danste een geïmproviseerde flamenco met juffrouw Lynne, tekenlerares. Larry ging rond met slaapmutsjes uit een fles Black Label die hij tax-free had gekocht in San Francisco. Alice vertelde een gewaagde mop over twee nonnen op vakantie in Parijs, een mop die Alec zijn moeder zolang hij zich kon herinneren één keer per jaar had horen vertellen. Het laatste autoportier sloeg dicht op het moment dat het licht begon te worden en de mist van de dageraad over de velden wegdreef.

'Tot ziens, Alice. Het ga je goed. *Geweldig* feest!'

Met het opgerolde snoer over zijn schouder, het verlengsnoer in de ene hand en de stormlamp in de andere, beklom Alec de drie mossige treden van het terras naar het gazon en liep vervolgens over het gazon naar het houten hek dat naar de boomgaard leidde. Er was hier misschien wel driehonderd jaar een boomgaard geweest, als de eerste bomen waren geplant toen het huis was gebouwd. De bomen van nu waren overwoekerd door korstmos, en ondanks het snoeien droegen sommige maar eens in de drie jaar vrucht. Maar de vrucht die ze droegen, klein, hard en wrang, smaakte wat Alec betrof zoals een appel behoorde te smaken, en hij kocht in Londen nooit appels, hoe zoet en glanzend ze er ook uitzagen in de schappen van de supermarkt.

Hij liep naar het midden van de boomgaard, zette de lantaarn neer en tilde de lampjes van zijn schouder. Er waren vier bomen, op ongeveer gelijke afstand van elkaar, die als de palen dienden waaraan de lampjes altijd werden opgehangen. Hij toog aan het werk, maakte het peertje aan het eind van het snoer in een hoekje boven zijn hoofd vast, liep toen, het snoer afrollend, achteruit tot hij de tweede boom bereikte en verder achteruit tot de derde en vierde, verbond het snoer ten slotte met het verlengsnoer en leidde het naar een contactdoos bij de muur. Hij zat daar op zijn hurken met de stekker in zijn hand toen hij het gerinkel uit het huis hoorde. Op het moment dat hij het hoorde dacht hij dat het de alarmbel was en dat hij er niet op zou reageren. Toen besefte hij dat het de telefoon was en hij sprintte blindelings over het gazon. Toen hij de keuken bereikte hield het gerinkel net op. Hij ging onder aan de trap staan. Het telefoongesprek duurde misschien twee minuten, waarna hij hoorde dat de hoorn onhandig op de haak werd gelegd. Hij ging naar boven.

'Larry,' zei ze.

'Ik was in de tuin. Sorry.'

'Hij komt binnenkort,' zei ze.

'Ik kon niet snel genoeg bij de telefoon komen. Sorry.'

'Het geeft niet.'

'Nee.'

'Welterusten, lieverd.'

'Welterusten. Mam?'

'Wat?'

'Welterusten.'

In de boomgaard sloot hij de lampjes aan. Ze deden het prima en versierden het duister met juwelen als op zoveel avonden in het verleden, ook op avonden toen Stephen nog leefde. De kat was terug, gevangen in het schijnsel terwijl hij jaagde in het hoge gras. Hij versteende, sprong toen op een regenton, sprong op de muur, en verdween in het niets. Alec keerde terug onder het vierkant van lampjes, en nadat hij daar een ogenblik had gestaan als een man die volkomen is vergeten waar hij voor kwam, liet hij zich met zijn rug tegen een van de bomen naar beneden zakken. Hij wist nu, met een aan opluchting grenzende zekerheid, dat hij het niet zou redden. Geen verstandelijke inspanning, geen kunstgreep of zachte stem kon hem helpen. Alice verliezen zou niet moeilijk zijn, het zou onverdraaglijk zijn, en iets in hem zou het eenvoudigweg niet overleven. Met de anderen zou hij een tijdje de schijn moeten blijven ophouden, maar hier waren er alleen vleermuizen en sterren die hem konden zien, en hij deed zijn bril af, klapte hem zorgvuldig in, legde zijn hoofd in zijn handen, en huilde.

16

Er was soms een moment bij het wakker worden, het moment voordat ze zich herinnerde dat ze ziek was, dat ze zich bijna normaal voelde. Het deed haar denken aan een scène die ze moest hebben gezien in een oude film: de veroordeelde man die uit zijn cel werd geleid om te worden doodgeschoten, maar op de binnenplaats even bleef stilstaan om nota te nemen van de temperatuur en het licht, en in te schatten of het al dan niet een mooie dag zou worden, alsof hij er deel van zou uitmaken, alsof het er iets toe deed. Gewoonte, zoals in het geval van die arme Burmees over wie Orwell schreef, die op weg naar het schavot over een plas stapte, omdat hij geen natte voeten wilde krijgen. Zou dat het laatst verdwijnen? Bepaalde gebaren, reflexen, een manier om het hoofd scheef te houden of de handen te bewegen onder het praten? Haar eigen handen voelden aan alsof ze weldra te zwaar voor haar zouden worden, alsof het grote peddels waren in plaats van breekbare webben van bot en verknoopte blauwe aderen. Het was tegenwoordig moeilijk om haar ringen om te houden. Ze gleden van haar vingers terwijl ze sliep.

Met een gegrom van inspanning ging ze rechtop zitten op de rand van het bed en boog zich toen voorover, een houding die haar het ademen bleek te vergemakkelijken. De kamer was bedompt. Te veel bloemen, te weinig lucht. Ze zou een raam openzetten. Wat maakte het tenslotte uit als ze kou vatte? En wat maakte het uit als ze dan longontsteking kreeg? De vriend van oude mensen, plachten ze die ziekte te noemen, hoewel ze betwijfelde of het wel zo vriendelijk was, verdrinken in je eigen bed. Maar welke deur die uit deze wereld leidde was nou niet zwaar? Stephen had zich te pletter gereden in de Rover. Haar vader, zijn vingers vergeeld van drie pakjes Woodbines per dag, stierf aan zoiets kwaadaardigs en vaags als teleurstelling of verveling. En nu zijzelf, dit. De dood die in haar schedel bloeide als een bloem. Een zwarte tulp.

Ze wendde zich naar het raam. Er was niet veel te zien; alleen de heimelijke ondermijning van de hemel; 3:51 zei de klok, 3:52. Het zou nu niet lang meer duren.

Bij de tweede poging stond ze op. De wereld draaide en kwam toen tot rust. Haar voeten vonden haar slippers en ze schuifelde naar het raam, worstelde met de haak, rustte, worstelde opnieuw en kreeg hem uiteindelijk open. Was het de nacht of de dag die nu over haar heen spoelde? Ze ving een vleugje op van de velden en de hei en de zevenenhalve kilometer verderop gelegen zee. Ergens daarbuiten reed een auto over de landweggetjes. Ze kon de lichten ervan niet zien, maar het gedreun van de motor was heel duidelijk hoorbaar. Een man of vrouw met zijn of haar eigen last van geluk of verwarring. Iemand die niets van haar wist, en die ze nooit zou ontmoeten. Nu niet.

Haar sigaretten (en een reserve Ventolin-inhalator) lagen in de blauwe pomanderpot van Venetiaans glas in de vensterbank. Una wist dat zij ze daar had liggen, maar het enige wat ze er ooit over had gezegd was dat ze moest oppassen geen vlam bij de zuurstoffles te houden, tenzij ze het dak in de lucht wilde laten vliegen. Het idee had wel iets aantrekkelijks. Een enorme blauwe flits, een knal die mijlenver zou weergalmen, en daarna geen nachten meer die ze badend in het zweet moest zien door te komen. Ze tilde de deksel van de pot en schudde een sigaret uit het pakje, een ultra-lichte, een teugje frisse lucht placht ze die te noemen. Ze gaven haar geen genot meer, maar ze gaven haar de herinnering aan genot, en dat was tenminste iets. Ze knipte de aansteker aan. Het hoesten bij het eerste trekje deed haar bijna omvallen. Ze gebruikte de inhalator, kuchte opnieuw, spuugde de bitterheid in een tissue, duwde het raam wijder open en liet de bries als water over haar huid glijden.

Verderop aan haar rechterzijde hing er een gloed boven de boomgaard, bijna alsof daar een vuur was, hoewel het licht te stabiel was voor vlammen. Ze leunde uit het raam en tuurde. Een licht in de boomgaard. Wat spookte Alec in vredesnaam uit? Was hij nog steeds buiten? Om deze tijd? Natuurlijk was hij degene die het meest zijn best zou doen haar vast te houden. Als kleuter kon hij het niet verdragen wanneer zij buiten zijn gezichtsveld was en dan volgde hij haar door het huis, zelfs tot in de wc, hobbelde hij achter haar aan, haar kleine cipier, haar tweede kind, haar baby. Het sneed haar door de ziel dat ze hem dit niet kon besparen, en er welde een golf van tederheid in haar op als misselijkheid, gevolgd door een plotselinge scheut zelfhaat waarin ze zichzelf voorkwam als een aftandse, boosaardige oude vrouw, die in de lange onderneming van liefhebben degenen tekort had gedaan jegens wie ze de meest uitgesproken plicht had. Een moeder was er om te worden verslonden! (Het was het tijdstip voor zulke vreemde gedachten; motten die alleen in het ochtendgloren vlogen.) Niet enkel haar melk, maar haar botten, bloed en hersens. Had ze iets voor hen achtergehouden? Was Alec daarvoor teruggekomen – om te zoeken wat ze voor hem had achtergehouden? Om het op te eisen? Om het laatste van haar op te eten? Ze had plotseling een angstaanjagend beeld van hen, Alec en Larry, die in zwarte pakken als bankbedienden de kamer binnenkwamen en bij het bed gingen zitten om ten slotte verlegen, huilerig onder het opgetrokken laken te reiken om een vingertop, een oorlelletje af te bijten...

Er viel as op het bobbelige schilderwerk van het raamkozijn, en ze bracht haar sigaret naar de badkamer en hield hem onder de kraan, erop bedacht de spiegel daar te mijden, want ook zij wilde zichzelf anders herinneren. Ze ging hijgend op de toiletdeksel zitten, kroop toen terug naar de slaapkamer en liet zich voorzichtig tussen de lakens glijden. Weldra zou de zon doorbreken door de lagere takken van de bomen die langs de oprijlaan groeiden. De eerste vogels begonnen al te zingen, enkele tonen, aarzelend, alsof hun instinct voor het licht zich weleens zou kunnen vergissen. Ze sloot haar ogen. Voor het eerst in dagen voelde ze zich ontspannen, het was haast een bezwijming. Nu, dacht ze, nu zou het geen slecht moment zijn, en opnieuw voelde ze het, de gewaarwording van een nadering, de geheime zekerheid dat iemand naar haar toe kwam, nog op een afstand, maar ieder uur dichter bij haar, iemand die haar zou helpen het te volbrengen, die zou weten hoe hij haar moest helpen. Het beangstigde haar een beetje maar ze wilde dat hij kwam, en ze opende haar handen met de gedachte dat ze maar beter bereid kon zijn.

WAAR ZIJN DAGEN VOOR?

'…dit is mijn tijd om op adem te komen.
Laat de degens brengen…'

Hamlet (vijfde bedrijf, tweede toneel)

1

Eerwaarde Osbourne jogde in zijn regenjas over het gras. De regen had hem in het open veld overvallen, toen hij de weide overstak naast het aardappelveld en nog zo'n driehonderd meter van de beschutting van de bomen op Brooklands verwijderd was. Het gras sopte en er bleven zaden aan zijn broekomslagen hangen, maar hij kon niet sneller rennen. Daar had hij de adem niet voor.

Hij had de ochtend in het ziekenhuis doorgebracht bij Alice Valentine, die afgelopen woensdag een of andere attaque had gehad. Het was mevrouw Samson die hem erop had geattendeerd, hoewel ze er niet bij was geweest toen het gebeurde en niet leek te weten hoe ernstig het zou kunnen zijn. Hij had geprobeerd Alec te bellen, en toen het niet was gelukt hem telefonisch te bereiken, had hij zelf inlichtingen ingewonnen, en was er ten slotte achter gekomen dat Alice op de vrouwenvleugel lag van een afdeling in het Royalziekenhuis die hem goed bekend was. Ze sliep toen hij binnenkwam, dus ging hij op de stoel naast haar zitten wachten, zich opeens zelf oud en moe voelend. Ze waren bijna even oud en hij kende haar al meer dan twintig jaar, sinds Stephens ongeluk, toen hij naar het huis was gegaan om afspraken te maken over de begrafenis en daar een knappe, zakelijke vrouw had aangetroffen, een heldere kop, iemand die bijna genadeloos openhartig was, en hem zonder een blad voor de mond te nemen vertelde dat haar man alcoholist was geweest en nooit tijd had gehad voor religie, er nooit enige troost uit had geput. Hij had haar beloofd dat de dienst kort en zakelijk zou zijn; en dat was hij ook geweest. Een paar woorden over Stephens werk op school, zijn politieke overtuiging (waarvoor de eerwaarde wel enige sympathie koesterde). Verder wat van de oude poëzie uit de King James. Aan het graf had Stephens familie Alice nogal gemeden, maar ze leek hen nauwelijks op te merken. Een koude dag. Vorst in de schaduw en maar een paar taxusbomen om hen tegen de wind te beschutten. Ze droeg een eenvoudige donkere winterjas, geen handschoenen of hoofddoek. En hoewel er droefheid in haar ogen was, had ze niet gehuild. Niet waar zij bij waren.

De jongens waren natuurlijk bij haar geweest, en af en toe streelde ze het haar van de jongste om hem gerust te stellen. De ander, Larry, had het op zich genomen de heer des huizes te zijn, en hoewel hij toen niet ouder dan dertien kon zijn geweest, had hij het er uitzonderlijk goed afgebracht, handen schuddend en mensen op hun gemak stellend. Iedereen had het erover. De gave om te weten wat je moet doen. Dat kon je mensen niet leren.

Na afloop, toen de auto's weg waren, had de eerwaarde gemerkt dat hij voortdurend aan haar moest denken. Haar ingetogenheid. Haar trots. Op de meest ongelegen ogenblikken drong ze zijn gedachten binnen. Wanneer hij de hostie hief tijdens de communie of op zaterdag een jong stel in de echt verbond, raakten zijn gedachten plotseling vertroebeld door afgunst. Voor het eerst van zijn leven had hij naar iets – iemand – evenveel verlangd als naar God. Daar kwam het op neer. Maar hij was te voorzichtig geweest, te onzeker over hoe hij te werk moest gaan, te bezorgd over de mening van anderen. Bang dat er zou worden gedacht dat hij misbruik maakte van de situatie, een jong bestorven weduwe, de aarde nog vers op het graf van haar man. Dus had hij zijn kans voorbij laten gaan – als er al sprake was geweest van een kans. Want het was nauwelijks voorstelbaar dat ze belangstelling kon hebben gehad voor hém. Een behoudende geestelijke. Een verstokte vrijgezel, toen al, op zijn veertigste, met zijn tuin, zijn boeken, zijn diavoorstellingen van het Heilige Land. Wat had hij een vrouw als Alice te bieden? Het was in feite lachwekkend. Wat zou ze er in vredesnaam mee zijn opgeschoten hém lief te hebben?

Toen ze wakker werd, wat hem deed schrikken, was hij er niet zeker van of ze hem herkende, niet direct. God mocht weten wat ze haar hadden gegeven. Toch slaagden ze er op de een of andere manier in een gesprek te voeren, hoewel hij er moeite mee had gehad haar grillige gedachtegang te volgen, en na een kwartier werd ze prikkelbaar en huilerig omdat het haar zo veel inspanning kostte zich uit te drukken. Ze beschuldigde hem ervan dat hij kwam kijken of ze dood was. Ze vroeg op gebiedende toon waar Alec was, waarom hij niet gekomen was, een vraag waarop de eerwaarde geen antwoord wist. Maar toen het tijd werd dat hij vertrok (ze brachten de lunchtrolleys binnen, die vrouwen die zo geforceerd joviaal deden), had ze zijn hand niet willen loslaten, en dus was hij bij het bed blijven staan tot er heel onverwachts iets in haar opleefde, iets van de oude Alice, en ze had naar hem geglimlacht en gezegd: 'Vooruit, Dennis. Wegwezen.'

Op weg naar buiten slaagde hij erin beslag te leggen op de afdelingszuster, een enorm dikke jonge vrouw genaamd Shirley of Shelly, die hem verzekerde dat Alice naar alle waarschijnlijkheid over een paar dagen naar huis mocht. Het was natuurlijk iets wat de consulterend geneesheer moest beslissen, en hij zou maandag pas zijn ronde maken, maar er was geen reden om te veronderstellen dat hij haar daar zou willen houden. Dit was het goede nieuws dat hij persoonlijk wilde doorgeven aan Alec, hoewel het niet de enige reden was voor zijn bezoek aan Brooklands. Er was nog iets anders, wat moeilijk onder woorden te brengen of te verklaren was; een knagende onzekerheid die zijn weg had gevonden naar het schimmenspel van zijn dromen, waar hij te midden van het gehaast, de onverwachte gezichten, de plotse verdwijningen, het gevoel had gehad dat er gevaar dreigde, en hoewel de aard van de dreiging onduidelijk was gebleven, was hij ervan overtuigd dat het iets te maken had met de Valentines, en in het bijzonder met Alec, en dat het als familievriend en geestelijke zijn plicht was om te proberen er iets aan te doen. Alec had tenslotte in het verleden zo zijn problemen gehad. Die geschiedenis een paar jaar terug toen hij gewoonweg was 'verdwenen' tot ze hem hadden gevonden, de autoriteiten, ergens aan de Zuidkust, aan een strand blijkbaar, hoewel het de eerwaarde nooit helemaal duidelijk was geworden of hij alleen maar lángs de zee liep, of recht eropaf.

Die ochtend, de derde sinds zijn moeder was opgenomen in het ziekenhuis, was Alec wakker geworden met het idee een schuilplaats voor zichzelf te maken in het ongebruikte tuinhuisje. Iets om naartoe te gaan wanneer de anderen kwamen. Een plek waar hij zich met het toneelstuk kon terugtrekken. Voorzover hij zich kon herinneren had niemand het ooit als tuinhuisje gebruikt. Het was Stephens gril, een veredeld soort gereedschapsschuurtje met één raam, een paar planken en een bank ervoor. Kamperfoelie en klimop hadden de houten muren en het dak begroeid en verhinderden waarschijnlijk dat het gebouwtje instortte.

Aan een haak in de hal had hij een sleutelring gevonden met een papieren labeltje waarop 'Tuin' stond; een van de sleutels had het slot in de deur van het gebouwtje geopend, en hij was een schimmelige, zurige atmosfeer ingestapt, die aan oude cider deed denken. Het eerste wat hem te doen stond was het gebouwtje uitruimen, en hij begon oude verfblikken en stukken timmerhout, potten met slakkenkorrels en terpentine, en de broze overblijfselen van veldmuizen en vlinders eruit te halen. Hij schrobde de muren, brak toen het vel op de verf in een van de blikken en ging met een brede kwast aan de slag, verf spattend op zijn broek en wensend dat het tuinhuisje veel groter was, zodat deze taken hem dagenlang bezig zouden houden en er geen tijd zou zijn om te piekeren over wat er gebeurd was, om zich voor de honderdste keer voor de geest te halen hoe Alice onderuitgezakt in haar stoel op het terras hing, terwijl een mondvol thee over haar kin droop en in draden op haar trui viel.

En als Una er nu niet was geweest? Daar was geen antwoord op te geven. Wat had ze snel en kalm gehandeld! En toen de stuipen aanhielden, dat gesidder dat zo'n angstaanjagende inspanning leek te kosten, had ze hem naar de keuken gestuurd om een ambulance te bellen, die ze in haar auto hadden gevolgd terwijl ze hem uitlegde dat een dergelijke attaque niet ongebruikelijk was 'bij een ziektegeval als dat van je moeder'; dat ze het half had verwacht, en dat hij niet bang hoefde te zijn. Het zag er bijna altijd erger uit dan het was.

In het ziekenhuis brachten ze haar naar de eerstehulpafdeling. Hij ving een laatste glimp van haar op terwijl een paar broeders haar een behandelzaal op reden, haar arm al verbonden aan een infuus, haar lichaam tot aan haar nek met een rode deken bedekt. Una ging met haar mee en een andere zuster wees Alec naar een bank in de hoek tegenover een aantal posters over roken, griepinjecties en condooms. Hij ging zitten wachten, kijkend naar voorbijschuifelende patiënten in hun kamerjas, voor het merendeel ongeschoren oudere mannen, die naar de uitgangen tuurden alsof ze nog steeds de hoop koesterden dat er een vriendelijk gezicht zou verschijnen om hun te zeggen dat het tijd was om zich aan te kleden. Een vrouw met een trolley met stukgelezen boeken snelde langs, en verscheidene ziekelijk ogende dokters, jonger dan Alec, stethoscopen als heilige slangen rond hun nek gedrapeerd. Achter de gordijnen links van Alec was een kind aan het huilen dat zich niet liet troosten. Vreemd genoeg was hij na een halfuur in slaap gevallen, kaarsrecht op de bank, en werd hij wakker gemaakt door Brando die hem zachtjes bij de schouder heen en weer schudde, waarna hij hem naar een rustiger, ordelijker deel van het ziekenhuis leidde waar hij zijn werkkamer had, een eenvoudige, functionele kamer, totaal niet luxueus, met luxaflex voor het raam en op het bureau een foto van een jongeman die een onderscheiding of eerbewijs ontving.

'Het zal wel een schok voor je zijn geweest,' zei Brando, die op de hoek van het bureau zat. Hij was piekfijn gekleed.

'Ja,' zei Alec. Zo had hij er nog niet tegenaan gekeken maar het was waar. Hij had het gevoel dat hij getuige was geweest van iets wreeds, als een afstraffing.

'Ik ben dol op je moeder,' zei Brando. 'Ze is een erg moedige vrouw.'

'Dat weet ik,' zei Alec. Hij wilde dit zo snel mogelijk achter de rug hebben. Hij kon de gedachte niet verdragen dat hij zich ten overstaan van deze man belachelijk zou maken. Een tissue aangereikt zou krijgen uit de doos op het bureau.

'We zullen haar een poosje hier houden. Misschien kunnen we haar ertoe overhalen met bestralingstherapie te beginnen, hoewel de beslissing natuurlijk aan haar is. Ik bel je wel zodra we haar een plekje hebben gegeven. Dan kun je haar komen bezoeken. Wat denk je daarvan?'

's Avonds wipte Una op weg naar huis even aan in Brooklands. Ze zaten in de keuken bij het afnemende licht en ze had geprobeerd hem te troosten, erop zinspelend dat ze voor iets kon zorgen wat hem zou helpen zich erdoor te slaan. Een recept. Pillen. Ze had zelfs – heel even – zijn hand vastgehouden, alsof ze hem ertoe uitnodigde zijn hart uit te storten, maar hoewel hij in de verleiding was gekomen, had hij niet geweten waar hij moest beginnen, wat voor soort woorden hij moest gebruiken, en dus had hij volhard in een vermoeiende en zwakzinnige ontkenning. 'Ik voel me uitstekend nu. Echt uitstekend. Dank je.'

Zodra ze vertrokken was masturbeerde hij in het toilet op de begane grond, louter om de fysieke schok van een orgasme, en viel toen in een droomloze slaap, opgerold aan het voeteneinde van Alice' bed. 's Nachts was op zeker moment de telefoon gegaan maar hij had hem niet opgenomen. De volgende dag stond hij vroeg op en hield zich onledig met kleine klusjes: dode bloemen weggooien, het terras vegen. Hij vond een pot met bijenwas en was bijna twee uur bezig de eetkamertafel ermee in te wrijven tot zijn vingers er pijn van deden. Hij maakte lijstjes. Waste een paar van zijn overhemden met de hand.

Toen hij niets anders meer kon bedenken, ging hij naar de auto en bleef daar met de sleutels in zijn hand zitten, starend door de voorruit naar schaduwen die als fantoomwasgoed aan de bomen aan weerszijden van de oprijlaan hingen. Vrijdag was het hetzelfde liedje, hoewel hij toen drie of vier keer naar de auto was gegaan, zelfs de motor had gestart en hem een tijdje stationair had laten draaien voor hij hem weer uitzette. In zijn hoofd vorderde de tijd met de schokken en stiltes van een ondeugdelijke machine. Hij wond zijn vaders klokken niet op en ze begonnen onregelmatiger te slaan. Sommige liepen helemaal niet meer. Het huis werd stiller.

Osbourne maakt hem aan het schrikken toen hij op de ruit van het tuinhuisje tikte. Even stonden ze als volslagen vreemden naar elkaar te turen. Toen kwam Alec naar buiten en schudden ze elkaar de hand.

'Kom ik op een ongelegen moment?' vroeg de eerwaarde. Het regende niet meer, en op het glanzende gazon leek de bric-à-brac uit het tuinhuisje wel een kleine tentoonstelling ter illustratie van het verleden. Er lag bijvoorbeeld het soort ouderwetse schoffel die zijn vader in de tuin in Meer had gebruikt. De eerwaarde begroette het ding in stilte.

'Ik ben vanochtend bij je moeder geweest,' zei hij. 'Ze is al veel meer de oude.'

'Hebben ze gezegd wanneer ze weer naar huis mag?'

'Niet precies. Maar over niet al te lange tijd. Een paar dagen, misschien.' Hij zocht iets om op te zitten maar op de bank lagen plassen regenwater, en iets anders was er niet. Hij dacht: wat ziet hij er ellendig uit, de arme drommel. Ongrijpbaar ook.

'Larry komt binnenkort,' zei Alec.

'Prachtig.'

'Overmorgen.'

'Haal je hem af van het vliegveld?'

'Ja.'

'Heathrow, neem ik aan.'

'Ja. De vroege vlucht.'

Met zijn zakdoek veegde Osbourne het zweet van zijn gezicht. Hij hield niet van rennen. 'En hoe gaat het met jóú?' vroeg hij.

'Goed,' zei Alec.

'Hou je jezelf bezig?'

'Er is veel te doen.'

'O ja? Dat zal wel. Het huis. De tuin. Je werk, natuurlijk. Vordert het wat?'

'Een beetje.'

'Lázár, hè?'

'Ja.'

'Ik heb veel over hem gehoord.'

'Ze hebben dus niet gezegd wanneer ze weer thuis zou komen?'

'Maandag maakt de dokter zijn ronde. Met een beetje geluk geeft hij dan het groene licht.' De eerwaarde knikte en keek met samengeknepen ogen lukraak om zich heen. Het was dom van hem dat hij zonder plan was gekomen, en nu wist hij niet goed hoe hij verder moest gaan. 'Met het geloof,' begon hij, zich zachtjes richtend tot een spinnenweb dat glinsterde en trilde van de regendruppels, iets fabelachtig ingewikkelds onder de dakrand van het tuinhuisje, 'is het zo dat het niet allemaal in één keer hoeft te komen. De Weg naar Damascus, et cetera. Je kunt een ochtend lang geloven. Of een uur lang, als je niet meer kunt opbrengen. Het maakt niet uit.'

'Pardon?' zei Alec.

'Ik bedoel alleen maar dat bidden kan helpen. Dat is iets heel natuurlijks in moeilijke tijden. Sommige mensen denken dat het hypocriet is omdat ze in goede tijden niet bidden. Maar er is helemaal niets op tegen.'

'Hoor je niet te geloven dat het enige zin heeft?'

De eerwaarde zweeg even. 'Misschien dat niet eens.' Hij duwde met vlakke handen zijn haar in model. 'We zijn niet alleen,' zei hij.

'Nee,' zei Alec, en hij voelde terwijl hij sprak het gewicht van zijn overtuiging dat juist het tegendeel waar was; dat elke gedachtewisseling begon en eindigde met alleenzijn. 'Wil je thee?' vroeg hij.

'Dat is erg vriendelijk van je,' zei de eerwaarde, 'maar ik heb besloten om vandaag mijn aronskelken te planten. Mocht ik je moeder als eerste zien, heb je dan nog een boodschap voor haar?'

Alec schudde zijn hoofd.

'Okido. Dan zal ik tegen haar zeggen dat je het druk hebt.'

Ze keken elkaar aan; een stilte die zowel de bedoeling als het falen van hun gesprek aan het licht bracht. Daarna schudden ze elkaar weer de hand en de eerwaarde begaf zich naar de overstap die van de tuin terugvoerde naar de weide. Hij had een paar woorden willen zeggen over hoe zelfs de akeligste situaties iets in zich hadden wat gered kon worden; dat het plaatje nooit helemaal zwart was. Maar het belangrijkste was dat de oudste zoon onderweg was. Dan zou alles op de een of andere manier wel beter gaan.

Hij keek omhoog. De wolken werden nu gespleten door een blauw zo zuiver als sterlicht, en hij glimlachte, waarbij hij de dankbare inademing van zijn ziel voelde. Het was moeilijk te geloven dat er in Somerset atheïsten konden zijn, en tegen de tijd dat hij halverwege de weide was, zijn jas fladderend over zijn arm, was hij zijn dromen totaal vergeten.

2

Op het moment dat László zich op weg begaf naar zijn bespreking met Emil Bexheti, kreeg hij een benauwd gevoel op de borst, alsof hij de vorige avond een heel blikje Havanito's had gerookt, in plaats van zijn gebruikelijke twee stuks. De Parijse lucht leek ijl en niet voedzaam. Het was alsof hij door een rietje ademde en hij begon zich er zorgen over te maken. Hij vroeg zich af of hij iets onder de leden had.

In het biologielokaal van zijn oude school waren ter instructie van de leerlingen ontlede organen, menselijke en dierlijke, in verzegelde flessen geconserveerd. Hij wist zeker dat er een long bij had gezeten, zwevend in zijn siroop, een voorwerp dat eruitzag alsof het op de zijkant van een boom of op een onder water staande rots was gegroeid, en waarvan hij als jongen al nauwelijks had kunnen geloven dat dit het orgaan was dat ten grondslag lag aan menselijk spreken en lachen. En van datzelfde klaslokaal kon hij zich bepaalde mysterieuze en exotische termen herinneren – alveoli, pleura, gaswisseling – die hem nu vrijwel niets meer zeiden. Het was beschamend dat hij zo weinig notie had van wat er in de wereld onder zijn huid plaatsvond, hoewel het onvermijdelijk leek dat hij in de komende tien of vijftien jaar een soort gedwongen scholing zou ondergaan. Hij wist bijvoorbeeld dat het hart net als een wapen kamers bezat, maar waren het twee of drie kamers? Vier? Was het lichaam helemaal donker vanbinnen? Was er kleur?

Hij bleef staan voor de kantoren van Air France in de rue de Rennes, licht voorovergebogen in een houding die het inademen leek te vergemakkelijken. Laat me vandaag niet oud zijn, dacht hij. Vandaag had hij helderheid en kracht nodig, een wil die niet ondermijnd werd door gedachten aan sterfelijkheid, en hij richtte zich weer op de bespreking en op het briefje dat hij bij zich had, dat gisterochtend, of eergisteravond, op de universiteit tussen zijn papieren was geschoven. Eén enkel A4-tje in een bruine envelop. Ongeadresseerd, ongetekend. *Het caféterras bij de Monde Arabe. Woensdag 1600.* Zijn eerste impuls was geweest om het in het bakje van draadgaas op zijn bureau te gooien – zowel zijn 'in'- als zijn 'uit'-bakje – waarin hij al die zaken verzamelde waaraan hij voorlopig geen aandacht wenste te besteden. Er was werk aan de winkel. Zijn lezing over Hrabal, en een tiental postdoctoraal-essays om door te ploegen. Maar het uur daarna had hij het briefje telkens gepakt en bestudeerd, alsof het bericht, dat nauwelijks botter, laconieker kon zijn geweest, op de een of andere manier gecodeerd was. Ten slotte had hij er met een ongeduldig gebrom een prop van gemaakt en deze met een boog in de prullenbak aan de andere kant van de kamer gegooid, om hem er een paar minuten later toch weer uit te vissen, zorgvuldig op te vouwen en in zijn portefeuille te stoppen naast de foto van hemzelf waarop hij de hand van zijn moeder vasthoudt voor het oude huis in Szechnyi Rakpart.

Terug in het appartement – het was Kurts yoga-avond – had hij het briefje onder de lamp in de studeerkamer gehouden. Hij had natuurlijk wel iets dergelijks verwacht sinds het telefoontje op de dag van het etentje, maar nu het gekomen was, voelde hij zich er plotseling en redeloos bij betrokken, alsof hij met alles had ingestemd, er zelfs om had gevraagd. Hij besloot het briefje te vernietigen door het zo fijn te versnipperen dat het onmogelijk gereconstrueerd kon worden (door wie? Kurt? De Garbargs, die het gemeenschappelijke vuilnis doorzochten?). Anderzijds zou het misschien verstandiger, radicaler zijn om het in een asbak te verbranden, of het zelfs door de wc te spoelen, hoewel er in het eerste geval de geur van verbrand papier zou blijven hangen, en hij in het tweede geval riskeerde dat de papiersnippers weer te voorschijn kwamen uit de raadselen van de U-buis. Het loodgieterswerk van de Vijfde Republiek – of in het geval van zijn toilet waarschijnlijk de Vierde – was goed maar verre van volmaakt.

Hij had door zijn studeerkamer geijsbeerd, zichzelf uitgelachen, een artikeltje uit de *Libération* van de vorige dag gelezen (Kurt bewaarde alle kranten voor recycling) en daarna een tiental bladzijden van het laatste concept van zijn nieuwste werk-in-wording, *L'un ou l'autre*, doorgebladerd. Om het zekere voor het onzekere te nemen besloot hij het briefje op straat in een vuilnisbak gooien, een flink eind van het appartement vandaan. Mensen gooiden voortdurend dingen weg. Dat zou beslist geen argwaan wekken.

Hij bracht die avond met Laurence Wylie door in een bar aan de boulevard Ménilmontant, dezelfde bar waar Franklin het pistool van de politieagent had gekocht. Het was zonneklaar dat ze thuis al had gedronken voor ze uitging, en al na één glas Ricard begon ze in herhaling te vervallen. Franklin had zich niet gehouden aan zijn afspraken met de dokter. Franklin had 's nachts last van een raadselachtige misselijkheid. Franklin maakte 'grapjes' over zelfmoord plegen. Pas nog was er ruzie geweest met de gardienne, madame Barbossa, die door Franklin ervan was beschuldigd haar neus in andermans zaken te steken. Dat had ze waarschijnlijk ook gedaan, zei László. Dat hoorde bij haar werk. Maar Franklin had de arme vrouw in tranen doen uitbarsten door haar uit te maken voor 'collabo!' En dit tegen een vrouw wier vader een heldhaftige dood was gestorven tijdens de straatgevechten van augustus 1944, ter bevrijding van zijn kameraden, ter bevrijding van Frankrijk. De buren waren er natuurlijk bij betrokken geraakt. Het was een wonder dat de politie niet gebeld was. László gaf toe dat het een puinhoop, een warboel was, en hij had beloofd nog eens met Franklin te praten, maar het was hem te gortig geweest om in te gaan op Laurences voorstel om ook te praten met Franklins dokter, een Duitser van onduidelijke seksuele geaardheid, wiens wachtkamer altijd vol zat met schilders, schrijvers en dansers met hun soa's en denkbeeldige hersentumoren.

Om middernacht liep hij met haar mee terug naar de rue du Duguerry, omhelsde haar in plaats van een meer substantiële troost, en nam daarna de Métro vanaf Parmentier. Er stonden vuilnisbakken in het Métrostation, vuilnisbakken op straat, maar het briefje was in zijn portefeuille blijven zitten. Hij kon het niet helemaal begrijpen, deze opbloei van het neurotische. Was het een of andere oude reflex van geheimhouding? Hij was tenslotte opgegroeid met Rákosi en de ÁVH, waar het als vanzelfsprekend werd aangenomen dat er overal informanten waren. Maar hij woonde al veertig jaar in Frankrijk! Was het mogelijk dat de oude instincten zo gemakkelijk geprikkeld werden? Hij was niet overtuigd, en toen hij in de kooilift opsteeg naar zijn appartement, viel het hem in dat hij zich gedroeg als een man die had besloten een bepaalde handelwijze te volgen die hij nog niet tegenover zichzelf kon rechtvaardigen, alsof de rede – of wat ervoor doorging, die verhaaltjes van zelfrechtvaardiging – als een idioot achter zijn ware bedoelingen aan draafde.

Kurt was thuis en stond in de keuken in zijn ondergoed een boterham met honing te eten. Hij demonstreerde een nieuwe verwringing van zijn lichaam die hij had geleerd op de yogales. László maakte hem deelgenoot van het verhaal van Franklin en de gardienne, dat bij het navertellen zijn melodramatische karakter verloor en louter komisch leek. Ze bleven nog een tijdje op en trokken zich toen terug in de slaapkamer, waar ze aanstalten maakten om de liefde te bedrijven. Zijn geheim had echter zo'n verlammende uitwerking op László, dat hij, liggend op Kurts rug als de laatste overlevende van een rampzalige cavalerieaanval, het na twintig minuten moest opgeven.

'Te veel wijn,' zei hij. 'Sorry.'

'Ga slapen,' zei Kurt goedmoedig. Ze waren nu oude geliefden en falen hoorde bij het repertoire. Dit was dinsdagavond.

Nadat László op de betreffende woensdagmiddag had besloten zich lopend naar de Monde Arabe te begeven, verkoos hij het om via de rue de Rennes de boulevard St. Germain op te gaan, in plaats van bij het Panthéon door te steken en het risico te lopen collega's van de universiteit tegen te komen. Om halfvier was het een warme dag geworden, en de cafés zaten vol met vrolijke Amerikanen. Rugzaktoeristen staarden op plattegronden, en bij de Métro van St. Germain draaide de orgelman het ene sentimentele deuntje na het andere terwijl zijn hondje in zijn mand lag te sluimeren. Onder het lopen repeteerde László zijn praatje tegen Emil Bexheti. Hij zou zijn best doen om ervoor te zorgen dat het niet te toegeeflijk, of overdreven streng was. Ik ben een toneelschrijver, mijn beste, en het is mijn taak om te observeren, en vervolgens zo eerlijk mogelijk te schrijven. Dat is alles. Natuurlijk sympathiseer ik met jullie zaak. Maar in alle ernst, wat verwachten jullie van mij? Als het de bedoeling is dat ik een petitie onderteken, of misschien iets voor de krant schrijf, dat soort dingen wil ik wel in overweging nemen, hoewel jullie mijn invloed niet moeten overschatten. Maar vraag me vooral niet me met andermans zaken te bemoeien. Al zijn ze nog zo goed bedoeld, zulke activiteiten lopen slecht af...

Hij stelde zich voor dat ze de bespreking zouden afsluiten met glazen muntthee op het caféterras, waarna hij, László, naar huis zou gaan en Kurt alles zou vertellen. Ze zouden erom lachen, een fles Sancerre openmaken en Puccini opzetten, en het leven zou weer zijn gangetje gaan, zonder een noemenswaardige rimpeling. Wat was het eenvoudig! En dit verzinsel bemoedigde hem enige minuten, bijna tot de toren van de Monde Arabe zelf, die, zoals hij daar stond bij de rivier, bekleed met stalen tegels – elk met een opening als van een camera, die zich al naar gelang de lichtsterkte vernauwde of verwijdde – een bewonderenswaardig theatrale keuze was voor een rendez-vous, dat moest hij toegeven.

Binnen vervoerden liften met glazen wanden de bezoekers naar de bibliotheek of het dak, en László steeg omhoog in het gezelschap van een Arabische geleerde – een lang, bebaard, moeiteloos superieur type – en twee Parijse tieners die het soort strakke katoenen topjes droegen waarmee ze zich in sommige delen van de wereld weleens een afranseling op de hals hadden kunnen halen. (Hijzelf zou er in zulke strenge theocratiën natuurlijk niet zo gemakkelijk afkomen.) Vlak na vieren stapte hij het terras op. Een tiental mensen stond tegen de balustrade geleund, terwijl er nog eens twintig of dertig aan de houten tafels zaten. Binnen was het café bijna leeg. Hij bleef even midden op het terras staan, om daarna, zich ongemakkelijk en op een dwaze manier opzichtig voelend, een plekje te zoeken bij de balustrade en het uitzicht in zich op te nemen. De Notre Dame, het 'Genie de la Bastille', en in de verte, door een waas van uitlaatgassen heen schemerend, de Sacré Coeur, die een merkwaardige gelijkenis vertoonde met een ruimteveer, met zijn romige, op de hemel gerichte koepel. Aan zijn ene zijde nam een oosters meisje het tafereel met een digitale camera op; aan zijn andere zijde staarden twee geliefden in de verte alsof ze op het dek van een lijnboot stonden en naar de kust staarden van een land waar ze ooit gelukkig waren geweest.

Hij wachtte een kwartier. De geliefden vertrokken slaperig. Op de rivieroever aan de overkant deed een merkwaardig effect van zonlicht en water de indruk ontstaan dat er een stortvloed van gesmolten vuur achter de ramen op de eerste verdieping van de huizen aan de quai de Béthune stroomde. Hij zei bij zichzelf dat hij opgelucht was dat het op niets was uitgelopen, dat dit maar goed was ook, en na een laatste blik om zich heen ging hij weer met de lift mee, stak de binnenplaats over, en wachtte op de hoek van de rue de Fosse op het stoplicht. Naast hem stond een jongeman in een sportjack ook te wachten, trekjes nemend van een sigaret en voor zich uit starend. Ze staken tegelijk over en toen ze de overkant bereikten, raakte de jongeman László's schouder zo terloops aan dat het haast per ongeluk leek. Het deed László denken – een génante herinnering op zo'n moment – aan de paar vluchtige contacten die hij had gehad in zijn eerste Parijse jaren, dagen waarin hij verblind door een onstilbare eenzaamheid met vreemden was meegegaan, en lust had gebruikt als een hamer om op de tederheid in hemzelf in te beuken. Zinloze activiteit.

'Ja?'

De jongeman schoot het laatste eindje van zijn sigaret de goot in, waar het in het water tussen de fruitschillen en Métrokaartjes rondtolde. 'Er staat een auto klaar, monsieur. Haast u alstublieft.'

Hij liep vooruit, en na een aarzeling die niet langer dan drie of vier seconden duurde, volgde László hem naar de quai de la Tournelle, waar op het achterste gedeelte van de taxistandplaats een grijze Volkswagen geparkeerd stond. Een tweede man, ouder dan de andere en zwaarder gebouwd, boog zich over de voorbank om het portier open te doen. László werd verwezen naar de achterbank en de jongeman ging naast zijn metgezel zitten. Twee agenten in hemdsmouwen slenterden voorbij, wierpen een blik op de bestuurder, wierpen een blik op László, op de auto zelf (die een deuk in het rechterportier had), maar liepen door, alsof het op zo'n warme middag veel plezieriger was om hun gesprek voort te zetten dan de zoveelste auto aan te houden met iemand aan het stuur die er een tikkeltje buitenlands uitzag.

'Waar gaan we heen?' vroeg László.

'Niet ver weg,' zei de jongere man.

Ze voegden zich tussen het verkeer, reden snel waar het mogelijk was, maar nooit te snel. László leunde achterover, starend naar de stad, de publieke schoonheid ervan. Terwijl ze langs de rivier westwaarts reden, langs de Pont Neuf en het Musée d'Orsay, probeerde hij zich voor te bereiden door argumenten en verdedigingen, tegenbewijzen bij denkbeeldige beschuldigingen in stelling te brengen. Ben ik bang? vroeg hij zich af. Hij meende van niet.

Op de Pont d'Alma gingen ze in zuidelijke richting en cirkelden rond tot ze op de avenue Bosquet waren en weer terugreden naar de rivier. Zonder zijn blik van de achteruitkijkspiegel af te wenden gaf de bestuurder vervolgens gas en sloeg in volle vaart het soort straat in waarvan László had gedacht dat er alleen *filles au pair* met heimwee en weduwen met schoothondjes woonden. Een straat zonder bars of restaurants, rond zeven uur 's avonds uitgestorven, de luiken gesloten.

Ze stopten vijftig meter vóór het einde van de weg, en László volgde zijn jonge gids door een gang aan de zijkant van een van de gebouwen naar een smalle trap die zich als een ijzeren wijnrank langs een hoek van de binnenplaats omhoogwond. De jongeman bleef verscheidene malen staan om László de kans te geven hem bij te houden. 'Alstublieft,' zei hij, angstvallig nu, alsof hij op dit punt, bij dit laatste deel van zijn taak, zou falen. 'Alstublieft…'

Op de bovenste verdieping van het gebouw liepen ze een gang in die nauwelijks breder was dan László's schouders. Ze waren, zo besefte hij, in een van de geheime plekken van de stad, waar deuren met versleten klinken toegang gaven tot kamers waar elk soort leven kon worden geleid, bijna onzichtbaar.

Op de tweede deur rechts gaf de jongeman drie klopjes, als een echte samenzweerder. Emil Bexheti deed open.

'Dank u,' zei hij, de jongeman negerend en László de kamer in loodsend. 'Ik wist zeker dat u zou komen.'

'In dat geval,' zei László, nog hees van de klim, 'wist je meer dan ik.'

De kamer was uitzonderlijk klein: een *chambre de bonne* in de vorm van een botte wig, bijna direct onder de dakleien. Smoorheet in de zomer; bitterkoud in de winter. László had lang genoeg in zulke kamers verkeerd. Hij had niet verwacht er nogmaals een te zien.

Midden in de kamer stonden drie stoelen – twee tegenover één – en langs een van de muren stond een geheel afgehaald eenpersoonsbed met een doorgezakte matras. Op het nachtkastje naast het bed stond een wekker en er lag een mobiele telefoon. Op een van de stoelen zat een jonge vrouw in een zwarte jurk, haar gezicht zo bleek dat het op de een of andere manier afgeschaafd leek. Ze bestudeerde László met een koelheid, een hooghartigheid, die hij bijna onverdraaglijk vond.

'Nu mag je wel met iets heel goeds aankomen,' zei László.

'Maar dat hangt van u af, meneer,' zei de vrouw scherp. Emil legde haar met een handgebaar het zwijgen op.

'Van mij?' herhaalde László. Hij nam de stoel tegenover haar en terwijl hij dat deed ging hij heel plotseling die andere kamer binnen in dat andere huis waar mannen en vrouwen naartoe waren gekomen om uitleg te krijgen over hun opdracht, stratenplannen uitgespreid op het tafelblad, geweervuur weerklinkend boven de winterse stad. En nu wist hij dat hij opnieuw gevraagd zou worden, te horen zou krijgen wat er van hem afhankelijk zou zijn, niet bij monde van Feri of Joska, maar van een jonge vrouw wier naam hem onbekend was, en die, hoe goed ze ook op de hoogte was, onmogelijk de aard van zijn behoefte kon begrijpen. Hij keek haar recht in de ogen en glimlachte – een beetje fel, een beetje droevig – en omdat ze niet in staat was de oorsprong van de glimlach te zien, de lange wortels ervan, was ze even uit het veld geslagen.

'Ga door,' zei László.

En zo vingen ze aan.

3

Het gerucht ging, misschien berustte het op waarheid, misschien was het niet meer dan een broodje-aap van het luchtruim, dat passagiers in de toeristenklasse minder van de door buizen aangevoerde zuurstof kregen dan degenen in de betere klassen. Larry wist niet meer wie hem dit had ingefluisterd – het kon zelfs Ranch zijn geweest – maar toen hij zich omhoogwerkte uit het moeras van het zoveelste dutje halverwege de vlucht, was hij geneigd te denken dat het gerucht een kern van waarheid bevatte, want in gelukkiger tijden had hij aan de andere kant van het mysterieuze gordijn gereisd en hij meende daar inderdaad een rijker mengsel te hebben ingeademd, waar hij zich beter bij had gevoeld. Blozender en optimistischer.

Hij wreef zijn ogen uit en zocht Ella, maar haar plek naast hem was leeg; ook in de gangpaden kon hij haar – al verdraaide hij zich nog zo op zijn stoel – niet zien. Ze hadden de middelste twee van vier stoelen toegewezen gekregen in het middengedeelte vlak achter de vleugels. Aan het ene eind van de rij zat een Amerikaanse student op weg naar een zomercursus in Oxford, een jongeman met een huidprobleem die 'meneer' zei tegen Larry. Aan het andere eind zat een non van Aziatische afkomst, die een kruis had geslagen en hoorbaar had gebeden toen ze opstegen in San Francisco, waar Larry dankbaar voor was geweest. Zoals de meeste mensen wist hij alleen heel in de verte hoe deze gemeenschappelijke trotsering van de zwaartekracht in feite in zijn werk ging, en hij geloofde dat ten minste één iemand in het vliegtuig een gebedje moest opzenden, wilden ze veilig aankomen. Hij wachtte vijf minuten, en leunde toen opzij om haar te vragen of ze zijn dochter had gezien.

'Dochter?' ze herhaalde het woord alsof het nieuw voor haar was, maar ze had het klaarblijkelijk begrepen, want ze keek oprecht geschrokken naar de lege stoel, alsof het kind op de een of andere manier uit het vliegtuig zou zijn gekukeld en door kilometers lucht in de duistere Atlantische Oceaan zou zijn gevallen.

'Ik denk dat ze is weggedrenteld terwijl ik een dutje deed.'

'Wij haar zoeken,' zei de non gedecideerd.

'Nee, nee,' zei Larry. 'Ik ga wel.' Maar de non was haar stoel al uit.

'Mijn naam Zuster Kim,' zei ze.

'Larry Valentine,' zei Larry. Het viel hem op dat ze naast de meer gebruikelijke uitrusting – habijt, rozenkrans, kruis – een gloednieuw paar groen-witte sportschoenen droeg, geblazoeneerd met het Grieks voor overwinning.

Ze gingen samen op weg, links en rechts kijkend terwijl ze door de zachtjes trillende romp van het vliegtuig liepen. Zuster Kim hield een langslopende stewardess aan en legde haar in een heel eigen idioom uit dat deze heer zijn dochtertje kwijt was.

'Ze is astmatisch,' voegde Larry daaraan toe, in de hoop dat dit de aanwezigheid van een non zou rechtvaardigen.

'Maakt u zich geen zorgen,' zei de stewardess met een uitgesproken Engelse tongval, 'in een vliegtuig kan ze niet ver komen, nietwaar?'

Ze gingen met zijn drieën verder, net toen de projectieschermpjes naar beneden zakten voor de volgende film en de lichten in de cabine getemperd werden. Na een discrete controle van de wc's overlegde de stewardess met de hoofdsteward.

'Heeft ze haar inhalator bij zich?' vroeg de steward.

'Ja,' zei Larry, zich herinnerend dat hij die in het borstzakje van haar tuinbroek had gestopt toen ze in de vertrekhal zaten te wachten nadat ze op een gespannen manier afscheid hadden genomen van Kirsty, die hen met de auto naar het vliegtuig had gebracht en was meegegaan tot aan de incheckbalie, waar ze was neergeknield om Ella minutenlang tranenrijk te omhelzen. Larry had zich enigszins beledigd gevoeld, alsof er werd gesuggereerd dat vliegen met hem gevaar opleverde voor het meisje. Maar dit was geen goed begin.

Op de projectieschermpjes ontvingen jonge vrouwen in Regency-kleding herenbezoek. De meeste passagiers waren bevangen door langeafstandsslaperigheid. Ze zaten met de schoenen uit vermoeid omhoog te staren. Sommigen hadden al het gratis verstrekte zwarte oogmasker op en sliepen, of deden een poging daartoe. Je merkte nauwelijks dat je vooruitging.

De zoektocht ging nog een kwartier door; een man, een non en twee bemanningsleden die het gangpad afliepen tot ze het kind eindelijk voor in het vliegtuig ontdekten, klaarwakker in een van de onbezette multiverstelbare stoelen in de club class, kennelijk in gedachten verzonken. De steward en stewardess uitten hun verbazing. Hoe kon ze daar zijn gekomen zonder te zijn opgemerkt? Maar Larry wist dat zijn dochter diverse mysterieuze talenten had, en dat het ontwijken van de grofkorrelige blik van volwassenen daar maar één van was.

'Jij altijd blijven bij papa,' zei Zuster Kim, terwijl ze vermanend haar vinger opstak naar het meisje, maar tegelijkertijd naar haar knipoogde en vervolgens tegen haar zei dat ze heel mooi was.

Larry nam Ella bij de hand en liep met haar terug.

'Wil je naar de film kijken, El?' Een ruiter reed door de regen, een glanzende zwarte gestalte boven op een glanzend zwart paard. Maar Ella gaf de voorkeur aan het kleurboek dat ze bij het begin van de vlucht in het kinderpakket had gekregen, en ze begon de figuurtjes in te kleuren, haar voorhoofd gerimpeld van concentratie, alsof kleuren een karwei was dat ze van de een of andere autoriteit op een verantwoordelijke manier moest klaren voor een doel waar Larry niet in gekend was. De flora van haar innerlijke leven begon hem steeds vreemder voor te komen. Hij kon zelfs niet langer zeker zijn van de fundamentele zaken, zoals of ze al dan niet gelukkig was, of tenminste tevreden. Hoffmann was van mening dat de reis goed voor haar zou zijn. Een therapeutische confrontatie met een fundamentele menselijke ervaring. Hij mocht graag zien, zei hij, dat zijn 'kleine mensjes' meneer de Dood ontmoetten en zijn poot schudden. Kirsty was er ook vóór geweest, dus Larry werd overstemd. Maar was het wel goed voor een kind om blootgesteld te worden aan de gebeurtenissen die hun in Engeland te wachten stonden? Wat heeft oma? Waar is oma heen? Nee. Hij kon Hoffmanns vertrouwen in het vermogen van een kind om de rauwe waarheid aan te kunnen, niet delen. Waarom zou het vermogen van een kind zoveel groter zijn dan dat van een man?

Zuster Kim was een boek met foto's van andere nonnen aan het bestuderen. Haar handen waren klein en getekend, werkhanden, en Larry vroeg zich af of haar hart in dezelfde toestand verkeerde, ruw en gekloofd door de last om zonder onderscheid lief te moeten hebben. Hij vroeg haar of ze Ella in de gaten wilde houden terwijl hij zich ging opfrissen. Ze zei dat ze dat zou doen, en hij haalde zijn blauwe leren toilettas onder de stoel vandaan en begaf zich naar de toiletten, waar hij de vouwdeur van het hokje dichtdeed en zichzelf confronteerde met zijn spiegelbeeld. Het licht daarbinnen was vreemd meedogenloos. Zijn huid leek een grijze kleur te hebben aangenomen, en zelfs zijn haar, de bruinblonde haardos waarin de Californische zon gouddraadjes weefde, zag er gewoontjes en weinig aantrekkelijk uit. Vanuit de ondiepte van zijn huid tuurde een oudere, zwakkere man naar hem terug. Hij deed een plas. Iemand rammelde aan de deur. Hij snakte naar een sigaret, maar als ontdekt werd dat de man die zijn dochter kwijt was geweest de vlucht in gevaar bracht en het rookalarm deed afgaan, zou hij in Heathrow opgewacht worden – weer zo'n fantasie van hem over een ophanden zijnde arrestatie – door maatschappelijk werkers en de luchthavenpolitie. Hij grinnikte toen hij eraan dacht hoe Alec met zo'n situatie zou omgaan, en terwijl hij aan zijn broer dacht besefte hij hoezeer hij ernaar verlangde hem te zien, en dat hij op een bepaalde manier op hem rekende. Hoe was Alec er tegenwoordig aan toe? Het was nu vijf, zes jaar geleden sinds hij zijn 'dip' (de term van Alice) had gehad en zijn voltijdbaan als docent op de middelbare school in Londen had opgegeven. Hoe ernstig was dat geweest? Waren er dokters aan te pas gekomen? Hij had er nooit naar gevraagd, want vijf, zes jaar geleden zat hij in San Diego om reclame te maken voor Reebok en met Ray Lumumba te praten over een rol in *Sun Valley*. Ella was net geboren, en Alecs moeilijkheden waren een herinnering geweest aan alles wat hij – Larry – dacht te zijn ontvlucht door Engeland te ontvluchten, die schikgodinnen die van nature in oude opgebruikte landen samendromden, en die zijn vader al het duister in hadden gestuurd. Het stond hem niet helder voor ogen hoe Alec en hij deze komende weken door zouden komen, welke afschuwelijke kwellingen hun te wachten stonden, maar het stond vast dat ze nu weldra wezen zouden zijn, een vreselijke en eigenaardige gedachte die allerlei angsten uit de kindertijd oprakelde.

Kirsty, wier eigen moeder op haar zevenenveertigste was gestorven toen haar Cessna tijdens een vlucht naar Tampa spiraalsgewijs in de Golf van Mexico stortte, had de nacht dat hij uit L.A. terugkwam de fout begaan te proberen hem met een brok onverteerde zen te troosten. Ze had hem over Alecs telefoontje verteld en toen gezegd: 'Weet je, lijden komt voort uit ons onvermogen om vergankelijkheid te begrijpen.' En hoewel hij had moeten toegeven dat dit waar was, had hij ook geweten dat zij het net zomin begreep als hij, dat ze zich een wijsheid aanmat die ze niet verdiend had, en het deed onmiddellijk een van hun triestere en heftigere woordenwisselingen ontbranden.

In de met kunstlicht verlichte keuken, tussen alle glimmende huishoudelijke apparaten die *Sun Valley General* had opgeleverd, slingerden ze elkaar opmerkingen naar het hoofd zonder zich te bekommeren over rechtvaardigheid of juistheid; een blindelings verbaal gegesel.

'Wil je dat Ella dit hoort?' had ze gevraagd, toen Larry, nog steeds beneveld door de drank en de drugs die hij bij T. Bone had geconsumeerd, zijn stem begon te verheffen. Met haar handen op haar heupen, een karikatuur van de feeksachtige echtgenote, vroeg ze op gebiedende toon wat hij in L.A. had gedaan, en toen ze, geheel terecht, zijn zwaar geredigeerde versie van wat hij de afgelopen twaalf uur had uitgevoerd niet leek te geloven, was hij bijna in zijn verontwaardiging gestikt. Haar eigen leven bood hem weinig stof voor verwijten (dit was hij gaan beschouwen als een vorm van pesterij) en omdat hij niets intelligents, niets toepasselijks wist te zeggen, beschuldigde hij haar ervan dat ze met haar goeroe, haar Jap, meneer Vergankelijkheid scharrelde. Als vergelding had ze, geheel terecht, de rest van haar jus d'orange naar zijn hoofd gesmeten en was ze de keuken uitgelopen, bij de deur stilhoudend om hem toe te bijten: 'Ik heb je ooit *bewonderd.*'

Het deprimerende was dat ze dit stadium zo snel konden bereiken, alsof ze elk precies waren geworden wat de ander niet kon verdragen, hoewel hij zich de volgende dag had verontschuldigd – een woordeloze, enigszins laffe verontschuldiging – door een pot van haar favoriete zwarte olijven voor haar te kopen bij Molinari's op Columbus Avenue. Hij had ze op de ontbijtbar achtergelaten en haar toen vanuit de hal bespied terwijl ze ze met haar vingers uit de olie viste. Dat was het moment waarop hij naar haar toe had kunnen gaan – ze waren maar drie flinke stappen van elkaar verwijderd – het moment dat hij zijn handen op haar schouders had kunnen leggen en de noodzakelijke dingen had kunnen zeggen. Maar in een huwelijk – in het zijne althans – waren afstanden bedrieglijk, en hij was bij de deur blijven staan, pervers en voyeuristisch, om toe te kijken hoe zijn vrouw olijven at en haar wangen glanzend maakte van het vet toen ze een traan wegveegde.

Er rammelde weer iemand aan de deur. 'Even wachten!' riep Larry. Hij was bezig met de inhoud van zijn toilettas, die hij uitstalde op het smalle stalen plankje bij de wastafel. Veiligheidsscheermes, mulitvitamines, deodorant, pijnstillers. Twee reservevullingen voor Ella's inhalator. Een rookbruin plastic flesje Deroxat; vijf strips Xanax; een fles Lucox, een doos Paxil, een condoom, nagelschaartje, tandenborstel, oogdruppels, pincet. Hij slikte een Xanax en een Deroxat en poetste zijn tanden. Vervolgens snoot hij zijn neus en merkte dat er strepen bloed in zijn snot zaten van een laatste dikke lijn versneden poeder dat hij in de logeerkamer gulzig vanaf een cd-hoesje had opgesnoven terwijl Kirsty en Ella buiten in de Cherokee hadden zitten wachten.

De blauw-rode capsules die hij uit Ranch' medicijnkastje had weggenomen zaten in een vinyl zijvakje van de toilettas, nog steeds verpakt in hetzelfde velletje feloranje toiletpapier. Hij had er sinds die middag in de Valley niet meer naar gekeken, hoewel hij er vaak over had zitten piekeren, omdat hun nabijheid sombere en melodramatische gedachten opriep. Het waren er drie – één iets groter dan de overige twee. Seks en dood. Of helemaal niets, niets dan de uitvinding van een onbetrouwbare dokter, of een verhaal dat Ranch had verzonnen om de meisjes te amuseren, zodat hij zich nu misschien wel met Rosinne en Jo-babe in het bijgebouw zat te bescheuren over hoe hij die soapkerel erin had geluisd. Je had het moeten zien, zijn ogen puilden bijna uit zijn hoofd! Man, hij wilde ze het liefst meteen opeten!

Maar iets in de absolute onwaarschijnlijkheid, de bizarheid van dit alles deed bij Larry het vermoeden rijzen dat de pillen precies waren wat Ranch had gezegd dat ze waren, en dat er ergens in Las Vegas een man was met de benodigde dodelijke kennis om ze te maken. Maar hoe het ook zat, dit was de ideale gelegenheid om zich ervan te ontdoen, hier en nu, terwijl ze boven een van die steeds kleiner wordende gebieden van de aarde vlogen waar niemand aanspraak op maakte. Maar op het moment dat hij zich voorstelde hoe ze bijna gewichtloos uit een of andere buis in de glanzende onderbuik van het vliegtuig vielen, keek hij toe hoe zijn handen ze voorzichtig weer inpakten en in het vakje in de toilettas terugstopten. Ze waren een aanwinst die hij nog niet wilde prijsgeven. Binnenkort, natuurlijk, heel binnenkort. Maar nu nog niet.

Toen hij terugliep naar zijn stoel zag hij de film over tientallen schuin hangende projectieschermpjes voortrollen. Er waren bonnetten te zien en rijtuigen, en Engelse heuvels van een onovertroffen lieflijkheid. De heren keken elkaar met gefronste wenkbrauwen aan en bogen, terwijl de dames wachtten tot er geheime briefjes werden doorgegeven.

Ella, met haar kleurboek op schoot, haar kleurpotlood in de krachteloze kromming van haar vingers, zag eruit alsof ze van het ene op het andere moment door slaap was overmand. Zuster Kim glimlachte en knikte. Larry bedankte haar. Haar glimlach werd breder.

'Ik weet wat u bent,' fluisterde ze. 'In het klooster hebben we ook televisie, soms.'

'Wilt u een gebed zeggen wanneer we landen?' vroeg Larry.

Ze zei dat ze dat zou doen. 'Jezus is piloot,' zei ze.

Hij legde een deken over de benen van zijn dochter en zette zijn stoel naar achteren. Hij was alweer moe, lichamelijk lui, maar opgewonden door wat een enorme achterstand leek in dénken. Hij kon niet beslissen of er een heleboel beslissingen genomen moesten worden, of geen enkele; of zijn situatie een explosie van energie, een drama van handeling rechtvaardigde, of dat hij gewoon maar de kat uit de boom moest kijken; of het inderdaad zo was dat hij niets kon doen dat ook maar het geringste gewicht in de schaal zou leggen. Hij kon Alice niet redden – wat voor engel kon dat wel? Het leek onwaarschijnlijk dat hij zijn eigen huwelijk kon redden. En als dat zou mislukken, wist hij in alle eerlijkheid niet of hij de kracht, de deskundigheid zou hebben om zichzélf te redden.

Hij haalde de oordopjes uit hun zakje en sloot zijn schedel af van het gezucht en gepruttel van zijn medepassagiers. Hij deed zijn ogen dicht en probeerde zich op vergankelijkheid te richten, maar het was een te wrede les. Hij was nog steeds een kind, en net als ieder ander, mogelijk met uitzondering van meneer Endo, zwom hij tegen de stroom in en zou hij weggesleurd worden. Hierachter schuilde het spook van een overweldigende eenzaamheid, van een plek waar niemand bij je zou blijven omdat niemand dat kon. En dát zou hij moeten aanvaarden? Hoe kon hij daar troost uit putten? Wat voor soort moed was er nodig om op die manier te kunnen loslaten? Duidelijk meer dan hij te bieden had. Hij zou zich op heel andere wapens moeten verlaten – zwakheid bijvoorbeeld – en toen hij werd overmand, niet door slaap, maar door een vergelijkbare toestand die uniek is voor de langeafstandspassagier, begon hij, ondanks het feit dat je bij zo'n gebrek aan gezonde lucht zulke gedachten niet helemaal kon vertrouwen, zich voor te stellen, zelfs te geloven dat de laatste goede weg die hem openstond het falen zelf was. En dit besloot hij hoop te noemen.

4

De discussie in de kleine kamer duurde ruim een uur. Het raam was dicht – het leek zelfs verzégeld te zijn – en het duurde niet lang of ze begonnen te transpireren en geïrriteerd te raken. Emil, zijn baard afgeschoren tot op de kaaklijn, gaf een beknopte maar volkomen partijdige analyse van de Balkanpolitiek, terwijl de jonge vrouw, met haar smalle schedel, haar hoge jukbeenderen en diepliggende ogen, waar de huid er een beetje pafferig en ontkleurd uitzag alsof ze niet helemaal in orde was, chronische slapeloosheid misschien, zich beperkte tot terzijdes over de internationale samenzwering van onverschilligheid die de rampen negeerde die men niet lonend vond om aan de orde te stellen, het 'geen olie'-argument. László speelde advocaat van de duivel. Toen Emil beweerde dat het Albanese volk, in de gedaante van de oude Illyriërs, eigenlijk de eerste inwoners van Kosovo waren geweest, wees hij erop dat hier geen echt bewijsmateriaal voor was, geen monumenten of betrouwbare teksten, niets dan een paar broze taalkundige overeenkomsten. Was het niet zo dat de onafhankelijkheidsbeweging in Kosovo het zoveelste complot was om de oude ambitie van een Groot-Albanië te verwezenlijken? En hoe zat het met de wettigheid ervan? Waarom zouden de Serviërs het eigenlijk uit handen moeten geven?

'U verdedigt Milošević?' vroeg de jonge vrouw. Ze kon nauwelijks blijven zitten.

'Milošević,' zei László, 'is een cynische en gevaarlijke man. Ik ben in feite van mening dat hij geestelijk gestoord is. Maar gaat dit over Milošević? Het doet eerder denken aan een stammenkwestie. Een bloedvete.'

Hij dacht dat ze hem om deze opmerking weleens een mep zou kunnen verkopen, maar Emil legde een hand op haar arm en bracht het gesprek op Bosnië. Hij sprak over het bloedbad in Srebrenica; de kampen in Omarska en Manjaca. Over slachters als Arkan en Mirko Jović, en de systematische verkrachting van vrouwen en meisjes door mannen die hun gezichten achter maskers verborgen omdat ze hun buren waren.

'Dit zal ook in Kosovo gebeuren,' zei hij. 'Geloof me. Het zal allemaal opnieuw gebeuren. De Bosniërs hadden tenminste nog een soort van leger. Zij konden terugvechten.'

'En jullie hebben alle vreedzame middelen uitgeput?' vroeg László. Hij wierp een blik op de jonge vrouw, wier ranke ledematen een overtuigende flikkering van geweld leken uit te stralen. 'Ibrahim Rugova lijkt een door en door betrouwbare man te zijn.'

'Rugova is een betrouwbare man,' zei Emil, 'maar hij is geen man van actie. Hij kon niet verhinderen dat 150.000 Albanezen hun baan verloren. Doktoren, leraren, iedereen die in overheidsdienst was. Hij heeft geen eind gemaakt aan de apartheid in de scholen of de onderdrukking van onze taal. Hij heeft geen eind gemaakt aan opsluiting en afstraffingen. Wist u monsieur, dat elke kritische opmerking over Servië als een 'verbale misdaad' wordt beschouwd waar twee maanden gevangenisstraf op staat? Wist u dat duizenden gesommeerd zijn naar de politiebureaus te komen voor wat de autoriteiten 'informatieve gesprekken' noemen, ondervragingen die drie dagen duren en waarvoor nooit enige rechtvaardiging is gegeven? Ze maken hun lijsten, monsieur, en op een dag zullen ze die lijsten gebruiken en dan zullen ze niet geïnteresseerd zijn in praten. Weet u hoe de Serviërs de Albanezen in Kosovo noemen? "Toeristen." Ze zijn van plan ons uit de weg te ruimen, monsieur, en pas als het te laat is zal de wereld het opmerken. Wordt niet overal erkend dat een man het recht heeft om te vechten ter verdediging van zijn leven? Zijn familie?'

Er volgde nog veel meer in deze trant, hoewel László vanaf het moment dat Milošević Kosovo van zijn autonomie had beroofd niet noemenswaardig had getwijfeld aan de rechtvaardigheid van de Albanese zaak. De ongelukkige Serviërs met hun gestoorde leider waren onderworpen aan een mythologie die in de negentiende eeuw was gebrouwen en honderd jaar later door nationalistisch communistische demagogen werd opgewarmd. Hoe had hij het ook alweer horen noemen? 'De politiek van verbeelding en haat.' Maar een regime veroordelen terwijl je met vrienden rond de eettafel zat was één ding, iets heel anders was het om de activiteiten te steunen van een groep die zich inzette voor de gewelddadige omverwerping ervan. Er kon geen twijfel meer over bestaan in wiens gezelschap hij zich bevond. Had Emil Bexheti al bloed aan zijn handen? Waar was hij geweest toen de rector van de Pristina-Universiteit in januari werd aangevallen? De mobiele telefoon ging tweemaal tijdens de bespreking. Het praten gebeurde voornamelijk aan de andere kant van de lijn, en Emil luisterde er met eerbiedige aandacht naar. Tegen het einde van het uur schonk hij voor László een glas lauwwarm water in uit een fles Volvic.

'Hebt u in 1956,' zei hij, het onderwerp aansnijdend dat László al een tijdje had verwacht, 'de legitimiteit van gewapend verzet in twijfel getrokken?'

'Nee,' zei László.

'Hoewel u wist dat het geen spelletje was? Dat er mensen, vele mensen, gedood zouden worden?'

'We waren een bezet land.'

'U vocht voor uw vrijheid.'

'Ja.'

'Gelooft u nog steeds dat dat juist was?'

'Ja. Maar misschien loont het de moeite je eraan te herinneren dat we verloren hebben. Een goed doel is geen waarborg voor succes.'

'Dus het offer was tevergeefs?'

'Nee,' zei László, 'Er werd wel wat bereikt, al is het moeilijk om precies aan te geven wát. Ze hebben ons onze zwakte getoond, maar wij hebben hun ook de hunne getoond. Van degenen die hebben gezien wat er toen gebeurde was in ieder geval niemand verbaasd over de snelheid van de instorting in 1989.'

'Het was meer dan dat, monsieur. U hebt de hele wereld een voorbeeld gegeven.'

'De besten van hen hebben dat gedaan. Hoewel zo'n aangelegenheid altijd met veel wreedheid gepaard gaat. Lynchmenigten. Parate executies. Het was niet altijd zo verheffend.'

'Ik weet dat sommigen u als een politieke fatalist beschouwen. Ik ken uw werk natuurlijk goed. Maar ik vraag u nogmaals, in alle ernst – deden u en uw kameraden er verkeerd aan om naar de wapens te grijpen?'

László schudde zijn hoofd.

'Zoudt u anderen het recht willen ontzeggen om hetzelfde te doen?'

'Dat zou ik natuurlijk niet kunnen.'

'Mag ik dan aannemen dat u niet gekant bent tegen een beweging die doelen nastreeft die vergelijkbaar zijn met de doelen waar u ooit voor gevochten hebt?'

'Waarom zou ik daartegen gekant zijn?'

'Zoudt u deze beweging steunen?'

'Misschien.'

'Actief of passief?'

'Je zou een goede jezuït zijn,' zei László.

'Religie,' snauwde de jonge vrouw, 'is in wezen fascistisch.'

'En jij,' zei László, 'zou een uitstekend partijlid zijn geweest. Je hebt een hoofd vol leuzen.'

Emil zei: 'U kunt ons helpen, monsieur. Het zou geen groot risico zijn. U bent inmiddels een succesvol en gerespecteerd man. Ik vraag u niet om dit te verspelen.'

László fronste zijn wenkbrauwen om de hoogmoed van de ander. 'Misschien wil ik het wel verspelen. Misschien ben ik helemaal niet wat je denkt dat ik ben, monsieur Bexheti. Vertrouw niet al te veel op je research. Maar ik stel voor dat je me nu in zo duidelijk mogelijke bewoordingen vertelt wat je eigenlijk van me wilt.'

Er viel een stilte. Emil knikte. 'Ik heb uw erewoord dat u hier met niemand over zult praten?'

'Vooruit dan maar.'

'Zelfs niet met monsieur Engelbrecht?'

'Zelfs niet met monsieur Engelbrecht. Niet onmiddellijk. Maar wat dit betreft moet je het aan mij overlaten om de zaken te regelen zoals mij dat goeddunkt.'

Voordat de vrouw bezwaar kon maken, gaf Emil te kennen dat hij hiermee instemde. 'We zijn in uw handen, monsieur.'

'Laten we zeggen dat we in elkaars handen zijn,' zei László. Hij vroeg zich af wat er zou gebeuren als hij hen verraadde. Zou een politiesloep hem uit de Seine opvissen? Hij zette zich schrap – was inmiddels zover dat hij zich de gekste dingen voor kon stellen – maar wat ze van hem wilden was zo simpel dat zijn eerste reactie een hevige teleurstelling was. Ze wilden een koerier. Een postbode. Iemand die een tas naar het buitenland zou brengen, en vervolgens weer naar huis zou komen.

'Meer niet?'

'Meer niet.'

'En wat zit er in die tas? Documenten?'

Opnieuw een stilte.

'Geld?'

'U zult vast wel weten,' zei Emil, 'dat er bij geëmigreerde Albanezen al jaren belasting wordt geheven ter bekostiging van de parallelle republiek. Van de scholen en ziekenhuizen die we voor onszelf moesten stichten. Nu zijn er velen die willen dat we ons actiever opstellen bij de verdediging van onze rechten. Ze zijn bereid royaal over de brug te komen om dat mogelijk te maken.'

'Geld om geweren te kopen.'

'Maar ook voedsel, medicijnen, kleren...'

'Uniformen.'

'Wilt u soms dat we boeken kopen?' vroeg de vrouw.

'Ik zou het veruit prefereren,' zei László. 'Maar vertel eens, waar zou deze tas heen moeten?'

'Kunt u dat niet raden?' vroeg Emil.

'Nee,' zei László, 'totaal niet.'

'Waar bent u het meest geschikt voor om naartoe te gaan? Waar zou u geen vreemde zijn? Waar kent u de taal...'

'De *taal*?' Dus dat was het! Hij was niet uitverkoren omdat hij een 'vriend van de gerechtigheid' was, maar omdat hij een onmogelijke taal sprak!

'Willen jullie dat ik naar Hongarije ga?'

'Naar Boedapest,' zei de vrouw.

László wierp zijn hoofd in zijn nek en barstte in lachen uit: hij kon het niet helpen. Wat namen de goden nu een loopje met hem! Maar het was vreemd dat hij het niet had zien aankomen.

'Wie,' zei Emil, naar voren buigend en een sigaret opstekend, 'zou uw beweegredenen om daarheen te gaan in twijfel kunnen trekken? U kent de stad...'

'Ik ben er sinds 1991 niet meer geweest.'

'Hoeveel verandert een stad in zes jaar? En u hebt er verwanten.'

'Twee bijzonder vage neven. Een hoogbejaarde tante. Mijn broer...'

'...zit in Amerika. Dat weten we allemaal. Het punt is dat ik er een vreemde zou zijn. Mijn aanwezigheid zou onmiddellijk verdacht zijn. Ik ben bovendien bekend bij de Servische informanten in Parijs, die met velen zijn. Zodra ik mijn appartement verliet, zou het gerapporteerd worden.'

'Maar waarom Boedapest?'

'Dat is meer dan u hoeft te weten,' zei de vrouw.

László schudde zijn hoofd. 'Daar neem ik geen genoegen mee.'

'We gaan overal naartoe,' zei Emil, 'waar mensen zijn die ons de artikelen willen verschaffen die we nodig hebben.'

'Ik weet dat Boedapest zijn portie Oekraïense maffia heeft,' zei László. 'Zijn dit de mensen met wie jullie zaken doen?'

Emil stak zijn handen op, met de handpalmen naar voren. 'Zoals mijn collega al heeft gezegd, dat is meer dan u hoeft te weten. Of liever, meer dan me vrij staat u te vertellen. Laat het voldoende zijn te zeggen dat wanneer men boodschappen gaat doen men niet altijd het karakter van de winkelier bewondert.'

László trok een zakdoek uit zijn zak en veegde zorgvuldig het zweet van zijn ogen. 'Stel nu,' zei hij, 'dat ik overweeg te doen wat je me vraagt – en vooralsnog verplicht ik me nergens toe – wanneer zou ik dan moeten vertrekken?'

'Over zes dagen, misschien zeven.'

'En ik zou deze tas in Parijs ontvangen?'

'We zullen u de bijzonderheden geven wanneer we uw antwoord hebben. Laat het ons alstublieft morgen tegen 15:00 uur weten. Als we rond die tijd niets van u vernomen hebben zullen we aannemen dat u ons niet wenst te helpen. Er zal geen contact meer met u opgenomen worden. En deze bespreking zal niet plaatsgevonden hebben.'

Hij overhandigde László een stukje papier met een nummer erop. 'Bel vanuit een telefooncel. Zeg niet wie u bent. Vraag alleen maar: "Is Françoise er?" Meer niet.'

'Is Françoise er.'

'Wij zullen voor de rest zorgen.'

'Nog één ding,' zei László. 'Je had het over Kurt Engelbrecht. Als ik ontdek dat jullie hem op wat voor manier dan ook hierbij betrokken hebben, ga ik rechtstreeks naar de autoriteiten en geef ik jullie aan. Is dat duidelijk?'

'Ja,' zei Emil. 'Glashelder.' Hij begeleidde László tot boven aan de trap, waar de jongeman in het sportjack op hen stond te wachten.

'Weet je,' zei László, 'wat men je ook over mij verteld mag hebben, de waarheid is dat ik als "vrijheidsstrijder" niet veel voorstelde.'

Emil glimlachte. 'Ik had niet het idee dat u Che Guevara was, monsieur.'

'Het zit namelijk zo,' zei László, neerkijkend op de binnenplaats in de diepte, waar het namiddagzonlicht in een hoek was opgehoopt, 'dat ik de trekker niet kon overhalen. Wist je dat?'

'We doen wat we kunnen,' zei Emil. 'Ieder op zijn manier.'

'Ja,' zei László. 'Maar ik deed niets.' Hij wendde zich tot zijn gids. 'Laten we gaan.'

Emil keek hen vanaf de bovenste traptrede na. Toen ze bij de bocht in de trap kwamen zei hij: 'Soms krijgen we een tweede kans, monsieur.' Maar hij was er niet zeker van of de toneelschrijver hem had gehoord.

5

Om zes uur 's ochtends Britse zomertijd zweefde vlucht BA902 uit San Francisco door wolkenbanken die overgoten waren met ochtendlicht. Zuster Kim bad sereen totdat Engeland in zicht kwam in een vlaag van woonwijken en piepkleine veldjes. Een A-weg, een snelweg, een atletiekbaan, een industrieterrein. Het was een landschap zonder veel grandeur, maar vanuit de lucht had het tenminste iets knus, iets delicaat menselijks, dat aangenaam was na zo lange tijd te hebben vertoefd te midden van de wolkenkrabbers en woestijnen van de Amerikaanse onmetelijkheid.

Alec stond hen op te wachten toen ze in de aankomsthal door de automatische deuren kwamen; een bleke, vermoeid uitziende figuur in de menigte vroege verwelkomers. Hij zwaaide en glimlachte. Larry, die de grote koffers droeg, glimlachte terug, terwijl het door hem heen ging hoe er op zulke momenten altijd een verontrustende aanpassing moest worden gemaakt, alsof de persoon die jou was komen begroeten nooit helemaal de persoon kon zijn die je had verwacht. Zelfs een zo vertrouwd gezicht, een zo vertrouwde houding als die van zijn eigen broer, leken op een subtiele manier verkeerd te zijn onthouden.

Toen hij de douane was gepasseerd zette hij de koffers neer. Alec stak zijn hand uit, maar Larry trok hem in een omhelzing, waarbij hij in één klap meer leerde van de ware geschiedenis van de afgelopen weken dan praten ooit kon hebben opgeleverd. Niet alleen de zucht van spanning in het lichaam van zijn broer, maar ook die geur van mistroostigheid, die in een kamer hangt in een huis waar kinderen zijn gestraft.

Ella hief haar gezicht op. Alec kuste haar op het voorhoofd.

'Goede vlucht?'

'Klerevlucht. Bedankt dat je ons bent komen afhalen.'

'Geen probleem.'

'Je ziet er goed uit,' zei Larry.

'Meen je dat?'

'Tuurlijk.'

'Daar ben ik blij om,' zei Alec, een wenkbrauw optrekkend alsof alles ironie was.

Terwijl ze de weg naar de parkeerplaats overstaken zei hij: 'Ze komt vandaag terug. Una haalt haar rond vier uur op uit het ziekenhuis.' Hij vertelde dit nieuws zo terloops dat Larry, het netwerk waaruit hij bestond als een web tussen tijdzones in gespannen, even niet zeker wist over wie Alec het had.

'Mam?'

'Natuurlijk.'

'Maar dat is *fantastisch*! Hoor je dat, El? Oma komt uit het ziekenhuis!' Hij was intens opgelucht. Een reünie bij het ziekenhuisbed was een akelig vooruitzicht geweest, niet in het minst omdat hij bij ziekenhuizen zulke eigenaardige associaties had. Plaatsen van vermaak. Plaatsen waar hij deed alsof hij iemand anders was.

'Is ze nu weer beter?' vroeg Ella.

'Een beetje beter misschien,' zei Larry met een vluchtige blik op Alec. 'Een heel klein beetje maar.'

'Ze moet haar medicijnen innemen,' zei Ella streng.

Ze reden op een steeds voller wordende snelweg met een helse zon in de achteruitkijkspiegel. De Renault kraakte en ratelde en haalde nooit helemaal de honderd. De broers praatten over Alice, hoewel ze zich er voortdurend van bewust waren dat Ella klaarwakker op de achterbank zat. Larry hoefde niet veel te vragen om erachter te komen dat Alec haar niet had bezocht in het ziekenhuis. Alec bood hiervoor geen verklaring of excuus. Hij zei niet: 'Ik kon het niet. Ik heb het geprobeerd, maar ik kon het niet,' en Larry ging er niet op door, hoewel het hem enigszins boos maakte. Na tien uur in de lucht was het moeilijk om veel geduld te hebben met de angst van mensen, hun tekortkomingen. En Alecs onvermogen om zoiets simpels te doen als naar een ziekenhuis rijden, duidde erop dat de zaken er wel wat slechter voor stonden dan hij had gedacht. Hij zei bij zichzelf dat dat niet erg was, dat ze het wel zouden redden, maar het gaf hem een moedeloos gevoel, alsof hij, na zich de longen uit het lijf te hebben gerend, opkeek om enorme afstanden voor zich te zien die nog afgelegd moesten worden.

Bij Coverton verlieten ze de snelweg – 'Kun je de zee ruiken, El?' – en reden toen door het heidelandschap. De dorpen waar ze doorheen kwamen waren proper en welvarend, bijna voorstedelijk, de schuren en oude dorpsscholen verbouwd tot privé-huizen met dure buitenlandse auto's voor de deur, maar de hagen waren nog steeds hoog en op hun manier lomp en onstuimig van juni. Toen ze de oprijlaan in Brooklands op reden, boog Larry zich naar voren, zich afvragend welke veranderingen hij zou aantreffen. Hij was hier niet meer geweest sinds het afscheidsfeestje vorig jaar augustus toen hij lazarus was geworden van de tax-freedrank en hij de tekenlerares, juffrouw Dinges, achter het tuinhuisje had gekust. In het licht van wat er was gevolgd was het verleidelijk zich het geheel van die nacht te herinneren alsof het een van die films was die zich afspelen aan de vooravond van een ramp die niemand verwacht, maar waar iedereen zich heimelijk op voorbereidt. Verleidelijk maar vals, want ze hadden allemaal beslist in volstrekte onwetendheid verkeerd over de toekomst, en Alice had niet gezegd, althans niet *gemeend*, wat ze tegen hem had gefluisterd in de minuut voordat de zekering sprong. Absurd verzoek! Hoe stelde ze zich dat voor? Dat hij haar met een kussen zou smoren op het moment dat ze wartaal begon uit te slaan?

Toen kwam het huis in zicht, de muren meer vooroverhellend, meer overwoekerd met klimop dan hij zich herinnerde. Op het dak bij de gevelspits ontbraken een tiental bruinrode dakpannen, het gootwerk boven een van de ramen op de bovenverdieping was gebroken, en het houten zijhek naar de tuin was halfopen klem geraakt, waardoor het een soort latwerk voor onkruid was geworden. Hij schudde zijn hoofd. 'Aan dit huis moet behoorlijk wat gedaan worden,' zei hij, 'behoorlijk wat.' Hij voelde zich kotsmisselijk van vermoeidheid.

Tijdens zijn tukje in de tweepersoonskamer beneden droomde Larry aangenaam over zuster Kim, en toen hij wakker werd verwachtte hij half haar naast hem te zien staan, zijn beschermengel, maar alleen Ella was er. Ze zat in korte broek en T-shirt op het andere bed met haar benen zwaaiend naar hem te kijken. Ze had een van de koffers geopend en Larry ging onwillekeurig na wat ze zonder het te vragen kon hebben gepakt, maar de koffer bevatte enkel kleren en toiletartikelen, een paar boeken, waarschijnlijk niets wat haar zou kunnen interesseren. Hij stuurde haar weg om Alec te zoeken terwijl hij zich scheerde, een cafetière koffie dronk, drie sigaretten rookte en nog een Xanax slikte. Toen hij zich niet zozeer beter als wel anders voelde, deed hij met een laatste kop koffie de ronde door het huis, keek hij in kamers en uit ramen, heroverde hij het huis, probeerde hij *aan te komen.*

De slaapkamer van Alice bewaarde hij voor het laatst, er niet zeker van hoe hij erop zou reageren, maar de kamer was grondig schoongemaakt en gelucht en rook alleen naar meubelwas en heel vaag naar dennendesinfecteermiddel. De gordijnen waren opengetrokken en vastgebonden. Er hingen geen kleren over de stoelen, er lagen geen schoenen op de vloer en er was geen ziekenkamerrotzooi van pillendozen, tonica en halfgelezen tijdschriften. Het tweepersoonsbed was opgemaakt onder een sprei van patchwork, hoewel de stof aan het voeteneind was gekreukt, alsof iemand daar had gezeten. Hij streek het glad en ging toen naar de ladekast waar de foto's in zo'n hoek waren geplaatst dat ze vanuit het bed konden worden gezien. De grootste (hij kreeg er een koude rilling van) was van hemzelf als zestienjarige, in zijn witte tenniskleding wachtend tot hij de baan op kon in een jeugdtoernooi in Eastbourne. Dan een formeel portret van Alec in zijn academische toga bij zijn afstudeerceremonie aan de universiteit, dapper glimlachend, maar op de een of andere manier kans ziend te kijken alsof hij iets kwijt was. Daarnaast, in een fraaie lijst van gelakt hout, een foto in zachte monochroomtinten van de tiener Alice die voor een treurwilg staat met haar vader en een andere, jongere man, die zich heeft afgewend van de camera, fronsend naar iets buiten beeld wat de anderen nog niet hebben opgemerkt.

Hij pakte een foto op van Ella, naakt op een deken, een jaar oud. Dan een uitvergroot, al te kleurrijk kiekje van de huwelijksreceptie in Lemon Cove, Kirsty met een pagekapsel, lachend om een opmerking van iemand uit de groep opgetogen toeschouwers, terwijl haar vader een grondig ingepakt cadeau aanbiedt. De fondueset? De cocktailshaker met inscriptie? De vleesmessen?

Hij bleef even staan luisteren of er geluid of beweging in het huis was, schoof toen de la met ondergoed open en haalde er een van de beha's van Alice tussenuit, een ingewikkeld en robuust kledingstuk van elastiek, ijzerdraad en pastelkleurige kant met een klein zijden vlinderstrikje aan de voorkant. Hij dacht aan de dingen die hij vroeger voor Kirsty kocht. Het escortmeisje van Nathan Slater had hem het een en ander geleerd over lingerie – het verschil tussen lomp en sexy, hoe je kleur bij huidteint moest uitzoeken, welke stijlen een ronding deden uitkomen, welke snitten het meest flatteerden. Hij probeerde zich te herinneren wanneer Kirsty voor het laatst iets van die dingen had gedragen, en besefte toen dat hij zich niet eens kon herinneren wanneer hij haar voor het laatst in ondergoed had gezíén. Het was niet onlangs. Het was maanden geleden. En daaruit bleek natuurlijk wel hoe het tussen hen was gesteld. De toenemende vervreemding van elkaar.

Hij draaide de beha om in zijn handen en drukte toen een van de cups als een masker tegen zijn gezicht. Een vleug waspoeder, gedroogde lavendel. Weinig of niets van Alice. Hij stopte hem gauw terug in de la en duwde de la dicht.

'Verdomme,' zei hij. 'Verdomme, verdomme, verdomme.'

In de speelkamer liet Ella het zich welgevallen dat Alec haar diverse oude speeltjes toonde. Sommige daarvan waren uitgestald op de tafel als bewijsstukken bij een rechtszitting – een bokshandschoen, een ruimteschip, een klein zwart pistool. Maar het stuk speelgoed dat de belangstelling van het meisje had gewekt was een glazen bolletje met in het midden ervan een spil van ijzerdraad en zes vierkante zeiltjes van zwart-wit karton. Larry herinnerde het zich. Hij was verbaasd dat zoiets fragiels zo lang intact kon zijn gebleven.

'Je moet het in het raam zetten, El. Door de zon gaan de zeiltjes in het rond draaien.'

Ze wilde weten hoe het heette. Hij haalde zijn schouders op. 'Verzin maar een naam,' zei hij. 'Ik denk dat je het wel mag hebben als je dat wilt. Vraag maar aan oom Alec.'

'Natuurlijk,' zei Alec. Hij trok de oude inklapbare kaarttafel met een bovenblad van groen laken vanachter een stapel dozen te voorschijn.

'Ik geloof niet dat zij kan bridgen,' zei Larry. 'Moeten we ons niet voorbereiden voor mam?'

'Wat valt er voor te bereiden?' zei Alec. 'Er valt niets voor te bereiden.' En hij ging met de tafel de gang op. Ella liep achter hem aan, de zonmachine plechtig voor zich uit houdend, als een altaarmeisje dat de priester volgt met een of andere curieuze reliek.

Om halfvier arriveerde Dennis Osbourne voor het welkomstfeestje van Alice. Hij bracht een bos roze en karmijnrode pioenen uit zijn tuin mee. Hij schudde Larry de hand. 'Hoe gaat het in Amerika?' 'Uitstekend,' zei Larry. Ze zaten te wachten in de woonkamer. De kamer was twintig jaar geleden voor het laatst geschilderd. De verf rondom de fitting in het plafond was gecraqueleerd, en aan de muren krulde het turkooizen behang om bij de naden.

'Je zult binnenkort wel weer in een nieuwe film spelen,' zei Osbourne. Larry knikte en vroeg zich af hoe Osbourne met een man als T. Bone zou omgaan, wat ze, gevangen in een lift, tegen elkaar zouden kunnen zeggen. 'Een kwestie van tijd,' zei hij. 'Ik zoek een nieuwe agent.'

Het begon te regenen. Uit het raam zag Larry hoe de tuin tot leven kwam met talloze kleine bewegingen van water. Hij was vergeten hoeveel soorten weer er waren op deze plek, zo onophoudelijk als het licht veranderde.

Ella en Alec zaten aan weerszijden van de kaarttafel. De eerwaarde raakte het haar van het kind aan. 'Hallo, jongedame,' zei hij. Ella glimlachte naar hem met een uitdrukking die ze volgens Larry van een van haar dokters moest hebben geleerd. Er stonden drie rode plastic bekertjes vóór haar op de tafel. Ze probeerde vast te stellen onder welk van de bekertjes het balletje lag.

'En hoe is het met je lieve vrouw?' vroeg Osbourne.

'Goed,' zei Larry.

'Wanneer ik aan Californië denk,' zei de eerwaarde, 'denk ik aan lange wegen met palmbomen erlangs. En een violette lucht. En Rex Harrison die over een balkon geleund een sigaret rookt met een soort ivoren filter.'

'Zo is het precies,' zei Larry.

Ella tikte op de middelste beker, maar ze had het mis. Alec was haar nog steeds één of twee stappen voor. Larry vroeg zich af hoe lang zijn broer erop geoefend had. Hij had hem nog nooit in de rol van goochelaar gezien.

Elke auto die op de weg langs de ingang van de oprijlaan reed hield de aandacht van de volwassenen – misschien ook die van Ella – even vast, zodat de sfeer in de kamer voortdurend fluctueerde van spanning naar ontspanning op een manier die langzamerhand ondraaglijk werd.

Larry zei: 'Het is voor mij acht uur 's ochtends. Is er drank in huis?'

'Misschien wat sherry,' zei Alec. 'Kijk maar in het kastje onder de tv.'

In het kastje stond een eenzame fles Harvey's Bristol Cream, voor twee derde gevuld, een fijn patina van stof op zijn schouders. 'Wat is er met papa's klokken gebeurd?' vroeg hij. Zijn horloge had juist met een piepje het uur aangegeven.

'Ze moeten opgewonden worden,' zei Alec. 'Ik heb het druk gehad.'

'Dat kan ik bevestigen,' zei Osbourne.

'Nou ja. Ze zal zo wel komen,' zei Larry. Hij schonk de sherry in een tumbler. Osbourne vond het nog wat te vroeg. Larry wist dat het geen zin had Alec te vragen.

'Ik kon vroeger een kaarttruc,' zei de eerwaarde, 'waarbij alle koninginnen bovenop kwamen te liggen.'

'Hé, we zouden een goochelvoorstelling kunnen houden op oma's verjaardag,' zei Larry. 'Wat vind je daarvan, Elly?'

'Ballonnen,' zei ze, als een kat Alecs handen in het oog houdend.

'Zo is het maar net,' zei Osbourne. 'Geen feest zonder ballonnen.'

Alec gooide de volgorde van de bekers door elkaar. Het ging gepaard met de nodige toverspreuken. Larry kwam naar de tafel toe. 'Deze keer krijgt ze hem te pakken,' zei hij.

De bekers werden in hun definitieve volgorde gezet. Ella tikte meteen op de linkerbeker. Alec tilde hem op.

'Slim meisje,' zei Osbourne. 'Slim meisje.'

Voordat de truc opnieuw kon beginnen, hoorden ze een auto op het grind van de oprijlaan. Ze verstijfden even en liepen toen achter elkaar aan de kamer uit. Op het moment dat ze de voordeur uitkwamen, zette Una net de motor af. Hoewel het maar heel zachtjes regende, had Alec de grote golfparaplu uit de hal meegenomen en hield die boven de hoofden van Larry en Ella. De eerwaarde stond achter hen, de pioenen nog steeds in zijn hand. Una stapte uit de auto. Larry liet Ella's hand los en liep om de auto heen naar het portier aan de passagierskant. Hij opende hem en stak zijn hand uit naar Alice, en hoewel ze het ogenblik tevoren bijna inert had geleken, een oudere dame die diep was verzonken in een trieste mijmering, kwam ze plotseling tot leven, greep zijn armen vast en hees zich uit de bank. 'O, Larry,' kreunde ze, 'o, mijn Larry...'

Ze klemde zich aan hem vast, de stof van zijn overhemd verfrommeld in haar vuisten, en hij omhelsde haar, tegen haar fluisterend, zacht tegen haar koerend als een minnaar, terwijl de anderen, vol ontzag voor zoveel onverhulde behoeftigheid, toekeken en hen niet durfden te storen. Na een minuut sloop Ella naar haar vader en stak een vinger door een riemlus van zijn broek. Larry maakte een van zijn handen los en drukte het kind tegen zijn dij. Osbourne fluisterde iets canonieks. Una glimlachte naar Alec, haar mond onvast. Voor Alec was het een van de meest beschamende scènes die hij ooit meende te hebben gezien, en hij hield zijn ogen gefixeerd op het grind, bang dat hij een of ander schokkend geluid zou maken, een geblaf van verdriet. 'Kunnen we nu naar binnen gaan?' vroeg hij. Maar niemand verroerde zich, en het leek of ze daar voor altijd zouden staan, verdoofd door emotie.

De volgende dag lag Alice Valentine als een verzwakte koningin omringd door haar hovelingen in haar oude bed in Brooklands en legde hun allemaal uit wat ze van hen verwachtte en hoe ze zich deze dagen, haar laatste dagen, dienden te gedragen. Ondanks de moeite die het kostte, het gebrek aan lucht in haar longen, sprak ze uitvoerig, hoewel er onder haar medicijnen nieuwe pijnstillers waren die langere, diepere schaduwen wierpen, zodat ze zo plotseling van het licht in de duisternis dwaalde dat ze er niet altijd zeker van kon zijn dat ze geen onzin uitkraamde. Niettemin was het verrassend dat Alec de enige was die haar leek te begrijpen.

Ze kon haar rechterhand niet bewegen, zag toen dat Larry, die naast haar zat op de rand van het bed, hem vasthield. En daar, tussen zijn knieën, stond haar kleindochter, plechtig als een Chineesje. Het meisje zou in de tuin moeten zijn, niet binnen opgesloten moeten zitten waar ze dingen zag waarvan ze zou gaan dromen. Ze vroeg wie de bloemen had gekocht. Alec knikte naar Dennis Osbourne en ze lachte, haalde piepend adem, kuchte en vertelde de eerwaarde dat ze begon aan te komen en er niet de geringste hoop was dat ze nu met hem zou gaan, al zou hij zijn hele tuin uitgraven. Samuel, zei ze (zei ze dat echt?), Samuel wist hoe je een vrouw gelukkig moest maken.

Ten slotte wendde ze zich tot Brando en droeg hem op ervoor te zorgen dat iedereen deed wat ze gezegd had, maar hij praatte nogal grof door haar heen tegen Una. Ze zou weleens heel pissig kunnen worden als hij dat nog een keer deed. Hij was natuurlijk een buitenlander, welbeschouwd. Een pasteibakker. De kleren maken niet de man. Ze zei dat het grappigste wat ze ooit had gehoord Kenneth Horne was in *Round the Horne*. Verval ik in herhalingen? vroeg ze. Nee, zei Alec. Dank je, schat. Ze zei dat ze het niet erg vond dat hij niet naar het ziekenhuis was gekomen. In zo'n omgeving kon je van louter hartzeer sterven. En als je te zwak was om opstandig te zijn, dan deden de mensen met je wat ze maar wilden. Ze zei dat ze van hen allemaal hield en of ze nu weg wilden gaan en later wilden terugkomen. Welterusten, zei ze, hoewel het nog steeds even voor de middag was en het licht over de muren danste wanneer de gordijnen wapperden.

Larry liep met dokter Brando mee naar zijn auto, een blauwzilveren Audi-stationcar die geparkeerd stond in de schaduw van de bomen. Hij bedankte hem voor zijn komst. Hij vroeg: 'Wat denkt u?'

'Tja,' zei Brando, op zijn horloge kijkend, 'ze is duidelijk een beetje gedesoriënteerd, maar dat zou weer moeten bijtrekken. Ik weet zeker dat dat Frans praten ook van voorbijgaande aard is, maar gelukkig hebben jullie een deskundige bij de hand. Hoe is jouw Frans?'

'Ik kan geen Frans,' zei Larry.

'Ik weet zeker dat Alec al het relevante zal doorgeven.'

'Wat staat ons verder nog te wachten?' vroeg Larry.

Brando had de sleutel al in het portier van de auto gestoken. Toen hij hem omdraaide klikten de sloten in koor omhoog. 'Het is moeilijk voorspellingen te doen, Larry. Vooral in dit stadium. De tumoren zijn agressiever geweest dan ik had gehoopt. Veel hangt natuurlijk af van het individu, hoewel het duidelijk is dat ze steeds meer verpleging nodig zal hebben. Komt je vrouw niet binnenkort over?'

'Volgende week.'

'Dan zal er dus nóg een vrouw in huis zijn. Mooi zo. Bel me gerust als er iets is wat je wilt bespreken. En praat met Una. Zij verstaat haar vak. Ze zal je veel goede raad kunnen geven.'

'Oké,' zei Larry. Hij had nog meer vragen. Over pijn. Over wat er precies gebeurde op het eind. Maar de dokter had haast en de vragen zouden moeten wachten. Hij keek toe terwijl de auto de oprijlaan afreed met dat typische grote-auto-geronk en het knerpen van grind, sloot toen zijn ogen en wendde zijn gezicht naar de zon. De jet-lag speelde hem nog steeds parten. Nadat hij de avond tevoren met Kirsty had gesproken ('Ja, hoor. Alles is goed.') was hij in een diepe slaap gevallen, om twee uur later al wakker te worden en de rest van de nacht te liggen luisteren naar het gezwoeg van zijn hart en naar zijn dochter die door haar mond ademde in het andere bed. Hij wist dat niemand iets aan hem zou hebben als hij zich niet kon ontspannen, maar hij was bezig een scala van emoties te verwerken waar de Xanax niet tegenop kon. Hij besloot het bad te laten vollopen. Lang in bad zitten zou hem misschien een beetje kunnen losmaken, daarna zou hij een uurtje kunnen dutten en wat van het gewicht van de slaap van zijn schouders af kunnen krijgen. Hij ging het huis weer in, haalde zijn toilettas en begaf zich naar de badkamer aan het eind van de gang op de eerste verdieping. Op de trap – waar hij erin slaagde niet meer dan een vluchtige blik te werpen op de dubbele pagina uit PLEASE! – kwam hij Ella en de eerwaarde tegen die naar beneden kwamen. Osbourne had zich die ochtend blijkbaar geschoren zonder een spiegel te gebruiken. Er zaten sneetjes op zijn keel en bij zijn linkeroor zat een korstje opgedroogd scheerschuim. Toen Larry Ella vroeg wat ze wilde doen, tuitte ze haar lippen en haalde haar schouders op. De eerwaarde zei dat hij met haar in de tuin zou gaan kijken of er vroege kersen waren.

'Heb je je inhalator bij je, El?' vroeg Larry.

Ze liet hem aan hem zien.

'Goed.' Hij woelde door het haar van het meisje. 'Ga maar lekker spelen.'

Op de overloop kwam Alec uit de kamer van Alice, de deur dichttrekkend.

'Is Una nog bij haar?' fluisterde Larry.

Alec knikte.

Ze liepen weg van de deur naar het raam dat op de tuin uitkeek.

'Wat zei ze nou?' vroeg Larry.

'Una?'

'Mam. Al dat Frans.'

'Van alles en nog wat.'

'Zoals?'

'Zoals wie de bloemen had meegebracht. Hoe het was in het ziekenhuis. Ze zei dat ze terug wilde naar het oude huis. Naar het huis van oma Wilcox.'

'Wauw. Ik weet niet eens meer hoe je daar moet komen. Weet jij het?'

'Niet precies.'

'Denk je dat ze goed genoeg is om waar dan ook heen te gaan?'

'Ik weet het niet.'

'We moesten haar bijna de trap op drágen.'

'Ze wil het.'

'Wéét ze wel wat ze wil?'

'Denk je dat jij dat beter weet?'

'Natuurlijk niet. Jezus. Je hoeft me niet zo af te snauwen.' Hij zei bijna: ze is ook míjn moeder. Nu hij weer thuis was voelde hij zich ineens weer veertien of daaromtrent. 'Misschien moeten we er met Una over praten. Brando zegt dat ze haar vak verstaat.'

'Dat is ook zo.'

Stilte.

'Ik ben in het tuinhuisje,' zei Alec.

'Best.'

'Ze heeft een bel.'

'Weet ik.'

'Ze zei dat ze blij was dat je terug bent.'

'Ja. Ik ook.'

Toen hij langs de boomgaard liep hoorde Alec de eerwaarde tellen. 'Eenenzestig, tweeënzestig, drieënzestig...'

Sinds hij uit Londen was gekomen had hij ernaar verlangd dat anderen de last met hem zouden delen. Hem zouden beschermen. Maar nu ze hier waren merkte hij dat hij de eenzaamheid van de week tevoren miste, toen de grote rijkdom van stilte in de tuin iets soortgelijks in hemzelf had aangeboord, wat nu door al die stemmen werd weggejaagd. Het maakte het moeilijk om beleefd te zijn. Het maakte het beslist moeilijker om te denken.

De lucht in het tuinhuisje was muf van de warmte en geurde sterk naar kamperfoelie. Hij liet de deur open en legde het manuscript op de tafel bij het raam. Op de plank, waar ooit bloempotten van aardewerk hadden gestaan, had hij zijn woordenboeken en andere nuttige boeken neergezet, waaronder exemplaren van *Sisyfus Rex* en *Flikkering* in de vertaling van Eliard. Zijn eigen poging was gestagneerd op een derde van het tweede bedrijf. Na de toeval van Alice, die in zijn hoofd mythische proporties had aangenomen, had hij het bijna fysiek onmogelijk gevonden zich te concentreren. Het was alsof hij met zijn hoofd onder een aan dunne draadjes opgehangen aambeeld lag en er niet aan probeerde te denken wat er zou gebeuren als het viel. Hij kreeg het gewoon niet voor elkaar. Zelfs een brief van Marcie Stoltz, doorgestuurd door meneer Bequa, waarin ze bekende dat ze 'nieuwsgierig' was naar hoe het werk vorderde, had daar niets aan verholpen.

Alles voorbij het witte toegangshek van Brooklands was zo ver weg dat het de verbeelding te boven ging, hoewel hij dacht dat Stoltz weleens kon gaan bellen (ze had het nummer van dit huis), en hij tegen haar zou moeten gaan liegen, tegen haar zou moeten zeggen hoe goed het ging en hoe enthousiast hij was. Misschien werd het altijd zo gedaan.

Hij wreef zijn glazen schoon met de plooi van zijn overhemd, pakte toen een potlood, sleep het, en opende het manuscript.

Mineur un: J'ai rêvé de ce moment cent fois. Même quand j'étais éveillé.

Mineur deux: Et comment termine le rêve?

Hij had niet het idee dat Larry er ook maar iets van begreep. Larry dacht aan Larry. Of aan Kirsty of Amerika of zoiets. Maar niet aan Alice. Natuurlijk vond hij het erg, ze vonden het allemáál erg, maar de anderen keken alleen toe, en dat was niet genoeg. Hij geloofde niet dat een van hen kon zien wat hij zag: dat het absoluut onmogelijk was dit weken en maanden te laten doorgaan. Maar wat kon hij doen? Geloofde hij nog steeds in sprookjes? Geloofde hij dat hij op een tovermiddel zou stuiten? Misschien wel, en dat leek grappig op een volslagen naargeestige manier, en hij zat in zichzelf te lachen toen Una op het houtwerk bij de open deur klopte.

'Ik wist niet dat het een komedie was,' zei ze.

'Alleen hier en daar,' zei Alec.

Ze stapte het schuurtje binnen. 'Is dat hem?' Ze wees naar het portret van Lázár in het Luxembourg dat Alec aan de rand van de plank had vastgemaakt. 'Wat heeft hij in zijn hand?'

'Een cake misschien. Of een bom.'

'Ik zou zeggen dat hij een aardig gezicht heeft, dus het is waarschijnlijk een cake.'

'Waarschijnlijk.'

Hij bestudeerde haar terwijl zij Lázár bestudeerde. Een enigszins vooruitstekende onderlip. Bleke wimpers. Grijze ogen met een zweempje violet. Een klein rond litteken op haar neusvleugel alsof ze daar ooit een sierknopje had gedragen. Ze had een blauwe katoenen jurk aan, mouwloos, en haar schouders waren gebruind, honingbruin tegen het net zichtbare bandje van haar beha. Ze moest in de weekends in de zon hebben gelegen, en hij stelde zich haar voor met een vriendje, een dokter misschien, die een boot had of een cabriolet. Iemand als een jonge Brando.

'Wat zei je moeder?' vroeg ze.

Hij vertelde haar over het huis.

Ze knikte. 'We moeten het maar even aankijken. Je zult haar nu scherper in de gaten moeten houden.'

'Weet ik.'

'Ik heb de Dexamethasone boven op de kast gelegd met een briefje erbij met de dosering. Zorg jij ervoor dat ze het inneemt? We willen voorkomen dat ze weer naar het ziekenhuis moet.'

'Ik zal het op de lijst zetten,' zei hij.

'Ik mag je broer wel,' zei ze.

'We zijn heel verschillend.'

'O, daar ben ik niet zo zeker van,' zei ze. 'Ben je bijna klaar met het toneelstuk?'

'Het schiet op.'

'Geweldig.'

Dennis Osbourne, rood aangelopen van zijn inspanningen, probeerde zich te verstoppen achter een slanke boom in de boomgaard. Una wachtte, glimlachte naar hem, totdat Ella door het lange gras kwam en hem ving.

'Je moet bij je vader komen,' zei ze, haar hand uitstekend naar het meisje. 'Het spijt me dat ik uw spelletje moet bederven, eerwaarde.'

'Ik moet even gaan zitten,' zei hij. 'Hoe is het met mevrouw Valentine?'

'Ze praat nu weer Engels. Ze wordt wel erg ondeugend, hè?'

'Arme vrouw,' zei de eerwaarde, moeizaam hurkend op het gras. 'Kan ik iets doen?'

'Ze slaapt. Daar kunnen we haar maar beter mee door laten gaan.'

'Ja,' zei Osbourne. 'Slaap is de grote genezer, neem ik aan. Ik zie je later nog wel, Ella.'

'Bedankt dat u met me gespeeld hebt,' zei Ella, die zorgvuldig was gedrild in het belang van zulke opmerkingen. Ze pakte Una's hand en ze gingen samen de koelte van het huis in. Una nam afscheid van haar in de woonkamer. Ze dreigde te laat te komen voor een afspraak in Nailsea. Een jonge hemofiliepatiënt met Kaposi's sarcoom. De moeder werd gek. Was bang om te slapen. Vroeg de hele tijd waarom. Waarom hij, waarom wij. Waarom waarom waarom.

'Wees nu maar lief,' zei ze. 'Hou een oogje in het zeil tot ik terugkom.'

Ella wachtte. Toen ze de voordeur hoorde dichtslaan, deed ze de tv aan en begon de zenders langs te gaan, hoewel ze aanvankelijk niet goed wist hoe ze dat zonder afstandsbediening moest doen, en zelfs toen ze erachter was gekomen hoe je de knoppen moest gebruiken kon ze MTV niet vinden. Ze nam genoegen met een tekenfilm en had zich op de sofa genesteld om ernaar te kijken – de manische achtervolgingen, de knallende botsingen – toen haar vader verscheen, gehuld in een badjas, de toilettas in zijn hand. Hij deed de televisie uit en knielde vóór haar op de grond.

'We hebben wat te bepreken,' zei hij. 'Iets heel ernstigs.'

6

De avond die volgde op zijn ontmoeting met Emil Bexheti ging László met Kurt uit eten bij Marco Polo in de rue de Condé. *Asparagi di campo, risotto alla sbirraglia, tortellini bolognese* – al dat heerlijks. Daarna liepen ze samen naar huis, hand in hand, voorbij de kerk van St. Sulpice en langs het Luxembourg. Het was kort na twaalven. Hier en daar twinkelde boven het lantaarnlicht zwakjes een ster, en de lucht rook naar dat mengsel van riolen en openbare tuinen, tabaksrook, restaurantwasem en de zure maar op de een of andere manier sympathieke adem van de Métro, uitgeblazen door de brede roosters in het trottoir, dat Parijse nachten hun onvergelijkelijke aroma verleent.

Kurt kneep in László's hand. László kneep terug. Hij voelde zich nooit helemaal op zijn gemak bij deze manier van lopen, en hij reserveerde hem voor die momenten van speciale tederheid die om iets meer dan louter nabijheid vroegen. Het was niet zo dat hij zich schaamde voor Kurt. Integendeel, hij was vaak blij verbaasd dat zo'n lieve jongeman erin toestemde bij hem te blijven. Maar László was een homoseksueel die een zekere abstracte afkeuring voor zijn soort bleef houden. In San Francisco was hij tijdens zijn aanstelling bij het Théâtre Artaud ontzet geweest over sommige dingen die hij had gezien, mannen die elkaar gebruikten zoals honden tafelpoten, een ontaarde en waardeloze versie van het Dionysische. In werkelijkheid had hij zichzelf nooit echt als een nicht of homo gezien. Een flikker. Een mietje. Zijn geval, geloofde hij, was veel eenvoudiger. Er waren in zijn leven bepaalde mensen geweest, om te beginnen Péter, die hij nodig had gehad en die toevallig mannen waren. Hij wilde er geen roeping van maken, met optochten meelopen, badges dragen. En hij kwam hoe dan ook uit een tijd en een plaats waar de notie van 'coming out' volkomen ondenkbaar was. Homoseksualiteit was in Hongarije tot jaren na zijn vertrek illegaal geweest. Zijn ouders zouden het misschien begrepen hebben – zij waren artsen, liberalen, lezers – maar de Partij zou hem hebben vernietigd. Twee mannen in een bed die bezig waren elkaar te aanbidden was even subversief als een geheime drukpers, en het was niet veel gemakkelijker geweest toen hij in Frankrijk kwam – behalve in het theater natuurlijk, waar niemand het iets kon schelen wat je uitspookte of met wie.

Maar vanavond wilde hij liever denken aan het verleden dat hij deelde met Kurt Engelbrecht dan aan het verleden dat hij alleen bezat, en waarin hij zich steeds meer een spook onder spoken voelde, een zwerver op de Asphodelusweide. In het appartement in de rue Delambre gooide hij de ramen open, stak de kaarsen aan en haalde een fles sambuca uit de drankkast naast de boekenplank in de eetkamer. Hij vulde twee kleine glazen, deed in beide een koffieboon, en verhitte met de aansteker het oppervlak van de likeur tot het ontvlamde met spookachtige blauwe vlammen. Hij gaf een van deze vermakelijke glazen aan Kurt. 'Venetië,' zei hij.

'Venetië,' antwoordde Kurt grijnzend.

'*La Fenice e des Artistes.*'

'Murano.'

'San Michele.'

'De Cittadi Vittorio…'

'Ah!'

Ze hadden dit al een tijdje niet meer gedaan, dit hernemen van die tien of twaalf verhalen die de officiële geschiedenis van hun intimiteit vormden. Zoals altijd begon het met Venetië, en de ochtend dat ze ontwaakten in hun hotel om te ontdekken dat de stad in bizarre sneeuw was gehuld, en ze er in dekens gewikkeld uren naar hadden zitten kijken, even stomverwonderd als tienjarigen.

Daarna Sevilla – de wijk Triana om vier uur 's nachts. Met zere voeten, geïrriteerd, hopeloos verdwaald, kwamen ze in een bar bij de rivieroever terecht waar ze de *cante hondo* hoorden. De menigte rookte er als in trance en de zanger, een man van middelbare leeftijd in een donker pak, bracht achter in de bar zijn lied ten gehore in spasmen van verdriet, extases.

'Verder?'

Wenen. Een melancholiek uur aan het graf van László's moeder, gevolgd door een moeilijk, enigszins komisch weekend bij Kurts ouders, aardige mensen die maar een paar jaar ouder waren dan László en hem tijdens zijn hele verblijf hadden aangesproken met 'Herr Professor', omdat ze het prettiger vonden te denken – konden ze het werkelijk hebben geloofd? – dat zijn belangstelling voor hun zoon uitsluitend van pedagogische aard was.

En de vakantie in New York met László's broer, János, een gescheiden opticien met een appartement vol prijswinnende schnauzers. Het was Kurts eerste bezoek aan Amerika geweest, en ze hadden het vliegveld in de schemering verlaten in een gele taxi, op slechte wegen hobbelend door cañons van verlichte wolkenkrabbers, Kurt bijna in tranen om de romantiek van zo veel licht...

Avonden in het theater. Nachten in de stad. Weekenden op het platteland. Herinner je je nog? Een geschiedenis met maar heel weinig op elkaar geplakte pagina's, hoewel de herinneringen elke keer dat ze het spel speelden, bij elke gelegenheid die door een soort onuitgesproken onrust werd ingegeven, een beetje werden bewerkt, aangezien de grens tussen geheugen en verbeelding begon te vervagen, of gewoon onbelangrijk werd. Het werkte bijna altijd, en zo niet, tja, dan was er altijd nog de sambuca die de doorslag kon geven. Dat, dacht László, was immers de bestaansreden van zulke drankjes.

Het was halfelf tegen de tijd dat hij zijn ogen blootstelde aan het daglicht. Kurt was allang op, het dekbed aan zijn kant was teruggeslagen alsof hij uit het bed was *gesprongen*. László sleepte zich naar de badkamer. Hij voelde zich opgewonden en lichtelijk ziek, zijn pik half stijf, een aanhoudend gezoem in zijn linkeroor, een smaak van alcohol en vuur op zijn tong. Hij ging onder de douche staan en hoestte een tijdje in een poging zijn longen te legen, scheerde zich, waarbij hij zich in het vel van zijn keel sneed, en verscheen dertig minuten later in de keuken met drie stukjes toiletpapier op zijn huid, vastgeplakt door zijn eigen bloed.

Tegen het fornuis geleund verorberde hij een *croissant beurre*, een pijnstiller en een vitaminepil, trok vervolgens een grijze sportpantalon en een linnen overhemd aan en ging de straat op, zich voelend als een Hemingwaypersonage, een of andere oude bokser, geadeld door zwakte, die zich in de ring hijst voor een laatste groot gevecht. De dag was er om dingen te regelen, en het was in die geest dat hij van plan was met

Franklin Wylie te gaan praten, hoewel hij er helemaal niet zeker van was wat voor bruikbaars hij tegen hem kon zeggen. Iets om te beschamen, iets om te bemoedigen. Het was onmogelijk, of in elk geval onaanvaardbaar, dat al hun jaren van vriendschap in stilte zouden eindigen, in een glazige blik van wederzijds onbegrip.

Hij nam de Métro vanaf Montparnasse Bienvenue, stapte over op Sebastapol en kwam kort voor twaalven in Parmentier aan. Bij de groenteman op de hoek van de rue Jacquard kocht hij een grote zak kersen, liep daarna naar de rue du Duguerry en tikte de code in bij de buitendeur, maar toen hij door de vestibule naar de trap liep, zag madame Barbossa hem vanuit haar loge en wenkte hem. Ze had hem al vaak gezien, wist dat hij en de Wylies 'als familie' met elkaar omgingen, en vereerde hem als een man van cultuur wiens naam van tijd tot tijd in de krant kon worden aangetroffen, hoewel ze geen idee had wat hij nou precies deed. Ze vertelde hem dat monsieur Wylie vroeg naar buiten was gegaan, om acht uur, net toen zijzelf binnenkwam. Madame Wylie was twee uur later vertrokken om te lunchen met haar moeder in het huis van de ouwelui in Epinay.

'Ik had moeten bellen,' zei László, hoewel hij verbaasd was; je kon er bijna altijd veilig van uitgaan dat Franklin op dit tijdstip van de dag thuis zou zijn, hetzij aan het werk of lanterfantend, zelfs slapend. Hij presenteerde de gardienne een kers. Ze keek naar hem alsof hij, als hij op de juiste manier werd bejegend, iets scandaleus zou kunnen onthullen, iets wat ze aan haar verzameling Wylieverhalen kon toevoegen. Iets waarmee ze een buur versteld kon doen staan.

'De reservesleutel?' vroeg László. Hij was niet vies van een beetje roddel, maar het was er nu het moment niet voor. 'Ik ga de kersen in de koelkast zetten zodat ze koud gegeten kunnen worden.'

'Zoals u wilt, monsieur.'

Ze haalde de sleutel uit de loge. László klom amechtig naar de vierde verdieping en liet zichzelf binnen. Het was een oud appartement en er was weinig veranderd sinds de Wylies het in 1978 of 1979 hadden gekocht. Ze hadden het gekozen vanwege de hoge plafonds, de mooie kerk aan de overkant, de zee van avondzon. De muren in de gang vormden een kleine galerie, volgehangen met schilderijen. Er waren dingen van Franklin bij, maar het betrof voor het merendeel werk van dode vrienden, waaronder een Phillip Guston en zelfs een schets van Beuys van een afgehouwen hoofd, zo leek het, Orpheus misschien, 'zijn bloederig gelaat' drijvend in de Hebrus.

Hij liep naar de keuken, waar pannen en steelpannetjes in rijen aan slagershaken hingen. Het was de locatie van vele voortreffelijke maaltijden die ze in het verleden samen hadden genuttigd. Laurence was een eersteklas kokkin. Ze was ook een nette vrouw, zelfs overdreven nauwgezet, voor wie de keuken een serieuze ruimte was, een plaats die geëerbiedigd moest worden, dus was het verrassend en verontrustend om midden in de keuken een fles rode wijn te zien liggen die omgevallen of uit iemands handen gevallen of, god weet, neergesmeten was. Een stralenkrans van glas, de wijn in de holten van de tegels samengestroomd en op het omringende plankenbeschot en de kastjes gespetterd. Het verslag van een botsing, zeer exact.

Hij liep op zijn tenen om de scherven heen en legde de kersen op een rooster in de koelkast, zocht toen onder de gootsteen naar een paar kranten om mee schoon te maken, en zat daar op zijn hurken de voorpagina van een aprilnummer van *Libération* te lezen toen hij een geluid hoorde dat leek op het zachte openen of sluiten van een deur ergens in het midden van het appartement. Hij ging de gang in.

'Franklin?'

Zelfs madame Barbossa's waakzaamheid was niet volmaakt. Franklin kon allang teruggekomen zijn en langs haar zijn geglipt terwijl zij iemands hond of baby bewonderde. Als hij wilde kon hij zich heel stil voortbewegen, een lang spook, achter mensen aan sluipend en ze aan het schrikken makend met een plotselinge tik op de schouder.

László liep de gang door naar het atelier, het grootste vertrek in het appartement, met grote ramen die uitkeken op de kerk, en aan het eind een deur die naar een kleine waskamer leidde.

'Franklin?'

Langs de volle lengte van de muur tegenover de ramen stond een lange tafel – een oude eettafel – waarvan het blad bedekt was met een guano van gemorste en opgedroogde verf. Kwasten en paletmessen stonden in de houding in een twintigtal blikken. Boven de tafel waren de planken volgeladen met opgerolde aluminium verftubes, spuitbussen en plastic flessen met pigment, fantastische kleuren waarvoor László's vocabulaire ontoereikend zou zijn als hij had geprobeerd ze allemaal te benoemen. En er waren instrumenten voor gutsen en schuren, dozen houtskool, prentrollers, een nietpistool, alle parafernalia van de kunstenaar, waar schrijvers, veroordeeld tot pen, toetsenbord en asbak, zo jaloers op zijn. Maar er stond niets op de ezels en er was niets vastgepind aan de muur, zelfs geen schets, hoewel op de grond een zestal grote doeken met hun rug naar de kamer overeind waren gezet, alsof ze uit de gratie waren. Geen rondslingerende lappen, geen vertederende rotzooi, niets wat de heilzaamheid van werk suggereerde. De ruimte zag eruit alsof hij was afgedankt, verlaten. László kon zich een tijd herinneren dat er altijd bloemen hadden gestaan – handenvol bloemen in potten met verkleurd water. Hij hing het buitenste doek aan de haken van een ezel en deed een stap terug. Hoewel het grootste deel van Franklins productie altijd abstract was geweest, op groot formaat, met kleur overgoten, was het schilderij op de ezel figuratief, in de stijl van het Duitse expressionisme – Kokoschka, misschien, of Barlach – en stelde een pasgetrouwd paar voor op de trap van de *mairie*. De bruid, in haar mantelpak met roze bloemen, was onmiddellijk herkenbaar als Laurence Wylie. Niet de jonge Laurence (een vrouw die haar ziel legde in haar glimlach, in de warmte van haar blik), maar de Laurence van nu, Laurence de martelares, het slachtoffer, de dupe. Het was pijnlijk om te zien, maar de kwaliteit van Franklins aandacht voor haar, de scrupuleuze weergave van een tragiek die hijzelf had veroorzaakt, was van die aard dat László's keel werd dichtgeschroefd en zijn ogen zich met tranen vulden. Geconfronteerd met zo'n gezicht, met de verwrongen liefde die had gezwoegd op de weergave ervan, waren veroordeling of woede niet op hun plaats. Zinloos.

Hij wendde zich van de vrouw naar de figuur aan haar zijde. Een man in een zwart pak, zijn hoofd strak gewikkeld in iets wat cellofaan leek te zijn, of de plastic folie die wordt gebruikt om voedsel vers te houden, zodat zijn trekken waren afgeplat en vervormd als die van een bankrover met een nylonkous over zijn hoofd. Zijn rug was gebogen in de doodsstrijd van een verstikking, zijn vuisten gebald van woede, maar zijn bruid, zich niet bewust van zijn kwelling, of gewoon niet bij machte daar verlichting in te brengen, negeerde hem, en keek recht voor zich uit, de blik van de kijker naar zich toe trekkend alsof ze op zoek was naar een vorm van verlossing buiten de lijst, hoewel er nog iets anders was in haar gelaatsuitdrukking wat László niet meteen kon thuisbrengen, een soort van stomme communicatie die als een code in haar ogen was geschilderd. Pas toen hij meer afstand nam – twee, drie stappen – zag hij dat het een waarschuwing betrof.

In de telefooncel op de hoek van de straat bij de kerk zat een Arabisch meisje op de stalen vloer gehurkt al rokend druk te praten. László keek op zijn horloge en leunde tegen de reling om de mussen in de goot te zien baden, scrupuleuze vogeltjes die het water van hun veren schudden en rondhipten in de zon. Tien minuten later kwam het meisje naar buiten en ging László naar binnen. De hoorn was nog warm van haar hand en licht geparfumeerd. Hij draaide het nummer heel nauwkeurig. Nadat de telefoon drie keer was overgegaan werd er opgenomen. 'Is Françoise er?' vroeg hij.

7

Het schemerde op Brooklands. Larry kwam het terras op en ging in de canvasstoel tegenover zijn broer zitten.

'Ella in bed?' vroeg Alec.

'Ja. Mam?'

'Slaapt. Volgens mij.'

Larry had een fles Teacher's whisky van de slijterij in Coverton. Hij was vóór de lunch met Alecs auto weggereden en had sindsdien de halve fles naar binnen gewerkt. Hij schonk zich nog eens twee vingers in, dronk er een van op, boog zich naar voren en zei: 'Ella heeft iets weggenomen.'

'Bepaald niet voor het eerst,' zei Alec. Hij dronk thee.

'Nee. Dit is anders. Dit is geen armband of ring.'

'Geld?'

'Ze heeft een pil weggenomen,' zei Larry. 'Ik weet niet hoe maar we moeten hem terug zien te krijgen.'

'Een van mams pillen?'

'Een van de mijne. Uit mijn toilettas.'

'Wat voor soort pil?'

Larry schudde zijn hoofd.

'Een pijnstiller? Een slaaptablet?'

'Was het maar zo.' Hij haalde diep adem en begon het uit te leggen, hoewel hij wist dat het verhaal meer context nodig had dan hij ooit zou kunnen verschaffen. Hij zei dat hij naar L.A. was gegaan om een filmaanbod te bespreken. Hij verzuimde de aard van de film te vermelden, hoewel hij Alec iets prijsgaf van de karakters van T. Bone en Ranch, ondanks het feit dat over hen praten in de rust van een Engelse tuin hen op figuren in een of ander bizar cabaret deed lijken. Hij maakte gewag van het hotel, de feestelijke lunch, de badkamer, de doos. De pillen. Hij had gehoopt dat hij het terloops en bijna normaal kon laten klinken, maar in feite klonk het verre van normaal.

'*Zelfmoordpillen?*'

Beiden keken ze – een reflex die zijn wortels had in het achterland van hun jeugd – vluchtig omhoog naar het raam op de bovenverdieping alsof het licht plotseling aan kon gaan en Alice, die hun geheimpjes zo langzamerhand wel kende, naar buiten zou leunen om opheldering te vragen.

'Jezus Christus, man...' zei Larry, huiverend. Hij had de 'sekspillen' niet ter sprake gebracht. Hij wist ook niet welke van de twee Ella had weggenomen omdat hij zich Ranch' uitleg van het verschil niet meer kon herinneren. Welke het ook was, je moest er niet aan denken.

Alec knipperde een tijdje met zijn ogen achter zijn brillenglazen.

'Weet je zeker dat het Ella was?'

'Natuurlijk was het Ella.'

'Heb je met haar gepraat?'

'Een uur lang, gisteren, zodra ik erachter was gekomen dat het ding was verdwenen. Vandaag weer. Ze heeft zich beide keren totaal van de domme gehouden. Toen ik haar vertelde hoe gevaarlijk het was, leek ze het te begrijpen, maar bij Ella weet je het nooit. Ik heb zelfs Hoffmann gebeld...'

'Hoffmann?'

'Haar psychiater in Frisco. Hij is op een of andere kindermoordconferentie in Detroit, dus ik heb een bericht ingesproken op zijn antwoordapparaat en kreeg vervolgens een paniekaanval bij de gedachte dat hij het aan Kirsty zou kunnen vertellen. Kun je je dat voorstellen? Dus ik heb teruggebeld en nog een bericht ingesproken met de strekking dat hij er alleen met mij over mocht praten. Niet dat ik veel vertrouwen in hem heb.'

'Heb je hem gezegd wat ze heeft weggenomen?'

'Ik zei dat ze een periode van regressie doormaakte. Na een tijdje ga je net zo praten als zij.'

Alec nam een teugje uit zijn mok. Larry de atleet, Larry het feestbeest, Larry de mooie jongen, Larry de succesvolle, Larry de gelukkige echtgenoot. En nu Larry de man die zelfmoordpillen in zijn toilettas had. Hij wist nauwelijks naast wie hij zat.

'Wat was je in godsnaam van plan ermee te dóén?' vroeg hij.

Larry haalde zijn schouders op. 'Ik was van plan ze weg te flikkeren in het vliegtuig.'

'Waarom heb je dat dan niet gedaan?'

'Daar gaat het nu niet meer om. Het gaat erom hem terug te krijgen. Ik ben er vrij zeker van dat hij niet in de slaapkamer is. Ik heb de matrassen afgehaald. De laden geleegd. Maar ze is hier goed in geworden. Hij zou zelfs in de tuin kunnen liggen. Kun jij met haar praten? Ze mag je graag.'

'Wat moet ik tegen haar zeggen? Geef pappie zijn pil terug?'

'Probeer haar gewoon maar aan haar verstand te brengen hoe ernstig dit is.'

'Ik zal het proberen.'

'Bedankt.'

'Ik kan niet geloven dat je die pil bezat.'

Larry wreef met de rug van zijn hand in zijn ogen. 'Ik heb het gevoel alsof ik een jaar niet heb geslapen.'

'Wat heb je met de andere gedaan?'

'Andere? Weggespoeld. Een beetje laat, dat weet ik.' Hij schudde een sigaret uit het pakje en stak hem op.

'Ik wist niet dat je het zo moeilijk hebt gehad,' zei Alec.

'Sinds *Sun Valley*. Daarvoor al, vermoed ik.'

'Je hebt er niets over gezegd.'

'Jij had je eigen problemen.'

'Met mij gaat het goed.'

'O ja?'

'Ja.'

Larry schoot in de lach – evenzeer van pure vermoeidheid als van de whisky. Hij legde een hand op de knie van zijn broer. 'Ze kunnen je verdomme zo opvegen,' zei hij.

'Ik red me wel,' zei Alec.

'Natuurlijk. Herinner je je nog dat ik voor het eerst naar Amerika ging en jij op het punt stond een jaar in Parijs door te brengen? Herinner je je dat nog?'

'Ja,' zei Alec.

'Het is alsof dat de laatste keer was dat ik je heb gesproken.'

'Dat was tien jaar geleden.'

'Weet ik. Het spijt me.'

Alec haalde zijn schouders op.

'Is het je bevallen?'

'Wat?'

'Parijs.'

'Ja.'

Larry knikte. 'Mooi zo.' Hij keek over het aardappelveld naar het punt waar de nacht uiteindelijk de kerktoren wegborg. Het was een beeld dat al zo lang in het netvlies van zijn geheugen was geëtst dat hij er emotioneel van werd. Hij zag zichzelf als jongen, en Alec ook. Hij zag Alice als een krachtige vrouw, en zelfs zijn vader als een man die nog niet in de gevarenzone verkeerde, zijn schaduw met grote passen door de tuin stappend. Zij allemaal, hun levens fladderend als de kleine vleermuizen die rond de dakranden van het huis doken en zwenkten.

'We zouden eigenlijk een plan moeten hebben,' zei hij. Hij begon met een dikke tong te praten. 'Wat vind jij? Moeten we een plan hebben?'

8

Op donderdagavond kwam Kurt Engelbrecht thuis in de rue Delambre met in elke hand een plastic tas vol boodschappen. Hij bracht ze naar de keuken, zette ze op tafel en riep László. Hij had extra cassis ingeslagen, en er stond nog steeds een halve fles witte wijn van de vorige avond in de koelkast. Om acht uur was het vroeg en laat genoeg voor een aperitief.

In de gootsteen zag hij László's bord, mes en koffiekopje van de lunch, het bord nog steeds vol etensresten: appelschillen, olijvenpitten en kaaskorsten. Het was een van László's gewoonten – als iets zo onwillekeurigs, zo onnadenkends tenminste een gewoonte genoemd kon worden – net als het maken van tandpastaspatten op de badkamerspiegel, en het zo nu en dan vergeten om de wc door te trekken, die Kurt lichtelijk irritant vond, maar waar hij nooit iets van zei, in de veronderstelling dat László eenzelfde terughoudendheid betrachtte ten aanzien van de kleine blinde vlekken van hém.

Hij begon de eerste tas uit te pakken, waarbij hij de groenten op het houten rek legde en het fruit in de grote glazen kom schikte. Toen ging hij de gang op en riep een tweede en derde keer. Er waren verscheidene redenen te bedenken waarom László er niet was: hij was even naar buiten gegaan met de post, of naar de *tabac* voor meer cigarillo's (hoewel hij sinds zijn borstklachten had beloofd het een tijdje zonder te doen); of hij was gewoon de boulevard op gegaan om van de warmte van de avond te genieten, een krant te kopen, in de patisserie te babbelen met madame Favier. Hij zou zelfs bezig kunnen zijn het vuilnis buiten te zetten, allemaal geloofwaardige verklaringen voor zijn afwezigheid, dus kwam het Kurt vreemd voor, toen hij er later op terugkeek, vreemd en veelbetekenend, dat hij onmiddellijk met bonzend hart naar de studeerkamer was gegaan, en de deur daar met een uitgesproken angstgevoel had geopend. Wat had hij verwacht er aan te treffen? Een stukgesmeten glas? Een omgegooide stoel? Een lichaam? Maar de kamer, voor een kwart verlicht door de ondergaande zon, zag er volkomen onschuldig uit. Niets wees op haast of narigheid. Geen spoor van dreiging in de lucht. Maar in plaats van hem gerust te stellen overtuigde deze kalmte, de absolute orde van het vertrek hem ervan dat er werkelijk iets was gebeurd, en dat zijn onbehagen van de afgelopen week, de angst voor een onbestemde gebeurtenis, een gewelddadige verandering van de gestage voortgang van hun samen doorgebrachte dagen, ten slotte was bewaarheid. Op László's bureau waren de papieren van zijn manuscript netjes opgestapeld, de pennen ernaast gelegd, de kleine asbak geleegd en schoongemaakt. Zelfs de stoel was onder het bureau geschoven, alsof niemand er ooit meer zou hoeven zitten, alsof het allemaal had afgedaan en was beëindigd.

Tegen de onderrand van de computermonitor op zijn eigen bureau stond een blauwe langwerpige envelop met zijn naam erop. Hij bleef er even naar staan kijken, ging toen terug naar de keuken en raakte het porselein aan van László's kopje alsof hij er nog een spoor van warmte in hoopte te vinden. Toen waste hij het af, waste het bord en het mes af, en zette ze weg op de plaatsen waar ze hoorden. Er zaten vetspetters rond de gaspitten op het fornuis. Hij maakte het fornuis schoon. Er lagen kruimels op de vloer onder de broodplank. Hij veegde de vloer, stofzuigde hem vervolgens en stond op het punt een emmer te vullen met heet water om hem te schrobben, toen hij de dwaasheid van een dergelijke tactiek inzag. Hij liet de halfvolle emmer in de gootsteen staan, rolde de mouwen van zijn overhemd naar beneden, en ging terug naar de studeerkamer. Het was donkerder geworden. Hij deed de lamp met de groene kap aan en sneed de envelop open met de kleine Opinel-briefopener die hij in zijn bureaula bewaarde. In de envelop zaten twee velletjes papier die aan beide zijden met zwarte inkt waren beschreven. Hij kon aan het handschrift zien dat de brief langzaam geschreven was en het waarschijnlijk niet de eerste versie betrof. Hij ging ermee naar het raam en las hem staande, de vingertoppen van één hand op het bovenblad van László's bureau gedrukt.

Mijn liefste Kurt,

Ik schrijf je in een zeker mate van verwarring, hoewel ook met een helder bewustzijn dat wat ik nu doe noodzakelijk is, en dat jij het, als ik het je allemaal op de juiste manier zou kunnen voorleggen, zou goedkeuren. Je zult wel boos zijn dat ik je geen deelgenoot heb gemaakt van mijn plannen, maar daar waren redenen voor die niets met jou te maken hebben. Het heeft niets te betekenen. Ik zou je mijn leven toevertrouwen zonder ook maar een moment te aarzelen. Er is niemand ter wereld die ik méér kan vertrouwen.

Ik zal een paar dagen weg zijn – ik weet niet precies hoe lang – om een kleine taak te verrichten die, naar ik hoop, waardevol is. De taak is politiek en geheim, hoewel niet gevaarlijk, en er zijn geen zeer speciale talenten voor vereist. Natuurlijk speelt in een aangelegenheid als deze altijd de oude kwestie van intenties en consequenties – met de bedoeling goed te doen, richten we schade aan, en we moeten de verantwoordelijkheid voor die schade op ons nemen – maar de groep waarvoor ik deze reis (in het labyrint?) ga maken heeft een rechtvaardig en dringend doel, en ik heb het al veel te lang aan anderen overgelaten om in de wereld te handelen. Ik heb van zinloosheid een fetisj gemaakt, alsof er nooit iets effectiefs gedaan zou kunnen worden, elk streven gedoemd is in verwarring, bedrog of mislukking te eindigen, een vermijdingsgedrag dat zijn oorsprong heeft in die episode uit mijn verleden waarover je al iets weet, in grote lijnen, zo niet tot in de details. Die dag, lang geleden, toen als gevolg van mijn zwakte en mijn aarzeling een jongeman zijn leven verloor. Sindsdien ben ik nooit meer helemaal vrij geweest van het schuldgevoel en het verdriet die dat moment me heeft bezorgd, en hoewel het misschien wel juist dergelijke moeilijkheden zijn die een schrijver van me hebben gemaakt (schrijven is de meest belijdende kunstvorm), ben ik als mens verzwakt op een manier die ik niet langer kan aanvaarden. Ik kan niet – om een beeld te ontlenen aan Jules Supervielle – de tuin ingaan en alleen maar de tuin zien. Er is altijd een extra schaduw. Altijd, in elke stilte, de schreeuw die ik niet heb beantwoord.

Denk jij, mijn vriend, dat het mogelijk is dingen recht te zetten? Het weer goed te maken? Je te verzoenen? De Ouden geloofden erin. Niet alleen in de mogelijkheid, maar in de noodzaak. Of is dit een soort dementie waaraan ik lijd? Tenslotte kan ik de film niet terugdraaien. Ik kan niet opnieuw achttien zijn. Dus wie kan er verlost worden? Wat kan er gered worden?

Ongetwijfeld is er iets grof zelfzuchtigs in dit alles, maar wil je me wel ge-
loven als ik zeg dat ik ook óns wil redden?
Jij en ik zijn nooit mensen geweest die urenlang zwaarmoedig in elkaars
ogen zitten te kijken. Wij zijn spaarzaam met onze uitingen van genegen-
heid – zo slagen we erin samen te leven. Maar laat ik je dit zeggen, zodat
wat er ook gebeurt, hoe onze toekomst er ook uit zal zien, je in elk geval een
flauw idee zult hebben van hoe ik je waardeer. Je hebt me tien of vijftien
van de gelukkigste momenten in mijn bestaan gegeven. Doordat ik jou
ken, kan ik het geloof in het leven nooit verliezen, noch het geloof in de zui-
vere edelmoedigheid van andermans hart. Ik draag de herinnering aan je
gezicht nu bij me als een icoon om onder vreemden heimelijk te aanbid-
den. Vertrouw hierop. Vernietig deze brief. Vergeef me.
L.

Toen hij bij het eind was gekomen, las hij hem nog eens door, scheurde hem toen systematisch in kleine snippers, legde de snippers in de
asbak, verbrandde ze met dezelfde aansteker die László een week tevoren had gebruikt om de sambuca aan te steken en verkruimelde de sin-
tels tot zwart stof. Toen schoof hij de lamp dichter naar het raam en
boog zich naar het glas, in zuidelijke richting kijkend naar de boulevard Edgar Quinet, en de muren van het kerkhof waar Sartre en De
Beauvoir en de illustere Beckett lagen.

9

Om zes uur stond Larry voor het fornuis te ploeteren op het avond-
maal. Een stoomkolom brak op het rood van zijn gezicht terwijl hij
met een houten vork in de rijst prikte en er fronsend naar keek als een
waarzegger die de lever van een geslachte ram onderzoekt op de groe-
ven en kronkels die hem de toekomst zouden verraden. Naast de kook-
plaat, steunend tegen een fles witte wijn, stond een van de kookboeken
van Alice, een Elizabeth David, opengeslagen bij het recept voor risotto, hoewel hij natuurlijk alternatieven had moeten verzinnen voor de
kippenbouillon, het mergpijpje, de in blokjes gesneden ham, en alles
wat naar zijn mening de maaltijd smaak en voedingswaarde zou hebben gegeven, maar wat zijn vrouw – 'ik eet geen dode dieren, Larry' –
zou hebben geweigerd te eten, of zelfs maar aan te raken.

Hij had haar de vorige ochtend afgehaald – andermaal Alecs oude
auto – van Terminal 4 op Heathrow, waar ze een beetje verdwaasd en
breekbaar naar buiten was gekomen in het kielzog van een sportteam
van kortgeknipte, in blazers gestoken jongemannen die ondanks het
vroege tijdstip luidruchtig met elkaar dolden. Toen hij haar naam had
geroepen had het even geduurd voordat ze hem zag staan, en terwijl ze
de gezichten bij het hek afzocht, was de blik in haar ogen er onmisken-
baar een van ontsteltenis geweest, alsof dit niet een ordelijk vliegveld
in een ordelijk land was, maar een onstabieler en gevaarlijker oord, en
terwijl ze nog half sliep en de tijd een kluwen in haar hoofd was, had
een stem uit de menigte haar eruit gepikt. Maar toen had ze Ella gezien
en een vreugdevol 'Hoi!' geslaakt en even waren ze niet te onderscheiden geweest van de andere gezinnen daar, breed grijnzend en elkaar
omhelzend. Alleen een zeer geoefend oog zou hebben kunnen zien wat
het werkelijk was: een met gezamenlijke en persoonlijke angsten door-

spekte tederheid. Nu was ze op de bovenverdieping, in de kamer boven zijn hoofd, zijn moeder aan het verzorgen. Hij raadpleegde het recept en schepte nog wat bouillon op de rijst.

Hij droeg een van Alice' blauwe canvasschorten en hanteerde het voedsel met een zekere alcoholische zwierigheid die hem ertoe bracht zich af te vragen of hij niet heel geschikt zou zijn voor een of ander low-budgetkookprogramma. Catchpole in de keuken: klassieke Engelse cuisine, van pastei met rundvlees en niertjes tot rozijnenpudding, met de meest geliefde dokter van de televisie. Er leek een onuitputtelijke vraag te zijn naar kleurrijke types die tegen de camera konden kletsen terwijl ze pepers sneden of in een wok vol Thaise garnalen roerden. Gesteld tegenover zijn huidige moeilijkheden was het niet eens zo'n excentriek idee, en hoewel hij vond dat tv-kok zijn niet helemaal een fatsoenlijke manier was om aan de kost te komen, was het te verkiezen boven hetgeen hem in de kilte van de garage in San Fernando te wachten stond. Het zou in ieder geval de betere optie zijn wanneer de volgende Neem-Je-Dochter-Mee-Naar-het-Werk-Dag werd georganiseerd.

Ella was op het terras; hij kon haar door de openstaande glazen deuren op haar bedachtzame manier met Alec horen kletsen. Haar koppigheid inzake de capsule had Larry de afgelopen week ertoe genoopt zijn toevlucht te nemen tot extreme tactieken. Hij had haar geld aangeboden (twintig dollar). Hij had gedreigd haar een pak voor de billen te geven (hoewel ze beiden wisten dat hij dat niet zou doen). Hij had haar door het sleutelgat van de badkamer bespioneerd en was haar zelfs tot in de tuin gevolgd, had haar van boom tot boom geschaduwd, haar beslopen terwijl ze madeliefjes en boterbloemen plukte, neerhurkte om met een twijgje een tor om te draaien, een liedje zong. Wist ze dat hij daar was? Of was deze opvallende onschuld ongeveinsd, zodat hij een kind achtervolgde dat volstrekt niets op haar geweten had? Stel dat een van de capsules van het plankje was gerold terwijl hij in het vliegtuig op het toilet was? Zou hij het hebben gemerkt? Kon hij er nog op rekenen dat hij zo'n fout niet maakte? Hoeveel vertrouwen kon hij hebben in zijn eigen oordeel?

Ook Alec had zijn onderonsje met haar gehad. Blijkbaar had ze hem aangehoord zonder ook maar het geringste teken te geven dat ze wist waar hij het over had. En toen had Hoffmann opgebeld, uit Detroit. Hij had Larry meegedeeld dat hij hem een rekening zou moeten sturen voor het telefoontje en had met Ella gepraat terwijl ze in de keuken stond, de hoorn in beide handen, met grote ogen knikkend en ja, nee, ja, goed, oké, uh-huh, oké zeggend. Het had niets uitgehaald. Ze was als een kind in een prent van Edward Gorey, een hummeltje in een feestjurk van tafzijde dat door het huis zwerft met een pistool in haar hand.

'Alec!'

Alec boog zich de keuken in.

'Dit is over hooguit twintig minuten klaar. We moesten mam maar eens naar beneden gaan halen.'

'Goed.' Hij verroerde zich niet.

'Wil jij het doen? Of wil je dit omroeren, zodat ik naar boven ga?'

'Het maakt me niet uit,' zei Alec. Maar hij kwam naar het fornuis toe en pakte de houten vork uit Larry's hand.

'Laat het niet uitdrogen,' zei Larry. 'En laten we wat kaarsen neerzetten, er een feestelijk avondje van maken.'

'Goed idee,' zei Alec, zonder enig enthousiasme.

'En wat jou betreft,' zei Larry, toen Ella in de deuropening verscheen en hem met een schuin hoofd schrander aankeek, 'wat jou betreft…' Maar hij had geen idee wat hij verder moest zeggen.

In de kamer van Alice zat Kirsty Valentine, enige dochter, enig kind van Errol en Nancy Freeman (voorheen 'Friebergs') uit La Finca, Lemon Cove, Californië, op een stoel aan het voeteneinde van het bed met de voeten van haar schoonmoeder in haar handen, en betastte met haar duimen de voetzolen zoals dat haar was getoond in een les over reflexologie in het instituut in San Francisco. Alice leunde tegen een stapel kussens, al gekleed voor haar avondje beneden. Wat eerder op de middag was Toni Cuskic langsgekomen met haar tasje met scharen, haar klemmetjes en föhn, haar poedel. Ze had de klitten uit Alice' haar geborsteld en het op verzoek van Alice in een nette zilveren streng gevlochten.

Haar haar en de rouge die ze in het spierwit van haar wangen had gewreven, deden Kirsty denken aan een film van Bette Davis die ze onlangs had gezien, als onderdeel van een serie over homoseksuele idolen op AMC. Maar op de een of andere manier paste deze stijl wel bij haar, bij de nieuwe schaamteloosheid van haar blik, de verbijsterende botheid van haar vragen – 'Waarom nemen jullie geen tweede kind?'

'Hou je nog van hem?' 'Zijn jullie elkaar trouw?'

Dit was misschien 'ontremming', een term die Kirsty had opgepikt toen ze in Barnes & Noble de literatuur over kanker had doorgebladerd: de tumoren die als een snuitkever het meubilair van het volwassen oordeelvermogen aanvreten. Een onbedwingbaar, onomkeerbaar verval dat eindigde met volledige dementie, waarbij de geest niet meer nut had dan een chique spiegel in een onverlichte kamer. Het was dus prettiger en oneindig veel troostrijker om je voor te stellen dat de nieuwe directheid van Alice iets zen-achtigs had, dat haar manier van doen niet voortkwam uit het wegteren van het intellect, maar uit haar ongeduld met het conventionele. Als mensen moesten sterven – en Kirsty was Amerikaans genoeg om de absolute onontkoombaarheid daarvan niet te aanvaarden – wilde ze dat ze vervuld van een diepzinnige en bevrijdende wijsheid heengingen. Was er een beter moment denkbaar om wijs te zijn dan bij het einde? Maar in de afgelopen vierentwintig uur was ze er verscheidene malen getuige van geweest dat er een schaduw van leegte of paniek over het blauw van Alice' ogen viel, en in haar hart wist ze dat ze te maken had met een vrouw die in zichzelf opgesloten raakte. Dat ze het überhaupt verdroeg leek niets minder dan heroïsch.

Maar hoe moesten haar vragen beantwoord worden? Het was niet alleen een kwestie van het in evenwicht houden van tact en eerlijkheid, de etiquette van het praten met iemand die zo verschrikkelijk ziek is, wat haar parten speelde was haar eigen pijnlijke onzekerheid over hoe de antwoorden eigenlijk luidden. Hield ze inderdaad nog van Larry? Ze dacht van wel, maar haar 'Ja, natuurlijk' had een zweem van voorbehoud gehad, alsof ze 'vast wel' of 'meestal wel' of 'niet als vroeger' had gezegd. Het probleem was dat ze hem niet langer helder kon zien, niet, zoals vroeger, één helder beeld van hem had. Tegenwoordig leek hij te flikkeren, was hij tegelijkertijd de man met wie ze over het strand van Muir had geslenterd tijdens de weken voor de bruiloft, beiden aangeschoten, lachend omdat ze ermee wegkwamen, met dit opmerkelijke gelukskunstje, en een vreemdeling die in korte broek en sweatshirt (zijn lievelingsshirt was ter hoogte van zijn hart bedrukt met 'Barney's Beanery') de kamers van het huis in en uit slofte, drankglas in de ene hand, sigaret in de andere. Hij deed haar soms denken – nog steeds een forse man, nog steeds krachtig gebouwd – aan een bokser die de nacht voor het gevecht op onverklaarbare wijze de moed heeft verloren en aan het instorten is. Waar zat hij nu eigenlijk mee? Wat had hem zo vervormd? Zijn vader? De drank? Het feit dat hij zijn baan was kwijtgeraakt? Was het iets organisch? Iets in de lucht? Loodvergiftiging? Hoe moest ze dat nu bepalen?

Wat het nemen van een tweede kind betrof had ze tegen Alice gezegd: 'Het komt momenteel niet zo goed uit.' Maar de werkelijkheid was eenvoudiger en droeviger: hoe konden ze een kind krijgen wanneer ze nu al maanden met een muur tussen hen in sliepen? (Twee muren: de slaapkamers werden gescheiden door de gang.) En hoe zat het met het kind dat ze al hadden? Hoffmann had de avond voordat ze naar Engeland zou vliegen opgebeld en gerept over een nieuw voorval, hoewel hij zich merkwaardig genoeg meer zorgen maakte over Larry, die volgens de professor 'er moeite mee had de juiste reacties te verwoorden'. Ze wist niet zeker wat hij hier precies mee had bedoeld, ze vroeg het liever niet, maar tijdens de vlucht waarde de frase in haar hoofd rond tot hij een omineuze, quasi-mystieke betekenis had aangenomen die een migraine dreigde te veroorzaken. Het allerergste was nog dat hij haar eigen diepste twijfels leek te staven, het onverkwikkelijke feit dat ze het steeds onprettiger begon te vinden om Ella met Larry alleen te laten. Ze had gezien hoe hij wegen overstak, roekeloos door het verkeer lopend, vooralsnog zonder te proberen het met zijn blik aan hem te onderwerpen, of ertegen tekeer te gaan, maar spelend met het gevaar. En hij lachte om de televisie – nieuwsberichten, droevige films – op een manier die haar de stuipen op het lijf joeg. Toen Natasha Khan, haar vriendin in Sunset, haar had gevraagd of Larry een geweer in huis had (Natasha's ex had een militair geweer in de speelkamer bewaard), was ze onmiddellijk naar huis gegaan om alle laden in de logeerkamer binnenstebuiten te keren, waarbij ze een stapeltje porno- en sporttijdschriften vond, een kwartliter bourbon, een vluchtschema (van de lijndienst San Francisco-Vancouver) en, het allerellendigst, een van haar eigen slipjes, niet eens schoon, dat hij uit de wasmand in de douche moest hebben gevist. Maar geen geweer. En op Heathrow, waar Ella op Larry's schouders zat en een velletje papier omhooghield met HALLO MAMA erop, hadden ze er vervolgens prima uitgezien samen, echt prima, en ze had zich geschaamd. Wat voor iemand Larry ook was, wat voor iemand hij ook aan het wórden was, hij had een zoetwaterreserve in zich en het was laag van haar om die in twijfel te trekken. Het was Hoffmann misschien, Hoffmann die ze niet langer moest vertrouwen.

Larry riep vanaf de overloop: 'Zijn we aangekleed?'

'We zijn aangekleed!' zong Kirsty.

Hij kwam binnen, blozend op een manier die ze onmiddellijk herkende en haar op haar hoede bracht.

'Wat doe je?' vroeg hij.

'Dat is lekker voor haar voeten,' zei ze.

Hij knikte. 'We eten over een kwartier. Laten we je schoenen aantrekken, mam.'

Ze had een paar sportschoenen, grote witte schoenen met luchtkussens en een klittenbandsluiting in plaats van veters. Dit was Una's voorstel geweest, en hoewel ze cartoonachtig hadden gestaan aan het uiteinde van Alice' magere benen, waren ze zacht voor haar huid, en nadat ze ze één keer had gedragen, klaagde ze niet langer over de lelijkheid ervan. De gedachte dat ze op een bepaalde manier modieus waren, had haar zelfs een glimlach ontlokt.

'Wil je wat zuurstof?' vroeg Kirsty. De fles, industrieel zwart, lag binnen handbereik op de dekens.

'Alleen de inhalator, liefje.' Larry gaf hem aan haar en keek toe hoe ze er tweemaal mee in haar mond spoot; de gebrekkige inademing gevolgd door het onvermijdelijke, akelige gehoest. Hij legde zijn armen onder haar schouders en zette haar rechtop. Ze ging staan, met haar hoofd tegen zijn borst geleund, en daarna schuifelden ze naar de overloop.

'Ik ga Ella zeggen dat ze haar handen moet wassen,' zei Kirsty.

Larry vroeg: 'Hoe wil je dit doen?'

'Langzaam,' zei Alice. 'Heel langzaam.'

De trap was zo smal dat ze hem niet zij aan zij konden aflopen, dus liep Larry voor haar uit, en door twee stappen onder haar te blijven, stelde hij haar in de gelegenheid zich aan zijn schouders vast te houden. Haar armen trilden, een zwakke elektriciteit die Larry door zijn hele lichaam voelde. Toen ze de eetkamer bereikten stonden de anderen te wachten bij hun stoelen.

'Hier ben ik,' fluisterde ze.

Larry begeleidde haar naar haar stoel aan het hoofd van de tafel. Alec had de kaarsen gevonden en ze in hun zilveren houders gezet, maar de vlammen, bleker dan het licht dat door de ramen kwam, waren nauwelijks zichtbaar.

Het duurde nog vijf minuten voor ze goed en wel zat, een kussen achter haar rug geklemd, een linnen servet in de kraag van haar jurk gestopt. Soms bracht ze bij het bewegen onwillekeurig een zacht gekreun voort.

'Hé,' zei Kirsty, 'vinden jullie ook niet dat Alice' haar mooi zit? Ik wou dat ik thuis iemand als Toni had. Zit haar haar niet mooi, Alec?'

'Ja,' zei Alec. 'Toni is erg goed.'

'O, daar weet hij niets van,' zei Alice. 'Alles is een raadsel voor hem, die arme ziel...'

Ze keek naar Alec, die links van haar zat. Larry, die de risotto opschepte, merkte het op: dat was weer zo'n uitwisseling die hij de afgelopen week al drie of vier keer had gezien en die deel uitmaakte van een of andere doorlopende woordeloze discussie die ze onderling voerden. Iets waar hij buiten stond. Het beviel hem niet.

'Ik hoop dat je dit zult eten, El.' Hij schepte een lepel kleverige rijst op haar bord, overhandigde het haar en ging tegenover haar zitten.

'*Bon appétit*, allemaal! Zie je mam, zoveel heb ik wel geleerd.'

'Ella heeft een paar leuke Franse liedjes op school geleerd,' zei Kirsty. 'Hoe heet je leraar ook alweer, liefje? Ze laten de kinderen er al heel vroeg mee beginnen.'

'Is dit een champignon?' vroeg Ella, terwijl ze een aan haar vork geprikte grijze komma omhooghield.

'Ja,' zei Larry. 'Een speciaal soort zalige champignon. Probeer het maar.'

Ella schraapte de champignon op de rand van haar bord en begon de andere uit het eten te pulken.

'Ella!' hij wendde zich tot Kirsty. 'Zorg dat ze iets eet, wil je?'

'Bedoel je dat ik haar moet dwingen?'

'Ik bedoel dat ze oud genoeg is om niet meer zo met haar eten te spelen.'

'Ze houdt niet van champignons, nou en? Dat is geen onoverkomelijk gebrek, Larry.'

'Kijk hem eens,' zei Alice. Ze knikte naar de foto van opa Wilcox in uniform op het dressoir. 'Kijk eens hoe hij ons allemaal gadeslaat.'

'We gaan naar het huis, hè?' vroeg Kirsty.

Het bezoek was de vorige week geregeld. Larry was erin geslaagd contact op te nemen met het echtpaar dat daar nu woonde, Rupert en Stephanie Gadd. Toen Larry had uitgelegd hoe het zat, hadden ze begrip getoond en had Rupert Gadd beloofd de volgende zondag 'paraat' te zijn. Ze waren blijkbaar net terug uit Italië.

'Ik weet nog dat oma Wilcox me opa's medaille liet zien,' zei Larry.

'Weet jij dat ook nog, Alec?'

'De DSO.'

'Is dat een Purple Heart of iets dergelijks?'

'De Distinguished Service Order,' zei Alec.

'Wauw.'

'Waar is hij nu?' vroeg Larry.

'Arnhem,' zei Alice. Ze had wat rijst op haar vork genomen maar niet echt iets gegeten. 'Hij heeft zijn sergeant gered. Met huid en haar gered.'

'Dan was hij een echte held,' zei Kirsty.

Larry ontkurkte een fles Montepulciano. Hij was de enige die dronk.

'Een beetje rustig aan vandaag,' zei Kirsty zachtjes.

Larry glimlachte naar haar. 'Weet je aan welke kant jouw grootvader stond? Die oude Friedbergs?'

'Je-zus,' zei Kirsty, met haar ogen rollend.

'De Letten vochten met de nazi's samen,' legde Larry uit.

'Ze hadden meer reden om de Russen te haten dan om de Duitsers te haten,' zei Alec.

'Hoe zit dat met die man van jou?' vroeg Kirsty.

'Lázár? Die zal wel een paar Russen hebben doodgeschoten, denk ik.'

'Volgens mij heette het het Condorlegioen,' zei Larry. 'Klopt dat? Of de Witte Adelaars. Een soort Letse ss.'

Kirsty keek hem vanaf de andere kant van de tafel woest aan. 'Je weet niet waar je het over hebt. En mijn vader heeft in Korea gevochten, dus waag het niet te zeggen dat mijn familieleden een soort nazi's zijn.'

Ella, die geen interesse had getoond in haar risotto, vroeg of ze een banaan mocht. Larry zei van niet, maar Kirsty pakte er een van de fruitschaal en pelde hem voor haar.

'Ik haat dit soort gepraat,' zei ze. 'Ik wil niet dat Ella er zelfs maar aan hoeft te dénken.'

'Een fantastische Amerikaanse traditie,' zei Larry. Hij schoof zijn bord van zich af en pakte zijn glas, maar de wijn was te licht. Hij had behoefte aan een echte borrel. Hij had er behoefte aan het huis te ontvluchten.

'Oma huilt,' zei Ella.

Het was zo. Alice zat met haar hoofd over haar onaangetaste maaltijd gebogen, en één traan had het puntje van haar neus weten te bereiken. 'Hé, hé… wat is er?' Kirsty ging naar haar toe en legde haar arm om haar schouders. Ze klonk alsof ze zelf op het punt stond in tranen uit te barsten. 'Ben je moe? Hmm?'

Larry ging op zijn hurken aan de andere kant van de stoel zitten. Alice zei iets maar hij kon haar niet verstaan.

'Wil je wat rusten?' vroeg Kirsty. 'Wil je weer naar boven?'

'Ze is nog maar net beneden,' zei Larry.

'Christeneziele! Als ze nou weer naar boven wil… Wil je weer naar boven, Alice?'

Alice snufte. 'Het spijt me zo,' zei ze. 'Wat een mislukking.'

'Oké,' zei Larry, 'we kunnen dit ook op een andere avond doen.' Hij pakte zijn moeder bij de armen en trok haar uit de stoel. Over haar schouder siste hij: 'Waar is Alec?'

Kirsty keek om zich heen en haalde haar schouders op. Ella, haar mond volgepropt met banaan, wees naar de openstaande deur.

Hierna mislukte de rest van de avond vanzelf. Ella werd voor de tv neergezet, alsof dit in geval van nood de natuurlijke manier van doen was met een kind. Kirsty bleef boven bij Alice en kwam een halfuur later weer naar beneden om vruchtenthee voor haar te maken. Alec, die zich in de keuken schuilhield, wist dat hij eigenlijk naar boven moest gaan om de pillendoos te controleren. Dat was zijn taak – de enige taak van belang die hij had – maar om nu die kamer in te gaan en het risico te lopen dat hij Alice' aandacht trok, dat hij niet in staat was zichzelf te beschermen tegen wat hij daar zag, dat zij zag hoe hij tussen medelijden en walging werd verscheurd, dit was hem te veel. En wat deed het er nu eigenlijk toe of ze haar medicijnen nam of niet? Haar klótemedicijnen. Alec nam zelden een onwelvoeglijk woord in de mond, was niet gewoon er zelfs maar een te dénken, maar toen hij alleen was met de afwas merkte hij dat hij als een zwerver tegen het sop stond te mopperen. KlóteLarry met zijn klótevrouw. Hun stomme klótegedrag. Zijn eigen gedrag. Zijn eigen klótestomheid. Zijn klótelafheid.

'Geen doorslaand succes,' zei Larry, die vanuit de eetkamer nonchalant kwam binnenlopen met een dienblad in zijn handen.

'Vind je het gek?' vroeg Alec. 'Als jullie je op die manier gedragen?'
Hij keek niet naar Larry maar hij hoorde de scherpe, beledigde inademing.
'Op wat voor manier?'
'Met dat gekibbel.'
'Wie was er nu aan het kibbelen?'
'Wat denk je?'
'Dus het is allemaal mijn schuld?'
'Zie je dan niet hoe *ziek* ze is?'
'Natuurlijk wel! Wat moet ik daar in vredesnaam aan doen?'
'Er fatsoenlijk rekening mee houden.'
'Dat moet jij nodig zeggen,' zei Larry, en gaf de schouder van zijn broer een por alsof hij hem eraan wilde herinneren wie van hen beiden de fysieke kracht had. 'Waar had jij je verstopt? Hè? Waar was jij naartoe gevlucht?'
'Weet je aan wie je me tegenwoordig doet denken?' zei Alec, de tefallaag van de rijstpan af schrobbend. 'Papa.'
'Ik vroeg me al af hoe lang het zou duren voor iemand met dat gelul uit de hoek zou komen. Ik had alleen niet verwacht dat jij het zou zijn. Christus! Neem jij maar eens een paar borrels, daar zou je flink van opknappen.'
'Ja. Ik kan zien hoe jij erbij gebaat bent.'
'En probeer af en toe eens een wip te maken. Ik zal je er zelfs het geld voor lenen.'
'Is dat wat jij doet? Is dat waarom jullie tweeën niet meer met elkaar kunnen praten?'
'Wat heb jij daarmee te maken?'
'Of was het de bedoeling dat we het niet zouden merken?'
'Val dood, broertje.'
'Val zélf dood.'
'Wat is er aan de hand?' vroeg Kirsty.
'Helemaal niets,' zei Larry. Hij pakte een theedoek en begon omslachtig een van de glazen af te drogen.
Kirsty fronste haar voorhoofd en liet de mok van Alice in het warme water glijden, terwijl ze haar andere hand op Alecs rug liet rusten. 'Ik geloof dat ze al haar medicijnen heeft ingenomen.'
'Dank je,' zei Alec.
'Ze heeft een paar rare dingen gezegd toen we in de badkamer wa-

ren. Maar ja, ze zal wel moe geweest zijn.'

'Wat voor dingen?' vroeg Larry.

'Dingen die je zegt wanneer je moe bent.' Ze geeuwde. 'Ik ga Ella naar bed brengen.'

Een uur later ging ze zelf naar bed. Ze had met Ella de kamer op de benedenverdieping betrokken; Larry had zijn spullen naar boven verhuisd, naar Alecs kamer, waar een ouderwetse buisstalen stretcher met spiraal stond. De logeerkamer had alleen eenpersoonsbedden, dus deze nieuwe regeling was doorgegaan voor een zuiver praktische aangelegenheid, maar wie zich daardoor zou moeten laten bedotten of geruststellen, wist Larry niet.

De broers voltooiden de afwas en gingen daarna op de bank in de woonkamer zitten om naar het avondnieuws te kijken. Na de verkiezingen in mei stak de regering de handen uit de mouwen, waarbij ze een Jaar Nul uitriep en de toekomst van het land in veiligheid bracht door het modern en modieus te maken. Onder de politici die ze interviewden werd op een vreemde, dwangmatige manier het woord 'nieuw' gebruikt.

'Denk je dat het zal werken?' vroeg Larry.

'*Plus ça change*,' zei Alec. Maar hij bewonderde hen omdat ze het probeerden. Omdat ze iets deden.

Larry zei dat hij ze een soort Rode Khmer vond, en dat hij van plan was naar een oude vertrouwde Engelse pub te gaan zolang er nog een was om naartoe te gaan. Hij herinnerde zich een tent die 'The Blue Flame' heette, een kwartiertje lopen over de velden. Plavuizen vloer, houten vaten, niet echt schoon. Een tent met ingelegde eieren en goedkope sigaretten.

'Vind je het erg?' Het werd vanzelfsprekend geacht dat een van hen thuis zou moeten blijven voor Alice.

Alec schudde zijn hoofd. 'Misschien kan ik nog wat werken.'

'Sans rancune wat vanavond betreft?'

'Sans rancune.'

'Ik moest gewoon stoom afblazen. Dat was te verwachten.'

'Ik weet het.'

'Tot straks, dan.'

'Oké.'

Toen hij weg was, zette Alec de televisie uit. Uit de stilte kwam het geluid van zijn moeders gehoest, een gemoffeld gekuch en gerochel dat een hoogtepunt bereikte en daarna langzaam wegstierf. Hij haastte zich de tuin in, liep het gazon over en slokte longenvol melkachtige lucht op. In het tuinhuisje stak hij met een lucifer de stormlamp aan en zette hem op de plank bij het portret van Lázár. Daarna sleep hij zijn potloden, sloeg het manuscript van *Oxygène* open en deed gedurende twintig minuten net alsof hij werkte, tot het bedrog niet langer draaglijk was. Hij leunde achterover op zijn stoel om de insecten te bekijken die door het open raam op het licht afkwamen, waaronder een paar grote boterkleurige motten die het stof van hun vleugels sloegen tegen de glazen leest van de lamp en als manische engelen rond het hoofd van de toneelschrijver vlogen.

Iets voor middernacht kwam Larry terug, een country-and-westernnummer neuriënd terwijl hij over de overstap klauterde en zich waggelend een weg baande naar het huis. Alec doofde de vlam in de lamp en bleef in het donker zitten, lang genoeg, hoopte hij, om Larry naar bed te laten gaan. Hij wilde vanavond niet meer met hem praten. Hoewel ze het hadden bijgelegd, was hij nog steeds ondersteboven van de ruzie in de keuken, kon hij nog steeds de plek voelen waar Larry zijn schouder een por had gegeven. *En waar had jij je verstopt? Val dood, broertje!* Ze hadden als kinderen, als tieners, vaak genoeg een halfuur hartstochtelijk geruzied. Maar vanavond had hij iets nieuws gezien, een angst die de zijne weerspiegelde, een diepe ellende waar hij niets van wist en geen verklaring voor had. Kirsty had gelijk gehad die avond dat hij San Francisco had gebeld (en hij had ongelijk gehad): mensen veranderen. En wat goedgelovig, wat onvoorstelbaar naïef was hij geweest om te veronderstellen dat zijn broer gewoon dezelfde zou blijven, onaangeraakt door de verwarring die onfeilbaar zijn weg vond naar de levens van anderen – naar élk leven, na verloop van tijd. Maar hoe moest hij zichzélf nu begrijpen? Hoe zou hij ooit een treffender definitie van zichzelf kunnen vinden dan dat hij was wat Larry niet was? Dat had hij nooit in twijfel getrokken. Wie wel? Het was de gemakkelijkste manier om over hem te denken. Dus wat nu? Als Larry 'Larry' niet meer was, wie was Alec dan?

Om kwart over een stak hij de tuin weer over. Bloemhoofdjes staken zilverig af tegen het donker van het gebladerte, en de nacht leek zwaar, vloeibaar, de sterren waren niet echt scherp. Misschien duidde het op

een weersverandering, een zware dauw morgen. Hij sloot de terras-
deuren, dronk een glas kraanwater in de keuken en stond op het punt
om de lichten in de woonkamer uit te doen, toen zijn aandacht werd
getrokken door de kaarttafel in de alkoof onder de trap. De dag nadat
Alice uit het ziekenhuis was gekomen had hij de tafel daar neergezet en
tegelijk de onderdelen van het goochelspelletje in het blik terugge-
daan. Maar nu waren ze er weer uitgehaald en stonden de drie rode bekertjes op een rijtje midden op de tafel. Hij liep ernaartoe. Wie had ze
eruit gehaald? Larry? Waarom zou hij? Kirsty in ieder geval niet. Ella
dan. Ella natuurlijk. Het was in elk geval haar obsessieve aard die haar
verraadde: de afstanden tussen de bekertjes moesten vrijwel even groot
zijn geweest. Maar wanneer? En met wie had ze willen spelen? Hij ging
op zijn hurken zitten, bestudeerde de bekertjes stuk voor stuk en tilde
toen het middelste bekertje op.

'Jij hebt gewonnen,' fluisterde hij. Hij tilde het rechterbekertje op.
Nog steeds niets. Hij keerde het laatste om.

Behaaglijk op het groene laken, als het ei van een reusachtige horzel
of libel, lag daar de capsule – glanzend blauw en glanzend rood. Hij
pakte hem op. Het ding was bijna gewichtsloos, en zijn geringe lading
van farmaceutica was net zichtbaar door het licht gebutste vlies van
glycerine. Het haar in zijn nek ging rechtovereind staan en hij draaide
zich vliegensvlug om alsof hij verwachtte Larry of Ella of, god mocht
het weten, Alice te betrappen terwijl ze hem daar bij de deur stonden
gade te slaan, de uitdrukking op zijn gezicht zagen en konden raden
wat hij op dat moment dacht. Maar hij was helemaal alleen. Niemand
zou hem storen.

Hij legde de capsule tussen zijn lippen, scheurde een reep van de
avondkrant, pakte de capsule in en liet hem in de borstzak van zijn
overhemd glijden. Toen borg hij de bekertjes weg, sloot het blik, deed
het licht uit en ging naar boven, waarbij hij even, bevangen door een
soort hartstocht, voor zijn moeders kamer stil bleef staan.

10

Op een ochtend met oogverblindende zonneschijn stapte László Lázár om 8:45 uur uit op het perron van het Westbahnhof. In zijn ene hand droeg hij zijn oude blauwe 'piloten'-tas; in de andere een zwarte reistas van sterk imitatieleer die hem de vorige avond op het Gare de l'Est was overhandigd door een man van middelbare leeftijd die hij nog nooit had gezien.

Dit was natuurlijk niet het geld – dat zou later komen – en toen hij in de tas had gekeken, opgesloten in een van de toiletten in de trein, had hij ontdekt dat het ding alleen maar een tiental kranten bevatte – *Le Monde Diplomatique* – en twee grote witte badhanddoeken, waarschijnlijk ter opvulling. In Wenen hield hij hem bij zich, liet de blauwe tas achter in het bagagedepot, nam een taxi naar het operagebouw, en doodde de tijd in de Kärntner Strasse, de Singer Strasse en de Hohermarkt. Hij bleef een paar keer staan om in een winkelruit de straat te bekijken en te proberen in de levendige weerschijn van passanten een glimp op te vangen van een gestalte die bleef staan wanneer hij bleef staan, maar het enige hardnekkige gezicht, het enige gezicht dat door zijn truc onverhoeds werd bevangen door een schuldbewuste roerloosheid (een gezicht als op donker hout gespatte melk), was het zijne.

Om 12:30 uur keerde hij terug naar het Westbahnhof en nam in het stationsrestaurant plaats aan een tafel tussen een pilaar en een grote potplant, vanwaar hij een onbelemmerd uitzicht had op de deuren van glas en staal. Hij had nog vijfentwintig minuten te gaan vóór het rendez-vous, maar ditmaal was hij niet van plan te schrikken van een onverhoedse benadering, zoals op het station in Parijs, waar hij zich omdraaide om een gezicht aan te treffen dat zich te dicht bij het zijne bevond, een starende blik als die van een politieagent, een stem die declameerde: 'Ik moest u dit van Françoise geven,' met een accent dat hem vertrouwd begon voor te komen.

De serveerster, een mollig, intens verveeld meisje, kwam met haar schrijfblokje naast hem staan.

Hij had geen honger – het afmattende gezeul met de reistas door een hete stad waarvoor hij weinig genegenheid voelde had een zeurende hoofdpijn teweeggebracht – maar hij koos een willekeurig gerecht van het menu en bestelde een fles Kaiserbier. Ze bracht het bier onmiddellijk. Het was koud en hij leek er wat van op te knappen. Hij ontspande zich enigszins, sloot zijn ogen, en probeerde te wennen aan het feit dat hij híér was – in Wenen! – terwijl hij in een evenwichtiger, ordelijker wereld achter zijn bureau in Parijs aan regels dialoog zou zitten peuteren en zich zou gaan afvragen wat er in de ijskast zou liggen voor de lunch.

De ritmes van de trein zaten nog in zijn bloed, een gevoel dat hem vaag bekend voorkwam, want hij was vroeger vertrouwd geweest met de nachttrein. Hij had hem vier of vijf keer per jaar genomen om zijn moeder en oom Ernö te bezoeken. 'De Oriënt Express' – een exotische naam voor een vervoermiddel dat noch luxueus, noch zelfs maar bijzonder snel was. Zes couchettes per coupé, elf coupés per wagon, en over de volle lengte van het rijtuig een smalle gang waar mensen stonden te roken en uit het raam leunden, droefgeestig naar de donkerblauwe velden en de lichtjes van vreemde steden starend.

En er vond altijd wel een of ander voorval, een of andere merkwaardige ontmoeting plaats. Tijdens deze reis was hij ergens in Oost-Frankrijk een uur bezig geweest om een roodharig Amerikaans meisje gerust te stellen dat had gehoord, of misschien in een van die vervelende reisgidsen waar niemand buiten scheen te kunnen had gelezen, dat er bendes waren die slaapgas in de slaapwagens spoten om de bewusteloze passagiers te beroven of zelfs te vermoorden. Zijn Engels – sinds San Francisco had hij het niet meer gesproken – haperde, en zij sprak niets anders, maar met behulp van wat schnapps was hij er ten slotte in geslaagd haar de dwaasheid van haar angst te laten inzien, hoewel hij stiekem vermoedde dat er verder naar het oosten (Roemenië?) inderdaad zulke bendes bestonden, want dit waren uitzichtloze tijden.

Toen het meisje eenmaal in slaap was gevallen, en de Fransman op de couchette onder haar niet meer tandenknarste, had László zich op zijn eigen bed uitgestrekt en teruggedacht aan zijn laatste reis met de Oriënt Express, in de winter van 1989, toen hij naar Wenen was gekomen om zijn moeder te zien sterven. János was met het vliegtuig uit New York gekomen (waar zijn huwelijk met Patty ten einde liep in de rechtbank), en ze hadden met zijn tweeën drie dagen lang bij het bed van hun moeder in het Allgemeines Krankenhaus gewaakt. Tijdens die wake had János in László's oor geprutteld over rechtvaardigheid, liefde en privé-detectives, terwijl László de februarisneeuw had gadegeslagen die zich, zilver en donker, ophoopte op de vensterbank van het smalle raam boven zijn moeders hoofd.

Het was het soort einde dat mensen 'vredig' noemen: de oude vrouw, broodmager na maandenlang te zijn weggeteerd, plotseling afwezig, de adem verdwenen uit haar mond, haar ogen gesloten als die van een farao. Een kortdurende, schijnbaar rustige overgang. Maar op het moment dat ze heenging was hij ondersteboven geweest van het besef dat er in die benauwde en met gordijnen afgesloten ruimte aan het einde van de afdeling iets als een openbaring, iets heiligs zelfs, had plaatsgegrepen, en daar had hij zich aan vastgeklampt in de hoop dat zijn verdriet zinvol kon zijn, een nobele poging om zich te verzoenen met de wil van het transcendente. Maar dat moment beklijfde niet. Hij was te veel een materialist, opgevoed met dialectiek, de Ware Weg, de Overwinning van het Socialisme. Hij had geen scholing in religie, geen in zijn jeugd geleerde teksten waarmee hij het moment in taal kon tooien, geen troostende beelden van vliegende zielen. Dus was haar dood, net als die andere, eerdere dood in Boedapest, ongetransfigureerd gebleven, en louter wat het was: een enigma dat de rede trotseerde, en hem een tijdje in een volstrekte eenzaamheid dompelde die hem bijzonder had beangstigd.

Naderhand, toen de formaliteiten achter de rug waren, de papieren waren getekend en de dragers haar naar het lijkenhuis hadden gebracht (met een kleine bloem van bloeduitstortingen op haar pols waar de naald van het infuus had gezeten), hadden de broers zich in de gang buiten de afdeling aan elkaar vastgeklampt, twee mannen van middelbare leeftijd, ongeschoren, met brandende ogen, vreemden die woedend waren op de dood, terwijl aan weerszijden van hen de verpleegsters hun normale werk hervatten, lopend op schoenen met zachte zolen die geen enkel geluid leken te maken.

'Bitte?'

Zijn eten was gekomen: een plak varkensvlees omgeven door een groene smurrie die hij na raadpleging van het menu kon thuisbrengen als roomspinazie. Hij nam zijn vork ter hand, uit angst dat het verdacht zou zijn als hij geen poging deed om te eten wat hij besteld had, maar na de eerste hap besloot hij dat het verdachter zou zijn om zulk voedsel te eten, en hij schoof zijn bord opzij terwijl hij opkeek van de tafel, precies op het moment dat zijn contactpersoon uit de draaideur te voorschijn kwam.

Ze had haar haar geknipt en geverfd (kastanjebruin) en was gekleed in een verschoten spijkerbroek en een blauw mannenoverhemd waarvan ze de mouwen tot haar ellebogen had opgerold, maar er kon geen misverstand over bestaan: het was Emils vriendin, hoewel ontdaan van dat aura van strengheid dat ze in Parijs als rook had uitgewasemd. Ze zag er nu uit als iemands lievelingsnicht – de zijne misschien! – zoals ze glimlachend en zelfverzekerd heupwiegend naar zijn tafel liep. Over haar schouder droeg ze een tas die identiek aan de zijne was, hoewel hij, gezien de spanning van de riem en de manier waarop ze hem voorzichtig op de vloer naast zijn stoel liet zakken, blijkbaar veel zwaarder was.

Ze kuste hem op de wangen. 'Goede reis gehad?'

'Ja, dank je,' zei hij.

Ze ging tegenover hem zitten en stak een sigaret op. Toen de serveerster kwam bestelde ze een cola.

'U moet wat eten,' zei ze, met een blik op zijn bord.

László haalde zijn schouders op. 'De hitte…'

'Misschien gaat het straks wel onweren,' zei ze.

'Denk je?'

Hij had graag willen weten welke regels hier golden, of hij moest aannemen dat ze afgeluisterd konden worden, ondanks het feit dat de tafels aan weerszijden van hen onbezet waren en er muziek klonk, de onvermijdelijke saaie wals, die uit de luidsprekers sijpelde die in de muur waren verborgen. Hij dacht dat ze hem in Parijs wel wat training hadden mogen geven. Hij wilde geen flater slaan.

Hij boog zich naar haar over. 'Ga jij met me mee?'

'Nee,' zei ze. En vervolgens, met een zweempje van haar oude ongeduld: 'Natuurlijk niet.'

Ze dronk haar cola op en verbrijzelde een ijsklontje tussen haar tanden. 'Luister,' zei ze. 'De trein naar Boedapest vertrekt om 14:20 uur. Wanneer u de stad hebt bereikt, zult u in Hotel Opera in Révay utca verblijven. Kent u dat?'

'Ik ken de straat. Vlak bij de basiliek.'
'Klopt.'
'En wat moet ik daar doen?'
'Bezienswaardigheden bekijken.'
'Hoe lang?'
'Twee, drie dagen. Laat de tas in de hotelkluis achter.'
'Kan ik hem niet beter bij me houden?'
'Het is belangrijk dat u precies doet wat we vragen. Niet meer en niet minder. Als alles klaar is zal er contact met u opgenomen worden.'
'Hoe?'
'Dat moeten anderen beslissen.'
Ze drukte haar sigaret uit en bracht toen heel terloops haar hand naar beneden om de riem van zijn tas te pakken.
'Hebt u alles wat u nodig hebt?'
'Maar dat hangt van jou af,' zei László.
Ze stond zichzelf een zweem van een glimlach toe. 'Nog een prettige vakantie,' zei ze. Hij wilde haar vragen of ze elkaar nogmaals zouden ontmoeten, maar wist al vrijwel zeker dat dat niet het geval zou zijn. Hij vond het jammer. Hoewel hij tijdens hun eerste ontmoeting een hartgrondige hekel aan haar had gehad, besloot hij nu dat ze bewonderenswaardig was, zuiver als een lemmet, hoewel hij vermoedde dat het een zuiverheid was die het op een dag misschien gerechtvaardigd zou vinden om een bom achter te laten in een drukke bar. Charlotte Corday, Ulrike Meinhof. Jeanne d'Arc! Wat merkwaardig dat hij nu haar medeplichtige in deze zaak was. Hij keek haar na terwijl ze wegliep. Was zij 'Françoise'? Het was lang geleden dat een vrouw hem zo had geïnteresseerd. Hij vond het plezierig te merken dat het nog mogelijk was.

Hij vroeg met een handgebaar om de rekening, betaalde contant en liet een fooi achter, maar toen hij zover was om de tas op te tillen was hij verbaasd over het gewicht ervan. Hij moest zijn greep bijstellen, een beetje door de knieën buigen, het ding naar zijn schouder hijsen. Hoeveel geld voelde zo aan als dít? Een kwart miljoen? Een half miljoen? Het was natuurlijk onmogelijk om de waarde te raden zonder te weten om welke valuta het ging. Duitse marken of dollars, waarschijnlijk. Krugerrands? Misschien. Wat het ook was, de giften van de diaspora waren blijkbaar gul geweest, hoewel velen van hen *gastarbeiter* waren en het geld dat ze gaven waarschijnlijk nauwelijks konden missen.

Voor het overige kon een magnaat als Bexhet Pacolli de tas zwaarder hebben gemaakt zonder zich veel te hoeven ontzeggen. Dat gold ook voor degenen die op een onguurdere manier rijk waren geworden (de heroïnehandel in Zürich was naar verluidt in handen van Albanezen, en de capo's daar konden de kans om macht te kopen weleens hebben verwelkomd). Het was onwaarschijnlijk dat Emil en zijn vrienden erg bezorgd zouden zijn over de herkomst van het geld. In tijden van nood waren harde valuta's altijd te rechtvaardigen.

Hij kocht zijn kaartje in de stationshal, haalde zijn pilotentas af, en ging het perron op, waar de trein (de Béla Bartók) op tijd was. De locomotief en een twintigtal stoffige rijtuigen kropen onder de middagschaduwen van het station naar binnen. László stapte in en bewoog zich voorzichtig door het gangpad tot hij bij een coupé kwam die leger was dan de andere, met twee onbezette stoelen die in de rijrichting stonden. Hier stouwde hij de blauwe tas in het bagagerek boven zijn hoofd en ging op de stoel bij het raam zitten, de zwarte tas bij zijn voeten, de riem in een lus om zijn pols. Achter hem bespraken twee Hongaarse stemmen, met een stadsaccent als het zijne maar in een boeventaal die hij niet altijd begreep, de laatste wedstrijd van Ferencváros. Het was smoorheet in het rijtuig – oud rijdend materieel zonder airconditioning – en hij wilde dolgraag slapen, maar het zou wel een heel dure fout zijn als hij in Boedapest wakker zou worden om tot de ontdekking te komen dat de tas weg was. Het zou letterlijk meer kunnen zijn dan zijn leven waard was.

Er klonk een fluitje, een kind werd opgetild om gedag te zwaaien, er begon een beetje lucht naar binnen te dwarrelen bij de bovenkant van de raampjes. Hij leunde achterover, haalde diep adem, of probeerde dat te doen, maar zijn longen waren weerspannig, en toen hij het nogmaals probeerde, het forceerde, was er een pijn alsof er een rafeldraad van geïrriteerde zenuwuiteinden door zijn ribben was geregen in een lijn onder zijn linkeroksel. Dat was nóg een gedachte om mee te spelen. Er zou tenslotte niets merkwaardigs aan zijn als een man van zijn leeftijd op een warme dag tijdens het reizen een hartinfarct kreeg. Op de eerstehulpafdeling zouden ze de tas openmaken om naar zijn medicijnen te zoeken, of gewoon omdat ze nieuwsgierig waren geworden door het gewicht ervan. Jammer dat hij er niet zou zijn om hun gezichten te zien.

Hij zette zijn zonnebril op en haalde een verkreukeld exemplaar van

Die Presse te voorschijn dat onder de stoel vóór hem was geduwd. Hij begon zich te ergeren aan zichzelf, aan zijn aanhoudende bezorgdheid om zichzelf, zijn fantasieën over een instorting, over het moment waarop hij plotseling vanaf de grond zou opkijken naar de gezichten van vreemden, en iemand – er was altijd iemand – zou roepen: 'Hij mag niet verplaatst worden!' Wílde hij het soms? De zwakte die alle andere zou verontschuldigen. Arme László! Wat kon hij eraan doen? Een zieke man! Hulpeloos!

Bij Hegyeshalom, een uur gaans van Wenen, stapten er douanebeambten op de trein. De Oostenrijkers, met hun pittige baretten en blauwgrijze uniformjasjes, waren bijna zwierig; het Hongaarse trio daarentegen, met petten op en verkreukeld kaki aan, had het ongelukkige voorkomen van jonge dienstplichtigen, hoewel alle soorten uniformen in László nog steeds de oude angst konden opwekken dat degenen die ze droegen spinnen waren die zich langs het web van de wet bewogen, en dat hun belangstelling hem kon verstrikken in een kluwen van moeilijkheden waaruit hij nooit zou ontsnappen. Hij wikkelde de riem van zijn pols en zette zijn zonnebril af.

'Frans,' vroeg een van de Hongaren, in het Engels, terwijl László het paspoort overhandigde dat van de Franse regering in 1971, na het succes van *Sisyfus Rex*, eindelijk mocht worden verstrekt.

'Uit Boedapest,' zei László, in het Hongaars antwoordend.

'Boedapest?'

'Veertig jaar geleden.' Hij vroeg zich af of de ander het begreep. Hoeveel zou hij van 1956 af weten? De mensen zouden het niet voor eeuwig onthouden. Een volgende generatie en het zou een alinea in een leerboek zijn, door schoolkinderen uit het hoofd geleerd voor een examenvraag.

'U hebt heel wat afgereisd,' zei de jongeman, terwijl hij nauwkeurig de stempels in László's paspoort bekeek.

'Voor mijn werk,' zei László, en hij bereidde zich erop voor een aanvaardbare verklaring te geven van wat zijn werk was. Hij wist uit ervaring dat douanebeambten vaak huiverig waren voor schrijvers, een neiging die op zijn ergst was in die landen waar men ze van oudsher opsloot, en waar men het moeilijk vond om met die gewoonte, die reflex van vervolging, te breken. Maar toen besefte hij dat de jongeman gewoon jaloers was op die aanlokkelijke stempeltjes, en dat het hem in feite niet bijzonder interesseerde wie Hongarije inkwam, of wie het verliet. Hongarije zou weldra tot de Gemeenschap behoren, de zoveelste tak van het grote Europese warenhuis. De wereld was verdergegaan, en de mannen met hun grijze gezichten, degenen die met rijp gevoerde jassen hadden gedragen, waren uitgerekend in de geschiedenis waarvan ze zich de baas waanden, verdwaald. Het land was nu open, hoewel László dacht dat hij daar nooit echt aan zou wennen. Het was voor zijn generatie te laat gekomen.

Ze stopten opnieuw in Györ, en gingen toen verder over de vlakte, waar de hitte in een zilverig waas uit weiden en graanvelden opsteeg. Brede, lage boerderijen zweefden langs; auto's stonden geduldig in de rij bij een overweg; schaduwen indolent als slotgrachtwater omgaven de geblakerde muren van een industrieel complex uit het oude sovjet-tijdperk. László legde zijn hoofd tegen het raam en viel in slaap. Hij begon onmiddellijk te dromen, en trof zichzelf aan in een straat die hij niet echt herkende, zo'n stedelijke achtergrond, door het onderbewuste samengesteld uit een tiental verschillende steden; plekken waar je hebt gewoond, of die je hebt gezien vanuit het raam van een taxi, of op een filmdoek. Hij was gekleed in een flodderig zwart pak, als een soort circusclown, en sleepte een enorme, veel te volle koffer achter zich aan die met stukken touw was dichtgebonden. Op de hoek van de straat, uitgedost als een Mexicaanse *bandido,* leunde Emil Bexheti tegen de muur, met zijn arm rond de schouders van een mooie vrouw, die schril lachte bij de aanblik van de door het stof van de straat voortstrompelende László. En toch was het geen benauwende droom. Ondanks het gevoel dat hij zijn last onmogelijk veel verder kon dragen, was hij tevreden, bijna opgewekt, op de koppige manier van een man die zijn lot uitspeelt in de wetenschap dat er geen ander kan zijn. En na een tijdje hoorde hij het gelach van de vrouw niet meer. De stad eindigde abrupt en hij was op het platteland, de koffer meezeulend – die hij nu vaag herkende als de koffer waarmee hij Hongarije had verlaten, zijn vaders koffer, een ding van stevig, gepoetst leer met erbovenop de gesjablonneerde initialen 'A.L.' – over een witte weg die de verte in golfde; een wit lint dat door een verlaten arcadia was gevlochten, en hem op de een of andere manier feilloos naar zijn eindbestemming zou voeren...

Hij werd wakker toen ze het station van Kelati binnenreden en de betovering, de onverwachte vredigheid van zijn droom, plaatsmaakte voor een enorme agitatie van geluid en beweging. In paniek reikte hij naar voren, zichzelf vervloekend en onder de bladzijden van de krant

202

grabbelend die van zijn schoot was gevallen terwijl hij sliep, om vervolgens, in zijn opluchting, hardop te lachen toen zijn vingers de wasachtige zijkanten van de tas schampten. Hij klauterde ermee naar beneden, het perron op, en baande zich zigzaggend een weg door de groepjes klantenlokkers die logies aanboden, voor het merendeel vrouwen die er gehard uitzagen en kaartjes ophielden met 'Kamer te huur', moeizaam uitgeschreven in het Engels en Duits. Boven hun hoofd vlogen duiven in rappe formaties, met hun vleugels het licht rimpelend dat door het grote raam aan de stadskant van het station naar binnen stroomde. Émigré, toneelschrijver, internationaal koerier László Lázár was terug, en in zijn oude taal begroette hij in stilte zijn oude thuis.

11

Op zondagochtend zat Alice Valentine te wachten op de bank in de woonkamer van Brooklands. Ze droeg een reebruine winterjas en om haar hals een stola van nertsbont, met aan beide uiteinden een uitgedroogde nertsenkop. De stola was van haar moeder geweest en zou vijftig jaar geleden misschien enige glamour hebben verleend aan een jonge vrouw met een avondjurk en een gepoederde hals, maar de tijd en zwermen gouden motten hadden hem behoorlijk toegetakeld. De nertsen, met hun glazen ogen en gerafelde oren, leken aan acute haaruitval te lijden, en Alec dacht aan het oude hondenvel aan het einde van Lampedusa's *De tijgerkat*, dat vanuit een raam op een afvalhoop werd gegooid. Maar Alice had hem willen hebben, en na veel gezoek had hij hem achter in een garderobekast op de overloop gevonden, opgerold in een hoedendoos. Ze wisten geen van allen *waarom* ze hem wilde hebben; misschien uit eerbetoon aan haar moeder tijdens het bezoek aan het oude huis. Niemand vroeg haar meer naar redenen.

Het was kwart voor twaalf toen ze vertrokken: Larry, Ella en Kirsty achter in de auto, Larry met zijn knieën bijna tot aan zijn kin; Alice voorin met haar stok, haar zuurstof, haar tissues, haar supermarktzak vol medicijnflesjes. Ze reden over secundaire wegen onder de lusvormige schaduwen van de bomen, Alec voorovergeleund aan het stuur als een kaartspeler, hoewel er vrijwel geen verkeer was. Ella, in een groene jurk en met sandalen aan, zat tussen haar ouders in, beheerst en zwijgend. Larry krabbelde haar op haar kruintje en ze keek naar hem op.

'Hoe jou?' fluisterde hij. 'Hoe ons?'

Ze hadden hun onderonsje gehad over de terugkeer van de capsule ('ons geheim'), hoewel hij haar eerder in dankbare dan verwijtende bewoordingen had toegesproken. Ook Alec was hij dankbaar. Zijn gesprek met haar was blijkbaar effectiever geweest dan ze hadden beseft. Het ding was inmiddels weg; Alec had hem hetzelfde lot bezorgd als de andere te beurt gevallen was (merkwaardig wat er zoal in wc's wordt doorgespoeld!), dus díé crisis was achter de rug. Hij had onverwacht respijt gekregen van wat zich begon af te tekenen als een onontkoombare ramp, en de ontsnapping had hem kracht gegeven. Voor het eerst in maanden had hij het gevoel dat de dingen zich misschien ten goede konden keren. Als hij de drank, het poeder, de tabletten, de stemmingsschommelingen en het gelieg kon beteugelen, zou hij ditmaal misschien de groeiende tegenspoed trotseren en de wereld weer in orde maken. Maar de verandering zou overtuigend moeten zijn. Het zou als een schijnsel van zijn huid moeten afstralen, want je kon niet maar blijven beloven je leven te beteren, zonder dat de woorden 'ik zal veranderen' begonnen te klinken als 'ik wil wel veranderen maar ik kan het niet'. Het zou natuurlijk te laat kunnen zijn; hij was inmiddels zo afgesneden van wat er in Kirsty omging, hoe zij over het een en ander dacht. Het zou hem niets verbazen als ze iemand in de vs al instructies had gegeven, een of andere advocaat, en dat hij bij thuiskomst de hele papierwinkel zou aantreffen. Ze was een week alleen thuis geweest, en die trut van een Kahn zou haar misschien iets hebben aangepraat. Maar zijn intuïtie zei hem dat hij nog één laatste kans had, en hij was van plan die te grijpen.

Met zijn linkerarm langs de bovenkant van de bank – zijn hand achter de nek van zijn vrouw zodat ze maar achterover hoefde te leunen of ze raakten elkaar – staarde hij door het zijraampje van de auto naar buiten en zag een zestal konijnen uitwaaieren over een veld. Schapen graasden; leeuwkleurige koeien stonden bij troggen in de schaduw van bomen, zwiepend met hun staarten. Er groeide tarwe en koolzaad, en rode tractoren joegen stof op in de hooivelden. Ondanks alles – snelwegen, pesticide, een miljoen nieuwe huizen – had het platteland hier althans zijn rijkdom, zijn welgemanierde schoonheid behouden. In zijn haast om Engeland achter zich te laten had hij dit ondergewaardeerd. Nu voelde hij de trek ervan, alsof dit landschap – het landschap waar hij het levenslicht had gezien – een gezaghebbende claim op hem kon leggen, iets soortgelijks als bloedverwantschap, die hij eindelijk bereid was te erkennen.

Hij keek naar zijn moeder, die ineengedoken op haar stoel zat alsof de lucht zich verhardde op haar schouders. Zou zij hier enig plezier aan kunnen beleven? Wat dat nog mogelijk? Het was lang geleden sinds ze buitenshuis was geweest – lang geleden sinds ergens naartoe gaan iets anders had ingehouden dan naar het ziekenhuis gaan – en toen hij en Kirsty naar binnen waren gegaan met haar ochtendthee (de verduisterde kamer in, die door geen enkel briesje leek te worden verfrist) was ze zo opgewonden en in de war geweest dat ze zich hadden afgevraagd of het uitje nog wel mogelijk was. Ze had jammerlijk geklaagd dat ze geen houding meer kon vinden die gerieflijk voor haar was; dat ze 's nachts zo graag op haar zij wilde draaien maar bang was dat ze zou stikken. Toen Kirsty hen vervolgens alleen had gelaten – Ella stond onder aan de trap 'Mam!' te roepen – had Alice gezegd dat ze wist wat een 'vriendelijke dokter' zou doen, een opmerking die Larry weigerde te begrijpen, hoewel ze hem met haar ogen door de kamer was gevolgd tot Kirsty terugkwam en hij naar de tuin kon vluchten om te roken.

Dagenlang (maandenlang?) had hij nu al geprobeerd de moed te verzamelen om met haar te praten. Hij had er behoefte aan – en die behoefte was dringend – om voor haar te verschijnen zoals hij werkelijk was, om zichzelf zichtbaar voor haar te maken; niet langer het glanzende doelwit van haar oude trots, maar een man die had bewezen niet opgewassen te zijn tegen de onvolkomenheden in zichzelf waarvan hij vijf jaar geleden het bestaan amper had vermoed. En hoewel hij meende dat ze zich al had neergelegd bij het verlies van de oude droom waarin ze zulke trouwe partners waren geweest, was hij bang dat ze zou wegglippen (zeg 'sterven', Larry!) terwijl de ruimte tussen hen in nog steeds vertroebeld werd door een of andere schijn. Hij had er behoefte aan erkend te worden. Het zou niet méér vergen dan één moment van aandacht, een zegenend opgestoken hand, maar hij zou zijn moment met de grootste zorgvuldigheid moeten kiezen. En snel ook.

Rechts van hen lag Salisbury Plain: lichtgroene heuvels die door flarden dicht, donker bos met de hemel verbonden werden. Toen ze tot op dertig kilometer van het huis kwamen, begon Alice dingen aan te wijzen. Een kerk waar ze ooit bruidsmeisje was geweest. Een kroeg waar het spookte. De hekken van een landgoed waarachter een of andere plaatselijke zonderling zijn dagen had gesleten als een lord in verval. Aan Ella legde Kirsty uit: 'Hier heeft oma gewoond toen ze een meisje was.'

'Oké,' zei Ella, en even deed ze net alsof ze geïnteresseerd naar buiten keek, hoewel daar niet veel opwindends was voor een kind uit North Beach dat cañons en bergen en reusachtige sequoiabomen had gezien.

Toen Alec de afslag voorbijreed, wuifde Alice met een verkreukelde tissue naar hem en noemde hem een sufferd, alsof ze deze weg elke week reden. Hij verontschuldigde zich, keerde, en draaide een weggetje op dat tussen ongemaaide bermen door liep, de voren en kuilen blauw van de regen van de afgelopen week.

'Wauw,' zei Kirsty, 'het echte platteland.'

'Misschien zien we wel een paar beren,' zei Larry. 'Je kunt maar beter je raampje dichtdraaien, mam.'

Maar ze luisterde niet meer naar hen. Ze was niet geïnteresseerd in hun geklets. Dit was iets persoonlijks.

Larry boog zich naar voren en tikte zijn broer op de schouder. 'Herinner je je dit nog?'

Alec knikte. Er waren hier velden waar ze ooit samen hadden gespeeld en hun knieën groen hadden gemaakt. En bepaalde boerderijtjes waar ze tijdens de vakanties of in de weekends hadden gewerkt, het hooi tot balen hadden gebonden of fruit hadden geplukt, een paar pond hadden verdiend, en daarna melk hadden gedronken in de boerderijkeuken wanneer het te donker was geworden om te werken. Het beroerde hen, dit terug te zien, het weggetje dat als de tijd zelf de heuvels in kronkelde, en het laatste kwartier was de reis processieachtig, en plechtig, en reden ze in stilte voort.

Het huis stond apart aan een stuk weg aan de rand van het dorp: twee verdiepingen van rode baksteen met het jaartal '1907' in zwarte verf op een steen boven de voordeur. Van buiten leek het huis in ieder geval niet erg veranderd te zijn, ondanks de nieuwe hoge hekken, het gele alarmkastje dat prominent naast een raam op de bovenverdieping hing, en de kleine fontein– cherubijn met urn – in het midden van de oprijlaan, als bij een plattelandshotel. Alec parkeerde de auto tussen een Range Rover en een groene MG, en terwijl de broers Alice voorzichtig van haar stoel lichtten, strompelde een oude labrador over het grind naar hen toe en snuffelde aan de zoom van Alice' jas alsof de nerts, die al een halve eeuw dood was, nog steeds een of andere subtiele dierlijke geur afgaf.

'Ksst,' bracht Alice zwakjes uit, maar de hond was vol hondenbe-langstelling voor haar en volgde hen naar de voordeur. Larry trok aan de ambachtelijke ijzeren trekbel (een doodgewone elektrische zoemer in de tijd van oma Wilcox), en na een minuut werd op het geklingel ge-reageerd door een jongeman van twintig, tweeëntwintig, die in de deuropening kwam staan, bleek en knap, zijn overhemd open tot zijn navel, en naar hen keek alsof goede stijl een niveau van niet-reageren vereiste dat aan het debiele grensde. Blijkbaar had niemand hem ver-teld wie deze broodmagere en vreemd uitgedoste vrouw zou kunnen zijn. Hij leunde tegen de deur en zei lijzig: 'Ik ben Tom.'

'Ja,' zei Alice, en haar zonen loslatend wankelde ze langs hem heen de duisternis van de hal in.

'We komen op bezoek,' zei Alec, en haastte zich achter haar aan, bang dat ze een afschuwelijke smak zou maken op de tegels.

'Valentine is de naam,' voegde Larry eraan toe, grijnzend om de ver-warring van de jongen, en achter de anderen aan naar binnen lopend.

'Wij zijn ook Valentines!' zei Kirsty. 'Hebt u een wc voor mijn doch-tertje?'

Tegen de tijd dat ze allemaal binnen waren, was Stephanie Gadd te voorschijn gekomen uit een van de kamers op de begane grond. Ze was een jeugdig ogende, vitale vrouw van om en nabij de vijftig, vlot maar in de puntjes gekleed in een donkerblauwe broek en chiffon blouse. Ze had een parelsnoer om haar hals dat ze onder het spreken ronddraaide en tussen haar vingers verwarde.

'Bravo!' riep ze. 'Hebben jullie een érg akelige reis gehad? Het heeft Tom verduveld veel moeite gekost om vanuit Londen hierheen te ko-men.' Ze glimlachte langdurig naar haar zoon en gebaarde toen zonder zich om te draaien naar de man achter haar. 'En dit is Rupert, mijn we-derhelft.'

'Heel fijn dat jullie gekomen zijn,' zei Rupert. Hij grijnsde en schud-de handen, hard knijpend alsof hij met de kracht van zijn greep stille oprechtheid hoopte uit te drukken, maar toen Larry terugkneep, trok de oudere man wit weg.

Tom werd gevraagd Kirsty en Ella naar de wc op de begane grond te brengen. De anderen werden de eetkamer in geleid, waar een uitge-breid lunchbuffet op sneeuwwitte tafellakens was uitgestald.

'Alleen een paar liflafjes, vrees ik,' zei Stephanie. 'Ik kan me niet voorstellen dat mensen met deze warmte iets *substantieels* willen eten.'

Alice zat tussen Alec en Rupert in. Ze wilde geen afstand doen van haar jas of stola, en zat op haar plaats als een Hollywoodster in haar nadagen, of zo'n door de absint verwoeste vrouw op een schilderij van Toulouse-Lautrec.

Toen Kirsty en Ella terugkwamen deelde Stephanie de borden rond en nodigde iedereen uit om toe te tasten. 's Zondags namen ze het nooit zo nauw en ze hoopte dat dat niet erg was. Rupert ontkurkte een fles wijn en hield de fles tegen het licht. Hij zei dat hij op een wijnclub zat – 'niet al te serieus, gewoon een paar kerels bij elkaar' – maar ze waren onder de indruk geweest van deze rode wijn uit Peru.

'Schenk hem nou maar in, schat,' zei Stephanie. Ze trok een nadrukkelijk gezicht van vrouwelijke solidariteit naar Kirsty, die haar best deed om dat te beantwoorden.

Aan de raamkant van de tafel zat Tom Gadd, zijn overhemd nog steeds open, met een soort gedoemde elegantie op zijn stoel. Hij speelde met een plakje Parmaham, een gevulde olijf, en verontschuldigde zich vervolgens met een schaamteloze geeuw om een paar telefoontjes te plegen.

Alice nipte aan een glas mineraalwater maar at niets. Tegen het einde van de maaltijd leek ze enkele minuten te slapen, maar toen Stephanie terugkwam uit de keuken met een schaal perzikpartjes en versgebakken meringues en zei dat het haar zo speet dat ze niet méér had, dat het niet wat aparter was, dat het alleen maar iets was om 'een gaatje te vullen', legde Alice haar het zwijgen op door een kreet te slaken met een stem die met zichtbare moeite was hervonden, en te zeggen: '*Alstublieft*! Mogen we nu alstublieft het huis zien?'

Even heerste er verwarring. De huid van Stephanies gezicht verstrakte, alsof haar zelfbeheersing weleens veel brozer zou kunnen zijn dan haar gedrag tot dan toe had gesuggereerd. Maar ze herstelde zich, zette de schaal neer, en raakte haar parels aan. 'Wat vreselijk onattent van me,' zei ze. 'Natuurlijk mag u nu het huis zien. Rupert!'

'Absoluut,' zei Rupert, van zijn stoel opspringend. 'Gaan we met zijn allen?'

Ze begonnen in de zitkamer, in een rijtje achter Stephanie aan lopend, die, terwijl ze losjes in de lucht schetste, uitlegde hoe ze deze eenvoudige kamers hadden doorgebroken, vergroot en ten slotte een soort luxueusheid hadden opgedrongen. In elke kamer brak er een moment aan dat ze zich rondom Alice verzamelden als om getuige te zijn van een publiekelijke herinneringsbelijdenis, maar haar blik was verstrooid. Ze fronste haar voorhoofd alsof ze naar iets bijzonders zocht, iets wat er niet was, het fijne uiteinde van een draad die haar terug zou leiden.

Ze gingen naar boven, Alice voorop terwijl ze krampachtig Larry's arm vasthield, de anderen in slakkengang achter hen aan.

'U hebt een prachtig huis,' zei Kirsty.

'Erg vriendelijk van u,' zei Stephanie. 'We hebben ook nog een huisje in Londen, maar het is niet meer het *oude* Londen.'

'Je kunt er geen ochtendkrant kopen,' zei Rupert, 'tenzij je Portugees of Urdu praat.'

'*Un moment!*' riep Stephanie, naar het hoofd van de colonne schrijdend. Ze opende de deur aan het uiteinde van de gang en kondigde de hoofdslaapkamer aan. 'De spiegel hebben we in Italië gekocht,' zei ze. En toen tegen Alec: 'Bent u goed bekend in Siena?'

Larry, die dacht dat hij weleens een hoop lol zou kunnen beleven ten koste van deze mensen, pakte een foto van de schoorsteenmantel naast de spiegel. Twee jongens in witte cricketkleding op het schoolterrein van een of andere tweederangs kostschool. De jongen met het slaghout was herkenbaar als de languissante Tom. De andere jongen, iets ouder, blondbruin haar dat voor een van zijn ogen bungelde, hield een bal op alsof hij zojuist vijf batsmen out had gemaakt en er niet al te zelfgenoegzaam probeerde uit te zien. Op het linkeruiteinde van de foto was het groene gefladder van de jurk van een vrouw te zien en de donkergroene rand van haar hoed. Larry zette de foto terug op de schoorsteenmantel en ving in de spiegel een glimp op van Stephanie Gadd, die naar hem staarde met een uitdrukking die hij voor het laatst had gezien op Betty Bones gezicht, in de San Fernando Valley.

Bij het raam stond Alice op de tuin neer te kijken. Hij was smaller dan die in Brooklands, en netter, en liep met een lichte glooiing tussen beukenhagen af naar de oever van een beekje. De anderen gingen bij haar staan.

'Daar,' zei Alice, met nauwelijks hoorbare stem. 'Daar…'

'Bedoelt u die oude wilg?' vroeg Stephanie.

Alice knikte, terwijl ze met haar vingertoppen tegen het glas drukte.

'Wil je de tuin in, mam?' vroeg Alec.

Ze wendde zich tot hem en glimlachte, keek hem stralend aan alsof het haar verbaasde hem hier aan te treffen en zijn voorstel om naar buiten te gaan het op de een of andere manier mogelijk maakte. 'Wat een engel,' zei ze. En terwijl ze zich tot Stephanie Gadd wendde, herhaalde ze het: 'Mijn zoon is een engel.'

'O, ja,' zei Stephanie, terwijl haar hand opnieuw naar haar parels dwaalde. 'Ja, dat zie ik.'

Een paar minuten lang gaf de tuin Alice nieuwe kracht. Met haar stok liep ze, met meer energie dan ze in weken had kunnen opbrengen, zelfstandig over het verzorgde gazon. Het was halverwege de middag, het fluwelen uur. Op het punt dat voor het oog nog net zichtbaar was, was de lucht zilver en leikleurig, naar de horizon toe steeds donkerder wordend, bijna paars. Er was daar iets aan het broeien, nieuw onweer, maar het was nog steeds ver weg en zou uiteindelijk best op niets kunnen uitlopen.

'Op een dag als vandaag ziet de tuin er niet slecht uit,' zei Rupert. Hij stond met Kirsty in de schaduw van het huis.

'O, ik vind hem hemels,' zei ze.

'Grotendeels het werk van een oude man uit het dorp. Ik versta geen woord van wat hij zegt maar hij is betrouwbaar. Steph is het brein achter alles.'

'Het was aardig van u dat we mochten langskomen.'

'Graag gedaan.'

'Ik geloof dat ze wel weer in orde is,' zei Kirsty, terwijl ze toekeek hoe Alice bleef stilstaan om haar gezicht naar het hart van een grote gele roos te buigen.

'Desondanks,' zei Rupert, 'moet het vreselijk voor haar zijn.' Met een heel andere stem voegde hij daar vervolgens aan toe: 'Twee jaar geleden hebben we Toms broer verloren aan leukemie. Ze hebben Toms beenmerg gebruikt maar het hielp niet veel. Uiteindelijk niet.' Hij grijnsde, alsof zijn gezicht aan een gebrek aan expressie leed. 'Arme Tommy denkt blijkbaar dat het zijn fout is. U weet wel. Denkt dat hij meer had moeten doen.'

Toen Alice zich langzamer begon te bewegen, een stuk speelgoed dat aan het aflopen was, zetten ze een stoel voor haar buiten en probeerden haar de schaduw in te lokken. Ze waren bezorgd en klaagden erover dat ze zich te veel vermoeide, maar ze stond erop dat ze de stoel op het gras voor de wilg neerzetten. Alec hielp haar plaatsnemen. Ze greep zijn hand vast en zei dat het de tuin was waarvoor ze teruggekomen was. In het huis had niets haar geholpen – wie waren die mensen? – maar de boom was verwonderlijk onveranderd. Het volmaakt bewaarde geheim van zichzelf! Dit was de boom die ze elke ochtend uit haar slaapkamerraam had gezien terwijl ze zich klaarmaakte om naar school te gaan. Achter de takken van die boom had ze zich met Samuel verstopt, haar hoofd op zijn schouder, op zondagmiddagen voordat hij met de trein terugging naar Londen, de rook van zijn sigaretten in haar haar. Naast die boom had ze gestaan op de avond dat ze naar buiten was gegaan om haar vader te redden. De avond dat hij haar over de vlammenwerpers had verteld. Wist hij daarvan?

Alec knikte. Hij had geen idee waar ze het over had. En kon dit werkelijk dezelfde boom zijn? Hij had er zo zijn twijfels over. Maar haar gezicht had die speciale wasachtige glans aangenomen die erop duidde dat haar pijn weer kwam opzetten. 'We moeten gaan,' zei hij.

Ze gebaarde met haar hand. Ze wilde nog even blijven. In haar eentje daar zitten. Ze verwachtte iemand. Ze wist niet wie. Nog niet. Maar wel *iemand*. 'Ik ben erg moe,' zei ze. 'Ik weet niet of ik weer kan opstaan.'

'Ik help je wel wanneer je zover bent,' zei hij.

'Echt?'

'Wanneer je zover bent.'

Hij liep de tuin door en voegde zich bij de anderen op de patio, waar ze zich onder een parasol hadden verzameld.

'Alles goed?'

'Prima,' zei hij.

Stephanie kwam met een kan zelfgemaakte limonade naar buiten, en gedurende twintig minuten praatten ze over koetjes en kalfjes, een schrille uitwisseling van beleefdheden waaraan alleen Ella zich meende te kunnen onttrekken, draaiend op haar stoel om naar de rug van Alice te staren, naar die fascinerende beestjes die over haar schouder waren geslagen, die kleine woeste kopjes, hun glazen ogen opgesmukt met zonlicht. Het was een schouwspel dat ze zich op middelbare leeftijd nog kon herinneren, lang nadat ze het huis en de mensen die er woonden en zelfs de reden waarom ze ernaartoe waren gegaan, was vergeten. Ze vroeg ernaar toen haar moeder haar en de kleinkinderen in New York kwam opzoeken (tijdens Thanksgiving 2037), maar Kirsty wist niets meer van de nertskoppen, hoewel, zei ze, het onweer op de terugweg haar nog levendig voor de geest stond, en natuurlijk het verjaardagsfeestje de week daarna. En alles wat dat met zich had meegebracht.

12

Toen de telefoon ging, griste hij de hoorn van de haak in de overtuiging dat het zijn contactpersoon was die hem zou meedelen waar en wanneer hij de tas moest overdragen, maar het was de geautomatiseerde wekdienst die hem ervan verwittigde dat het halfnegen in de ochtend was. Hij liet zich terugzakken op zijn kussen. Hij lag in een groot schoon bed in een grote schone kamer. Matte kleuren, alles nieuw. Een groot raam met vitrage, dat uitzicht bood op de smalle straat. Er was vrijwel geen lawaai. Gefilterd zonlicht viel op de tafel met glazen bovenblad.

Hij bleef nog een halfuur doezelen, sleurde toen de lakens van zich af en liep naar de badkamer, waar hij de gratis flesjes douchegel, shampoo en conditioner openmaakte en onder de douche ging staan met zijn gezicht opgeheven naar de straal. Hij schatte dat hij de afgelopen twintig jaar in ruim tweehonderd verschillende hotels had gelogeerd, soms voor zijn plezier, meestal tijdens reizen voor zijn werk, voor 'zaken' (alsof hij een zaak had!). Plekken waar hij wachtte op een interview, op een gesprek met een producer, een telefoontje van thuis. Gehuurde ruimte waar het leven van de laatste huurder vaak nog te bespeuren was in een vleugje tabaksrook of een met de ketting van de badstop verstrengelde haar. Soms was er veel onsmakelijker bewijsmateriaal. In een hotel in Londen had hij ooit een bloedspat aangetroffen op een tegel in de badkamer, en in een goed hotel in Dublin – aanbevolen – een mensendrol die niet door te spoelen viel.

In Hotel Opera in Révay utca was het ontbijt bij de prijs van de kamer inbegrepen en het werd opgediend in een restaurant op de benedenverdieping. Toen hij op weg daarheen langs de receptie liep, stak László bij wijze van groet een hand op naar de in een geklede jas gestoken receptionist bij wie hij de vorige avond de zwarte tas had achtergelaten, maar niet nadat hij er eerst op zijn kamer een blik in had geworpen, teleurgesteld dat wat erin zat zorgvuldig was ingepakt: een buitenste laag van bruin waspapier en daaronder iets wat aanvoelde als een dikke laag plastic afdekmateriaal. Hij was in de verleiding gekomen een klein sneetje te maken, net groot genoeg om het spul zelf te kunnen zien, maar toen hij met zijn nagelschaartje naast de tas neerknielde, had hij de moed verloren, bang dat zijn overtreding ontdekt en op de een of andere manier bestraft zou worden. Hij had het ontvangstbewijs voor de tas in zijn portefeuille: een groen strookje papier als een bonnetje voor kleren in de stomerij.

Het restaurant had een levendige klandizie. Er werd veel Duits gesproken, wat Engels, wat Japans. Toen hij om een tafel vroeg leek de serveerster enigszins verrast te zijn met een Hongaar te maken te hebben. Ze vond een rustig plaatsje voor hem naast een paar fijngebouwde, grijze dames, die door László in één oogopslag werden ingeschat als artistieke oude vrijsters die van plan waren een dagje door te brengen in het Nationaal Museum, waar ze een zaakkundige belangstelling aan de dag zouden leggen voor gevleugelde altaarstukken. Ze begroetten hem met een vrolijk: 'Grüss Gott!'. Hij knikte naar hen en glimlachte, en liep naar het buffet om een keuze te maken voor zijn ontbijt. Salami, mango's, kleine in folie verpakte Franse kaasjes. Suikercakejes. Vezelrijke cornflakes. Hardgekookte eieren. Vreemd hoe onappetijtelijk het was, zo opeengehoopt: het beeld dat de cateringmanager had van overvloed.

Hij dronk twee koppen koffie (te slap), at een halve grapefruit (niet slecht) en keerde terug naar zijn kamer, waar hij zijn tanden poetste en floste. De kamer was voor drie dagen geboekt, met een mogelijkheid tot verlenging, hoewel god mocht geven dat het voor die tijd voorbij zou zijn. Er zat nu niets anders op dan wachten, en hij had een hekel aan wachten. Hij ging weer op het bed liggen, zijn borst masserend en denkend aan de duizend-en-één dingen die weleens fout konden gaan. Toen knoopte hij zijn overhemd dicht, deed zijn blauwe jasje van Nino Danieli aan, keurde zichzelf in de spiegel, fronste zijn voorhoofd, en vluchtte de straat op.

Emil had natuurlijk gelijk, de stad was in zes jaar niet veel veranderd. Er was meer verkeer, er waren meer van de merknamen die je in Parijs of New York zou verwachten. Meer bars en casino's en seksclubs (hun neon-snoeverij – 'Prachtige Naakte Meisjes Binnen!' – bijna uitgevaagd door het verblindende licht van de zon). Meer toeristen ook, hele troepen, met slappe hoeden en felgekleurde rugzakken, turend naar gebouwen, starend naar menu's, met elkaar wedijverend, zo leek het, om het meest een toerist te zijn. Maar op de brede trottoirs van Andrássy ut liepen de jonge vrouwen nog steeds arm in arm met precies de juiste mate van seksuele vrijpostigheid, en in het halfduister van de straathoeken stonden de mannen nog steeds te roken en te roddelen als beminnelijke schimmen in het voorgeborchte van Dantes Inferno. Dezelfde sfeer van toegeeflijke melancholie, de wrange humor. Het was nog steeds Boedapest.

Hij ging langs bij de Schrijversboekhandel op Liszt Ferenc tér, dronk een espresso in het café daar, liep vervolgens in de richting van de rivier, passeerde het nieuwe Bankcentrum met zijn huid van marmerplaten, liep door Szabadság tér, en kwam op Steindl Imre utca uit, waar hij onmiddellijk een barometrische verandering in de atmosfeer waarnam, alsof de dichtheid van het bekende, het vertrouwde, het *ingewortelde*, op subtiele wijze was toegenomen. Achter de nieuwe verflagen en de rijen Duitse en Amerikaanse auto's (natuurlijk niet de nieuwste modellen, en het was niet moeilijk om oude Skoda's en Trabanten te vinden), was dit de oude buurt waar het verleden van vijftig jaar terug opdoemde als een gekleurde prent onder zijdepapier. En het was hier dat in 1991 een stem zijn naam had geroepen en hij zich had omgedraaid om het gezicht van zijn oude schoolvriend te zien, Sándor Dobi – Sándor de vragensteller! – en hoewel dat gezicht in de loop der tijd slapper was geworden, donkerder, minder nerveus vastberaden, was er geen aarzeling geweest in László's reactie. Ze hadden elkaar omhelsd en waren tijdens de lunch zo dronken geworden als studenten, struikelend over hun verhalen. Sándor had twintig jaar in Amerika doorgebracht – de bouw, daarna een kleine eetzaak – en had twee dochters in Minneapolis, en twee ex-vrouwen met wie hij het nog steeds uitstekend kon vinden. 'Mooie tijden,' zei hij, terwijl ze een nieuwe fles Palika aanspraken. 'Maar beste Laci, uiteindelijk moet je terug naar waar je vandaan komt. Nergens ter wereld gaat je hart zo open als op de plek waar je het levenslicht zag.'

Zou Sándor nu nog leven? Hij had onthuld dat hij het aan zijn prostaat had ('een jaar geleden, mijn vriend, dacht ik nog dat een "prostaat" iets was waarvoor je naar een advocaat ging!'). Had hij kanker bedoeld? Hoevelen van hen waren er nog, als as over de uitgestrektheid van de aarde verspreid? Levens als de hunne hadden zich niet geleend voor het bereiken van hoge ouderdom. Aan het einde van de straat stak hij vanuit de schaduw een grens over naar het felle zonlicht. Vóór hem lagen de heuvels van Boeda, het Vissersbastion, de Matthiaskerk, en uiterst rechts, bijna buiten het gezichtsveld, splitste de rivier zich bij de punt van het Margaretha-eiland en liet zijn tonnen water onder de flanken van de brug door stromen. Cruiseboten, gestroomlijnde en ronduit chaotische, lagen aan beide oevers aangemeerd en adverteerden met reisjes naar Visegrád of Esztergom, waarbij sommige overvloedige diners beloofden en zelfs erotische shows, alsof het aanschouwen van een Russische of Roemeense tiener die bij een geluidsband met zigeunermuziek met haar heupen wiegde het toppunt van oud-Hongaarse romantiek was.

Op Szechenyi Rakpart had het appartementencomplex een nieuwe uitmonstering van lichtgroene verf gekregen, hoewel het effect enigszins werd bedorven door een graffitikunstenaar, die langs één kant van het gebouw in rode krullen een onleesbaar protest had gespoten. László stapte op de zware dubbele deuren af en las de namen naast de bellen: Binder, Serfleck, Kosztka, Dr. Konig. In 1991 was er ten minste één naam bij geweest die hij meende te kennen, maar nu niet, hoewel hij het gevoel niet helemaal van zich kon afschudden dat als hij nog eens keek, zijn ogen uitwreef en goed keek, hij LÁZÁR zou aantreffen, en de versleten knop zou indrukken en naar boven zou gaan naar het oude appartement en zijn vader zou zien die naar sport op de radio luisterde, zijn moeder die de brij van knoedels tussen haar handpalmen kneedde, János die de klitten uit de vacht van Toto de hond kamde; en tante Gabi – Gabi met de majesteitelijke borsten – die klaagde dat de aderen in haar benen zo dik als schoenveters waren, en András, luister eens, András, heb jij daar niet een of andere crème voor? Jij moet toch doorgaan voor een dokter?

Midden in zijn dagdromen werd de deur geopend, en uit het duister van de hal doken twee Persephone's op met hun boodschappentassen. Ze namen hem argwanend op – dat bleke, keurige mannetje – en staken toen de weg over om op tram nummer 2 te stappen, die was aangekomen met een tikketikketik van de bovenleidingen, als een reusachtige gele sprinkhaan zijn stalen voorpoten tegen elkaar wrijvend. De deur zwaaide dicht en hij wendde zich af. Hij had een koele plek nodig om te zitten, een plek die niet op hem drukte met het verleden, en op zijn schreden terugkerend vond hij een restaurant aan het plein ten zuiden van de basiliek, met houten zitnissen en geblokte tafelkleedjes, waar geen toerist te bekennen was. Hij nam een tafel bij het raam en bestelde zijn oude lievelingskostje – ganzenlevers in zure room met aardappelpuree en ui – en terwijl hij erop wachtte bladerde hij door de *Hirlap* van de vorige dag in een poging belang te stellen in de capriolen van de regering, hoewel het dezelfde stoelendans was die hem overal de keel uit was gaan hangen. Maar midden in het blad werd zijn aandacht getrokken door twee dingen. Het eerste was een kort artikel over de Balkanlanden, dat waarschuwde voor een dreigende beroering in Kosovo, waar mishandelingen door de Serviërs nog afschuwelijker waren geworden. Milošević, zo betoogde de journalist, overleefde door middel van crises, en had een volgende oorlog nodig. Elke oorlog, zelfs een desastreuze, zou beter voor hem zijn dan een vrede waarin zijn vijanden tijd zouden hebben zich te organiseren. Er stond een foto bij van de militieleider, 'Arkan', met baret en zwart werktenue, machinegeweer over zijn schouder, vooruitgestoken kin, een echte volksheld, een gangster. Terwijl hij naar hem keek, merkte László dat de stemmen van twijfel in zijn hoofd even het zwijgen werd opgelegd. Arkan deed vragen van goed en kwaad, voor en tegen, eenvoudig lijken: je verzette je instinctief tegen zo'n man – daar was geen speciale deugd voor nodig – en als het geld in de tas zijn gang naar de hel versnelde, dan des te beter. Het was een doel dat heel veel rechtvaardigde.

Het tweede artikel, ogenschijnlijk komisch, betrof een klein schandaal in een van de oude badhuizen – een plaatselijke regeringsfunctionaris *in flagrante delicto* betrapt in de Király op Fo utca, met een van die anonieme, hologige jongemannen die op dergelijke plekken op jacht zijn. Het was een ranzig verhaal, een beetje triest, maar terwijl hij het verhaal las werd László onweerstaanbaar teruggevoerd naar zijn eigen avonturen in de badhuizen, die zacht druppelende werelden, overblijfselen uit Ottomaanse tijden die in het hart van de Utopia van het Volk waren blijven voortbestaan als orchideeën in de revers van een commissaris. En daar was hij zelf weer! Een magere jongen, ineengedoken op de lattenbank van een stoomkamer, omringd door de oude mannen met hun verzakkende ballen, hun stralenkransen van paarse aderen, hun vochtige kranten...

Hij ging altijd met zijn vader of oom Ernö, soms met Péters familie – een weekenduitje – en het was in het badhuis van het Gellart Hotel, het grootste van allemaal, dat Péter hem voor het eerst had gekust toen ze zich na het baden aankleedden en Péters oom Miklós zich in het kleedhokje ernaast omkleedde, onderwijl volksliedjes zingend. Het was een kus als een waterspetter uit een heldere hemel die op de achterkant van zijn schouder uiteenspatte en hem aan de grond nagelde. Er werd niets gezegd. Wat kon er worden gezegd met Miklós op een halve meter afstand, in zijn flanellen pak stappend? Maar die nacht in het appartement, terwijl János sliep en de maan in het raam van rechts naar links ging, was László opgebleven en had hij koortsachtig geprobeerd het moment door de machinerie van de rede te laten gaan, want op zijn zestiende al was hij ertoe veroordeeld een intellectueel te zijn, de bezitter van een geest die naar zichzelf staarde. Wat was er met hem gebeurd? Hij kon het moment niet als seksueel zien: zijn beeld van die dingen was te oppervlakkig, te schooljongensachtig vulgair. De kus, besloot hij, moest een uitdrukking zijn geweest van die ideale vriendschap waar Kameraad Biszku over had gesproken bij de Pioniers, en dit stelde hem even gerust, hield hem eronder. Maar zijn dagdromen over diepgaande gesprekken, epische schaakpartijen en veldrijwedstrijden hadden allengs plaatsgemaakt, eerst in flitsen en daarna in lang aanhoudende dromerijen, voor het schaamteloos erotische; voor de behoefte aan huid en hijgen en intimiteiten waarvan hij de namen opduikelde in de medische tekstboeken van zijn ouders, en later, nog verleidelijker, in de geheime voorraad buitenlandse romans die ze in een koffer onder het bed bewaarden. Zola, Milosz, Thomas Mann...

En Miklós had nog een andere rol te spelen gehad, want het was in zijn appartement in het zevende district, ruimer dan dat van László of dat van Péter, meer privé, dat ze ten slotte bij elkaar gingen liggen, onhandig en stiekem als een stelletje leerlinginbrekers, elkaars kleren losknopend op een bed met kapotte vering en een sprei van bruine gekeperde wol die naar de negentiende eeuw rook.

Hoeveel had de oude Miklós geweten? Die vrijgezel en liberaal oude stijl, met zijn kaartavondjes, zijn tranen bij de eerste noten van Bartóks 'Rhapsodie'. Bespionneerde hij hen? Wond het hem op? Nou ja, hij was allang dood, hij had de aderen in zijn benen doorgesneden met een scheermes en was gestorven in een bad van rozerood water in de winter die volgde op de Praagse opstand. Zijn huishoudster, Magda, had

zijn lichaam gevonden, en László's moeder had László in Parijs opgebeld en was verrast geweest over zijn lange stilte, het gewicht van het
verdriet dat hij niet helemaal voor haar kon verbergen.

Na gegeten te hebben keerde hij terug naar het hotel.
'Zijn er nog boodschappen?' Geen. Hij ging naar zijn kamer, pikte
het nieuws op TV1 mee, en viel in slaap boven een boek, zijn hoofd op
zijn arm steunend, zijn in rust verkerende gezicht doodernstig. Zo nu
en dan was er een uitademing die een fragment van een woord leek te
bevatten. Dan fronste hij zijn voorhoofd, werd even gespannen en zakte weer weg in een nog diepere slaap.

Toen hij wakker werd was de kamer schemerig. De arm waarop hij
met zijn hoofd had gesteund was volkomen gevoelloos. Hij moest hem
met zijn andere hand bewegen alsof het een stuk wrakhout was.

Hij keek naar het lampje op de telefoon, zich afvragend of hij misschien door een telefoontje heen geslapen had, maar er knipperde
geen licht. Was er iets nog niet klaar? Was er iets misgegaan? Zouden ze
hem waarschuwen? Hij vroeg zich af hoeveel anderen er waren, mannen en vrouwen in kamers als deze misschien, half verveeld, half ongerust, wachtend op een signaal, een briefje onder de deur, een tik op
de schouder.

Hij deed een tafellamp aan, trok zijn hemd op en bestudeerde zijn
borst in een van de diverse spiegels in de kamer. Hij kon niet besluiten
of zijn geheimzinnige 'klacht' een tikkeltje beter of iets slechter was geworden, hoewel er nu geen bijzondere onbehaaglijkheid was, niets wat
hem ertoe noopte een pijnstiller bij zijn aperitief te nemen. Desalniet-
temin dacht hij aan schaduwen op zijn longen, aan emfyseem, aan
grove belemmeringen in de vertakkingen van zijn luchtwegen. Als hij
in Parijs terug was zou hij iemand raadplegen over het laten maken
van een röntgenfoto, en hij ging op het voeteneind van het bed zitten,
zich de namen te binnen brengend van alle dokters die hij kende.

13

In de nacht na het bezoek aan het huis van oma Wilcox werd Alec gewekt door een geluid dat hij niet meteen kon thuisbrengen. Hij lag in bed en staarde luisterend het niet-helemaal-donker in, maar hoorde alleen zijn hart, zijn adem, de adem van zijn broer, en de zwakke mechanische bas van het waterpompstation achter het huis van de Joys. Maar wat hem ook had gewekt, het had hem uit de slaap gestoten, hem verschrikt, zodat hij op een bepaald bewustzijnsniveau wist dat hij er de hele nacht op had liggen wachten – misschien wel vele nachten – de hoorbare wereld controlerend, gespitst op een geluid waarvoor geen onschuldige verklaring was.

Hij ging zitten en tilde een hoek van het gordijn op. Het noodweer dat op de terugweg boven hun hoofd was losgebarsten (de voorruit striemend met golven steenkleurige regen) was overgedreven en had in zijn kielzog een koelte van heldere, maanloze lucht achtergelaten. Het leek laat – drie, vier uur – maar de wekker met zijn lichtgevende wijzers op de tafel was van hem weggedraaid naar de stretcher.

'Larry?'

'Ja,' zei Larry, 'ik dacht ook dat ik iets hoorde.'

'Wat?'

'Geen idee.' Hij tastte naar de tuimelschakelaar aan het snoer van het bedlampje, deed de lamp aan en ritste de slaapzak open.

'Ga je eruit?' vroeg Alec.

'Ik moet pissen.' Hij gaapte tot zijn lichaam sidderde, haalde toen een hand door zijn haar en begaf zich naar de deur. Hij droeg een Felix-de-kat-boxershort. 'Het kan wel even duren voor ik terug ben,' zei hij.

Alec hoorde hem het licht op de overloop aanknippen. Er volgde een pauze van drie, vier seconden, waarna hij weer verscheen, met een broos gezicht zich de kamer in buigend. 'Mam,' zei hij, en verdween opnieuw.

Alec stapte uit zijn bed. Hij voelde zich klein en machteloos en volkomen onvoorbereid. Hij zette zijn bril op. Hij kon zich werkelijk nergens verschuilen. Na een paar ogenblikken ging hij de kamer uit.

Alice lag voorover op de drempel van haar slaapkamer, haar nachtjapon opgeschoven tot haar dijen, haar onderbroek verstrikt rond haar enkels. Haar benen waren aan de achterzijde besmeurd met diarree, en kleine zwarte plassen ervan lagen op het tapijt. Het was niet moeilijk te begrijpen wat er moest zijn gebeurd. De verwarring. Het geploeter in het duister. Een laatste paniekerige poging om zichzelf niet te bevuilen. Had ze naar hen geroepen? Was het dat wat ze hadden gehoord?

Larry zat op zijn hurken naast haar, met zijn vingers op haar keel om haar hartslag te voelen. Hij keek op naar Alec. 'Ga naar beneden en bel Una op. Vertel haar wat er is gebeurd, maar dat het ernaar uitziet dat ze niets heeft gebroken. En ze is niet bewusteloos. Zeg haar dat ik haar weer in bed ga leggen…'

'Is het wel goed om haar te verplaatsen?'

'Ik laat haar hier niet liggen. Niet zo.'

'Nee,' zei Alec. De stank viel niet te negeren. Een geur van rottenis. Een stank als de geur van de ziekte zelf.

'Vraag of we nog iets anders moeten doen. Of we haar iets moeten geven. En als je weer naar boven gaat, neem dan alle schoonmaakspullen mee die je kunt vinden. Oké? Ga!'

Toen hij alleen met haar was achtergebleven, begon Larry tegen haar te fluisteren en zei hij dat hij voor haar zou zorgen. Hij controleerde opnieuw of er tekenen waren die erop wezen dat ze bij de val letsel had opgelopen – hij had als dokter Barry ooit een soortgelijke procedure verricht, hoewel bij die gelegenheid de patiënt een vrouwelijke strandwacht was geweest die door haar jaloerse minnaar uit een rijdende limo was gegooid – stond toen op, boog zich voorover, nam haar in zijn armen en droeg haar de slaapkamer in. Haar benen waren steenkoud. Hij dacht: straks sterft ze nog ook. Ik ben te laat gekomen.

Hij legde haar op het bed, bedekte haar voeten en ging de badkamer en suite in. In de spiegel ving hij glimpen op van zichzelf terwijl hij als een bezetene handdoeken en sponzen bij elkaar griste. Er was een roze plastic teil. Hij legde er een stuk zeep in en vulde hem met warm water. Toen hij in de slaapkamer terugkwam bewoog Alice zich, rukte ze zwakjes aan haar nachtjapon. Ze ademde nu veel luider, hoewel Larry geen flauw idee had of dat een goed teken was of niet. Hij legde de zuurstoffles op het bed, opende het ventiel en drukte het masker op haar gezicht. Het leek haar eerst bang te maken, alsof hij probeerde haar te verstikken, maar terwijl ze het zuurstofgas inademde werd ze kalmer. 'Alles is goed,' zei hij. 'Alles is puik.'

Hij trok de bevuilde onderbroek uit en liet hem op de vloer bij het bed vallen. 'We moeten je schoonmaken,' zei hij. 'Is dat goed?'

Hij doopte de spons in de teil, kneep hem uit en begon haar benen af te vegen. Hij werkte systematisch, haar afvegend met de spons en haar droogdeppend met de handdoek. Hij waste haar tussen haar benen, veegde de verschrompelde rode huid van haar achterwerk af, maakte haar schoon zoals hij Ella weleens had schoongemaakt. Hij was zich niet bewust van een andere emotie dan een onherleidbare tederheid die hen beiden omvatte. Hij babbelde tegen haar, vertelde haar dingen die hij niemand had verteld. Schaamtevolle momenten. Momenten van platvloers leven, geselecteerd uit zijn tocht door de bars en motelkamers van Amerika. Eenzame, angstige momenten bij het staartje van een fles tijdens nachten waarin dronken worden totaal niet meer volstond. Hij gaf haar namen, daden, wat hij maar uit zijn geheugen kon opdiepen, de afspraak met T. Bone en Ranch incluis. De garage in San Fernando. Het gorillamasker. 'En dat ben ík,' zei hij, 'dat is er van mij geworden. De ander is helemaal verdwenen. Ik heb het verkloot. Snap je? Ik heb het verkloot en ik kan niet terug. Het spijt me, mam. Het spijt me heel, heel erg.'

Onder het praten ging hij door met haar te wassen, met het afdrogen van haar versleten spieren, de zijdepapieren huid, de zwartgrijze schaamharen die nog steeds krachtig uit haar geslacht leken te groeien. Toen hij dacht dat ze schoon was haalde hij een nieuwe nachtjapon, een goede warme van wol, uit de ladekast. Hij maakte nu voort. Ze was zo koud. Haar armen, even dun als zijn polsen, hadden geen kracht van zichzelf. Hij moest ze in de mouwen van haar nachtpon leiden, ervoor zorgend dat haar vingers niet verstrikt raakten.

'Larry?'

Het was Kirsty. Ze stond bij de open deur in het lange T-shirt waarin ze had geslapen. Hij vroeg zich af hoe hij op haar overkwam, zijn gezicht glanzend van de tranen, opgedroogde stront op zijn armen. Hoe gek ze hem wel niet zou vinden.

Ze kwam naderbij en boog zich aan de andere kant van het bed over Alice heen.

'Hoe is het met haar?' fluisterde ze.

Hij schudde zijn hoofd. 'Ik zou het echt niet weten.'

'Ik heb Alec gesproken. Una komt zo gauw mogelijk. We moeten haar weer bellen als… als we ongerust worden.'

'Waar is Alec nu?'

Ze raakte zijn wang aan. 'Hij kan hier helemaal niet mee omgaan. Dat wéét je toch.'

Hij knikte. Een tatoeage van moerbeikleurige plekken begon zichtbaar te worden over de hele lengte van Alice' rechteronderarm, maar er waren geen sporen op haar hoofd.

'Blijf jij maar bij haar zitten,' zei Kirsty. 'Ik ga het op de gang wel schoonmaken.'

'Ella?' vroeg hij.

'Slaapt.'

'Mooi zo.'

'Je was tegen haar aan het praten,' zei Kirsty. 'Tegen Alice.'

'Ja. Hoewel ik denk dat ze er niets van heeft kunnen horen.'

'Je kunt er maar beter van uitgaan dat ze het wel kan horen.'

'Ja.'

'Liefje? Praat ook eens tegen míj. Wil je dat doen? Praat ook eens tegen míj.'

Ze liet hem achter en ging de overloop op. 'God, wat laat je me schrikken,' zei ze. Alec zat geknield op de bovenste tree van de trap, zijn handen in de roze rubberhandschoenen die mevrouw Samson gebruikte, een boender in de ene hand, een blauwe schoonmaakdoek in de andere. Hij had zijn bril nu niet op, en in het witte licht van het peertje boven zijn hoofd zag hij eruit alsof hij een jaar of zestien was. Hij hield een felgekleurde plastic fles desinfecteerspray omhoog die hij onder de gootsteen in de keuken had gevonden en vroeg of ze dacht dat dat het goede spul was, of dat het tapijt ervan zou verkleuren.

'Ik doe het wel,' zei ze sussend, maar hij leek haar te zijn vergeten, en nadat ze hem een tijdje had zien werken, huiverde ze en glipte langs hem de trap af.

14

Op maandagmiddag, op het moment dat László zichzelf ervan overtuigde dat zijn missie was mislukt, dat hij met de tas terug zou moeten
gaan naar Parijs en een manier zou moeten vinden om hem terug te
geven aan Emil, namen ze contact met hem op.

Toen hij na zijn lunch op de terugweg in de schaduw liep op de Révay utca, een paar meter verwijderd van de ingang van het hotel, stak
een kind – een jongen van een jaar of acht, negen – vanaf de zonkant
over en reikte hem een envelop aan.

'Voor mij?' vroeg Lásló.

De jongen duwde de envelop in zijn hand en sprintte weg in de richting van de basiliek. László keek naar het eind van de straat en dacht
dat hij een man schielijk uit het zicht zag stappen, maar het licht daar
was te verblindend om de dingen duidelijk te zien.

Bij het trapje van het hotel vroeg de portier: 'Wilde het kind geld?'

'Nee,' zei László.

'Ze proberen het soms bij buitenlanders.'

László las het briefje in zijn kamer en gebruikte vervolgens het
doosje gratis lucifers van het hotel om het velletje papier in de asbak te
verbranden. Er waren maar twee regels die hij moest onthouden: een
plaats – Beeldenpark – en een tijd – dinsdagmiddag drie uur. Hij had
van het park gehoord maar was er nooit geweest. Hij vroeg het aan de
vrouw bij de receptie. Ze zei dat het in het tweeëntwintigste district lag,
aan de andere kant van de rivier. Wilde hij ernaartoe? Ze zouden een
auto voor hem bestellen.

'Morgen,' zei László. 'En dan heb ik ook mijn tas nodig. De zwarte
tas.'

'Natuurlijk,' zei ze. Als hij haar het kaartje nu gaf zou ze hem morgen voor hem klaar hebben staan. Hij gaf haar het kaartje, hoewel hij het niet graag afstond. Er was nu niets meer, geen materie, wat hem met het geld verbond. Als ze morgen nu eens geen dienst had, wat dan? Als hij op de een of andere manier moest *bewijzen* dat de tas van hem was, wat dan? Maar de volgende middag was ze er, en de tas stond voor hem klaar achter de balie.

'Zwaarder dan hij eruitziet!' zei ze terwijl ze hem de tas overhandigde.

'Inderdaad,' zei László, en ze wensten elkaar een prettige dag, als een stel Amerikanen.

De taxi stond geparkeerd bij het trapje van het hotel. De chauffeur, in een overhemd met korte mouwen en met een zonnebril op, stelde zich voor als Tibor. László ging achterin zitten, de tas stijf tegen zijn dij.

Ze staken de rivier over, klommen de heuvels in en kwamen aan de rand van de stad. Stoffige stukken groen. Tien over halfdrie. Een klein gouden kruis zwaaide heen en weer aan de achteruitkijkspiegel toen Tibor in een blinde bocht gas gaf om een met stenen geladen vrachtauto in te halen. (In de regel vermeed László taxi's met religieuze snuisterijen erin, nadat hij in Spanje bijna in een taxi was omgekomen die een hele relikwieënkast op het dashboard had. Roekeloosheid was voor deze mannen een geloofsbeproeving.)

Het park werd nauwelijks aangekondigd, er was maar één bord honderd meter voor de afslag. Ze minderden vaart – hoewel dat eigenlijk te veel gezegd was – reden een leeg voorplein op en stopten voor een rauw uitziende neoklassieke façade van rode baksteen. Een soort sierpaleisje.

'Wilt u dat ik op u wacht?' vroeg Tibor.

'Kom over een halfuur maar terug.'

'Wilt u de tas achterlaten?'

'Mijn camera's,' zei László, uit de auto stappend. 'Ik ga misschien een paar foto's nemen in het park.'

'Misschien ziet u een paar mooie meisjes,' riep Tibor, uit het raampje leunend. László hief een hand op, maar keek niet achterom.

In het loket zat een vrouw van middelbare leeftijd een tijdschrift te lezen. Ze had haar schoenen uitgedaan en liet haar gekouste voeten op een kruk rusten. Toen ze László zag sloeg ze het tijdschrift dicht, zwaaide haar voeten met een gegrom van inspanning naar beneden en drukte op een knop van de cd-speler achter haar hoofd. Een mannenkoor, uit volle borst zingend, zwelde aan uit de luidsprekers met een volume dat László terug deed deinzen, en terwijl zij zijn kaartje van de rol scheurde, zag hij dat de cd's te koop waren. *Sovjetliederen Een. Sovjetliederen Twee.* Er waren ook diverse oude communistische badges en rode sterren en zelfs identiteitsboekjes, zoals die welke hij in Parijs had verbrand in de rue Cujas, een paar dagen nadat hij daar was aangekomen. Wie kocht deze spullen? Was het humor? Ironie? Hij pakte zijn kaartje en de informatiefolder en liep door de tourniquet het park in. De muziek hield abrupt op. Hij was hier, zoals hij had gevreesd, de enige.

Vóór hem was een ruimte ongeveer zo groot als een voetbalveld. Eerder een grote formele tuin dan een park, hoewel er geen boom of bloem te bekennen viel. Witte met zand bedekte paden verbonden een patroon van grasringen, en rondom de ringen stonden de beelden – de exemplaren die gered waren van de vrolijke acetyleenfakkels – in de zon opgesteld als staaltjes van aftands wapentuig. Soldaten, politieke leiders, abstracties van ideale burgers gegoten in monumentaal brons of scherprandig staal, of uit steen gehouwen, hun handen geheven, hun lichamen naar voren gestrekt om de toekomst te begroeten. Sommige herkende hij. Andere dateerden van na 1956 en waren nieuw voor hem. Maar gloeiend in de middagzon waren ze nog steeds indrukwekkend, oefenden ze nog steeds een overblijfsel van hun oude macht uit, terwijl het licht weerkaatste op hun massieve schouders, hun bajonetten, hun metalen kinnen. De vreemdheid zat hem in het zien van al die beelden samen, bijeengedreven in het park, ingesloten, alsof ze misschien de benen zouden nemen om zichzelf opnieuw te laten gelden op de pleinen van de stad. Iemand had er verstandig aan gedaan erop aan te dringen ze te bewaren. Er zat zelfs een element van vernedering in, een besef dat het mogelijk was de monumenten beschaamd te doen staan, dat hun afgang voor iedereen zichtbaar kon blijven. En wat behoorden ze volkomen tot het verleden! Wat waren ze grondig verslagen! Maar terwijl hij zich te midden van de beelden voortbewoog, begon László zich enigszins ongemakkelijk te voelen, zoals een overlevende van een zeeslag, aangespoeld te midden van de lijken van zijn vijanden, bang is dat een van hen misschien gaat kreunen en wankelend overeind komt om wraak te nemen.

Hun ban werd verbroken (zo ging het altijd) door gelach. Er was een touringcar aangekomen en het park werd het toneel van een vrolijke invasie van tienerstudenten van een of andere internationale zomerschool, die zich koelte toewuifden met aantekenblaadjes en honkbalpetjes, naar elkaar roepend in het Frans, Italiaans en Engels, en elkaar fotograferend voor de beelden. Wat kon hen al dit schroot schelen? Communisme was iets waarvan hun vaders en grootvaders hadden geweten, waarvoor ze misschien bang waren geweest. Nu was het de vacht van een oude wolf, een harige oude beer, door de motten aangevreten en rijp voor de vuilnisbelt. Vonden ze het vreemd dat mensen in het verleden zo gemakkelijk bij de neus genomen konden worden? Dat iemand zo stom kon zijn geweest te geloven in gemeenschappelijk bezit van productiemiddelen, de afschaffing van de klassenmaatschappij, de gelijke verdeling van rijkdom? Hun generatie was geraffineerder, wijzer, en toch, dacht László, ook kinderlijker dan de generatie waarin hij was opgegroeid. Hij mocht hun oneerbiedigheid wel – geen dreigend opdoemende vaders met zwarte snorren om hén in het gareel te houden – maar wat zouden ze met hun vrijheid doen? Hij maakte zich ongerust over hen. *Les enfants du paradis.* Een paartje onder hen, aan het vrijen achter het gedenkteken van de Helden van de Macht van het Volk ('Zij die loyaal zijn aan het volk en de Partij zullen voor altijd in onze herinnering blijven…') staarde hem doordringend aan, alsof hij de vuilnisman was, of misschien een viezerik, en hij liep hen snel voorbij.

Het was zeven over drie. De tas als stoel gebruikend hurkte hij neer in de schaduw van Lenin – de incarnatie die vroeger de arbeiders in de ijzerfabriek Manfred Weiss begroette – en leunde met zijn hoofd tegen de zoom van de overjas van de dictator. Hij was dorstig, licht in zijn hoofd, en verlangde ernaar van de tas af te zijn en in de trein naar Parijs te zitten. Zou Kurt hem vergeven? Het allemaal door de vingers zien als een door de menopauze ingegeven zucht naar avontuur? Een ietwat verlate midlifecrisis? Hij staarde naar de neuzen van zijn schoenen, het zand in het suède. In deze hitte was het moeilijk de dingen te doordenken, en hij begon zich te voelen als een figuur op de verre achtergrond van een schilderij, twee of drie kwaststreken, helemaal geen echt gezicht, daar alleen maar ter wille van evenwicht of kleur, terwijl op de voorgrond het leger van de keizer voorbijreed op hun schitterende paarden.

Zijn contactpersoon kwam om tien voor halfvier opdagen. Een lange, donker geklede figuur die tussen de studenten door kuierde, nog zo'n fameuze zwarte tas over zijn schouder. Het was vreemd dat je nooit wist wie er voor jou zou komen. Deze, met zijn sluike haar, zijn stoppelige kin, zijn ontspannen en nogal innemende glimlach, zag eruit alsof hij jazzpiano zou kunnen spelen in een nachtclub.

'Een vriend van Françoise?' vroeg hij, terwijl hij naast László ging staan, maar niet te dichtbij. László kwam overeind.

'Op mij,' zei de man, opkijkend naar Lenin, 'heeft hij altijd de indruk gemaakt alsof hij een taxi aanroept. Maar hier zal hij die niet krijgen. Voorlopig niet.'

'Waar gaat hij nu naartoe?' vroeg László, naar zijn tas knikkend.

'Een stukje verder,' zei de ander. 'Maar uw rol is uitgespeeld. Problemen gehad?'

'Ik heb niet het gevoel dat ik iets heb gedaan.'

'Zo hoort het ook.' Hij zette zijn tas naast die van László. 'Weet u, ze zouden hier best iets kunnen planten. Rozen op hem laten groeien. Of is dat een erg romantisch idee?'

'Het is een goed idee,' zei László. 'Maar we zullen het aan het comité moeten voorleggen.'

De man grinnikte. 'Natuurlijk, kameraad. We moeten via de juiste kanalen gaan.'

Hij bukte zich en zwaaide László's tas op zijn schouder.

'Hij is zwaar,' zei László.

'Mooi. Hebt u een auto?'

'Ja.'

'Dan gaat u eerst.'

'Schudden we elkaar nog de hand?'

'Dat is geheel naar eigen keuze,' zei de man. Hij stak zijn hand uit.

'Tot de volgende keer.'

Op het parkeerterrein stond Tibor een verhaal te vertellen aan de chauffeur van de touringcar. Het enige andere voertuig was een kleine, enigszins gedeukte BMW die vermoedelijk van de contactpersoon was.

'Last van de warmte?' vroeg Tibor terwijl hij het achterportier opende.

'Een beetje,' zei László. Zijn shirt plakte aan zijn rug vast en hij meende uit zijn borst een karakteristiek gepiep te horen, zoals bij die arme astmapatiënten die hij soms tegenkwam op straat of in de Métro, in hun zakken tastend naar een inhalator. Er waren steeds meer van hen, leek het wel. Een sluipende epidemie.

Tibor startte de motor. De airconditioning ging aan. 'Waarheen?' vroeg hij. 'Terug naar het hotel?'

'Nee,' zei László, na een poosje. 'Zet me maar af bij Gellért. De rest van de weg loop ik wel. Dat zal me goed doen.'

'U bent de baas,' zei Tibor, en hij scheurde de straat op, waarbij de achterwielen een stofwolk deden opstuiven die enkele seconden in de lucht achter hen bleef hangen.

Bij het terras voor Gellért Spa rekende László af en begaf zich vervolgens op weg richting Petofibrug, sloeg rechtsaf op Lajos ut en ging het park in achter de Technische Hogeschool, waar studenten, zich ontspannend in de zon, op houten banken zaten, of in kleine groepjes lui op het gras lagen te lezen, te praten en te flirten.

Het was hier dat Péter had gestudeerd in zijn eerste jaar van de opleiding voor elektrotechnisch ingenieur. László had hem vaak opgezocht en had herinneringen aan lange groene gangen, de geur van soldeerbouten, het gezoem van de apparaten in de demonstratieruimten. Péter had zelfs geprobeerd László over te halen bij hem op school te komen, maar László had heel andere ambities. Als jongeman met een scherpzinnig gezicht en een scherp verstand, ijdel, verlegen en praatziek, had hij onbescheiden dromen van artistieke roem gekoesterd. Hij had gedacht dat hij een groot filmregisseur zou kunnen worden (hij was een regelmatige bezoeker van het Corvin Filmpaleis), of een soort Hongaarse Picasso. Hij wilde een vrij leven leiden, een villa aan het Balatonmeer bezitten, misschien zelfs in Hollywood werken zoals Mihaly Kertesz. Gedurende die ene zomer van zijn leven – voordat er iets was geprobeerd, voordat er iets was mislukt – leek alles mogelijk. Waarom niet? Hij was zeventien, in vuur en vlam van de liefde, en overal om hem heen – alsof geschiedenis geworteld was in de opwinding van zíjn hart – begon zijn land, dat zo lang bevroren was geweest als een koninkrijk in een sprookje, te ontdooien.

In juli 1956 werd premier Rákosi, de aartsschurk, de aartsstalinist, op bevel van het Moskouse Politbureau ontslagen. In oktober werd László Rajk, die in 1949 na een schijnproces (zijn oude vriend Kádár had hem ertoe overgehaald te 'bekennen') was opgehangen, opgegraven en met staatseer herbegraven op het Kerepeskerkhof. In Warschau trotseerden de Polen Chroesjtsjov, en terwijl het in heel Boedapest fris werd en er rijp op de bomen langs de Donau glinsterde, begonnen de eerste massabijeenkomsten. Hier, op de Technische Hogeschool, spraken Jozsef Szilágiy en István Marián op de avond van de tweeëntwintigste over 'de zonsopgang van de moderne Hongaarse geschiedenis', en de volgende dag liep een menigte studenten en arbeiders (velen van de laatsten nog met hun overalls aan, zó uit de fabrieken) in optocht naar het standbeeld van de Poolse held, generaal Bem, en staken de brug over naar het Parlementsplein. 'Nu of nooit!' zongen ze. 'Russen eruit! Nagy in de regering!'

Bij de mensen had het geloof dat ze niets konden doen plotseling plaatsgemaakt voor vertrouwen in de eigen kracht. Voor het veranderen van de wereld zou misschien uiteindelijk niet meer nodig zijn dan het geloof dat verandering mogelijk was. In de tijdspanne van een paar uur bloeide in duizenden hoofden hetzelfde opmerkelijke idee op: vrijheid. Op een dak bij het plein zag László een jongeman met een Hongaarse tricolore zwaaien uit het midden waarvan het sovjetinsigne was gescheurd. Tegen het vallen van de avond was het bronzen beeld van Stalin in het stadspark omvergegooid en was het radiostation bezet. De regering raakte in paniek; dreigde met politieoptreden; riep op tot kalmte; bood amnestieën aan; maar niemand luisterde meer. Boekhandels werden overvallen en Russische boeken werden op straat in vreugdevuren verbrand. Raden werden gevormd. Wapenkamers geplunderd. Op de boulevards achtervolgden Russische tanks, glibberend in hun eigen olievlekken en wolken van dieseldampen boerend, hun onzichtbare vijand. Overal waren geruchten van nieuwe gevechten, van bloedbaden, van overwinning. En onder het stof van beschoten appartementblokken en uitgebrande winkels, onder de verwrongen tramrails en de rode en gouden bladeren van verbrijzelde bomen, lagen lijken in houdingen waarin alleen doden kunnen liggen, velen van hen dienstplichtige soldaten niet ouder dan László, jongens uit Kharkov en Kiev, die zich uiteindelijk moesten hebben afgevraagd waar ze een dergelijke haat aan verdienden, waarom ze door kinderen werden gedood.

László veegde het zweet uit zijn ogen en liep over het pad naar waar dat werd gekruist door dubbele rijen plompe stenen pilaren die een gang naar een van de bijgebouwen ondersteunden. Hij zette zijn tas neer en tuurde voor zich uit: het pad liep in een bocht naar een tweede poort, net als vroeger vanaf de pilaren aan het zicht onttrokken door een rij bomen. Hij kon niet helemaal geloven dat hij terug was. Was er een of ander begraven fragment – een lapje stof, een patroonhuls – dat het zou bewijzen? Maar dit was wel degelijk de plek. Híér had hij op die grijze novembermiddag staan wachten tot Péter en Zoli terugkwamen. Ze hadden de Skoda genomen – de oude zwarte 'Spartak' – en waren naar de Szentkiralyibarakken gereden om munitie te halen. De rest van de groep – Feri, Joska, Karcsi en Anna – was in de drukkerij van de universiteit om nog een stapel proclamaties en eisen te drukken waarmee ze na het invallen van de duisternis de stad zouden volplakken. László had wachtdienst (het was gewoon zijn beurt). Hij patrouilleerde tussen de pilaren met een leren muts op en een jas met ceintuur aan, en zijn neus en oren tintelden van de kou. Ze hadden hem de kostbare tommygun gegeven, en Feri, op zijn tweeëntwintigste de oude man van de groep, de enige die daadwerkelijk enige militaire training had gehad, had uitgelegd hoe je hem moest gebruiken.

'Niet schieten als een gangster, Laci. Vuren vanaf schouderhoogte. Korte vuurstoten. Je hebt tweeënzeventig kogels in je magazijn. Dat is genoeg om een bataljon af te weren. En als hij blokkeert, ga dan in godsnaam niet in de loop kijken want dan schiet je je kop er nog af. Begrepen?'

Begrepen.

Hij had niet verwacht hem te zullen gebruiken. Tot dan toe had hij zelfs vermeden een pistool aan te raken – er waren altijd genoeg anderen die niet konden wachten er een te pakken te krijgen – en had hij zich telkens nuttig weten te maken door te rijden, veldbedden te dragen en boodschappen te doen. Maar toen hij de auto hoorde en uit de snelheid waarmee die kwam aanrijden kon opmaken dat er iets mis was, sleurde hij het wapen van zijn schouder, ontgrendelde het en dacht dat hij gereed was. Uit de richting van de poorten op Budafoki ut klonk de klap van metaal op metaal, en seconden later vloog de Skoda in het zicht. Zoli zat achter het stuur en probeerde uit alle macht de auto in bedwang te houden maar kwam veel te snel aanrijden, zwenkend om de bomen te vermijden maar op de een of andere manier van de zijkant van een ervan afstuitend, waardoor de auto kantelde naar de bestuurderskant, waar hij in een vonkenregen rondtolde voordat hij tot stilstand kwam.

Bijna onmiddellijk hees Péter zich uit het verbrijzelde raam aan de passagierskant. Hij zag László, schreeuwde een waarschuwing en wees naar het pad in de richting waar hij vandaan kwam, hoewel dat niet nodig was. László had de andere auto al gezien, een Russische militaire sedan die twintig meter achter de Skoda stopte, drie mannen erin (twee in uniform, een achterin in burger), die hun portieren opengooiden en met hun pistolen begonnen te schieten. Nu hij het weer voor zich zag, nu hij de afstanden weer zag waar het toen om ging, leek het onvoorstelbaar dat ze zelfs in het afnemende licht maar waren blijven missen. Half in, half uit de auto was Péter een gemakkelijk doelwit, maar ze moesten met zijn drieën wel twaalf keer geschoten hebben voordat ze hem raakten. Toen staakte hij het geworstel even en werd hij volkomen roerloos, alsof de kogel een gedachte was, een idee, het opmerkelijkste dat hij ooit had gehad. De tweede kogel trof hem terwijl hij over de zwart geworden onderkant van de auto naar beneden gleed. Hij schreeuwde het uit. Een geschokt, gekrenkt geluid. Een geluid van ontsteld protest bij het besef wat er met hem gebeurde. De derde deed hem op zijn knieën vallen, hoewel hij zelfs toen niet ophield, maar bleef kruipen naar de beschutting van de pilaren.

Dit alles zag László door het kijkgat van het naar voren gerichte vizier van de tommygun. Hij had zijn geweer geheven en duwde het tegen zijn schouder, precies zoals Feri het hem had geïnstrueerd. Hij had een lijn getrokken over Péters hoofd naar de politieman in burger, de gevaarlijkste van de drie, degene die met de grootste behoedzaamheid schoot. En ze waren zo gericht op het vermoorden van Péter, waren er zo op belust, dat ze László niet eens in de gaten hadden, klaar zittend in de schaduw, donker naast het donker van de steen. Maar toen zijn vinger de stalen spuuglok van de trekker aanraakte, wist hij dat hij hem nooit zou overhalen. Welke eigenschap een man ook moest hebben om een ander te vernietigen, hij bezat die eenvoudigweg niet. Die daad was niet voor hem weggelegd. Hij kon niet doden. Kreeg het gewoon niet voor elkaar. En tot dit zelfinzicht kwam hij juist op het moment dat de mens die hij het vurigst aanbad neergeschoten werd door mannen die *behoorden* te sterven, maar die hij met geen mogelijkheid iets kon aandoen.

Hoe lang duurde het? Net zolang, dacht hij, als het duurde om het te vertellen. Vervolgens het *pang! pang!* van een geweer uit een van de gelijkvloerse ramen aan de rechterkant, de politieman in burger die in elkaar zakte tegen de auto, de geüniformeerden die hem op de achterbank propten, en de grote auto die snel achteruitreed, slingerend met zijn gepantserde flanken als een of ander lomp dier dat verschrikt wordt bij een waterpoel. Feri sprintte uit de dubbele deuren achter László, wrikte het pistool los uit zijn greep en zette de achtervolging in, woest schreeuwend en schietend vanaf zijn heup, in gangsterstijl. Bij het wrak van de Skoda sloegen Karcsi en Joska met geweerkolven de voorruit in en trokken de bewusteloze Zoli eruit. Anna rende naar de plek waar Péter lag tussen de auto en de pilaren, onderwijl zijn naam schreeuwend. Zijn jack was onder zijn ribben opengescheurd en er was zo veel bloed, er hing zo'n sterke bloedgeur, dat een van de kogels waarschijnlijk zijn lever uiteen had doen spatten. Ze knielde naast hem neer, drukte haar wang tegen zijn lippen en wendde zich toen tot László, terwijl ze met een dermate mysterieuze intensiteit naar hem opkeek dat hij besefte – plotselinge schok van beschaamdheid en dankbaarheid – dat ze alles wist, precies wist wat Péter voor hem had betekend en dat langgeleden al had vermoed. Hun geheim! Had ze toen ook begrepen (dat meisje dat zo majesteitelijk was in de aanwezigheid van de dood) waarom hij de trekker niet had overgehaald? Waarom hij zijn vriend had prijsgegeven aan de moordenaars?

Toen Feri terugkwam wikkelden ze Péter in een teerdoek, droegen hem met zijn allen naar een van de klaslokalen en legden hem op de tafel. Niemand verweet László iets – alleen al de volslagen sprakeloze ellende op zijn gezicht zou beschuldigingen onmogelijk hebben gemaakt – maar hij bracht de nacht van hen afgezonderd door, opgerold onder zijn jas, rillend, terwijl verspreid geweervuur in de verte de laatste uren van de revolutie uitgeleide deed. Nagy was vertrokken; generaal Maléter gevangengenomen door de Russen; en hoewel de radio doorging met oproepen uitzenden, had de wereld zijn ogen ergens anders op gericht, en zou er geen hulp zijn voor Hongarije, geen miraculeuze interventie. Tijdens het gevecht bij de Killianbarakken de volgende avond werd Feri gedood door een granaatontploffing. Eind november werden Joska en Anna gearresteerd, dagenlang geslagen en naar het interneringskamp van Tokol gestuurd op beschuldiging van gewapende samenzwering. Zoli dook onder. Karsci vluchtte het land uit. Dat jaar waren er tweehonderdduizend, onder wie László, die de wintermoerassen overstaken met hun koffers, hun bundels, hun verspilde levens.

Een meisje met zwart haar en een zilveren sierknopje in haar neus legde haar hand op zijn arm en vroeg of hij zich niet lekker voelde.

'Het is gewoon de warmte,' zei László.

'Ga maar in de schaduw zitten,' zei ze terwijl ze hem naar een bank onder de bomen leidde. 'Ik dacht dat u zou flauwvallen.'

'Ik moet gewoon even op adem komen,' zei hij. 'Echt, ik voel me al een stuk beter.'

'Zal ik wat water voor u halen?'

'Het gaat alweer,' zei hij. 'Je bent heel vriendelijk.'

'Weet u 't zeker?'

'Dank je.'

Ze glimlachten naar elkaar en ze liet hem achter op de bank, waar hij nog een laatste keer naar de plek keek waar, voorbij de pilaren, een bries de kruinen van de kastanjebomen verenigde. Het was gebeurd. Hij was teruggekomen en had boete gedaan. Hij had zijn tol van herinnering en liefde betaald. Hij had gedaan wat in zijn vermogen lag. En hoewel hij wist dat hij zichzelf de dood van Péter Kosáry nooit helemaal kon vergeven, en hij het veertig jaar na het feit zeker niet kon rechtzetten, de trekker nu niet meer kon overhalen, wilde hij zijn vrijheid. Eén fataal moment had hem twee derde van zijn leven gevangen gehouden, en het werd tijd dat daar een einde aan kwam.

Hij vouwde zijn handen als een boeddhist en boog zijn hoofd. Het gebaar verraste hem enigszins. Had hij het Kurt zien doen tijdens yoga-oefeningen in het appartement? Maar de opwelling was oprecht, en de gelegenheid vroeg om zijn ritueel. Toen stond hij op, hing de tas aan zijn schouder, zwaaide naar het meisje op het gras en ging terug naar de weg. In het orakel van zijn verbeelding zag hij de andere tas, de zware, al overhandigd worden (de zoveelste ontmoeting, de zoveelste droge uitwisseling), totdat hij in handen kwam van de mannen in de BMW's met beroet glas, de nieuwe machtige figuren achter de schermen van het oude sovjetimperium, en er een overeenkomst werd gesloten, zodat op een maanloze nacht Emil Bexheti en zijn vrienden uit de bergen naar beneden konden komen om in doodstille colonnes de grens over te gaan. Hierin had hij tenminste zijn rol gespeeld. Wie wist wat hij verder nog zou kunnen doen? Vreemd hoe een sprankje geloof een man zo laat in zijn leven kan treffen, hoe een slecht begin uiteindelijk overwonnen kan worden. László de Stoute? Het amuseerde hem te denken dat hij nu weleens zou kunnen sterven als een idealist, een man van de daad, en hij ging de Szabadságbrug over naar Pest, waarbij zijn schaduw achter een groep sparren ongehinderd voortschreed over het bruine water.

15

De hele ochtend waren er bloemen, boeketten die van Interflora kwamen of werden afgegeven door vrienden die zeiden: 'Ik kom nu maar niet binnen.' Wanneer Larry opendeed brachten ze hem in herinnering hoe ze heetten en zeiden ze dat het zo leuk was hem weer te zien, dat het een troost moest zijn voor Alice hem thuis te hebben. 'Doe haar de groeten van ons.'

'Zal ik doen.'

'En zeg haar dat we allemaal aan haar denken.'

'Dat beloof ik.'

Er waren niet genoeg vazen voor zo veel bloemen. Ze gebruikten emmers, pannen. Zelfs de wastafel in het benedentoilet stroomde over van lelies.

In de keuken bakten Ella en Kirsty een taart. Ze schreven GEFELICITEERD OMA in roze glazuur en zetten een diamant van gekonfijte citroen als puntje op de 'i'. Mevrouw Samson kwam 's middags. Ze deed een schort voor, rolde haar mouwen op, en maakte waterkerssandwiches en een stapel scones die moesten worden gegeten met dikke room en het restant van de bramengelei van vorig jaar. Als ze aan het werk was mocht ze graag de radio aanhebben op een zender met meezingers en het plaatselijke nieuws. De weersvoorspelling was dat het de hele dag onbewolkt zou zijn met temperaturen van rond de vijfentwintig graden en na zonsondergang een kleine kans op regen.

Alec en Larry droegen de schragentafel van de werkkamer naar de boomgaard. Ze zetten hem op zijn vaste plek – de lampjes waren nog steeds nutteloos boven hun hoofden gespannen – en bedekten hem met gemaasde witte tafellakens. Vervolgens brachten ze stoelen uit de eetkamer naar buiten. Het donkere hout en het donkere leer deden wat vreemd en komisch aan in de zonovergoten tuin, zoals de mannen in jacquet op *Déjeuner sur l'herbe*. Larry stak een sigaret op en ging aan de tafel zitten. Hij had gedronken, maar niet stevig. Alec ging tegenover hem zitten.

'De grote dag,' zei Larry.

Alec knikte. Hij was gekleed in een zwarte katoenen broek en een donker boordloos hemd. Hij had zijn bril op met het zonneklepje ervoor geklemd.

'Kom naar Amerika,' zei Larry. ('Het kwam er zomaar uit,' zou hij zeggen toen ze in de weken die volgden de dag probeerden te reconstrueren. 'Plompverloren.')

'Oké,' zei Alec.

'Ik meen het.'

'Oké.'

'Blijf bij de familie. Je zou kunnen leren surfen. Yogalessen kunnen nemen.' Hij grinnikte. 'Ella zou het leuk vinden.'

'En wat zou ik daar kunnen doen?'

'Hetzelfde als hier. Ik betwijfel het zelfs of je wel een permanente verblijfsvergunning nodig hebt. Je zou er eens over moeten nadenken.'

'Oké.'

'Echt.'

'En jij dan?' zei Alec. 'Wat weerhoudt jou ervan hier te komen? Je speelt toch niet meer in de televisieserie.'

Larry schudde zijn hoofd. 'Ik heb nog een paar andere ijzers in het vuur.'

'Wat voor ijzers?'

'Ik zou me hier hoe dan ook niet thuisvoelen.'

'Vroeger wel.'

'Dat herinner ik me.'

'Je voelde je hier vroeger als een vis in het water.'

'Eeuwen geleden.'

'Ik dacht dat je daar in de problemen zat. Ik dacht dat dat het punt was.'

Larry trok een gezicht. 'Ik heb er een of twee keer over gedacht. Maar het is te laat voor al die dingen. Al dat *terugkomen*-gezeik. Ik heb daar een huis. Een gezin! En als ik nu terugkwam zou dat hetzelfde zijn als zeggen dat ik het al die tijd bij het verkeerde eind had gehad. Dat het allemaal een vergissing was geweest.' Hij schoot de sigaret weg. 'Amerika is het enige grote idee wat ik ooit heb gehad. Als ik ophoud erin te geloven is dat alsof ik ophoud te geloven in geluk of avontuur of god weet wat. Fantastische auto's, fantastische seks. Liefde.' Hij boog zich over de tafel. 'Amerika is mijn optimistische hart. Snap je?'

Alec knikte, maar Larry vermoedde dat hij niet meer dan één op de drie woorden had gehoord. Er waren veranderingen bespeurbaar in zijn broer, bepaalde verwarrende wijzigingen die dateerden van dat gedoe tussen hen in de keuken. Het was niet alleen de verstrooidheid, de indruk dat hij de hele tijd geconcentreerd was op een veeleisend geheim; er was een nieuwe beheersing, een zelfdiscipline die af en toe aan het manische leek te grenzen, maar die niettemin in zekere zin effectief was. De blik van het verdwaalde jongetje was verdwenen, dat hulpeloze en bijna panische dat in Heathrow zo duidelijk was geweest. Wat er aan deze veranderingen ten grondslag lag was moeilijk te zeggen, maar eergisteravond, toen hij buiten onder de sterren stond om een sigaretje te roken en orde probeerde te brengen in zijn éígen gedachten, had Larry door het raam van het tuinhuisje zijn broer zien zitten, opgewonden delibererend – gebarend, grimassend, zijn handen tegen zijn voorhoofd drukkend – en dat allemaal ondanks het feit dat hij daar helemaal alleen zat. Een verontrustende aanblik (en heel wat meer dan hij had willen zien), want welke kwestie was het die zo veel nadruk nodig had, die zo verbeten moest worden opgelost?

Hij hief zijn arm op en zwaaide naar Una, die naar hen toe kwam in een jurk in de kleur van het gras. 'Je raadt het nooit,' zei Larry. 'Alec komt in Amerika wonen.'

'O ja?'

'Maar hij gaat niet zonder jou,' zei Larry.

Ze grijnsde, zat aan haar haar. 'Hoe laat komen je gasten?' vroeg ze.

'Rond drie uur,' zei Alec. 'Maar veel zullen het er niet zijn.'

'Denk je dat mam lang beneden kan blijven?' vroeg Larry.

'Ik zou zeggen dat een uur goed te doen is voor haar. Ik ga nu naar haar toe. Wil jij haar naar beneden brengen wanneer ze zover is?'

'Roep me maar,' zei Larry.

In de slaapkamer van Alice vloog een aasvlieg rondjes in het verduisterde vertrek. Una trok de gordijnen open en ging bij het bed zitten. Vervolgens tilde ze een van Alice' handen van de dekens en hield hem tussen de hare. Hoewel Alice de val had overleefd, had de schok ervan iets in haar doen knappen wat niet te zien zou zijn op röntgenfoto's of CAT-scans. Een draadje, of een delicate klep zoals je die in oude televisietoestellen aantreft, iets wat niet gerepareerd kon worden en wat haar in deze toestand had achtergelaten, vechtend om te leven, vechtend om te sterven, wachtend op de volgende val, de volgende attaque, de volgende crisis in de kleine uurtjes.

Daags na het ongeluk, toen ze ten slotte kon spreken en iets zinnigs kon uitbrengen, had ze gezegd: 'De dood neemt me stukje bij beetje,' en ze had zo deerniswekkend gehuild dat Una zich had moeten afwenden, bang voor wat de woorden in haar losmaakten, het verdriet dat achter haar eigen ogen brandde. Hier, bij de Valentines, was ze ongemerkt te ver gegaan. Ze was niet op haar hoede gebleven en uiteindelijk zou ze daar de tol voor betalen, alleen met haar eigen verdriet zonder de troost van een familie om haar heen. Het was een tekortkoming waar ze haar tijdens de opleiding voor hadden gewaarschuwd. Ongepaste emotie. Het was onprofessioneel, niemand was er eigenlijk mee geholpen, en het maakte geen betere verpleegster van haar. Maar hoe moest je het onder controle houden? Je kon het hart geen bevelen geven – tot hier en niet verder. Het was niet menselijk.

Ze kneep in Alice' hand en sloeg de lakens terug om te controleren of er tekenen waren van doorligplekken. Op haar rug – het stuitbeen – ontdekte ze een stukje geïrriteerde huid, dat ze behandelde met calendulazalf. De hele puzzel van Alice' skelet was nu zichtbaar. De lange botten die uitstaken tegen haar huid, haar ogen weggezonken in haar oogkassen. Ze had sinds de val geen vast voedsel meer tot zich genomen, dus haar lichaam parasiteerde op zichzelf, het nog een week of maand rekkend met kleine beetjes proteïne, lipide, een laatste maalstroom van glucose. Het leven, dat door een kind met de duim doodgedrukt kon worden, was ook verbijsterend hardnekkig. Het vlees overleefde de wil, al het plezier, alle nut, en ging maar door, in de greep van een of andere biochemische imperatief, iets wat meteen bij het begin werd gevormd, voordat we grotere hersens of betere handen hadden. Louter blinde taaiheid.

Ze streek haar haar achter haar oren en keek naar de aasvlieg die over het oppervlak van de spiegel op de ladekast kroop. Troost was nu het enige wat ertoe deed. Tussen de fiolen en flesjes iets bruikbaars vinden, iets wat was opgewassen tegen het lijden van Alice zonder haar misselijk te maken of haar angst aan te jagen met hallucinaties. En verder? Een kaars voor haar aansteken? Een gebed zeggen? Ze was het verleerd. Wees gegroet Maria, en al die dingen meer. Ze had niet meer gebeden sinds ze een meisje was in Derry, toen het hele gezin placht te knielen in de voorkamer bij het geluid van de angelusklok op de televisie, en haar vader de rozenkrans bad. Dat lag nu allemaal achter haar, net als het zeelicht, het gescherts en de controleposten. Ze had een boeddha thuis, een van die holle koperen beelden, deels huisgod, deels presse-papier, en soms zette ze er bloemen naast, hoewel ze niet veel over het boeddhisme wist behalve dat het een vriendelijk soort godsdienst leek, minder koeionerend dan de meeste andere. Waarvan ze wel verstand had was voeding, zorgplanning, ziekelijkheid. Wat je maar kon leren over de psychologie van verdriet en moed, wanneer je de laatste uren van veertig, vijftig mensen had meegemaakt. Maar ze had geen idee wat het allemaal eigenlijk *betekende* (de langzame vernietiging van een vrouw als Alice Valentine). Ze was godbetert pas zevenentwintig. Ze woonde in haar eentje in een kleine gehuurde flat die haar niet erg beviel, en twee of drie keer per week nam ze Temazepam om de doden uit haar slaap te weren.

Kirsty kwam naar boven om met het aankleden te helpen (de jonge vrouwen mochten elkaar en werkten goed samen) en hoewel er bij de kleren van Alice erg weinig zat dat ze nog kon dragen, vonden ze een zomerjurk van blauwwitte katoen en een crèmekleurige wollen sjaal om haar schouders mee te bedekken. Terwijl ze haar aankleedden, haar zachtjes tussen hun handen omdraaiend, lag Alice te dommelen en te mompelen, en toen ze wakker werd leek ze verrast dat ze een gedaanteverwisseling had ondergaan, dat haar haar was uitgeborsteld en de grote witte sportschoenen aan haar voeten zaten. Kirsty kuste haar op haar wang en rende naar beneden om Larry te roepen.
'Je hoeft niet naar buiten te gaan, Alice,' zei Una. 'Niet als je liever hierboven wilt blijven.'
'Naar buiten?' zei Alice, haar ogen opensperrend. 'Waar?'
'In de tuin. Voor het feest.'
Alice knikte. 'Wie heeft de leiding?' zei ze.
'Tja. Zou je het leuk vinden als Alec en Larry de leiding hadden?'
'Schrijven,' zei Alice, haar hand uitstekend.
Una pakte de viltstift die ze gebruikte om aantekeningen te maken, probeerde hem eerst uit op haar eigen huid, en schreef toen op de

handpalm van Alice: *Alec en Larry hebben de leiding*.
'Nou, wat vind je daarvan?' vroeg ze.

Larry droeg zijn moeder de trap af, zette haar onder aan de trap in de rolstoel, waarbij hij haar voeten op de scharnierende voetsteunen tilde, en reed haar vervolgens door de woonkamer de keuken in.

'Gefeliciteerd, mevrouw V!' zong mevrouw Samson, terwijl ze de schouder van Alice even aanraakte en een vage rij meelafdrukken op het blauw van haar jurk achterliet.

Alice liet haar hand zien.

'Zo is het maar net,' zei mevrouw Samson. 'De jongens hebben inderdaad de leiding.'

Ze manoeuvreerden haar het terras op, maar het was moeilijker om haar de ophoging naar het gazon op te krijgen. Alec tilde de kleine wielen aan de voorkant op en kantelde de stoel achterwaarts, terwijl Larry zijn gewicht er van achteren tegenaan liet leunen.

'Ik kan wel helpen!' riep Osbourne, die uit de richting van de overstap naar hen toe kwam gesneld. 'Nog vele jaren,' hijgde hij.

'Waar is Stephen?' vroeg ze.

'Deze kant alsjeblieft, Dennis,' zei Larry.

'Okido.'

Ze verzamelden zich rond de stoel en tilden hem de ophoging op als Siciliaanse dorpelingen die zwoegend de zee uitkomen met een Madonna op een troon, in een heropvoering van een of ander halfvergeten wonder. Ella stond boven op de ophoging toe te kijken, een rode ballon in haar hand.

In de boomgaard vormden de schaduwen van de bladeren patronen op het tafelkleed. Larry reed zijn moeder naar het hoofd van de tafel. Una kwam naar buiten met een zonnehoed die ze in de hal had gevonden, een groot strooien geval met een breed lint dat je onder de kin moest vastmaken. In de schaduw van de hoedrand was het gezicht van Alice nauwelijks zichtbaar. Een vlinder ging even op haar roerloze arm zitten en fladderde toen dronken verder door plakken groen licht.

'Er is iemand,' riep Kirsty.

Het waren Judith en Christopher Joy, die vanaf hun villaatje waren komen aankuieren in bij elkaar passende linnen jasjes en panamahoeden. Ze hadden cadeautjes bij zich: een pot luxe handcrème van Jolly's in Bath, en van een strand in County Galway een grote kiezelsteen die

Judith met helende kleuren had beschilderd. De volgende die verscheen was mevrouw Dzerzhinsky. Haar cadeautje was een geïllustreerde, in kalfsleer gebonden uitgave van Gibrans *De Profeet*, en terwijl zij het in Alice' handen stopte hoorde Alec haar woorden fluisteren in een taal die geen Engels was, een zegen misschien, of een brok volkswijsheid uit het oude land, waar dat ook mocht zijn. Dat was hem onlangs opgevallen, dat men de behoefte voelde Alice iets indringends en persoonlijks mee te delen, om uiting te geven aan de ernst die ze in hen opwekte, alsof haar beproeving het triviale uit hun leven verjoeg en hen allen tot mystici en filosofen maakte.

De laatste gast was de tekenlerares, juffrouw Lynne. Ze zei dat het wel een scène leek uit een van die eindeloze maar verrukkelijke Italiaanse films. Ze stak haar hoofd onder de rand van Alice' hoed om haar te kussen. Ze zei dat ze het graag allemaal had willen schilderen.

Mevrouw Samson kwam naar buiten met een dienblad met twee grote theepotten erop. Larry droeg de sandwiches en de scones. Aan de rechterzijde van Alice zat Una met een doos tissues op haar schoot. Ze veegde Alice' kin af wanneer het sap waarvan ze door een rietje teugjes nam, uit haar verslapte mond stroomde. Achter hen lag de zuurstoffles als een onontplofte bom in het gras.

Toen de scones op waren gingen Ella en Kirsty naar de keuken om even later weer naar buiten te komen met de taart. Larry gebruikte zijn Zippo om de kaarsjes aan te steken – voor elke tien jaar van Alice' leven één – en terwijl de kaarsjes brandden stonden ze op om 'Er is er een jarig' te zingen, het lied eindigend met applaus. Ella blies de kaarsjes uit. Ze klapten opnieuw en namen hun stuk taart, en nadat ze een paar hapjes van het suikerige gebak hadden geproefd en het hadden geprezen, begonnen de gasten afscheid te nemen.

Mevrouw Dzerzhinsky weet haar tranen aan hooikoorts ('Met het jaar erger!'). Juffrouw Lynne knielde naast de rolstoel en liep toen met een haastig wuivend gebaar tussen de bomen door naar haar auto. Christopher Joy, zijn hoed met een zwaai afnemend, kuste Alice' hand met een onvervalst galant gebaar. Osbourne zei dat hij een handje zou gaan helpen bij het opruimen, en in de keuken, zijn jasje over de rug van een stoel gehangen, probeerde hij zich nuttig te maken door mevrouw Samson, die openlijk en luidruchtig huilde terwijl ze de overgebleven sandwiches in huishoudfolie wikkelde, absorberende papieren handdoekjes aan te reiken.

Una verplaatste Alice naar de schaduw, en terwijl ze de zonnehoed losmaakte gaf ze haar een paar minuten met de zuurstoffles. Alec, die naar buiten kwam voor de laatste borden, bleef onopgemerkt onder de bomen staan om hen te bestuderen alsof er op een dag een beroep op hem zou worden gedaan om de details weer te geven. De wespen die om de taartkruimels dansten. De zilverige sporen van de rolstoel in het gras. De kat die door een privé-corridor van lucht trippelde. En in het hart van het plaatje zijn moeder, haar ogen gesloten boven het plastic mondstuk, haar oogleden grijs en flets en van lood. Zou hij meer medelijden met haar hebben gevoeld als ze een vreemde was geweest? Een vrouw wier naam hij niet kende en wie hij niets anders verschuldigd was dan een normale portie medelijden? Dan zou hij tenminste iets hanteerbaars hebben gevoeld, niet deze kluwen van medelijden en angst; deze kinderlijke walging als een wapen waarvan hij niet wist of hij het tegen zichzelf moest gebruiken of tegen haar. Dus waarom niet net als de gasten van het feest vertrekken? De auto nemen. Weggaan. Hij had het vaker gedaan, toen hij was gevlucht uit die goelag van een school waar hij les had gegeven (vijfendertig veertienjarigen, sommigen halve wilden); een schemertoestand die een week had geduurd, waarvan hij zich niet veel méér kon herinneren dan een geluid in zijn hoofd zoals het gezoem van hoogspanningsmasten, en een beeld, vreemd mooi, van de lampen van de boulevard die weerkaatst werden op het natte kiezelstrand waarop hij liep. Niemand zou verbaasd zijn als het weer gebeurde. Ze zouden het verwachten.

'Wie is daar?' vroeg Una, haar ogen afschermend met haar hand.

'Ik ben het maar,' zei hij. Hij kwam naar voren en begon de borden te stapelen. Ze keek met dichtgeknepen ogen naar hem, glimlachend, en hij zag dat de zon een tiental sproeten op haar neus en wangen had getoverd, wat haar er jonger en op de een of andere manier zorgeloos deed uitzien.

Hij zette het rieten dienblad op de tafel en laadde het vlug vol met het laatste gedeelte van het serviesgoed. Hij wilde ze niet storen – vond dat hij hier eigenlijk helemaal niet bij hen hoorde te zijn – maar terwijl hij zich uit de voeten maakte opende Alice haar ogen, rukte het masker van haar gezicht en riep hem iets achterna, één vervormd woord van protest dat hem in zijn loop deed verstarren.

'Mam?'

Maar wat het ook was, ze wilde het niet herhalen. De inspanning had haar opgebroken en ze had haar gas weer nodig, haar zuurstof. Het duurde een paar minuten voordat het tot Alec doordrong dat het woord *menteur* was geweest, en dat ze hem een leugenaar had genoemd.

Om halfzes kwam Una naar het tuinhuis om afscheid te nemen. Alice lag weer in bed, zei ze, te rusten. Alec bedankte haar dat ze zo lang was gebleven. Hij dacht dat ze vervolgens zou vertrekken (hij wist niet wat hij verder nog tegen haar moest zeggen), maar ze bleef, rondkijkend alsof ze nooit eerder op deze plek was geweest.

'Ik zou zelf ook wel een schuilplaats willen hebben,' zei ze. 'Zoiets als dit.' Ze stapte naar de plek waar hij zat en reikte over zijn schouder om het manuscript op het bureau te openen.

'Grappig,' zei ze, de bladzijden omslaand, 'dat dit voor jou betekenis heeft en voor mij geen enkele. Wat staat hier? Dat stukje?'

Hij draaide zich om in de stoel en keek naar het punt waarnaar haar vinger wees. 'Er staat: *Wie is hier zo wreed een broer achter te laten? Een vader ondergronds? Een vrijer in de hel?*'

'Je vindt het niet prettig dat ik ernaar kijk,' zei ze terwijl ze een stap achteruit deed.

Alec schoof het manuscript naar de rand van het bureau. 'Het herinnert me er alleen aan hoeveel ik nog moet doen. Dat is alles.'

'Je krijgt het wel af.'

'Ik zal wel moeten.'

'Het zal je lukken.'

'Je bent erg goed voor ons geweest,' zei hij.

'Ik heb niet veel gedaan.'

'Nee.' Hij schudde zijn hoofd. 'Heel goed.'

'Het is mijn vak,' zei ze.

'Dan nog.'

'Mag ik?' Ze haalde voorzichtig zijn bril van zijn gezicht. 'Ik kan niet met je praten als je die op hebt. Je ziet eruit als een huurmoordenaar.'

'Sorry.' Hij nam de bril van haar over en haalde het zonneklepje eraf. Una leunde tegen de gewitte muur, terwijl ze hem nauwlettend opnam.

'Ik weet dat het voor jullie allemaal een afschuwelijke tijd is,' zei ze. 'En mensen denken soms dat het altijd maar zo doorgaat. Altijd hetzelfde. Maar dat is niet zo.' Ze zweeg even als om te peilen of haar woorden hem wel iets zeiden. 'Mensen denken dat ze nooit meer gelukkig zullen zijn.'

'Gelukkig?'

'Ja,' zei ze, breed glimlachend. 'Weet je nog, gelukkig?'

'Ik heb geen idee wat je van mij denkt,' zei hij.

'Wat denk je dat ik denk?'

Hij schudde zijn hoofd.

'Nou...' Ze zweeg. 'Ik denk dat je een goed mens bent.'

'Echt?'

'Een goede zoon. Kijk je daar zo erg van op?'

'Misschien.'

'Dat zou niet zo moeten zijn.'

'Ben jij gelukkig?' vroeg hij.

'Mijn vader vertelde ons vroeger altijd dat geluk en ongeluk twee honden waren die elkaar achterna zaten. Wanneer je de ene zag, was de andere nooit ver weg. Hij geloofde niet echt in geluk. Niet in geluk als iets wat je je leven lang nastreeft.'

'Waar geloofde hij wel in?'

Ze haalde haar schouders op. 'De paus. Geen schulden maken. Niet alleen de neuzen maar ook de hakken van je schoenen poetsen. Ik denk dat hij de familiewijsheid voor de jongens bewaarde.' Ze viel stil, nam hem op. 'Je droomt weg,' zei ze.

'Sorry.'

'Wil je dat ik Larry vraag vannacht haar medicijnen te doen?'

'Ik kan het beter zelf doen,' zei hij.

'Als je daar zeker van bent.'

'Daar ben ik zeker van.'

Hij liep met haar naar de deur van het tuinhuisje. Een bries vol gras- en aardegeuren en de warme ozonachtige zweem van de lucht zelf blies door de fijne uiteinden van een tiental haartjes op haar wangen.

'Je weet hoe je me kunt bereiken,' zei ze. 'Red je je verder wel?'

Toen ze weg was bleef hij even in de deuropening dralen, ging toen vlug naar de tafel en opende *Oxygène* bij de laatste pagina (*Hamerslagen, staal op steen...*), waar een opgerold stukje krantenpapier met plakband was vastgeplakt aan de binnenkant van het kartonnen omslag. Hij krabde met zijn nagel het plakband los, wikkelde de capsule uit het papier en liet hem in zijn handpalm rollen. Hij hoorde Ella's stem en keek bijtijds op om haar voorbij te zien komen, hand in hand met Kirsty. Ze bevonden zich op ruim dertig meter afstand, en hij dacht niet dat ze iets konden hebben gezien. Wat konden ze hebben gezien? Ze waren waarschijnlijk van plan om samen de tuin te besproeien nu het koeler was geworden.

Hij zette het manuscript terug op de plank naast de woordenboeken en legde zijn hoofd even tegen de ruggen van de boeken, alsof alleen al het aanraken ervan hem op de een of andere manier tot steun was. Tot troost. Alles was nu op zijn plaats. In zijn hand hield hij de draad die door het labyrint liep; hij hoefde hem alleen maar te volgen. Er waren geen beslissingen meer te nemen of ongedaan te maken; het was afgelopen met de vuige anticipatie. Hij voelde een kalmte, een stilte aan gene zijde van het denken, die oneindig rustgevend was. Hij keek naar Lázár, die terugstaarde vanuit zijn winterdag in het Luxembourg. Zou hij dit allemaal begrijpen? Dat je van niemand kon verwachten dat hij *altijd* maar zwak was. Op een dag, dacht Alec, zou hij het hem bekennen in een Parijse bar of een Londens hotel, en dan zou hij zien hoe deze man, die tommyguns had gehanteerd, reageerde.

Toen hij het huis inging, kwam hij zijn broer tegen die naar buiten kwam.

'Heb je Kirsty en Ella gezien?'

'Achter in de tuin,' zei Alec. Hij zag dat Larry een schoon overhemd had aangetrokken en dat hij, bijna verborgen achter zijn dij, een boeketje bij zich had van een zestal kleine bloemetjes en kruiden – kamperfoelie, lavendel, rozemarijn – de stelen gewikkeld in een stuk aluminiumfolie. Hij zag er gelouterd, opgewonden uit.

'Ik zie je straks wel,' zei hij grijnzend, en ze passeerden elkaar. De ene broer stapte naar buiten in het licht van het terras, de andere ging het huis in, de trap op, en deed de deur van zijn moeders kamer open.

16

Wat moest er nu nog gedaan worden? László had bij zijn thuiskomst vergeving, begrip en veel liefde ontmoet, een Odysseus met bloeddoorlopen ogen en zonder rivalen die hij moest verdrijven. Over zijn avonturen had hij alles verteld wat veilig verteld kon worden, en naar eer en geweten de paar vragen beantwoord die Kurt hem had gesteld. Hij begon te denken dat hij een verwijt misschien wel zou verwelkomen. Een dergelijke vrijgevigheid, een dergelijke grootmoedigheid waren lichtelijk intimiderend. Dat iemand je zo kon vertrouwen! Kwam hij er niet te gemakkelijk vanaf? Maar toen hij het gezicht van de jongeman tussen zijn handen nam, op zoek naar een zekere reserve, iets onuitgesprokens, vond hij daar alleen maar de heldere blauwe diepten, het ooggedeelte van een glimlach.

Die eerste nacht sliep László dertien uur en voelde hij dat zijn leven in zijn dromen opnieuw werd geordend. Hij was niet helemaal met zichzelf vertrouwd. Hij was bezig een huid af te werpen en ontdekte daarbij, op zijn negenenvijftigste, een zelf dat nog steeds soepel was van leven.

De volgende avond verrees er een afnemende maan boven een stad die onderworpen was aan ritme. Het was het Fête de la Musique, en elke bar, elk café, groot en klein – Frans, Braziliaans, Arabisch, Russisch, Vietnamees, zelfs die kleine gelegenheden in de zijstraten die al tevreden waren als ze op een avond zes glazen muntthee, of *rouge* uit een fles met schroefdop verkochten – waren plotseling roekeloos van de muziek en het dansen. Fanfarekorpsen, flamenco, smartlappen zingende zwartogige chanteuses, alle mogelijke soorten slagwerk. Het was niet nodig om ergens *naartoe* te gaan om te dansen; het was genoeg om ruimte op de weg te vinden en te gaan deinen. Tegen tien uur waren veel van de wegen onbegaanbaar, maar niemand klaagde. De politie hield zich afzijdig, stond ergens geparkeerd, rokend en hun honden plagend. Het voelde als het einde van de oorlog, maar democratischer, persoonlijker, alsof iedereen een eigen oorlog had gewonnen, een privé-oorlog tegen een privé-vijand, en voor ten minste één nacht zegevierend uit een lange campagne te voorschijn kwam.

Voor László, die zich met Kurt door een mensenmassa op de rue Oberkampf wrong, bleef er maar één moeilijkheid over, een laatste steentje in zijn schoen. Laurence Wylie had hem gebeld toen hij weg was, had hem willen spreken, had gezegd dat ze hem *nodig* had, en was vervolgens, nadat ze erachter was gekomen dat hij niet beschikbaar was, boos geworden en had radeloos opgehangen. Sinds hij weer thuis was, had hij verscheidene malen geprobeerd haar terug te bellen, maar hij was er alleen in geslaagd het antwoordapparaat in te spreken, waarbij het geluid van haar stem met de spreek-in-na-de-pieptekst hem door merg en been was gegaan. Het was onverdraaglijk dat zo'n vrouw ten onder zou gaan, onverdraaglijk, onrechtvaardig en verkeerd. In zijn laatste boodschap, die middag achtergelaten, had hij hun beiden opgedragen in het appartement te wachten. Hij zou naar hen toe komen. Ze zouden samen een fles openmaken. Thuisblijven of uitgaan. Wat ze maar wilden.

Voor zichzelf was hij vastbesloten zijn nieuwe energie, zijn nieuwe geloof met hen te delen. Zijn nieuwe mannelijkheid! En als hij ze vannacht de deur uit kon krijgen, zouden ze ongetwijfeld ergens aan het walsen slaan – ze hadden altijd van dansen gehouden, waren het soort paar geweest dat door andere dansers met bewondering werd bekeken – en daarna zouden ze zich gelach, lichtheid en de vroegere tijden herinneren, en zouden hun arme geschonden harten zich beginnen te verwarmen.

In de rue St. Maur drongen ze door de gelederen van een klein salsaorkest en liepen naar de rue du Duguerry, waar ze verscheidene minuten op de deur van het appartement van de Wylies klopten. László haalde zijn schouders op, maar hij begon geagiteerd te raken. Waar wáren ze in godsnaam?

'We zouden Le Robinet kunnen proberen,' zei Kurt. 'Als ze zijn gaan stappen komen ze daar vroeg of laat wel opdagen.'

Dus gingen ze terug naar de muziek, naar straten die nog steeds behaaglijk waren van de warmte van de dag, en ze baanden zich een weg naar de boulevard Ménilmontant, waar, tussen couscousrestaurants en gebakswinkels, Le Robinet, in het licht badend als een brandend scheepje, het tafereel was van het zoveelste geïmproviseerde feest. Het was eigenlijk nauwelijks een bar te noemen: een tiental tafels, een in een bocht lopende *comptoir* links van de deur, een krappe dampende keuken achterin, maar de tekortkomingen wat betreft omvang en faciliteiten werden ruimschoots gecompenseerd door karakter, en de bar werd over het algemeen hoger aangeslagen (door kritische bonvivants en kroeglopers van het elfde arrondissement) dan al zijn concurrenten.

'László!'

Het was Angela, de *patronne*, die naar hem zwaaide vanaf het afstapje naast de kassa, haar commandopost. László vocht zich een weg naar haar toe en ze kusten elkaar.

'Heb je Laurence gezien? Of Franklin?'

'Een week geleden voor het laatst,' zei ze. Toen voegde ze eraan toe: 'Iemand anders was ook naar hen op zoek.' Ze wees naar het achterste gedeelte van de bar. 'Is dat Dinges niet?'

Aan een tafeltje bij het keukenluikje zat Karol hof te houden te midden van een groepje jonge mannen en vrouwen, de gebruikelijke cultuurliefhebbers, aangetrokken door de vlam van de enigszins promiscuë charme van de oude schrijver. Hij had een van de serveersters op schoot (het waren allemaal hoogopgeleide meisjes), maar toen hij László in het oog kreeg, liet hij haar er voorzichtig vanaf glijden, stond met stijve benen op en sloot de toneelschrijver in zijn armen.

'Je ziet er anders uit,' zei hij, achteroverbuigend om het voorkomen van de ander kritisch op te nemen.

'Zelfs op mijn leeftijd,' zei Lászó lachend, 'is mijn gezicht nog in de groei.'

'Jóúw leeftijd,' spotte Karol. 'Een broekje!' Hij wendde zich tot de groep aan het tafeltje. 'Kijk, dit is pas een echte kunstenaar. Sta me toe maître László Lázár voor te stellen, en zijn trouwe metgezel, Herr Engelbrecht.'

Ze bestelden nog veel meer wijn. Er werd plaats vrijgemaakt voor László op de muurbank, en ook hij werd verafgood met een warmte die bij hem de vraag deed rijzen wat het was dat deze jongelui zagen of meenden te zien. Het deed hem een beetje duizelen. Zelfs nu, na zo veel jaar, vond hij het moeilijk een verband te leggen tussen datgene waar hij in alle eenzaamheid op zwoegde in zijn studeerkamer en de manier waarop hij bij gelegenheden als deze werd ontvangen. Waren ze werkelijk in hem geïnteresseerd? Wat wilden ze? Maar het was te lawaaierig voor een serieus gesprek, en Angela, een vrouw aan wie Ingres misschien recht had kunnen doen, deed hen overeind komen. 'Zijn jullie vergeten hoe je moet dansen?' riep ze. 'Of zijn jullie van plan elkaar het graf in te praten!' Dus dansten ze, ruim vijftig mensen samengeperst in de hitte en de rook. László kwam neus aan neus, heup aan heup te staan met een oosters uitziende vrouw, een echte schoonheid met een opwindend strenge uitdrukking op haar gezicht. Karol deinde met de koninklijke Angela, terwijl Kurt, bewegend met die lieve, beleefd-sexy stijl van hem, erg in trek was bij beide geslachten en alle seksuele geaardheden. Er waren inmiddels twee accordeonisten geïnstalleerd, een koppel dat László al eens eerder had zien spelen in de Métro; kinderen van Ceaucescu of Hoxha, die zich dag in dag uit van wagon naar wagon haastten, één oog open voor de patrouilles, één oor gespitst op de schreeuw: '*Papieren!*' Ze speelden een paar nummers van Piaf – 'Johnny', 'La Foule', 'Sous le ciel de Paris' – en daarna zigeunermuziek. Tzigane! Ze wisten waar behoefte aan was, en op een nacht als deze kon elke muzikant een menigte tot tranen bewegen en tot uitzinnigheid opzwepen. Het was uitputtend, maar niemand wilde dat er een einde aan kwam. Waarom ophouden voordat de muziek ophield?

Om vijf uur had Angela er genoeg van. Ze maakte zonder veel plichtplegingen de bar schoon, hoewel een harde kern van uitverkorenen werd toegestaan te blijven dralen, koffie te drinken en bij hun positieven te komen. László, Kurt en Karol hoorden bij de laatsten die vertrokken en lieten alleen een bedaard-dronken Engelsman achter die blijkbaar in de bar woonde en duidelijk hoopte dat het feest op de een of andere manier weer op gang gebracht kon worden.

Buiten verzamelden de drie vrienden zich onder de bomen langs het centrale wandelpad van de boulevard, en ademden lucht zo koel als kraanwater in. László legde zijn hoofd in zijn nek, zere ogen die de enorme uitgeholde parel van de ochtendhemel in staarden.

'Het ongrijpbare geluk?' vroeg Karol.

'Het ongrijpbare geluk,' stemde László in, zich dwaas voelend omdat hij de tranen van zijn wangen moest vegen.

'Er is een tijd geweest,' zei Karol, 'dat ik gewoon een nacht kon doorgaan zonder te slapen. Een "witte nacht" kon me nauwelijks deren, maar nu…'

Ze namen traag afscheid. Het rolluik van Le Robinet ratelde omlaag. Kurt en László leken wel de laatste mensen op straat.

'Naar huis?' vroeg Kurt. Maar toen hij László's aarzeling zag, zei hij: 'Laten we teruggaan, iets eten, een beetje ontspannen, en ze over een paar uur opbellen. Als ze afgelopen nacht uit zijn geweest zullen ze het niet op prijs stellen als we nu bij hen langsgaan.'

De Citroën – László's hooggewaardeerde kastanjebruin-zilveren DS23 'Pallas' – stond voor een charcuterie op de boulevard Voltaire geparkeerd, en met László aan het stuur reden ze in zuidelijke richting voorbij de Juli-zuil en over de rivier waar de laatste restjes nacht nog onder de bruggen hingen in de vorm van schaduwen met de kleur van een bloeduitstorting.

In het appartement dronken ze verse koffie en ze maakten elkaar aan het lachen door zich af te vragen – in steeds absurdere gedachtespinsels – hoe de Garbargs de nacht hadden doorgebracht. Toen kleedde László zich uit in de slaapkamer, deed zijn kamerjas aan (voor de zomer gaf hij de voorkeur aan een Japanse yukata), en ging douchen. Hij had zijn hoofd net flink ingemasseerd met shampoo, toen Kurt naar binnen leunde. László schudde het schuim uit zijn oren en draaide de douche uit. 'Wat?'

'Laurence. Op het antwoordapparaat. Ik denk dat je er maar beter naar kunt luisteren.'

In een handdoek gewikkeld haastte László zich naar de studeerkamer en bleef druipend op het parket staan terwijl Kurt het bandje terugspoelde. De boodschap was haperend en grotendeels onbegrijpelijk, maar er kon geen misverstand bestaan over de radeloosheid in haar stem. Het klonk alsof ze op het moment dat ze sprak door een of andere woeste onderstroom werd weggesleurd. Er was iets gebeurd, of het stond misschien op het punt te gebeuren (welk van de twee was niet duidelijk). Werkelijk iets heel ernstigs.

'Wanneer heeft ze gebeld?'

Kurt controleerde het Minitel-schermpje aan de voorkant van de telefoon en keek vervolgens op zijn horloge. 'Iets meer dan een uur geleden. Wat wil je gaan doen?'

'Probeer jij maar te bellen. Ik trek wat kleren aan.'

In de badkamer spoelde hij de shampoo uit zijn haar en deed dezelfde rokerige kleren aan die hij in Le Robinet had gedragen. Binnen vijf minuten was hij weer terug in de studeerkamer.

'En?'

'Niets. Ze hebben zelfs het antwoordapparaat uitgeschakeld.'

'Oké. Laten we gaan.'

In plaats van te wachten op het statige neerdalen van de lift namen ze de trap en reden vervolgens in stilte door de bevuilde straten. De lange motorkap van de auto doorsneed de lucht en de naald van de snelheidsmeter trilde rond de negentig terwijl ze verderreden naar een bijna verkeerloos Beaumarchais. Wat zag de stad er lieflijk uit! De eerste matineuze mensen die met een krant in de hand liepen of een hond uitlieten. De straatvegers in hun groene overalls die de trottoirs spoten en de afwateringsputten openden; fris water dat in zilveren slierten rond de wielen van geparkeerde auto's stroomde. Je kon je onmogelijk voorstellen dat er op zo'n tijdstip een crisis kon plaatsvinden, en toen hij in de rue du Duguerry stopte en geen politiebusje of ambulance zag, begon László zich af te vragen of hij misschien overdreven reageerde, of het telefoontje niets anders was geweest dan de nasleep van de zoveelste ruzie, en het paar inmiddels boven was, het van zich af slapend en snurkend als reuzen.

Hij liet de auto bij de kerk achter, stak de weg over naar de straatdeur en tikte de code in. De binnenplaats waar de deur op uitkwam was geboend en kil. De gardienne zou er pas over een uur of twee weer zijn. Een keurig klein *fermé*-bordje hing aan een spijker aan de deur van haar loge.

Ze vonden Laurence in het halfduister van de overloop op derde verdieping. Twee buurvrouwen stonden bij haar, sombere, grijsharige vrouwen met slippers en bedjasjes aan. László herkende een van hen vaag. Madame Bassoul. Blumen. Zoiets.

'Waar wás je?' vroeg Laurence. Ze sloeg hem hard in het gezicht en omhelsde hem vervolgens.

'Is Franklin boven?' vroeg hij.

'Hij heeft een geweer, monsieur,' zei de vrouw die László herkende. 'Zo een...' Ze gaf met haar handen de proporties van het wapen aan. 'We wilden de politie bellen, maar madame heeft dat uitdrukkelijk verboden.'

'Hij richtte het op míj,' zei Laurence, huiverend bij de herinnering.

'Ik moest de deur uit rennen. Hij is gek geworden. Volslagen gek.' Ze leek op het punt van instorten. László streelde haar haar. 'Je weet dat hij niet zou hebben geschoten.' Ze duwde hem weg. 'Denk je dat ik dit verzin?' Haar stem brak in een snik. 'Hij zal zichzelf overhoop schieten, László. Ik heb op het geluid zitten wachten. Ik kan het niet verdragen.'

De vrouwen kwamen naar voren om haar te ondersteunen alsof ze flauw zou kunnen vallen, maar toen ze haar tussen hen in namen, die vastberaden bewaaksters, keek ze naar László, een plotse scherpe blik die de haren in zijn nek rechtovereind deed staan, want het was precies de blik van de vrouw op het schilderij, de bruid in de jurk met roze bloemetjes. 'Ik hou nog steeds van hem,' fluisterde ze.

'We houden allemaal van hem,' zei László. 'Ik ga naar boven om hem tot rede te brengen.' Hij draaide zich om en wilde gaan, maar Kurt pakte hem bij zijn arm. Bedaard maakte László zich los. 'Ik zal niets gevaarlijks doen,' zei hij. 'Maar zeg nou zelf, wie moet het anders doen?'

Hij ging de brede kale houten trap op, terwijl hij hun ogen in zijn rug voelde prikken. Hij voelde zich lichtelijk belachelijk, zoals George Orwell toen hij op weg was om een olifant te schieten, maar hij kon zich moeilijk omdraaien om te zeggen dat hij van gedachten was veranderd. Hij zou op zichzelf moeten vertrouwen. Hij was niet moe. Stel dat hij bij de anderen bleef en Franklin schoot zich een kogel door het hoofd? Nee. Dat was geen optie. Hij moest verdergaan. Naar binnen gaan.

De deur van het appartement stond half open, en hij aarzelde, een minuut lang luisterend, zich afvragend of hij moest roepen. Hij stak zijn hoofd om de deur. Het licht in de gang brandde nog, en hij zag op de vloertegels het suède jack van Laurence, dat ze op haar vlucht moest hebben laten vallen. Op zijn tenen liep hij langs de lege keuken (de oude klok tikte in de stilte) en de gang door naar de deur van het atelier, waar hij zijn oor tegen het hout drukte. Aanvankelijk kon hij, ondanks zijn ingespannen luisteren, niets anders onderscheiden dan het af- en aanstromen van het bloed in zijn eigen lichaam en een soort verdwaalde geluidseffecten van de straat. Maar toen hoorde hij van vlakbij – zo dichtbij! zo dichtbij! – de onderdrukte verzuchting van een vloerplank, en zag hij duidelijk voor zich hoe Franklin Wylie, met een woeste blik in zijn ogen en het pistool met de korte loop in zijn vuist, op armslengte van hem vandaan aan de andere kant van de deur stond, wachtend op het moment dat de deur zou worden geopend.

Hij slikte. Het zou nu verstandig zijn bang te zijn, maar wat hij in werkelijkheid voelde was opwinding, de noodzaak om het moment niet onbenut te laten voorbijgaan. Hij stak zijn vingers uit naar het koper van de deurknop, en terwijl hij hem aanraakte was daar, als een boodschap die hem toegeworpen werd vanuit de verte van zijn kindertijd, de naam van de aanvoerder van het Engelse voetbalelftal in de wedstrijd op Wembley. Billy Wright! Hij lachte bijna hardop om een dergelijke ongerijmdheid, maar het gaf hem moed, en hij grijnsde naar zijn schaduw in het vernis van het deurpaneel. Drie keer ademhalen, dacht hij. Nog drie keer. Dan zal ik naar binnen gaan om mijn vriend te redden.

DANKBETUIGING

Ik ben dank verschuldigd aan de volgende mensen, die allemaal op de een of andere manier hebben bijgedragen aan het schrijven van dit boek. Katie Collins, de eerste die mij heeft aangemoedigd. Debbie Moggach, die me aan haar Hongaarse vrienden heeft voorgesteld, in het bijzonder Sandor en Betty Reisner. Rachael Jarrett, samen met Alison en Sam Guglani, wier deskundigheid op het gebied van kanker van onschatbare waarde was. Adam Bohr die me in Boedapest heeft rondgeleid. Misha Glenny (met dank aan Kirsty Lang) die mijn Balkanvragen heeft beantwoord. Ali 'de kat' Miller en Marcie 'po-meister' Katz in Parijs. Sparkle Hayter in New York. Raina Chamberlain in San Francisco. Laurence Laluyaux in Londen. Mijn ouders en stiefouders, die op commando het Engeland van de jaren vijftig opriepen. Mijn zus Emma, al te loyaal. Mijn redacteur, Carole Welch, die dit een beter boek heeft gemaakt dan het zonder haar zou zijn geweest. En Simon Trewin, mijn agent: altijd goed om zo iemand achter je te hebben. Alle feitelijke vergissingen zijn natuurlijk uitsluitend aan de auteur te wijten.

Andrew Miller, Londen 2001